W0385265

PETRA DOOM

DE KRACHT VAN ELENA

KINDEREN VAN ORPHEUS - BOEK II

HAMLEY books

DE KRACHT VAN ELENA
Eerste druk: 7 november 2022
© 2022 Petra Doom
© 2022 Uitgeverij Hamley Books
Coverontwerp: Sly Fox Cover Designs
Grafisch design: Sleepy Fox Cover Designs
ISBN 9789464510942
NUR 285

Uitgeverij Hamley Books drukt haar boeken op papier met het FSC© keurmerk. Zo helpen we waardevolle oerbossen te behouden. Lees onze duurzaamheidscharter op www.hamleybooks.be.

Niets uit deze uitgave mag worden verveelvoudigd en/of openbaar worden gemaakt, in enige vorm of op welke wijze dan ook, zonder voorafgaande schriftelijke toestemming van uitgeverij Hamley Books.

www.hamleybooks.be

HAMLEY books

De liederen van Kracht

Gave	*Gebruiker*	*Effect*
Lied van Afweer	Schreeuwer	Stoot van pure kracht
Lied van Harmonie	Fluisteraar	Beïnvloedt emoties
Lied van Waarneming	Luisteraar	Voelt emoties, detecteert onderwereldwezens
Lied van Suggestie	Stemmer	Past herinneringen aan
Lied van Verhulling	Demper	Sluit geluiden op in een stilteschild
Lied van Eenheid	Heler	Geneest
Lied van Versterking	Zanger	Versterkt andere gaven of imiteert ze

Woordenlijst

Echo: onderwereldwezen, onzichtbaar voor niet-begaafden
Kefálion: bestuur van de Kinderen van Orpheus
Kinderen van Orpheus: organisatie van begaafden, beschermen de wereld tegen onderwereldwezens
Liederen van Kracht: gaven, gevoed door muziek
Ophion: onderwereldwezen, onzichtbaar voor niet-begaafden
Orfeïsch gehoor: extra zintuig waarmee begaafden elkaars Liederen horen als muziek, en waardoor ze wezens uit de onderwereld kunnen 'zien'
Orfinium: groenig metaal, zet andere Liederen om in een (zwak) Lied van Afweer
Orgándra: onderwereldwezen, lijkt voor niet-begaafden menselijk
Sirene: onderwereldwezen, neemt mensen in bezit nadat ze zijn gebeten door een ophion of Echo, kan onderduiken in de gastheer
Strijdgroep: minstens vier begaafden die samen trainen en vechten
Volbloed-Sirene: Sirene die een begaafde in bezit heeft genomen, sterker dan een gewone Sirene, kan niet onderduiken

Prelude

'Oh, als ik Orpheus' zang had,
dan zou ik de duistere vrouwe en heer overtuigen,
dan zou ik je terugroepen, mijn liefste,
uit de onderwereld.'

(Vrij naar Euripides)

HOOFDSTUK 1

WANNEER HAD ELENA COLIN VOOR HET EERST GEZIEN?

Waarschijnlijk op het *Conservatoire Eurydice,* in een gezamenlijke les muziekgeschiedenis of koor. Of anders in het Orpheushuis, waar ze aan het begin van elk schooljaar de jonge begaafden begroetten die in Parijs waren aangekomen voor hun opleiding.

Ze herinnerde zich in elk geval dat ze Lorcan en hem samen had gezien. Twee bijna identieke Ierse jongens, de een ernstig en zwijgzaam, de ander vol opgewekte energie, allebei gekleed in een broek, overhemd en vest, alsof ze uit de negentiende eeuw waren gestapt en alleen hun jasjes daar hadden achtergelaten.

Ze herinnerde zich niet meer wanneer ze voor het eerst echt naar Colin had gekeken, naar zijn makkelijke glimlach, de nieuwsgierige sprankeling in zijn ogen, zijn beweeglijke handen.

Misschien toen ze hadden ontdekt dat ze allebei zwommen en samen baantjes waren gaan trekken, snelheidswedstrijdjes deden. Toen ze had gemerkt dat hij geen probleem had met verliezen, waterdruppels glanzend op de brede schouders die hij lachend optrok, waardoor ze het voor het eerst zelf niet erg had gevonden wanneer zij tweede werd.

Misschien was het geweest op het moment dat ze voor het eerst zijn handen over zijn piano zag dansen en daarna zijn Lied hoorde, soepel en speels, de complexe jazzritmes moeiteloos vloeiend. Of toen hij voor het eerst trefzeker een ophion-doorbraak had voorspeld, nauwkeuriger dan sommige Luisteraars die al jaren deel van een strijdgroep waren.

Ze wist het niet meer.

Maar ze wist precies op welk moment ze zich haarscherp bewust was geworden van het feit dat ze naar hem keek. Ruim een jaar geleden, toen hij naar haar Luisterde…

De zon was net aan het opkomen boven het grote, witte huis waarin ze was opgegroeid. Aan een kant was een olijfboomgaard, aan de andere kant lag een rotsige tuin met een massa oranjebloesemstruiken. Achteraan glooide de grond omhoog, een heuvel waar ze vaker dan ze zich kon herinneren tegen op was gerend om haar beenspieren en haar uithoudingsvermogen te trainen.

Vandaag rende ze niet, ze nam de tijd om te genieten. Ze woonde hier al sinds haar dertiende niet meer, maar elke zomer kwamen haar vader en zij terug, en elke keer maakte ze de eerste ochtend deze wandeling, om degenen te begroeten die ze, behalve haar moeder en haar broer, het meest miste.

Straks zou het warm worden, maar zo vroeg in de ochtend dompelde de nog laaghangende zon alles om haar heen in een gouden licht: de witte schuur aan haar rechterkant, de grillig gevormde olijfbomen, het natuurstenen muurtje. De onregelmatige grond onder haar voeten voelde nog steeds vertrouwder dan de straatstenen van Parijs.

Ze had er nooit spijt van gehad dat ze met haar vader was

meegegaan toen hij was verkozen tot hoofd van de Schreeuwers. Haar moeder had hemel en aarde bewogen om haar ervan te overtuigen dat het een vergissing was: Elena had nog jaren voor ze aan haar verplichte opleiding moest beginnen. Haar vader zou hen blijven opzoeken, zoals hij altijd had gedaan. Wilde ze echt haar thuis verlaten?

Maar sinds haar zesde, toen haar ouders haar hadden uitgelegd wat het betekende om een Kind van Orpheus te zijn, had ze precies geweten wat haar levensdoel was. De wereld, gemaakt van leven en muziek, werd bedreigd door de onderwereld, gemaakt van leegte en dood. Tussen hen in stonden de strijders. Haar moeder had de keuze gemaakt om niet een van hen te zijn, maar Elena had altijd geweten dat zij geboren was om te vechten.

Boven aan de heuvel haalde ze diep adem, liet de geuren tot zich doordringen. Het zilte van de Kretenzische zee die in de verte glinsterde, de wilde tijm die net haar blauwpaarse bloemetjes ontvouwde, het aroma van bakkend platbrood in de verte.

Om een strijder te zijn, moest ze in Parijs zijn. Ze had geen spijt van haar keuze, maar dat betekende niet dat ze het hier niet miste. Hier had ze haar eerste stapjes gezet, haar Lied leren gebruiken. En nu zou ze hier leren om een strijdgroep te leiden.

De gedachte deed haar hart opspringen van opwinding en verwachting. Haar strijdgroep zou bewijzen dat haar vader het bij het rechte eind had, dat hij de enige logische opvolger was voor raadshoofd Demir, dat hij de enige was die begreep wat er moest gebeuren.

Al jaren waren er steeds minder begaafden die zich aan de strijd wilden toewijden. Nu er de laatste tijd steeds meer ophion-doorbraken waren, kregen de strijders het steeds zwaarder. Er was maar één zinnige oplossing: de minimumleeftijd verlagen, zodat degenen die wilden vechten, dat konden doen.

Na lang pleiten had haar vader de steun van raadshoofd Demir gekregen om één experimentele strijdgroep op te richten met jongere strijders. Omdat hij de cruciale beginfase waarin een strijdgroep zich op elkaar afstemde zo rustig mogelijk wilde laten verlopen, had hij het plan opgevat om dat hier te doen.

Ze waren naar Kreta afgereisd zodra de zomervakantie begon. Het voorbije schooljaar hadden ze zorgvuldig de beste kandidaten voor de strijdgroep uitgezocht.

Anouk, de nuchtere Demper die zich door niets uit het lood liet slaan, wiens hobospel zo gevoelig was dat ze nu al posities in orkesten kreeg aangeboden. Rafael, de Heler wiens tong net zo snel was als zijn vingers op de gitaar. Isabella, de altijd in het wit geklede fluitiste die alom werd gezien als de meest begaafde Stemmer van hun generatie. Lorcan, die eruit had gezien alsof hij had willen weigeren, maar ja had gezegd zodra Colin dat deed... de Fluisteraar en de Luisteraar die geen woorden nodig hadden om elkaar te begrijpen.

Alles ging goed. Beter dan ze had verwacht zelfs. Ze volgde met haar ogen de vlucht van een valk, die plotseling naar beneden dook, trefzeker. Zo zou zij ook zijn. Observeren, een precieze strategie bepalen, doelwitten uitschakelen. Geen fouten. Zich niet laten afleiden.

Een onverwachte stem deed haar opschrikken.

'Ik ken niemand die zo zeker klinkt als jij.'

Ze keek opzij, terwijl haar hartslag versnelde en een geschrokken gevoel van betrapt-zijn zich door haar verspreidde.

Daar, met zijn rug tegen een afgesleten rotsblok, precies op de plek waar ze zelf vaak had gezeten, zat Colin.

'Is dat zo?' vroeg ze.

De opkomende zon gaf zijn zwarte haar een vage, roodachtige gloed. Hij had een mesje en een stuk hout in zijn handen. Zijn duim wreef over een snijlijn, en hij haalde met een gecontroleerde beweging nog een stukje weg.

'Mm. Ik zou jou uit duizenden herkennen, alleen al daaraan.' Colin blies wat houtsnippers weg en vouwde toen zijn hand open. 'Wat denk je ervan?'

Ze ging naast hem zitten om het beter te kunnen zien. De vorm op zijn handpalm was nog rauw, maar ze had geen enkele moeite om die te herkennen. Haar hart sloeg een slag over, omdat het zo onverwacht volmaakt was. Over het lijfje van het houten wezentje liepen de typische lijnen van olijfhout, afwisselend licht en donker. Het verloop was zo toepasselijk dat het leek alsof het hout altijd al had geweten dat het dit uiteindelijk zou worden.

'Een bij.' Ze kon de verleiding niet weerstaan en stak een hand uit, raakte met een vingertop de ronding aan van een naar achteren gevouwen vleugel.

'Apis mellifera adami,' zei Colin. 'Ik had er geen idee van dat er een hele verschillende ondersoort was op Kreta, zelfs nog anders dan de Griekse bij. Je moeder vertelde er gisteren over.'

'Dat zal wel. De bijenkorven zijn haar lust en haar leven. Elke minuut dat ze niet aan het werk is, spendeert ze het liefst aan "haar volkeren". Als kind waren de momenten waarop ik toekeek hoe ze de honing oogstte, een van de weinige gelegenheden waarbij ik stilzat, of dat beweert ze tenminste.'

Colin keek haar aan. 'Je hebt haar gemist.'

'Zo raar is dat toch niet?'

'Voor mij niet. Maar voor jou lijkt het wel zo.'

Ze herinnerde zich hoe ze haar moeder had gevraagd om mee

te komen naar Parijs. Haar moeder had meteen geweigerd. Alsof er geen haar op haar hoofd was die eraan dacht.

Colins blik was nog steeds op haar gevestigd. Zijn ogen waren diep, donkerblauw, de kleur van de zee die haar uitnodigde om haar kleren uit te trekken en erin te stappen.

Ze zette in een reflex haar gehoor aan en hoorde meteen de bekende klanken van Thelonious Monks *'Round Midnight*. Toen Colin het daarstraks had over hoe ze klonk, had ze gedacht dat hij het had over haar voetstappen, of de oppervlakkige emoties die elke Luisteraar oppikte, zelfs zonder zijn Lied.

Dit was meer dan dat. Hoeveel had hij gehoord? Hoeveel van haar hart dat was overgeslagen zodra ze zijn stem hoorde, haar nerveuze blijdschap toen ze hem zag, haar gênante…

Haar stem klonk scherp. 'Heeft niemand je ooit verteld dat het van slechte manieren getuigt om zonder aankondiging naar iemands emoties te gaan zitten Luisteren?'

Hij zoog zijn adem snel naar binnen en zijn Lied viel abrupt weg. Colins donkere wimpers sloegen naar beneden, verborgen het blauw dat ze meteen miste. Zijn lange, krachtige pianistenvingers zetten de houten bij op de grond. Met snelle, ongeduldige gebaren begon hij de mesjes en vijlen te verzamelen die naast hem lagen.

Toen hij weer opkeek, waren zijn ogen vol zelfspot. Zijn blik schoot snel naar het huis achter hen en toen weer terug naar haar.

'Je kunt de jongen wel van de straat plukken, maar de straat niet uit de jongen. Maar ik leer snel. Geen Luisteren buiten de training. *Aye, aye, captain.*' Hij ging staan.

Elena wierp een blik op haar ouderlijk huis en zag het ineens door zijn ogen: de grote ruimtes, afgewerkt met liefdevol geschuurd en gevernist drijfhout, handgeweven tapijten aan de muren. Ze had zichzelf nooit gezien als iemand met een welgestelde achtergrond. Geld of bezittingen hadden niet veel betekenis voor haar, je kon ze niet meenemen in een gevecht. Maar ze was niet zo dom dat ze niet besefte dat er dingen waren die geld wel kon kopen: een veilige omgeving om in op te groeien, ruimte om jezelf te ontplooien.

Uit Colins spaarzame opmerkingen over zijn jeugd had ze wel begrepen dat die heel anders was geweest dan de hare. Een flat boven een rokerige kroeg, een achterbuurt waar ze niet eens hun best deden om te verbergen dat er werd gedeald… *'De beste achtergrond ooit om een jazzmuzikant te worden,'* zo had Colin het schouderophalend afgedaan.

Het was alsof ze de stem van haar moeder kon horen, geduldig maar teleurgesteld: *'Als je je blijft gedragen als een olifant, dan gooi je vroeg of laat een porseleinkast omver, Elena.'*

Prima, had ze altijd gedacht. Wat had je aan porselein tegenover een ophion? Maar dít… dit was helemaal niet prima. De ontspannen, kameraadschappelijke sfeer tussen hen was verbrijzeld, als een fragiele bel die ze kapot had Geschreeuwd.

Ze krabbelde haastig overeind en hield hem de houten bij voor die ze van de grond had gegrist. 'Vergeet deze niet.'

Zijn vingers die over haar handpalm streken, voelden als zandkorrels die haar alweer ontglipten op het moment dat ze ze voelde. 'Dank je. Ik zie je straks bij het ontbijt.'

Haar Lied zoemde onrustig in haar keel, maar hier kon het haar niet bij helpen. Tenzij…

'Wil je ze mee gaan begroeten?' Toen hij vragend omkeek, wees ze naar de rij houten kastjes van ongeveer een halve meter hoog, die verderop stonden. 'Ik ga de bijen altijd gedag zeggen als ik ben weg geweest.'

Zijn houding was behoedzaam, maar zijn blik was geïntrigeerd. 'Ik wil ze niet verstoren.'

'Pff. Mijn moeder schudt hun honingraten leeg. Ze zijn wel wat erger gewend dan een bezoeker uit Dublin. Wat is het ergste dat jij kunt doen, ze vragen om te dansen op *A Taste of Honey*?'

Even dacht ze dat hij zou weigeren. Toen draaide hij zich helemaal naar haar toe. 'Zo brutaal ben ik niet. *Sweet Honey Bee* lijkt me geschikter om mee te beginnen.'

Ze grinnikte opgelucht en leidde hem naar het kleine, houten stadje waar de bijen leefden.

De zon had de kasten nog maar net bereikt en er waren pas een paar werksters actief, die richting de bloeiende tijm bewogen, hun goud-en-zwarte lijven glinsterend in de ochtendzon.

'Bijenvolk,' zei ze, zoals haar moeder het haar had geleerd. 'Ik ben er weer. Deze bezoeker is Colin Walsh uit Ierland.'

Je hield niet zomaar bijen, je leefde met hen, en dus was het beleefd om hen voor te stellen aan wie op hun grond verbleef.

De bijen zoemden, meer werksters verlieten de kasten. Ze waren zich van hun aanwezigheid bewust, maar omdat ze op een veilige afstand stonden en geen plotselinge bewegingen maakten, trokken ze zich niet veel van hen aan.

Colins ogen volgden aandachtig de bewegingen van de bijen. 'Volgens je moeder is de Kretenzische bij een van de vriendelijkste soorten, tenzij je ze echt boos maakt. Dan blijven ze veel langer woest dan andere soorten.' Hij was even stil. 'Ze klinken harmonieus. Je vraagt je af wat ze elkaar vertellen.'

'Eigenlijk communiceren bijen vooral met geuren en bewegingen,' zei ze. 'Ze dansen voor elkaar, om duidelijk te maken waar de beste bloemen zijn.'

'Echt?' Hij klonk gefascineerd. 'Dat is prachtig.'

'Sommige bijensoorten, niet de honingbij weliswaar, zoemen wel om meer stuifmeel los te maken uit bloemen. Ze bijten in de meeldraden en vibreren, de trillingen zorgen ervoor dat er pollen vallen.'

Een snelle glimlach gleed over zijn lippen. 'Als kleine Schreeuwers.'

Haar hart werd warm, omdat hij het begreep. Toen ze zelf voor het eerst had gelezen over florale sonicatie, zoals biologen het noemden, had ze het bijna niet kunnen geloven.

'De eerste keer dat ik mijn Lied voelde was hier.' Ze aarzelde, niet gewend om de rest van dat verhaal met iemand te delen.

'Dat kan ik me voorstellen.' Hij klonk weemoedig, of misschien verlangend. 'Het is hier zo stil, veel stiller dan het ooit is in Parijs of Dublin. Het was te onweerstaanbaar om niet te Luisteren daarnet. Ik kon de zee horen, ergens scharrelde een egel rond, de bijen in de verte… Het is een levende stilte, die je uitnodigt.'

Hij draaide zijn hoofd naar haar toe. Zijn ogen waren nieuwsgierig en geduldig tegelijk, als de zee bij eb, die trok, trok, trok.

'Het was een warme middag,' vertelde ze als vanzelf. 'De tijm bloeide zo weelderig dat die helling daar paars leek. Ik was al de hele dag zo ongedurig, alsof er iets stond te gebeuren, maar alles was rustig. Geen onweer in de lucht, geen onverwachte bezoeker, alles ging gewoon zijn gang… En toen begon de zon te dalen en zwermden de bijen ineens met zijn allen richting de korven. Ik rende achter ze aan en hun gezoem werd iets dat ik binnen in me voelde, een kracht die zowel eiste als beloftes deed, een zwerm die klaar was voor actie… En ineens was het er.' Ze tikte met haar hand op haar keel, bewoog haar vingertoppen. 'Mijn Lied van Afweer. Ik denk nog altijd aan bijen, elke keer als ik het voel.'

Colin liet zijn adem ontsnappen. 'Jij weet precies wie je bent.'

Ze schudde haar hoofd. 'Ik heb net zoveel te leren als jij. Minstens.'

'Dat heeft er niets mee te maken.' Hij gebaarde naar de bijen, de olijfbomen, de zee, en toen naar haar. 'Jij weet waaruit je voortkomt en je weet waar je naartoe wilt.'

Hij klonk bewonderend, maar ze had niets gedaan om dat te verdienen, behalve geboren worden als een Schreeuwer.

'Kun je dat allemaal horen?' vroeg ze om zichzelf een houding te geven. Toen ze zijn gezicht zag betrekken, kon ze zichzelf wel slaan. 'Colin…' Ze reikte instinctief naar hem voor hij zich weg kon draaien. Zijn armspieren spanden zich onder haar hand, maar hij bleef staan. 'Zo bedoelde ik het niet. Ik was lomp, daarnet, en niet eerlijk. Natuurlijk Luistert een Luisteraar.'

Hij haalde berustend zijn schouders op. 'Ik had mijn mond kunnen houden over wat ik hoorde, het vergeten. Lorcan vindt dat ik dat vaker zou moeten doen en hij heeft gelijk, zoals meestal. Maar ik vind het niet zo makkelijk om iets wat mijn aandacht trekt weer los te laten.'

'Waarom zou je?' vroeg ze fel. 'Je had gelijk. Mijn moeder snapt niet wat voor mij vanzelfsprekend is, en dat is moeilijk. Maar ze heeft me veel gegeven en ik hou van haar. Die twee dingen zijn allebei waar, ook al vergeet ik dat zelf soms. Je bent een verdraaid goede Luisteraar en daarom wil ik je in mijn strijdgroep. Vertel me altijd wat je hoort, want ik zal het altijd willen weten.'

Ze haalde haar hand van zijn arm en hield hem die voor.

Hij keek haar even zwijgend aan, zijn ogen onderzoekend. Toen gleed zijn hand in de hare, zijn greep krachtig.

'Afgesproken,' zei hij. 'Ik heb alleen nog één vraag.'

'Wat?' Haar hart bonkte.

Hij was een Luisteraar, zelfs zonder zijn Lied zou zijn hand op de hare genoeg zijn om op te pikken hoe eerlijk ze zonet geweest was. Datzelfde zou gelden voor wat hierna kwam.

Colins ogen schitterden. 'Er komt bij het ontbijt toch wel *A Taste of Honey* aan te pas, hoop ik?'

Ze lachte, opgelucht. 'Idioot.'

Hij grijnsde.

Achter zijn donkere hoofd zag ze de bijen dansen, zwart en goud.

Later zou ze denken dat het was alsof ze haar hadden willen vertellen dat dat moment nog veel kostbaarder was dan ze toen beseft had.

Muziek

‘En als de aardsen je naam niet langer kennen
fluister dan tot de stille aarde: ik stroom.
Zeg aan het schitterende water: ik ben.’

(Vrij naar R. M. Rilke – Sonnetten aan Orpheus II, 29)

HOOFDSTUK 2

Wanneer een Lied tot zwijgen is gebracht, is er stilte. Stilte is geen leegte. Stilte bevat de mogelijkheid van een nieuwe melodie. Daarom dragen we wit, dat alle kleuren bevat, zoals stilte elke klank bevat. We eren het Lied van onze gevallen strijders met hoop en vertrouwen.

Uit: 'Gebruiken en ceremonies van de Kinderen van Orpheus'

ER WAS ZO'N GROOT VERSCHIL TUSSEN VERLANGEN NAAR HET onbereikbare, en aanvaarden dat iets echt onbereikbaar was. Elena had nooit beseft hoe belangrijk dat onderscheid was tot vandaag, nu haar blik naar de foto vloog, die vooraan in de ruimte was opgesteld.

Ze bleef staan op de drempel van de grote zaal van het Orpheushuis. De onderste helft van de wanden was bekleed met eikenhouten lambrisering, waarin symbolen waren uitgesneden die voor de Liederen van Kracht stonden. De bovenste helft was gedecoreerd met grote fresco's van mythologische taferelen waarop goden, muzen en natuurlijk Orpheus figureerden. Ooit waren hier schitterende bals gegeven, waarop de grote componisten van de achttiende en de negentiende eeuw te gast waren geweest.

De zorgvuldig gecreëerde akoestiek gaf je het gevoel dat je een bad van muziek in waadde. Kleine groepjes musici zaten in nissen aan de rechterkant van de zaal, bij de ramen, zodat de muziek samen met het zonlicht naar binnen stroomde. De langzame, sussende klanken van het Zevende Troostlied gleden met zware bassen en subtiele fluittonen door de kamer. Iedereen die de zaal was binnengekomen, had zijn of haar Lied bij de melodie gevoegd, zodat die een eenparig, plechtig eerbetoon was geworden van alle aanwezige zielen.

Niets had natuurlijker moeten zijn dan het hare erbij voegen, maar ze kreeg het niet voor elkaar. Het eenvoudigste wat ze ooit had geleerd, haar Lied naar buiten laten, leek ineens onmogelijk. Ze vond geen leemte tussen haar ademhalingen, er waren geen stiltes tussen haar hartslagen.

Alles werd gevuld door de foto, die haar had geraakt als de klap van een ophionstaart.

Colin, zijn hoofd een tikje scheef alsof hij naar iets luisterde, zijn zwarte haar slordig, zijn jazzhoedje achterop zijn hoofd. Zijn donkerblauwe ogen fonkelden nieuwsgierig en zijn lippen trokken in een vaag lachje, zijn expressieve gezicht was een en al belangstelling. De bovenste knoop van zijn overhemd zat niet dicht, de tweede ontbrak helemaal, en zijn wat verbleekte turquoise vest met de gouden, barokke patronen was een soort statement, vol zorgeloze flair: ik lééf.

Toen ze hem voor het eerst had ontmoet, was dat precies geweest wat ze had gedacht: dat ze nooit iemand had gezien die zo lévend was als Colin. Zelfs nu nog leek hij de enige die echt leefde in de zee van witte gewaden, jurken, truien en jasjes, de kleur die begaafden droegen om het vertrouwen uit te drukken in de wedergeboorte van zijn ziel.

Onder de foto lagen drie kleine, gegraveerde gouden plaatjes: twee amandelvormige naast elkaar, een langgerekte ovaal eronder.

Twee weken geleden had ze gezien hoe net zulke plaatjes gelegd waren op de ogen en mond van Katerina Zelas, de Schreeuwer die op de verkiezingssamenkomst had gevochten tegen Thelxiope en gesneuveld was onder de klauwen van de Sirene. Naast haar waren andere strijders opgebaard geweest die Elena minder goed had gekend. Zoveel gezichten, stil en met goud bedekt.

Dat van Anouk was het moeilijkste geweest om te zien. Het Nederlandse meisje was Elena's eigen Demper geweest, deel van háár strijdgroep. Dat ze er van haar ouders had moeten uitstappen, maakte geen verschil: Elena had haar moeten kunnen beschermen. In plaats daarvan had ze alleen maar kunnen toekijken hoe Anouk gedood en aan de kant gegooid werd.

Hoe zwaar die schuld ook woog, het was niets in vergelijking met wat ze nu voelde. Colin.

In haar nachtmerries zag ze hem nog elke nacht overeind schieten op het bed waarop hij in stasis had gelegen. Ze kon niet bewegen terwijl zijn ogen zwart kleurden, vleugels op zijn rug openklapten, en zijn gezicht de kille uitdrukking van Teles kreeg. Keer op keer zag ze hem Anouks keel openscheuren, de verkiezingssamenkomst in chaos veranderen, dwars door een raam wegvluchten.

Ze had willen meedoen met de jacht op Teles, maar ze had alleen maar mogen wachten en wachten. Tot ze eindelijk nieuws had gekregen.

'Ze hebben zijn spoor gevonden.' Haar vaders stem had zwaar geklonken. 'Het is voorbij. Hij is Parijs uitgeglipt.'

'Hij is…' Ze had zich gedwongen de woorden te vormen. 'Dat is goed nieuws.'

Een Sirene had de aanwezigheid van begaafden nodig om in deze wereld te kunnen blijven: net zoals ophionen alleen doorbraken in Parijs, zo konden Sirenen alleen hier iemand in bezit nemen. Meestal waren ze niet zo dom om Parijs uit te gaan, want dat betekende dat ze uit deze wereld gegooid werden.

Wanneer een Sirene op die manier terug naar de onderwereld verdween, dan ging dat niet vreedzaam: de geest van de gastheer werd aan stukken gerukt, nog heftiger dan wanneer een niet-begaafde bezetene vanzelf opbrandde. Het dreef de waanzinnige er onveranderlijk toe om zelf de dood op te zoeken.

Maar het was goed nieuws geweest, natuurlijk, of dat had ze zichzelf uit alle macht voorgehouden. Colin was al verloren geweest. En nu vormde Teles geen bedreiging meer.

De strijdgroepen hadden verder gezocht naar Colins lichaam, om zijn familie afsluiting te kunnen geven. Het was nog niet gevonden, maar dat was niet onverwacht. Teles' vleugels hadden hem een flinke voorsprong gegeven.

Uiteindelijk zou er misschien nog nieuws komen van de politie of een instantie die onbekende lichamen borg, maar de traditionele tijd om daarop te wachten was verstreken en de wake was georganiseerd.

Achter haar kuchte Rafael. Ze besefte dat ze nog steeds als bevroren op de drempel stond, balde haar handen tot vuisten, rukte haar blik weg van de foto en dwong zichzelf om door te lopen.

Aan weerszijden van haar voelde ze blikken branden, terwijl ze door het middenpad liep. Elke strijder in Parijs die niet aan het patrouilleren was, was aanwezig, zoals het hoorde bij een wake voor een strijder die zijn leven had gegeven.

Colin verdiende dat ze zijn Lied eerden. Hij had niets liever gewild dan deel van een strijdgroep te zijn, en hij had net zo hard en verbeten gevochten als de strijders die waren gesneuveld met een opengereten keel. Dat zijn lichaam nog een poosje had rondgelopen, bezield door Teles, betekende niet dat hij niet hetzelfde offer had gebracht.

De lege rij stoelen vooraan kwam in zicht en haar handen voelden koud, haar keel leeg en lam zonder het zoemen van haar Lied. Hoe kon ze een ereplaats innemen op Colins wake, terwijl zij degene was die de missie had geleid om hem te redden en had gefaald?

Ze moest hier weg.

Maar de trage, dwingende klanken van het Zevende gingen onstuitbaar door, en hoewel haar Lied weigerde om zich erbij te voegen, brachten haar voeten haar naar de voorste rij aan de linkerkant, de plaatsen die waren voorbehouden voor enkele van de belangrijkste mensen in het leven van een strijder: de leden van zijn strijdgroep.

Die bij hem hadden moeten zijn toen hij viel.

Waarom had hij hun niets verteld? Waarom had hij niet het gevoel gehad dat hij haar kon vertrouwen met zijn verdenkingen over het toenemende aantal ophionen en Echo's in Parijs? Hij was als enige op het spoor geweest van de duistere invloed die het Kefálion was binnengedrongen.

Misschien dat ze samen de puzzelstukjes wél op tijd hadden kunnen samenvoegen, dat ze samen achterhaald zouden hebben dat Elias Elgar, het hoofd van de Fluisteraars, een verbond had gesloten met de Sirenen en vrijwillig Thelxiope in zijn lichaam en ziel had toegelaten.

In plaats daarvan had Colin gezwegen, wat Elgar de gelegenheid had gegeven om hem te laten bijten door een ophion. En later, toen Colin in stasis lag, had Elgar Colins emoties zo beïnvloed dat zijn Lied het gif niet kon neutraliseren: het gif dat ervoor zorgde dat een Sirene toegang kreeg.

Ze ging zitten op een stoel die versierd was met kleine trosjes haberlea, de lilablauwe bloemen die van oudsher aan Orpheus waren toegewijd.

Rafael kwam naast haar zitten en leunde naar haar toe. 'Als

onze onverschrokken leidster stilletjes is, word ik bang. Wat is er aan de hand?'

Zijn Lied spoelde heel even over haar heen, de vertrouwde klank van zijn gitaar die het Zevende net iets vinniger tokkelde dan het in de zaal klonk. Het voelde als een zeebries die haar wakker schudde.

'Niets,' zei ze. Als ze had willen instorten, dan had ze dat eerder moeten doen.

Isabella en Ariane gingen naast Rafael zitten, hun fluit en piano zacht maar herkenbaar.

Genoeg slap gedoe. Als er een ophion tegenover haar was opgedoken, had ze ook geen tijd gehad om te janken. Ze ademde in en uit, en duwde haar Lied op pure wilskracht naar buiten. Het ritme van het Zevende was lastig, belachelijk complex voor zo'n trage, sussende melodie, maar het had een onverwacht effect: het verleidde haar hart ertoe om een stabiliserend basisritme te gaan slaan dat haar rustiger maakte.

In haar ooghoek zag ze beweging en ze keek opzij.

Twee eenzame figuren hadden plaatsgenomen in het midden van de verder lege rechterrij, die gereserveerd was voor familie. Lorcan zat rechtop, zijn gezicht zo afstandelijk dat het contrast met Colins beweeglijke trekken niet groter had kunnen zijn, maar toch was de gelijkenis met zijn tweelingbroer nog steeds als een pas geslepen mes, zo scherp dat het geen pijn deed tot je het bloed zag. Zijn moeder zat naast hem, klein en fragiel, haar schouders gekromd, haar hoofd met de wolk rood haar tegen hem aan geleund, alsof hij het enige was wat haar overeind hield.

Het moest fijn zijn om erop te kunnen rekenen dat iemand je wel overeind zou houden, dat het veilig was om in te storten.

Wat?

Ze klemde haar tanden op elkaar. Nee. Dat was niet wie zij was.

Ze dwong zichzelf om haar ogen op te slaan naar Colins foto, te blijven kijken, ook al had ze het gevoel dat haar ogen zouden gaan bloeden. Nog nooit in haar leven was ze iets uit de weg gegaan en daar zou ze nu niet mee beginnen. Dit was Colins wake. De onderwereld had een slag gewonnen. Dat betekende dat ze de volgende keer harder zou moeten vechten, en winnen. Ze staarde naar Colins donkerblauwe ogen tot die veranderden in een wolkeloze hemel van vastberaden blauw.

Het geluid van handen die elkaar raakten, versterkt door een Lied van Afweer, ging als een galmende klap door de ruimte. Meteen viel de muziek van het orkest weg, en overal in de zaal vielen de Liederen een voor een stil.

Haar vader stond vooraan, achter een spreekgestoelte dat gedrapeerd was met bloemen. Op zijn borst glansde de gouden lier.

De dag na de vreselijk misgelopen verkiezingssamenkomst was de verkiezing alsnog doorgegaan, maar de resultaten waren te verdeeld geweest. Er was dus een interim-raadshoofd aangewezen tot de situatie weer stabieler was. Hoe voorlopig het ook was, de lier om zijn hals te zien hangen, waar hij hoorde, was een lichtpuntje.

Met ernstige stem begon hij aan de openingstoespraak van de ceremonie. Dank Orpheus dat hij de wake leidde. Het ging er niet om wat hij zei, want dat zou altijd hetzelfde zijn geweest: dat Colin er niet meer was, dat hij te jong was geweest, dat ze zijn bijdrage aan de strijd zouden eren. Het ging om de manier waarop. Niemand zou Alexander Drakos ooit kunnen beschuldigen van sentimenteel gedoe. Het krachtige, zelfverzekerde ritme waarin hij sprak was geruststellend.

Onder andere omstandigheden had zij daar kunnen staan, als leidster van Colins strijdgroep. Maar hun groep was te omstreden, de omstandigheden van Colins einde te uitzonderlijk, en zij had de taak maar al te graag doorgegeven.

In plaats van te luisteren, liet ze haar ogen naar de wandschildering achter haar vader gaan. Op het fresco knielden zes gestaltes. Voor hen op de grond lagen zes in doeken gewikkelde vormen waarin je met wat goede wil de delen van een menselijk lichaam kon herkennen. In het midden was een lier afgebeeld waarop het hoofd van Orpheus rustte, de ogen droevig maar wijs, de lippen uit elkaar, alsof het de groep toesprak.

De zes waren de voorouders van alle begaafden: de eerste Schreeuwers, Luisteraars, Fluisteraars, Stemmers, Dempers en Helers. Niemand wist wie ze precies geweest waren of hoe ze eruit hadden gezien, maar alle afbeeldingen die Elena kende lieten zien hoe divers de groep was geweest: mannen en vrouwen, hun huidskleur variërend van licht tot donker, hun kleding uiteenlopend van rijke gewaden tot simpele lendendoeken. Elk van hen strekte een hand naar het hoofd uit, een weergave van het moment waarop ze een deel van Orpheus' kracht ontvingen.

Haar vaders stem viel plotseling stil en hij verliet het spreekgestoelte. Ze zette zich schrap. Het moeilijkste kwam nu.

Isabella liep naar voren, voor één keer niet de enige witgeklede persoon in de kamer. Met haar lange gestalte leek ze op een kraanvogel in een besneeuwd landschap. Ze ging achter het spreekgestoelte staan en keek de zaal in.

Haar zachte stem leek tot elk van hen persoonlijk te spreken: 'We eren Colins Lied. Wie wil een herinnering delen?'

De muzikanten begonnen het Zevende weer te spelen en het ene na het andere Lied uit de zaal volgde. Isabella's fluit rees erbovenuit en ze stak haar handen uitnodigend naar voren, de palmen omhoog.

Elena hoorde Rafael zachtjes tegen Ariane fluisteren over wat de bedoeling van dit deel van de ceremonie was: iedereen die dat wilde kon een herinnering aan Colin door Isabella laten Stemmen en vertolken.

Niemand bewoog.

Een golf van verontwaardiging rees in haar op. Haar Lied dreunde met langzame, pijnlijke slagen door de zaal. Colin had genoeg levens geraakt, herinneringen beïnvloed. Had niemand er één te geven?

Ze voelde naast haar hoe Rafael opzij keek. Haar hersenen diepten de regels op: wie het dichtst bij Colin had gestaan, moest de eerste herinnering geven.

Haar ogen schoten naar de rij aan de andere kant van het gangpad, waar Lorcan nog steeds doodstil zat, zijn moeder een hoopje ellende. Iedereen zat te wachten tot Fiona zichzelf bij elkaar zou rapen, maar het was de vraag of ze dat zou kunnen. Lorcan zou haar plaats kunnen innemen, maar de koppige idioot zou dat heel goed kunnen weigeren.

Elena was nooit goed geweest in wachten. Toen er nog drie hartslagen verstreken waren waarin Isabella vooraan stond, haar gezicht sereen, haar handen een aanhoudende vraag, kon ze het niet meer uithouden en stond ze op.

Ze voelde de ogen in de zaal toen ze naar voren liep, pijlen gemaakt van medeleven en nieuwsgierigheid. Maar haar Lied murmelde in haar hielen, haar beenspieren: eindelijk, actie. Ze wierp één verbeten blik op Lorcan, die zijn ogen vernauwde, maar roerloos bleef zitten. Haar voetstappen creëerden een vastberaden ritme op de marmeren vloer, smeulend van woede. Colin had beter verdiend.

Isabella wachtte tot ze vlak voor haar stond en zei toen zacht: 'Jij bent degene op wie we altijd kunnen rekenen.'

Zodra ze Isabella's handen pakte, leken alle andere Liederen zachter te worden. Het hele Zevende Troostlied werd de achtergrond voor de zoekende fluit.

Welke herinnering moest ze in vredesnaam delen? Vooraf had ze zichzelf wijsgemaakt dat ze het wel zou weten zodra het zover was, maar ze besefte dat ze in werkelijkheid had gehoopt dat ze eronderuit zou weten te komen.

Met stijgende paniek drong tot haar door dat dit een heel slecht idee was geweest. De herinnering die zij deelde zou de eerste zijn, dus moest hij dubbel betekenisvol zijn. Maar alles wat er door haar hoofd spookte waren flarden van Colins mond, zijn ogen, zijn lach, zijn vingers die over een klein houten figuurtje streken…

Isabella kneep in haar handen. 'Hou op met zoeken. Je weet wie Colin was. Wat je in hem eert.'

Ja. Dat wist ze.

Haar ogen vielen als vanzelf dicht en ze hapte naar adem toen de hele zaal verdween, alles om haar heen wegviel, om plaats te maken voor Colins stem die zachtjes *Take the A Train* neuriede, zijn voetstappen naast haar, zijn vingers die het ritme knipten in een plagerige uitnodiging die haar vulde met een prettige onrust. Hij was de enige ooit geweest die op de een of andere manier had geweten hoe zoiets haar Lied leek te roepen, het prikkelde om mee te doen.

Het was hun eerste missie geweest om Echo's uit te schakelen en ze was opgewonden geweest, maar ook geconcentreerd. Erop voorbereid om iedereen in haar groep te beschermen.

De realiteit om haar heen vervaagde toen Isabella's fluit de herinnering haarscherp maakte, zo levendig dat ze erin verdween.

Isabella's stem begon te vertolken wat ze samen zagen in Elena's herinnering: 'Het is een zachte herfstavond. De geur van macarons drijft uit het bovenraam van een huis dat we passeren.'

Voor het eerst begreep Elena waarom het de Stemmer was die op een wake de herinnering beschreef. Ze zou op dit moment zelf geen woord uit haar keel gekregen hebben. Alles was te echt, te tegenwoordig: Colins bariton warm, de geur van geroosterde amandelen overweldigend, haar hart zo kwetsbaar dat het minste duwtje het zou kunnen beschadigen.

Ze probeerde zichzelf er bewust van te blijven dat ze in werkelijkheid in de grote zaal van het Orpheushuis stond, maar de herinnering slokte haar op. Er was geen verschil meer tussen Isabella's stem en wat Elena herbeleefde.

'Ik weet zeker wie de eerste Echo voor zijn rekening zal nemen: ik natuurlijk. We moeten beginnen met het leren kennen van onze basisrollen in de strijdgroep. Colin gaat ertegenin, beweert dat ik niet snap wat de basisrol van een Luisteraar is. Dat hij de eerste Echo kan uitschakelen nog voor ik mijn Lied naar mijn hielen heb laten stromen.'

Elena hapte naar adem toen Isabella's fluit indringender werd. Colins brede lach, zijn fonkelende ogen, en zijn gespreide handen met de lange vingers vulden haar hele geest.

Ze was niet van plan geweest om hem zijn zin te geven. Toen had hij zijn hoofd schuin gehouden en gezegd: 'Aha, we krijgen er twee. Delen?' En ze had het in een opwelling gewoon gedaan, had de rest de opdracht gegeven om hem te helpen met de eerste Echo, terwijl zij de tweede voor haar rekening zou nemen.

Zodra de slangachtige schaduwkop was opgedoken, was Colin in beweging geweest, een en al harmonieuze kracht, zijn kralen van orfinium in zijn hand. Hij had de Echo zo loepzuiver getroffen, dat ze had willen blijven stilstaan om te applaudisseren.

Achteraf had ze zich afgevraagd wat haar had bezield om in te stemmen. Ze had niet kunnen weten dat het goed zou gaan. Maar Colin had iets… Zelf had ze geen problemen met mensen zover krijgen dat ze deden wat zij wilde. Als het nodig was, had ze behoorlijk doorslaggevende argumenten. Maar dat was iets totaal anders dan Colins vermogen om mensen niets liever te laten willen dan hem een plezier te doen. Zij was de voorbeeldsoldaat, verder reikten haar kwaliteiten niet, hoe graag ze dat soms ook had gewild. Juist als het om Colin ging.

Ze werd zich ineens weer bewust van Isabella's handen om de hare en opende geschokt haar ogen. Hoeveel had Isabella hardop gedeeld? Ze trok haar handen terug, draaide zich om en keek de zaal in.

Haar ogen haakten in die van Anouks moeder. Céline leek griezelig veel op haar dochter, met dezelfde massa bruine krullen. Alleen Anouks nuchtere, scherpe blik ontbrak – haar ogen waren leeg.

Ze verplaatste snel haar blik. Fiona zat te snikken tegen Lorcans schouder, Ariane zag er peinzend uit, Rafael zat onderuitgezakt naar haar te staren met een halfhartige spottende trek om zijn mond. Daar kon ze niks uit opmaken. Haar ogen zochten paniekerig haar vader.

Hij knikte kort, goedkeurend.

Oké. Oké. Ze liep terug naar haar stoel, haar handen trillend. Alles in haar voelde rauw. Ze probeerde uit alle macht de rest van de zaal buiten te sluiten. Heel even lukte dat.

Toen liep Fiona naar voren en begon Isabella's stem de herinnering te delen aan de eerste keer dat Colin een piano had aangeraakt. Elena wilde dat ze overeind kon komen en Schreeuwen, iets breken.

Haar handen balden zich tot halve vuisten en ze tikte de knokkels van haar middelvingers tegen elkaar, precies twee keer zo snel als het ritme van het Zevende, dat tergend langzaam door de zaal gleed.

Ze moest iets doén. Als ze niet snel een missie kreeg, zou ze gek worden.

HOOFDSTUK 3

HET ORKESTJE WAS NA DE CEREMONIE OVERGEGAAN OP jazzmelodieën, zacht en soepel, maar de emoties van de aanwezigen voelden als scherpe prikken op Arianes huid.

Ze liep naar een lege raamnis en keek naar buiten. Witte beelden, begroeid met mos, kale takken, donkergroen gras. In de verte een muziektempeltje, waar de Dempers hun kunsten hadden vertoond tijdens de verkiezingssamenkomst die zo vreselijk was misgegaan.

Ariane had niet geweten of ze vandaag wel moest komen. De voorbije dagen had ze de uitnodiging met de lier in de rechterbovenhoek keer op keer tevoorschijn gehaald, gestaard naar het opschrift: 'Wake voor Colin Walsh. We eren zijn Lied dat tot zwijgen is gebracht.'

Had ze wel het recht om hier te zijn? Tenslotte was zij verantwoordelijk voor –

Lorcans stem deed haar opschrikken. 'Verberg je je?'

Hij was ongemerkt naast haar opgedoken. Ze was er veel te snel aan gewend geraakt dat ze de aanwezigheid van mensen ruim van tevoren voelde door de emoties die van hen uitgingen.

'Ik wist niet zeker of ik hier wel hoorde te zijn.' Of hij haar hier wel zou willen.

Het was de eerste keer in twee weken tijd dat ze Lorcan zag, hij was na de verkiezingssamenkomst niet meer naar school gekomen. Ze had eindeloos gewacht op bericht van hem, nadat ze hem had beloofd om hem te helpen Colin terug te krijgen. Rafael had haar verteld dat Lorcan zich dag na dag terugtrok in de bibliotheek van het Orpheushuis, alsof hij de aanwezigheid van anderen niet kon verdragen.

En toen was het nieuws gekomen dat de wake gepland was.

'Geen van ons zou hier moeten zijn.' Lorcans schouders waren strak, alsof hij een onzichtbaar gewicht droeg.

Van dichtbij zag ze dat het witte vest dat hij droeg gemaakt was van damast, met een ingeweven patroon van zacht glanzend parelmoer, spiralend boven zijn hart. Het was veel flamboyanter dan hoe hij zich gewoonlijk kleedde.

Lorcans hand bewoog naar de plek waar haar blik hem raakte, alsof hij die kon voelen.

Een felle steek emotie drong als een degen onder haar ribben naar binnen. Ze besefte dat haar Lied om hen heen hing, dat ze het naar buiten had gelaten. De zachte klanken van haar piano mengden zich met de jazz op de achtergrond.

Ze keek naar hem op. 'Dat vest was van Colin, of niet?'

'Ja.'

Zijn ogen waren stormachtig, en haar Lied bracht *gemis* met zich mee, fel en compromisloos. Ze hield haar adem in door de intensiteit van het gevoel. Lorcan fronste en wendde zijn blik af. De emotie viel weg, uitgewist.

De plotselinge leegte was zo frustrerend dat de vraag er al uit was voor ze het goed en wel besefte: 'Waarom heb jij geen herinnering gedeeld?'

‘Herinneringen zijn voor wanneer het gevecht voorbij is.’ Hij gebaarde naar de muurschildering die de nis versierde: een man die met aandachtig gebogen hoofd een lier bespeelde. ‘Als Orpheus ons iets geleerd heeft, dan is het dat op het verkeerde moment achteromkijken dodelijk is.’

Op die manier was Orpheus volgens de mythe zijn geliefde Eurydice kwijtgeraakt, halverwege hun terugkeer uit de onderwereld.

Haar Lied bleef zoeken in de leegte, alsof zijn weigering om iets naar buiten te laten lekken het alleen maar vastberadener maakte.

Lorcans stem was een waarschuwing. ‘Hou op.’

Ze wist dat hij had geleerd om zijn emoties te begraven, zodat zijn broer er geen last van zou hebben. Voor een Fluisteraar was dat moeilijk: hij beïnvloedde van nature altijd onbewust zijn omgeving enigszins met zijn eigen emoties.

Tweelingen met verschillende gaven overleefden de zwangerschap normaal niet. Alleen Fluisteraars en Luisteraars vormden soms een uitzondering, wanneer de Luisteraar zo’n grote aanleg had dat hij onbewust voelde wat er gebeurde en zich zo intens liet Fluisteren dat ze in volmaakte harmonie waren.

Colin en Lorcan hadden op die manier de zwangerschap overleefd, maar niet zonder gevolgen: Colin was overgevoelig gebleven voor zijn broers emoties, vooral op stressvolle momenten. Toen ze deel werden van Elena’s strijdgroep was dat alleen maar erger geworden. Lorcan was uiteindelijk naar New York gegaan, om daar te leren het onbewuste deel van zijn gave te controleren.

Ze wist dat hij zich achteraf afvroeg of het de verkeerde keuze was geweest. Of hij had kunnen voorkomen dat Colin gebeten werd als hij hier was geweest.

Hij kon zichzelf niet blijven dwingen om zijn verdriet binnen te houden, uitgerekend vandaag. Was het om haar? Omdat ze ook een Luisteraar leek te zijn, net als Colin? Maar dat was ze niet.

'Lorcan, je hoeft niet – '

Hij vernauwde zijn ogen. 'Als je per se wilt Luisteren, laten we dan naar buiten gaan. Zoeken.'

Haar adem ontsnapte haar in een zucht van verbazing. 'Wat? Maar de zoektocht is stopgezet.'

Hij keek haar minachtend aan, alsof ze zonet het domste had gezegd wat er bestond. '*Zij* hebben de zoektocht stopgezet.'

Hij was vlak na het gebeuren zo zeker geweest, er zo van overtuigd dat ze Colin konden redden. Toen ze de uitnodiging voor de wake kreeg had haar hart gebloed voor hem omdat die zekerheid op niets was uitgedraaid. Maar hij had het helemaal niet opgegeven.

Drakos had hen ten strengste verboden om zich te bemoeien met de zoektocht. Met zoveel Luisteraars op de been zou het meteen zijn opgevallen als ze zich daar niet aan hielden. Maar nu…

'Jij wilt de zoektocht voortzetten,' zei ze.

'Ik wil voor het eerst echt zoeken. Zij hebben Colin nooit een kans gegeven.'

Ze fronste. 'Maar…'

'Ze joegen op Teles, een Sirene die de wereld bedreigde. Voor hen was Colin al verloren. Terwijl Drakos weet dat er meer mogelijk is dan ons altijd is verteld. Hij heeft het levende bewijs daarvan gehoord.' Zijn ogen pinden haar vast. 'Jou.'

Het levende bewijs dat er… hoe had Lorcan het ook alweer gezegd? Dat er aberraties bestonden. Afwijkingen, die ooit zichzelf vernietigd hadden, of misschien allemaal uitgeroeid waren om te voorkomen dat ze de begaafden naar hun ondergang zouden leiden. Ariane zou nooit een echte Luisteraar zijn, ook al kon ze Luisteren. Zij was een Zanger. Ze had geen gave van zichzelf, ze kon alleen andere Liederen imiteren of krachtiger maken. Lorcan geloofde dat ze die gave konden inzetten om Colin te bevrijden van Teles.

'Maar zelfs als een Zanger iemand die bezeten is geweest zou kunnen redden van de waanzin, ze hebben Colin niet gevonden. Ze zeggen dat dat betekent dat hij…' Ze aarzelde, wilde het niet zeggen.

'Dus jij gelooft echt dat hij ergens dood in de Seine drijft? Of onherkenbaar gemangeld is door een trein?'

Ze zette een stap achteruit, de beelden die hij opriep waren te wreed.

'Ik… weet het niet, ik…'

Zijn viool steeg rondom hem op, krachtig en dringend.

'Maar ik wel.' Zijn hand balde zich tot een vuist, tikte op zijn borst, en zijn vastberadenheid spoelde over haar heen, oprukkend in mineur met de ingewikkelde opeenvolgingen van het Zevende Troostlied. 'Als hij er niet meer zou zijn, zou ik het weten, Ariane. Ik zou het wéten.'

Het was moeilijk om zich te verzetten tegen de overtuiging die hij Fluisterde, maar ze deed het toch, zocht naar de logica.

'Dus je denkt dat Teles nog in Parijs is? Waarom horen ze hem dan niet?' Volbloed-Sirenen konden niet onderduiken en waren voor Luisteraars dan ook mijlenver te horen. Elgar was de uitzondering geweest, maar… 'Denk je dat hij is ondergedoken, zoals Thelxiope in Elgar? Maar Elgar had vrijwillig een verbond gesloten met de Sirene, je denkt toch niet dat Colin…'

'Natuurlijk niet!' Zijn ogen waren felle, zilveren streepjes. 'Jij was erbij, je hebt gehoord wat er gebeurde. Heeft Colin de Sirene uitgenodigd?'

Ze dacht terug aan hoe het had gevoeld: Colin, die koppig volhield, zelfs na weken in stasis nog steeds vocht, uitkeek naar het licht terwijl overal om hem heen duisternis was.

'Nee,' zei ze zonder aarzelen. 'Absoluut niet.'

'Nee,' herhaalde Lorcan. Hij sloot zijn ogen. 'Dat hebben wij gedaan, jij en ik.'

Ze voelde de zwaarte van dat moment weer op haar schouders landen, aangevoerd door de viool die *schuld* Fluisterde, klagend en doordringend.

De herinnering was nooit ver weg. Aan het moment waarop ze had gehoord hoe Lorcan met zijn Lied zijn broer een reddingslijn van hoop toewierp, hem bijna had gered. En hoe het daarna was misgegaan. Zij was er geweest om te Luisteren, op te letten dat alles ging zoals het moest gaan. Maar ze had niet geweten wat ze was en ze had Lorcans Lied op het verkeerde moment Versterkt, zodat Colin werd doordrenkt met angst en eenzaamheid… en de strijd had opgegeven.

Ze dwong zichzelf weer in het hier en nu te komen. 'Wat denk je dan dat er is gebeurd?'

Hij keek haar verbeten aan. 'Teles is meteen in het begin veel te lang ontkomen.'

Dat wist ze nog. Het had lang geduurd voor ze een spoor vonden. 'Doordat Elgar de leiding over de zoektocht had.'

Elgar had de strijdgroepen opzettelijk inefficiënt ingezet, zoveel was achteraf wel duidelijk geworden. Hoe hij dat precies had gedaan en wat zijn plannen waren geweest, was nog steeds een raadsel. Elgar beweerde dat hij zich nauwelijks iets herinnerde van wat Thelxiope had gedaan terwijl de Sirene de overhand had in zijn lichaam. De raad had besloten om pas over zijn lot te beslissen wanneer er een definitief raadshoofd was verkozen.

'Elgars sabotage heeft absoluut geholpen,' zei Lorcan. 'Maar het zou op zichzelf niet genoeg zijn geweest. Teles moet een schuilplaats hebben gevonden.'

Zoiets had hij eerder al gezegd. Daarom had hij de voorbije dagen in de bibliotheek doorgebracht, begreep ze ineens. Niet, zoals Rafael had gedacht, om zich van de rest van hen af te sluiten, maar om te zoeken naar aanwijzingen.

Haar maag trok nerveus samen. 'Weet je waar hij is?'

'Ik heb mogelijkheden. Maar om die te verifiëren heb ik iemand nodig die kan Luisteren.' Zijn onrust en woede zongen op de klank van zijn viool, sijpelden in haar naar binnen. 'Je zei dat je me zou helpen hem terug te halen. Hou je je aan je belofte? Laten we dan gaan.'

Een prikkend gevoel deed haar over haar arm wrijven en ze keek om zich heen, werd zich weer bewust van de tientallen andere mensen in de zaal. Ze stonden hier wel uit het zicht, maar haar Lied en dat van Lorcan waren duidelijk hoorbare tekens van de dissonante discussie die ze hier stonden te voeren.

Haar ogen bleven hangen bij Fiona's kleine gestalte. Het verdriet van Colin en Lorcans moeder was overweldigend duidelijk. Voor haar was dit het definitieve afscheid van haar zoon.

'Je kunt je moeder toch niet zomaar achterlaten. Zij...'

'Mijn moeder.' Hij maakte een ongeduldig, spottend geluid. 'Denk je dat ik voor haar hier zou moeten blijven?' Hij keek haar een paar tellen zwijgend aan. 'Kom mee. Luister naar haar.'

Zijn ogen daagden haar uit om terug te krabbelen, te weigeren, maar dat kwam niet eens in haar op. Ze volgde hem de nis uit.

Een groepje van vier mensen draaide zich naar hen toe toen ze passeerden.

'Ik eer het Lied van Colin Walsh,' zei een grote man met gemillimeterd haar. Achter hem herhaalde de rest van de groep hetzelfde.

Lorcan knikte. 'Ik eer Katerina Zelas' Lied.'

Toen ze doorliepen zei Lorcan somber: 'Ze hebben hun Schreeuwer verloren in het gevecht tegen Elgar en Thelxiope. Vorige week was de wake voor haar en de andere gevallen strijders.'

De vier stonden bij elkaar alsof ze elkaar nodig hadden om overeind te blijven. Op de avond van de verkiezingssamenkomst hadden ze zo bedreigend geleken. Op dit moment zag ze vooral hoe jong ze nog waren, misschien halverwege de twintig, terwijl het verdriet diepe sporen op hun gezichten had getrokken.

Lorcans moeder stond te praten met iemand die Ariane tot haar verrassing herkende.

'Meneer Valdez?'

'Dag Ariane.' Haar leraar muziekgeschiedenis keek haar even oplettend aan, maar wendde zich toen tot Lorcan. 'Lorcan. Ik eer Colins Lied.'

'Dank u. Zou ik mijn moeder even kunnen spreken?'

'Natuurlijk. Ik zie jullie maandag.'

'Lorcan.' Zijn moeder klonk alsof ze in zee lag en eindelijk een reddingsboei zag. Ze pakte hem bij zijn arm. Haar ogen waren vochtig en roodomrand toen ze Ariane aankeek. 'Jij bent degene die hem als laatste heeft gezien. Gehoord.'

Ze had hetzelfde zangerige accent als Lorcan en Colin. Van veraf had Fiona er heel anders uitgezien dan haar zoons: klein, met koperrood haar dat golfde om een gezicht als van een elfje: hartvormig, met een regen van lichte sproeten op haar jukbeenderen. Van dichtbij zag Ariane dat haar grote, melancholieke ogen precies hetzelfde donkerblauw waren als die van Colin, en dat haar blik Lorcans intensiteit had.

Fiona haalde haperend adem. 'Jij bent de Luisteraar die bij hem was toen het gebeurde, toch? Bij dat muziekcafé, *Les Oreilles*.'

Ariane keek snel naar Lorcan. Het was duidelijk dat hij zich had gehouden aan de afspraak met Elena's vader om niemand te vertellen dat ze een Zanger was. Zijn moeder kende het tweede deel van het verhaal dus niet, het gedeelte waarin hun gecombineerde Liederen onbedoeld de weg naar Colins ziel hadden vrijgemaakt voor de Sirene.

Wilde hij daarom dat ze zijn moeder ontmoette, zodat ze zou beseffen dat hij zich aan zijn belofte had gehouden? En dat zij dus hetzelfde zou moeten doen?

'Ik... Ja, ik was er die avond ook.' Ze voelde het verdriet van de vrouw op haar huid prikken en zocht naar iets om die scherpte te verzachten. 'Zelfs toen hij gewond was, probeerde hij me te beschermen. Hij wilde niets liever dan me uit de buurt krijgen bij de plek waar de ophion was opgedoken, en waar... waar Elgar hem waarschijnlijk beïnvloed had.'

'Zo was Colin. Die herinnering die ik daarstraks deelde, over de eerste keer dat hij piano speelde, die heb je toch gehoord? Daarna vroeg hij me voor het eerst: "Waarom ben je zo verdrietig, mama?" Weet je nog?' Fiona's ogen vulden zich met tranen. Ze keek opzij naar Lorcan.

'Ja, dat weet ik nog.' Lorcans stem was leeg.

Fiona glimlachte waterig naar Ariane. 'Colin wist het altijd. Hij wist precies wanneer ik er niet meer tegenop kon.' Ze klampte zich wat steviger aan Lorcan vast en keek nog een keer naar hem op, voor ze zich weer tot Ariane richtte. 'Ik vond het zo moeilijk om hem hierheen te laten gaan. Mijn kleine, gevoelige Luisteraar in deze wrede stad.'

Uit een ooghoek zag Ariane hoe Lorcans mond spottend vertrok. Waarom deed hij zo?

'Dat kan ik me voorstellen,' zei ze meelevend.

'Colin maakte alles graag makkelijker voor anderen,' zei Fiona. Haar blik op Lorcan was nu ronduit verwijtend. 'Het is zo'n geschenk als je iets niet hoeft uit te leggen. Begrijp je?'

Fiona stak haar vrije hand uit naar Ariane, en ze pakte die in een reflex aan.

Luister naar haar, had Lorcan gezegd. Fiona's smekende ogen leken haar hetzelfde te vragen.

Om haar heen vulde de melancholieke jazzmuziek nog altijd de zaal. Nu ze het bewust deed, was het lastig om haar eigen Lied naar buiten te sturen op een andere melodie, maar het Zevende Troostlied worstelde zich door de jazz en reikte naar Fiona.

Zodra haar Lied bij haar terugkwam met wat het bij Fiona had opgepikt, hapte ze naar adem.

Gewoonlijk waren de emoties van mensen een mengeling van dingen die in hen omgingen en elkaar wat afzwakten. Fiona's emoties waren fel, zo sterk als Ariane ze alleen van Lorcan ooit had gevoeld, op momenten dat hij ze bewust naar haar Fluisterde. Ze liet haar ogen dichtvallen en stond zichzelf toe om de rest van de zaal te vergeten, om de stemmen en voetstappen om haar heen buiten te sluiten, de trombone die op de achtergrond virtuoos speelde.

Verdriet. Helder en duidelijk. De pijn van een leegte die zo groot was dat die haar longen vacuüm leek te willen trekken. Maar in die leegte trilde een tweede emotie, half bekend, half vreemd. Het leek op verlangen. Nee, *honger.* Een gefrustreerde nood aan iets wat dichtbij was, maar net buiten bereik bleef.

Ariane opende haar ogen. Fiona's ene hand lag nog steeds in de hare, maar haar andere hand was strak om Lorcans arm geklemd, haar ogen op hem gericht.

Hoe langer Arianes Lied naar Fiona uitging, hoe dieper de leegte werd en hoe dwingender die wanhopige honger.

'Niet hier, moeder,' zei Lorcan afwerend.

'Denk je nu echt dat iemand dat vandaag iets kan schelen?' vroeg Fiona. 'Ze zullen het niet eens merken. Maar als dat je enige zorg is…'

Een viool voegde zich ineens bij het Zevende Troostlied. Niet Lorcan, de speelstijl was compleet verschillend: geen vibrato's, meer legato, de noten vloeiend aan elkaar gebonden. Dit was Fiona's Lied.

De jazzstandard van het orkest, die had gevochten met Arianes Lied, verdween abrupt in het niets, net als het geroezemoes van de stemmen om hen heen. Dus Fiona was een Demper. Ze had hen in een stilteschild gezet waar geen geluid uit ontsnapte of in binnenkwam. Alleen Fiona was er nog, met haar verdriet en haar smachtende vraag.

En plotseling begreep Ariane wat ze wilde. Verontwaardiging greep haar bij de keel. Waarom liet hij haar wachten, terwijl zijn moeder zo duidelijk leed?

'Lorcan…'

Zijn ogen waren als boze, grijze wolven. 'Ja?'

Ze wreef over haar armen. 'Waarom help je haar niet?'

'Vind je dat ik dat moet doen?'

Ze begreep niet waar hij mee bezig was. 'Natuurlijk!'

Er trok een spiertje in zijn kaak, voor hij zijn kin een fractie liet zakken en zijn adem door zijn neus naar buiten blies. Zijn Lied rees om hen heen op, fors en ongeduldig, en nam de leiding van het Zevende Troostlied over.

De Fluistering gleed over Ariane heen als de hand van een reus, die haar ogen sloot en haar bewustzijn in slaap wiegde. *Alles is goed. Geen zorgen. Alles is goed.* Ze wankelde op haar benen door de intensiteit van zijn Lied.

Met het laatste restje alertheid dat ze nog overhad, rukte ze haar hand uit die van Fiona en zette een stap achteruit. 'Wat dóé je?'

'Je vond toch dat ik haar moest geven wat ze wilde?' Er was geen spot of verzet op zijn gezicht meer te zien. Zelfs zijn stem klonk vredig, alsof ze in een kloostertuin stonden, waar nooit iets kwaads was gebeurd. Hij knikte naar zijn moeder. 'Dit is wat ze wil.'

Fiona had haar ogen gesloten en wiegde met een vage glimlach op de maat van de muziek. Arianes Lied pikte geen spoor meer op van het verdriet van daarnet, alleen totale ontspanning. Het was alsof Fiona gedrogeerd was, onder invloed van kalmerende middelen.

Maar het was geen vloeistof uit een flesje of pil uit een potje die haar dit gevoel gaf. Arianes ogen bewogen langzaam terug naar Lorcan.

Zolang haar Lied zich op Fiona had geconcentreerd, had Ariane zich alleen maar afgevraagd waarom Lorcan zo wreed was om zijn moeder niet te geven wat ze nodig had. Maar nu besefte ze weer wat hij daarvoor moest doen: zijn eigen verdriet, zorgen, frustratie, alles wat hij voelde zover wegstoppen dat er niets meer van overbleef. En daarna deze emotie ergens vandaan toveren, om die te Fluisteren: dat alles goed was.

Wat moest hem dat kosten?

En Fiona's vraag had meer op een eis geleken, ze verwachtte dat ze zou krijgen wat ze wilde. Ze had dit vaker gedaan. Geen wonder dat hij zijn moeder had willen ontlopen.

Arianes Lied was nog steeds actief, instinctief zoekend. Tot haar verrassing openbaarde zich langzaam maar zeker een tweede emotie, onder de ontspanning waarmee Lorcans Lied Fiona doordrenkte. Een emotie die moeder en zoon deelden, zo naadloos dat Ariane het bijna niet had opgemerkt.

Opluchting.

Fiona was opgelucht dat ze haar verdriet kon loslaten.

En Lorcan was niet wrokkig omdat Ariane hem zonet had overgehaald om zijn moeder te Fluisteren, integendeel: hij was opgelucht dat hij zich niet tegen de neiging hoefde te verzetten.

Voor ze tijd had om erover na te denken wat dat betekende, werd hun kleine cocon van stilte verbroken door het geluid van voetstappen.

'Wel. Als dit niet gezellig is.' Rafael slaagde erin om er, ondanks zijn witte overhemd en witte broek, nonchalant uit te zien. Op zijn borstzakje had hij hetzelfde kleine paarsblauwe bloemetje gespeld dat ze ook elders in de zaal had gezien. Hij hield zijn hoofd een beetje schuin. 'En ontspannend.'

Lorcan vertrok geen spier. Zijn stem was diep en gelijkmatig. 'Wat wil je?'

'Dat je die stem gebruikt om me een verhaaltje voor te lezen als ik niet kan slapen.' Rafael knikte opzij. 'En jullie erop wijzen dat je de aandacht trekt van ons aller raadshoofd.'

Ariane keek opzij. Drakos stond een gesprek met Elena te voeren dat er gespannen uitzag. Het leek er niet op dat hij veel aandacht voor hen had.

Maar Fiona liet met een schuldige blik Lorcan los. 'Ik denk dat ik even moet gaan liggen.'

'Dat is misschien een goed idee,' zei Rafael. Zijn blik op Lorcan was scherp. 'Voor iedereen.'

Lorcans Lied viel abrupt weg en hij knikte. 'Waarschijnlijk wel, ja. Ariane… Ik zie je morgen.'

Het was half een vraag en half een aanname.

Ze knikte. 'Ja.'

Hij leidde zijn moeder de zaal uit, zijn gestalte recht en eenzaam.

Rafaels ogen volgden hen, zijn blik peinzend. Toen keek hij Ariane aan.

'Oké, laten we Elena bij haar vader gaan weghalen, voor hij besluit dat, als ze nog een keer het woord "missie" uitspreekt, we de komende zes maanden niet eens in de buurt van het strijdveld mogen komen.'

Hoofdstuk 4

'Ariane?' Haar moeder had een bezorgde frons op haar gezicht. 'Alles goed?'

Ariane had net willen uitstappen. Ze bleef zitten met haar hand op de kruk van het autoportier. 'Ja hoor.'

'Je bent stilletjes.'

Ze was vooral moe. Na de wake was Lorcan bij zijn moeder gebleven, maar ze hadden afgesproken elkaar de volgende ochtend in alle vroegte te treffen bij het Bois de Vincennes, vlak bij de rand van Parijs, waar Teles voor het laatst gehoord was.

'Denk je echt dat hij hier kan zijn?' had ze gevraagd.

Lorcans gezicht was strak geweest. 'Ze hebben alle voor de hand liggende plekken natuurlijk al eindeloos afgezocht: de catacomben, de tombes van Père-Lachaise… Maar stel dat hij die avond meteen hier een schuilplaats heeft gevonden? Niemand verwacht dat, omdat het een lastige plek is voor een Sirene.'

Lastig? Oh ja. Te dicht bij de grens waarbuiten Sirenen niet in deze wereld konden blijven.

'Je denkt dat ze hier minder goed gezocht hebben?'

'Het zou kunnen. Bovendien is dit domein groot en lawaaierig, met het dierenpark, de hippodroom, de sportfaciliteiten... Veel afleiding voor de Luisteraars.'

Dat klonk logisch. En dus hadden ze in stilte zoveel mogelijk van het grote park uitgekamd, waren ze gebouwen in geglipt, met sleutels waarvan ze geen idee had hoe Lorcan eraan kwam, en in kelders afgedaald. Ze had haar Lied keer op keer zo ver mogelijk naar buiten geduwd, langs mensen, dieren, het geritsel van bomen, het kraken van gebouwen... tot ze zeker wist dat hier geen Sirene kon zijn.

Daarna hadden ze een week lang elke dag voor schooltijd urenlang locaties uitgekamd: gebouwen met diepe kelders, crypten van kerken, oude muziektheaters, plekken waar emoties hingen die Echo's aantrokken en, volgens Lorcan, misschien ook Teles.

Het had niets opgeleverd, maar Lorcans geloof leek er niet door te wankelen. Elke dag als zij naar het Eurydice ging, ging hij terug naar de bibliotheek, op zoek naar meer aanwijzingen. Ze had het idee dat het een opluchting voor hem was dat hij daardoor ook Fiona kon ontwijken, die nog steeds in Parijs was, omdat ze zich daar dichter bij Colin voelde.

Gisteravond had Arianes moeder haar zien geeuwen bij het avondeten en aangeboden om haar de volgende dag op school af te zetten, zodat ze wat kon uitslapen. Ariane had geen goede reden kunnen bedenken om te weigeren, en dus had ze vandaag nog vroeger moeten opstaan, om op tijd weer naar binnen te sluipen.

'Ariane?'

Ze schrok op. Haar moeder keek haar nog steeds onderzoekend aan.

'Ik ben stil omdat ik veel aan mijn hoofd heb. Lessen, projecten...' Ze haalde haar schouders op en wist een lachje te producceren. 'Je weet wel hoe het is. Maak je geen zorgen, mam, concentreer je op de muziek. Lombarde stuurt niet voor niets elke dag zo'n chique wagen met chauffeur om je op te halen. Hij moet blij zijn met je vorderingen. Hoe gaat het met de opera?'

De verandering van onderwerp werkte. De blik in haar moeders ogen werd afwezig. 'Het is een beter geheel geworden dan ik had durven dromen. Hij is laaiend enthousiast.'

'Dat verbaast me niets.'

Emile Lombarde, een schatrijke muziekliefhebber, was een groot bewonderaar van haar moeders werk. Hij had haar gevraagd om een oeroude maar beschadigde operapartituur aan te vullen tot een geheel en daarna een opvoering te dirigeren. De repetities daarvoor begonnen vandaag.

Ze wenste haar moeder veel succes en glipte de auto uit.

Het was lastig om zich op de lessen te concentreren. Eerst kon ze geen antwoord geven op de eenvoudigste vragen in de les harmonieleer. Daarna was ze zo hard bezig met oefenen op het negeren van de emoties van haar medeleerlingen dat ze in de les koor te laat inviel. Mevrouw Delille tikte meteen af en heel *O, Fortuna* viel stil zodat ze Ariane een uitbrander kon geven.

En toen moest de pianoles nog komen.

Mevrouw Balaskas keek haar na haar uitvoering van *'Round Midnight* nadenkend aan. 'Ben je niet zo gesteld op Thelonious Monks muziek?'

'Ik ben er juist weg van!'

Balaskas streek haar lange, grijzende vlechtjes naar achteren en fronste. 'Hm. Ik mis het plezier in je spel. Dat is niet ongebruikelijk voor een nieuwe student, maar je moet je niet laten intimideren door deze omgeving. Ik ben niet op zoek naar technische volmaaktheid, maar naar gevoel. Jazz is soms technisch complex, maar het draait in de eerste plaats om emotie, of dat nu vreugde of verdriet is. Om je de muziek eigen maken.'

Ze kreeg geen antwoord uit haar keel. De ontdekking van haar Lied had dus niets veranderd. Zoals haar oude leraar Andrew het had uitgedrukt: ze had het gewoon niet. Het had zo goed gevoeld om haar gave te ontdekken, alsof ze eindelijk een doel had voor haar muziekliefde. Maar ook op dat vlak stond ze stil. Drakos deed er alles aan om haar voorlopig geen leraar toe te wijzen. Als ze les kreeg van een echte Luisteraar, zou die meteen merken dat Ariane er geen was. Alles wat ze had, was een boek over de 'zes' Liederen van Kracht.

'Ariane?' Balaskas keek haar vriendelijk aan. 'Je moet het niet te moeilijk zien. Geniet gewoon van de muziek. Hier.' Ze rommelde even tussen haar partituren en diepte toen een flyertje op. 'Een van mijn leerlingen, Sarah, speelt binnenkort op een festivalletje. Misschien is het inspirerend.'

'Dank u.' Ze wierp een vluchtige blik op het ding en propte het in haar tas.

Ze sjokte naar de bibliotheek en verstopte zich in een hoekje, moe en gefrustreerd en klaar om overal de brui aan te geven.

En toen dook Rafael naast haar op. 'Raad eens wat we gaan doen? Hint: het heeft geen zes maanden geduurd.'

Ze hadden een missie gekregen.

'Weet je zeker dat het oké is dat ik hier ben?' vroeg ze, toen ze er bijna waren.

'Je leert je Lied het beste kennen in het veld,' zei Elena. 'En deze missie is compleet ongevaarlijk. Maak je niet zoveel zorgen.'

Elena parkeerde de auto die ze van het Kefálion ter beschikking hadden gekregen en ze stapten uit.

De witte muur waar ze voor stonden was zo begroeid met

klimop dat die Ariane nu pas opviel. Hij leek een overblijfsel van iets wat allang verdwenen was, het verkruimelende restant van iets wat door het bos werd opgeslokt. De poort in het midden was het enige teken dat er wel degelijk nog iets te beschermen was.

Tussen de spijlen door zag ze een vijver met een brug. Groepjes zilverberken onttrokken het grote, donkere gebouw aan de overkant aan het zicht, hun takken als veelkleurige sluiers. Telkens wanneer de wind die bewoog werd een ander detail zichtbaar: puntbooggramen, een koepel met een klokkentoren, nissen met beelden, reliëfs van gebeeldhouwde versieringen die zich over de hele gevel slingerden, stekelig als guirlandes die waren gemaakt van hulst en rozentakken.

'Bevredigend, toch?' Rafael maakte een tevreden geluidje. 'Helemaal zoals je je een gekkenhuis voorstelt.'

'Volgens mij hoor je het een psychiatrisch ziekenhuis te noemen,' zei Ariane. Haar ogen gleden naar het kleine bordje naast het hek. *Centre psychiatrique Saint Jean-Baptiste.* 'Of een psychiatrisch centrum?'

'Pff. Alsof iemand daar ooit minder gek van geworden is.' Hij greep een spijl en trok eraan. Het hek kreunde zachtjes maar bewoog niet. 'Dit ding is niet minder stevig omdat ze er bovenaan een paar krullen op hebben gemaakt.'

De versiering op het hek was zachter dan die op de gevel, glooiende krullen die haar deden denken aan *segno's*, de tekens die aangaven dat een da capo-herhaling in een muziekstuk tot daar liep. Alsof achter deze poort een eindpunt lag.

Overal om haar heen ruisten bomen in de kille wind. Waterdruppels vielen van de takken met zachte plofjes. Hoe langer ze ernaar luisterde, hoe meer het klonk als muziek, de melodie van een sprookje met een duister hart.

Ze waren hier om een vrouw te genezen van Echo-gif, die was aangetroffen terwijl ze verward rondzwierf in de buurt van de Debussy-fontein. Af en toe werden gewone mensen gebeten door Echo's. Een heel klein percentage van hen was er erg gevoelig voor – mensen wiens hart kort daarvoor gebroken was – en raakte meteen bezeten door een Sirene. Anderen kwamen er beter vanaf: enkele dagen van hallucinaties en catatonische periodes. Zij kwamen vaak terecht op een plek als het Jean-Baptiste.

'Laat je niet op stang jagen, Ariane.' Isabella's zachte stem was geruststellend. 'Dat hek staat er om mensen die er niets te zoeken hebben buiten te houden. Iemand die gebeten is, heeft in de eerste plaats afzondering en rust nodig om te herstellen, en dat geldt ook voor veel andere mensen met mentale problemen. Je weet zelf hoe overweldigend de wereld kan zijn.'

Dat was waar. Weten dat ze geen echte Luisteraar was, leek niet al te veel te hebben gedaan voor haar tolerantie tegenover een hoop mensen in een kleine ruimte.

'Ariane, alles oké?' Elena had haar djembé uit de kofferbak getild en zwaaide hem op haar rug. 'Het is een goede trainingsgelegenheid voor je, maar we gaan een gebouw binnen waar mensen verblijven wiens emoties absoluut niet stabiel zijn.'

'Ze bedoelt,' zei Rafael, 'hoe groot is de kans dat je straks gillend naar buiten rent?'

Ariane vestigde haar blik op het gebouw. Sommige mensen hier vochten tegen monsters die alleen voor hen bestonden, maar dat maakte ze niet minder reëel dan ophionen, Echo's en Sirenen.

Ze voelde Elena's nood aan actie in de lucht hangen, maar binnen in haar ook een drang die van haarzelf was: het verlangen om de mensen hier te helpen.

'Ik heb geoefend op me afsluiten,' zei ze vastberaden. 'En ik wil mijn Lied beter leren gebruiken. Dat lukt niet door weg te lopen als het moeilijk wordt.'

'Goed,' zei Elena. 'Maar geef het tijdig aan als je toch overweldigd raakt, dan kunnen we ingrijpen.'

Ze beet op haar lip. 'Oké.'

'Weet je Elena,' zei Rafael peinzend, 'wat ik het meest bewonder in jouw leiderschapsstijl is dat je iedereen altijd vertrouwen weet te geven.'

Elena wierp hem een dodelijke blik toe en keek haar toen weer aan. 'Ik bedoel niet dat ik er van uitga dat dat zal gebeuren. Alleen dat elk plan er beter van wordt als je weet wat de vluchtwegen zijn. Dat geldt voor iedereen.'

Elena keek naar Lorcan die bij hen was komen staan, zijn vioolkoffer in een hand.

'Mijn Lied is stabiel,' zei hij kalm. 'Dat heeft de Luisteraar van het Kefálion bevestigd.'

Dat kon Ariane zich wel voorstellen. Zoals Elena's drang naar actie van haar afsloeg, zo ging er van Lorcan een gefocuste vastberadenheid uit.

Elena liet haar blik over de groep glijden. 'Dit is de saaiste missie ooit, maar ik heb hemel en aarde moeten bewegen om hem te krijgen. We gaan dit niet verknallen, begrepen?'

Het was even stil, toen knakte Rafael uitgebreid zijn vingers. 'Hoe zouden we dit kunnen verknallen met zo'n capabele Heler in de groep? Laten we wel wezen, de rest van jullie is achtergrondmuziek.'

Elena snoof, maar wenkte hen toen met een hoofdbeweging om haar te volgen.

Ze gingen het hek door en liepen richting het brede gebouw. De donkere steen was compleet anders dan de lichte gebouwen die ze met Parijs was gaan associëren.

'Werken hier begaafden?' vroeg Ariane aan Rafael, die naast haar liep, zijn gitaar op zijn rug.

Ze liepen samen een hoog bruggetje over, dat zich sierlijk over het water kromde.

'Alleen onze contactpersoon,' zei Rafael. 'Céline is een Heler, ze assisteert vaak bij missies als deze. Maar ze is al een tijd met verlof. Zij en haar man hebben het erg zwaar momenteel, ik heb gehoord dat hij teruggegaan is naar Nederland. Anouk was haar dochter.'

Anouk. Ze herinnerde zich de jonge Demper die was binnengekomen toen ze probeerden om Colin te redden. Teles had een einde aan haar leven gemaakt.

'Dat is vreselijk,' zei ze zacht. Ze liepen even in stilte verder. 'Dus nu is er geen contactpersoon. Is dat geen probleem?'

'We hebben al eeuwen een afspraak. Het Kefálion steunt de instelling financieel en in ruil daarvoor hebben we hier een "muziektherapeutisch" programma. Ze waarschuwen ons als er patiënten met bepaalde kenmerken worden binnengebracht.'

'Hoe kunnen jullie er zeker van zijn dat iedereen die gebeten is hierheen wordt gebracht?'

Hij vertrok zijn gezicht. 'Ik neem aan dat het Kefálion een paar dingen wel goed doet. Ze hebben ervoor gezorgd dat elke psychiatrische instelling of vleugel weet dat het Jean-Baptiste uitzonderlijke resultaten boekt. Dus als een patiënt met typische Echo-symptomen elders wordt opgenomen, dan sturen ze die hierheen.'

'Allemaal?'

'Dankzij een beetje extra overtuiging wel.' Hij gebaarde richting Lorcan en Isabella.

Dankzij het ingrijpen van Fluisteraars en Stemmers dus.

Ze klommen een brede trap op. 'Het lijkt meer op een

middeleeuws kasteel dan op een instelling,' zei ze. Van dichtbij leek de donkere gevel nog dreigender.

'Gebouwd door een rijke industrieel begin negentiende eeuw,' zei Rafael. 'Een begaafde die dol was op gothic novels, tot zijn dochter bezeten raakte en daarna waanzinnig werd. Hij besloot om haar hier te verzorgen.'

Ze voelde een koude rilling over haar rug lopen. 'Dat verzin je.'

Maar er was geen spot in zijn stem. 'Hij heeft nooit meer een stap buiten gezet, zelfs niet nadat ze gestoven was. Na zijn eigen dood heeft hij het nagelaten aan de staat, met de stipulatie dat het altijd moest dienen om mensen in geestelijke nood bij te staan.'

Voor hen ging Elena het gebouw binnen en ze volgden.

De dramatische architectuur werd binnen doorgezet. De hal had hoge kruisgewelven en de balie was een enorm meubel vol houtsnijwerk van verstrengelde doornentakken en voorjaarsbloesems.

Isabella praatte kort met de vrouw achter de balie, die een fronsende blik op hun muziekinstrumenten wierp, maar toen wenkte dat ze mochten doorlopen.

Ze kwamen terecht in een grote hal met verschillende deuren. Een ervan kwam uit op een keuken, met ramen die uitkeken op een grote tuin. In de verte wandelden mensen tussen berken in herfstkleuren en bloemenperkjes in ronde vormen.

Ariane volgde Elena en de rest naar een deur aan de linkerkant van de hal. Toen ze dubbele deuren passeerden die op een kiertje openstonden, ving ze mompelende stemmen op en onwillekeurig keek ze naar binnen.

Het was een grote ruimte, die nog de sporen van ooit rijkelijke aankleding vertoonde: een kroonluchter, sierlijke plafondlijsten, ingemaakte houten boekenkasten. De muren waren geschilderd in rustgevende tinten en het zwart-witte dambordpatroon van de vloer in de hal was bedekt met gevlochten tapijten in aardekleuren. De kasten bevatten uiteenlopende voorwerpen die waarschijnlijk tijdens therapiesessies gebruikt werden: poppen, kussens, staven van zacht schuim, enkele eenvoudige muziekinstrumenten.

Hoewel de stemmen niet luid genoeg waren om iets te verstaan zonder haar Lied te gebruiken, klonken de emoties hard genoeg om haar armen te doen prikken. Maar tot haar grote tevredenheid kon ze ze makkelijk buitensluiten door haar Lied naar binnen te trekken en zich te focussen op de voetstappen van Isabella, die vlak voor haar liep. Al dat oefenen was niet voor niets geweest.

Ze gingen de deur door en meteen veranderde de weerklank van hun voetstappen. Toen ze omhoogkeek, zag ze zware tongewelven. Een ouder deel van het gebouw.

'Hier zijn de geluidsdichte ruimtes,' zei Isabella. 'Waaronder die voor privé-muziektherapiesessies, zoals de onze.'

Ze bleven staan voor een zware deur en Ariane voelde haar hart in haar keel schieten. Iedereen deed maar alsof dit een missie van niks was, ongevaarlijk, doodsimpel, maar wat als zij het verpestte?

'Tijd om ons plan van aanpak te doorlopen,' zei Elena.

Rafael kreunde. 'Moet dat? Binnen, waanzinnige genezen, buiten. Klaar.'

Elena negeerde hem. 'Stap één… Ariane?'

'Stap één, ik maak mezelf vertrouwd met de toestand van de patiënt,' lepelde ze gehoorzaam op. 'In de tussentijd stellen jullie je instrumenten op. Stap twee, Rafael verwijdert de resten gif. Stap drie, Lorcan Fluistert haar emotioneel stabiel. Stap vier, Isabella past haar herinneringen aan.'

Rafael stond met een lijdzaam gezicht af te wachten, maar Ariane vond de opsomming kalmerend.

'Correct.' Elena knikte. 'En de knop voor noodsituaties?'

Eén druk daarop zou ervoor zorgen dat personeel van het

Jean-Baptiste, geoefend om met gevaarlijke patiënten om te gaan, zou toesnellen.

Dat zo'n knop nodig kon zijn, was een eng idee, maar tijdens de briefing had Elena hem nog net niet gapend genoemd, zo'n beetje als stewardessen die demonstreerden waar de zuurstofmaskers zaten.

'Naast de deur.'

'Oké.' Elena maakte haar djembé los van haar rug en gebaarde naar de deur. 'Zodra je er klaar voor bent.'

Het voelde zoals het podium opstappen om een solo te spelen: ze zat vol nerveuze energie, maar tegelijk voelde ze zich opgeladen. Ze haalde diep adem, duwde de klink naar beneden en liep naar binnen.

HOOFDSTUK 5

ISABELLA HAD HET EEN MUZIEKTHERAPIERUIMTE GENOEMD, MAAR Ariane had onwillekeurig toch een soort isoleercel verwacht: een bed dat aan de vloer was vastgemaakt, wanden van zacht materiaal, een wc zonder bril, een vastgebonden schreeuwende patiënte…

Deze kamer leek daar in niets op: ze werd verwelkomd door pianomuziek, een opname van Yann Tiersens *La Plage,* licht als een zomerse dag op het strand. De kamer was pastelblauw geschilderd, de plankenvloer wit gebeitst. Een klein raam liet een glimpje hemel zien. Daaronder stond een piano, schuin in de hoek zodat de pianist kon uitkijken over de kamer, met daarnaast krukjes voor andere musici.

Het interieur ademde geruststelling en vrede, maar onbehagen prikte op haar armen. Ze kon precies aanwijzen waar dat vandaan kwam: de dubbele bank in het midden van de kamer. Die leek op een meubelstuk uit een museum, met een zitgedeelte aan beide kanten van de hoge rugleuning. Een kant was gericht naar een muur zonder versiering, de andere naar het raam. Aan die kant zat iemand, niet zichtbaar door de rugleuning, maar Ariane kon haar aanwezigheid duidelijk voelen.

Ze liep behoedzaam naar voren tot ze de patiënte kon zien. De vrouw leek een jaar of vijftig, met lachrimpeltjes in haar ooghoeken en een denkgroefje in haar voorhoofd. Haar gladde, blonde haar was vlak boven haar schouders in een kaarsrechte lijn geknipt. Haar blauwe ogen waren roodomrand en haar wangen waren vlekkerig. Ze zat roerloos voor zich uit te staren.

Het was op het eerste gezicht een stuk beter dan de krijsende waanzinnige die Ariane zich had voorgesteld, maar de knoop in haar maag was het daar niet mee eens. Achter haar hoorde ze de voetstappen van Elena, het ritme zelfverzekerd.

Actie.

Wrijvend over haar armen ging ze naast de vrouw zitten. ‘Hoi, ik ben Ariane.’

Isabella had haar instructies gegeven over hoe ze aan dit gesprekje kon beginnen, het merendeel frustrerend vaag: *‘Kijk of je contact kunt maken, doe rustig aan. Geen moeilijke vragen, houd het oppervlakkig.’*

Het leek bizar. Deze vrouw leed onder een gif dat haar ziel probeerde aan te tasten, en dan moest ze het over koetjes en kalfjes gaan hebben? Anderzijds wist Ariane maar al te goed hoe pijnlijk het kon zijn om te praten over wat je het meest bezighield, de niet genezen wonden.

‘Wat vind je van de muziek?’ vroeg ze uiteindelijk.

De opname die speelde was een veiligheidsprocedure, bedoeld om na te gaan of een patiënt slecht reageerde op muziek.

De vrouw bleef bewegingloos en stil.

‘Als je het goedvindt, willen we iets live voor je spelen. Iets waar je je beter door zult gaan voelen.’

Geen antwoord. De vrouw had volgens Elena's briefing tot nu toe nog geen samenhangend woord geuit. Ze zat roerloos, knipperde amper, alleen haar borst ging langzaam op en neer.

Ariane ademde als vanzelf mee. In, uit. In, uit. Zo regelmatig als een robot. Het maakte het bizar makkelijk om haar Lied te vinden. Zodra ze ernaar zocht, was het er, het leek te trappelen van ongeduld in de stiltes van het ritme van haar ademhaling.

Ze gaf Elena het teken dat ze de achtergrondmuziek kon uitzetten en liet haar Lied naar buiten, op de klank van het Eerste Troostlied dat ze vanmorgen had gespeeld. Het reikte meteen naar de vrouw naast haar, als een hond die iets interessants had geroken. Het Eerste stroomde uit haar en bracht iets mee terug dat bijna tastbaar was.

Ariane verstijfde. Het leek alsof de lucht in de kamer veranderd was in stroop, een donkere, dikke massa, die een laagje achterliet op haar longen bij elke inademing. Plotseling was het overduidelijk waarom de vrouw nergens op reageerde. Ze had maar ruimte voor één ding, één emotie.

Verzet.

Bewegingen voelden als tijdverspilling. Interageren ook. Ze kon amper de energie opbrengen om te registreren hoe Isabella haar fluit uit het kistje haalde, Lorcan zijn strijkstok opspande, Elena haar djembé neerzette, Rafael zijn gitaar tevoorschijn haalde. Het enige wat ze kon doen was zich verzetten tegen het gevoel dat de zitting onder haar golfde, alsof ze op een schip zat dat dreigde onder te gaan.

'Ga je voor de horrorervaring?' Rafaels stem leek vanuit het niets te komen. 'Ik denk dat je het volume te ver hebt openstaan.'

Zijn aanwezigheid was als een doorn die over haar huid kraste.

Ze wilde haar handen over haar oren slaan, maar ze kreeg het niet voor elkaar om ze op te tillen.

'Ariane.' Lorcans stem. Hij verscheen voor haar, zijn viool in een hand, zijn strijkstok in de andere. 'Je moet het omgekeerde doen als in de metro.'

Waar had hij het over? De métro? Haar ogen gleden naar beneden, zodat ze hem niet langer zou hoeven zien, zodat hij haar niet zou afleiden.

'Ariane.' Lorcan had zich op zijn hurken laten zakken, en zijn ogen eisten haar aandacht. 'Weet je nog? Je hebt geleerd dat je een overdaad aan emoties de baas kunt door je op één iemand te focussen.'

Waarom bleef hij maar tegen haar praten? Daardoor begon ze te luisteren naar het warme timbre van zijn stem, de manier waarop zijn accent de klinkers kleurde, tweeklanken opbrak. Maar dat kon niet, ze had al haar aandacht nodig voor *verzet*.

'Je focust te hard op haar. Op dit moment voert ze het gevecht van haar leven, het neemt haar helemaal in beslag. Maar jij bent haar niet. Luister naar andere dingen, creëer afstand tussen haar emoties en de jouwe.'

Lorcan raakte haar knie aan, zo vluchtig alsof hij een snaar indrukte voor de duur van een zestiende noot. Ze wilde ervoor terugdeinzen – ze wilde zijn hand grijpen en daar houden.

Zijn Lied was er ineens, een heel zachte viool die zich door haar eigen pianoklanken vlocht op de rustige, wiegende melodie van Järnefelts *Berceuse*.

'Ben je…'

'Ik ben je niet aan het Fluisteren, nee. Je hebt je aandacht genoeg verplaatst, van mijn stem naar mijn Lied. Dat is goed. Verbreed je aandacht nu wat verder.'

Ze wilde het eigenlijk niet, maar hij klonk zo overredend. Haar Lied reikte in een steeds wijdere kring om haar heen en ze kon horen hoe Isabella het laatste stuk op haar fluit vastschroefde, ze hoorde Elena's vastberaden dadendrang, Rafaels gebruikelijke mengelmoes van emoties – vandaag ongedurigheid, geamuseerdheid, een vleugje verdriet en…

'Hè-hè,' zei Rafael. 'Volgens mij is ze er weer.'

Ze knipperde, haalde diep adem en wierp toen een schuldige blik op Elena. 'Sorry, het was even overweldigend.'

'Je leert niks zonder je neus een keer te stoten,' zei Elena. 'Hoe is het met de patiënte?'

Deze keer zorgde ze ervoor dat ze niet met alles wat ze had naar de vrouw Luisterde, maar haar Lied voorzichtig naar haar liet tasten.

'Het lijkt alsof ze zichzelf niet toestaat om iets te voelen. Ze is een en al weerstand.'

Het was raar om het over de vrouw te hebben terwijl ze er zelf bij zat, maar het kon niet anders.

'Hm,' zei Elena. 'Zulke types raken gewoonlijk of meteen bezeten, of ze schudden het gif razendsnel zelf af. Doet er niet toe, we helpen haar een handje. We gaan inspelen. Het Vierde Strijdlied, lijkt me.'

Isabella fronste. 'Geen Troostlied?'

'Iedereen heeft haar al genoeg betutteld,' zei Elena. 'Het Vierde zal haar goed doen.'

Het was een opluchting om weg te lopen van de bank. Arianes Lied leek per se te willen blijven plukken aan de emoties van de vrouw, maar zodra ze op de pianokruk zat en de koele toetsen van de piano onder haar vingers voelde, leek ze een houvast te hebben en kon ze het naar binnen trekken.

De anderen hadden zich in een halve cirkel rondom de piano opgesteld en ze begonnen te spelen. De klank van hun instrumenten, die zich vermengden met de piano, hielp Ariane om verder afstand te nemen. *Verzet* maakte plaats voor het gevoel van harmonie dat ze samen creëerden: Elena's energieke ritme, Lorcans zelfverzekerde viool, Isabella's soepele fluit, Rafaels warme gitaar.

De vrouw huiverde toen het Vierde Strijdlied de climax bereikte, de Liederen om haar heen onbevreesd als krijgers die een vijand uitdaagden. Daarna zat ze weer roerloos.

Toen ze het Vierde een paar keer ingespeeld hadden, keek Elena naar Rafael. 'Ga je gang.'

De wegvallende gitaarpartij werd meteen overgenomen door Rafaels Lied, tokkelende gitaarklanken die weergalmden alsof ze in een veel grotere ruimte klonken. De gitaar eiste de leiding over het Vierde Strijdlied op en ze schaarden zich er allemaal achter.

Rafael ging naast de vrouw zitten. Ariane zag hoe hij haar even aan zijn aanwezigheid liet wennen, voor hij rustig een hand naar haar uitstrekte en zijn vingers op haar voorhoofd legde. Toen de vrouw daar niet op reageerde, legde hij zijn andere hand eerst op haar keel en daarna op haar borst.

Zijn Lied nam toe, eerst in volume, daarna in tempo. Een hele uitvoering van het Vierde bleef hij naast de vrouw zitten, zijn handen op haar, terwijl de galmende gitaar hen steeds sneller en gejaagder meesleepte. Elena's ritme galoppeerde als een antilope, Isabella's fluit bond de noten in een lange uitademing, Lorcans viool sneed door de kamer en haar eigen vingers stormden over de pianotoetsen.

Het leek eindeloos te duren voor Rafael het ritme stap voor stap weer terug liet vallen, nog langer voor hij zijn handen wegtrok.

Hij keek fronsend op de vrouw neer, die ineens haar hoofd hief en hem aanstaarde. Toen ze verder geen beweging meer maakte, stond hij op en knikte naar Elena.

Ariane voelde een dunne stroom van opluchting door de kamer trekken. Wat de vrouw nu nog kwelde was in elk geval geen gif meer dat een verbinding probeerde te maken met een Sirene.

De ogen van de vrouw volgden Rafael. Voelde ze wat hij voor haar had gedaan?

'Een hoop gif,' zei Rafael. 'Maar ik heb het allemaal.'

Elena's handen gaven nu het ritme aan dat ze allemaal volgden, het Strijdlied een kalme mars die een leger dagen kon volhouden. 'Jouw beurt, Lorcan.'

Lorcans viool verdubbelde. Zoals wel vaker had Ariane de associatie van een onzichtbare violist in een andere wereld, die zijn spel bij dat van hem voegde. Ze voelde hoe zijn Fluistering de kamer in gleed, nog voor hij zijn viool aan de kant legde en opstond.

Haar vingers bleven de toetsen aanslaan, maar haar Lied glipte onweerstaanbaar naar buiten, alsof het moest weten hoe dit verderging. Het wilde zich eerst weer richten op de vrouw, maar liet zich makkelijk naar Lorcan sturen.

Laagjes, dacht ze. Dunne laagjes van blijheid, onbezorgdheid, ontspanning, rondom één basisgevoel, dat haar deed denken aan haar hand in haar broekzak laten glijden om haar telefoon te pakken, de klep van haar piano openen, haar moeder die verstrooid naar haar glimlachte omdat ze verdiept was in een compositie…

Ineens klikte het in elkaar. Lorcan liep zelfs zoals de emotie waarop hij zich concentreerde, zijn schouders recht en zelfverzekerd, zijn passen doelbewust maar ongehaast.

Vertrouwen. Het gevoel dat je wist wat je kon verwachten en dat je dat makkelijk aankon.

Lorcan ging zitten en het gevoel werd honderd keer sterker, zinderde in haar, voor het ineens verder weg voelde. Ze besefte dat hij was begonnen met bewust Fluisteren en de emotie op de vrouw had geconcentreerd.

De vrouw draaide haar hoofd naar Lorcan. Het was alsof ze hem nu pas zag. Haar ogen sperden zich open en haar lichaam drukte zich tegen de leuning van de bank, alsof ze zich achteruit probeerde te werpen, weg bij hem.

Lorcans viool steeg meteen omhoog, nam het Vierde over, en overvleugelde dwingend alle andere instrumenten. *Vertrouwen. Alles is veilig. Vertrouwen.*

De vrouw keek hem met wijd opengesperde ogen aan, een hand klauwde krachteloos achter haar, alsof ze op zoek was naar een uitweg.

'Lorcan?' vroeg Elena.

Lorcan fronste en boog zijn hoofd. De spookachtig galmende viool weigerde te versnellen, maar veranderde het ritme subtiel, zodat het dringender werd, intenser.

Wat gebeurde er? Een Fluistering ging gewoonlijk als een spons over vorige emoties heen. Zelfs als die te sterk waren om helemaal uitgewist te worden, dan werden ze op zijn minst zwakker, om plaats te maken voor de Gefluisterde emotie. Maar deze vrouw voelde zich duidelijk helemaal niet veilig, integendeel.

'Lorcan,' zei Elena nog een keer, haar stem waarschuwend. Ze zag eruit alsof ze overeind wilde komen. 'Wat doe je?'

'Het ligt niet aan hem,' zei Ariane. Ze kon voelen hoe geruststellend zijn Fluistering was, hoe het een levenslijn had moeten zijn, maar dwars door alles heen kwam het *verzet* van de vrouw. 'Hij probeert haar vertrouwen te geven, maar ze voelt zich alsof ze in de rug wordt aangevallen.'

Ariane zocht Lorcans ogen, maar hij had ze gesloten, een frons op zijn voorhoofd. Een van zijn handen reikte naar de vrouw.

De vrouw trok haar hand terug alsof hij haar met een mes bedreigde. *Verzet* knalde de kamer in, de wanhopige woede van een in het nauw gedreven dier. En de emotie die ze de hele tijd had onderdrukt, was nu eindelijk glashelder: verpletterende angst, als afbrokkelende grond onder haar voeten.

'Pas op!' waarschuwde Ariane. 'Ze wil ervandoor!'

Lorcan aarzelde geen moment. Zijn ogen vlogen open en hij greep de vrouw bij haar pols.

Ariane klampte zich vast aan het vertrouwde motief van het Vierde Strijdlied toen Lorcans viool de melodie omzette in iets majestueus en hen allemaal meetrok. Haar piano, Elena's krachtige ritme, de fluit en de gitaar veranderden in een machtige stroom die zijn Fluistering over de vrouw stuwden.

De handen van de vrouw balden zich tot vuisten en ontspanden weer in een krampachtig ritme, haar ogen knipperden heftig. Toen nam het verzet eindelijk af. Ariane voelde haar eigen ruggengraat ontspannen toen het vertrouwen noot voor noot in de vrouw doordrong. Uiteindelijk sloot de vrouw haar ogen en zakte haar hoofd tegen de rugleuning.

Lorcans viool maakte van de vreemde harmonieën van het Vierde een zorgeloze mars. Geen gevaar in zicht, elk denkbaar obstakel onbeduidend tegenover de kracht van het leger. *Ontspanning* stroomde door de kamer. Ariane wilde zich eraan overgeven, ervan genieten.

Maar een onbehaaglijke rilling trok over haar rug. Er was iets mis. Haar ogen schoten heen en weer tussen Lorcan, de roerloze vrouw, het raam en de deur, op zoek naar de dreiging. Het was alsof iemand onhoorbaar een rookbom door de gang had gerold en er nu iets donkers onder de deur door kringelde. Een kille aanwezigheid kwam snel dichterbij. Arianes spieren, die zacht en soepel hadden willen worden, spanden zich weer aan.

Dit kon niet. Haar ogen zochten in een reflex naar Lorcan, haar Lied reikte naar hem, zocht naar de *ontspanning*. Dit kon niet waar zijn. Maar ze hoorde wat ze hoorde, het was zo helder als maar kon, dwars door alles heen. Als ze de anderen op tijd wilde waarschuwen, mocht ze niet twijfelen aan zichzelf.

Haar hart bonkte in haar keel, maar haar stem was zeker toen die de rust verscheurde: 'Pas op. Echo's!'

HOOFDSTUK 6

De grootste fout die je kunt maken is je Luisteraar negeren. Behandel haar alsof ze je eigen orfeïsche gehoor is, maar dan duizendmaal verfijnder.

Uit: 'Aanwijzingen voor strijdgroepen met een Luisteraar', Francine Lejeune

Echo.

De waarschuwing raakte Elena als een plens koud water. Het kalme ritme dat haar handen hadden getrommeld brak af. Haar Lied, een moment tevoren nog vredig, bijna slaperig, schoot naar de oppervlakte en knalde galmend door de kamer.

Stap één: lokaliseer het gevaar.

Elena sprong vanachter haar djembé vandaan en beende met grote passen naar het midden van de kamer. 'Waar?'

Ariane was opgehouden met spelen. Haar handen vlogen op en neer over haar armen, terwijl haar ogen wild rond schoten. 'Ik…'

Ze bedwong haar ongeduld. 'Niet kijken, Lúister.'

Ariane sloot haar ogen, alsof ze het bevel letterlijk nam, en haar Lied tastte zacht galmend de omgeving af.

Als ze de aanwezigheid van de Echo al had opgepikt zonder ernaar te zoeken, dan was die sowieso dichtbij. Minstens op het domein van het Jean-Baptiste.

Elena's ogen schoten naar de vrouw naast Lorcan. Het kwam uiterst zelden voor, maar heel af en toe trokken slachtoffers van een beet die zich lang genoeg tegen het gif verzetten een nieuwe Echo aan. Juist daarom werd deze omgeving grondig schoongehouden. Iemand had zijn taken verwaarloosd.

Geen probleem. Zij zou het ongedierte wel verdelgen.

'Raf, Isabella, orfinium.'

Ze sprongen al overeind. Isabella ontblootte haar armband, Rafael balde zijn rechterhand tot een vuist, zijn duim aan de onderkant tegen de ring om zijn middelvinger gedrukt.

Lorcan was naast de vrouw blijven zitten, zijn Lied werd weer sterker en de vrouw zag er versuft uit. Goed.

'Vlakbij,' zei Ariane. Ze zocht blindelings steun bij de piano, haar tastende hand sloeg twee toetsen aan die luide bastonen voortbrachten. 'Bijna…'

Laat ze maar komen. Overal om Elena heen galmde het Vierde Strijdlied door de kamer, het ritme precies en alert. Ze bleef gefocust op Ariane: zij zou laten zien waar het gevaar was.

Ariane draaide zich ineens naar de achterste muur. Haar ogen vlogen open, schoten verward richting het raam. Ze zocht waarschijnlijk een doorgang, maar die hadden Echo's niet nodig.

Stap twee: houd de Echo weg bij kwetsbare slachtoffers. Zoals Luisteraars die afgeleid waren.

Elena sprong naar Ariane toe en rukte haar weg.

De Echo kwam één tel later dwars door de muur, zonder ook maar een steen te doen trillen: een afgeplatte kop met daarachter een lang, kronkelend lijf, dat gemaakt leek van duisternis. Hij was pure afwezigheid, het negatief van muziek, de absolute, doodse stilte van een hart dat niet klopte.

Stap drie: neutraliseer de Echo.

Elena's Lied zoemde van verwachting, gretig. Ze liet het naar haar voeten stromen, maakte een inschatting en sprong achter de Echo aan.

Idealiter landde je pal naast een Echo, zodat de aanval maar één beweging kostte. Het wezen zou aangetrokken worden door de patiënten verderop in de instelling, die niet beschermd werden door een Fluisteraar. Daar had ze op geanticipeerd door naar rechts te springen.

Het verdomde beest kronkelde naar links. Ze landde een meter naast zijn kop, te ver om haar klap uit te delen.

Shit, hij was nog steeds op de vrouw gericht.

Geen man overboord. De Echo was aan een wijde bocht begonnen. Hij wilde cirkelen voor hij toesloeg, alsof hij te stom was om te beseffen dat hij geen ophion was en niemand kon wurgen met zijn immateriële lijf.

Ze gebruikte haar momentum om door te lopen, de bank op. Lorcan vertrouwde haar gelukkig genoeg om geen vin te verroeren toen haar zwarte laars rakelings langs zijn hoofd scheerde. Ze zette zich weer af tegen de leuning.

Met een horizontale kurkentrekkerbeweging slingerde ze zich naar achteren en opzij, dwars door de Echo. IJzige kilte deed kippenvel over haar huid trekken, maar ze landde perfect naast hem, precies op tijd om haar elleboog achter zijn kop te planten.

Een schokgolf ging door de kamer. De vloer trilde en de toetsen van de piano rammelden. De Echo desintegreerde.

Een fel gevoel van triomf ging door haar heen. Dit was waar ze voor lééfde, dit was...

'Elena!' Arianes kreet sneed door haar tevredenheid.

Ze draaide zich om en besefte ineens ten volle wat Ariane daarstraks had geroepen: *Echo's*. Meervoud.

Een tweede Echo kwam door de muur, bijna precies op de plek waar Ariane eerder had gezeten. En omdat dingen nooit een beetje mis konden gaan, was dat niet alles: kennelijk hadden ze een uiterst zeldzame groep van drie cadeau gekregen.

De derde was al aan het cirkelen, zijn kop ter hoogte van het raam, zijn lijf een wijde kronkel om Lorcan, de vrouw en Ariane heen. Waar was die in Orpheus' naam vandaan gekomen? Het leek wel alsof hij uit de richting van de deur kwam.

Haar gedachten stormden rond op het ritme van het Vierde dat dreunend om haar heen klonk.

De eerste Echo had geen strategie vereist. Met één Echo kon een Schreeuwer het best in haar eentje afrekenen. Twee tegelijk, in een kleine kamer met een kwetsbaar slachtoffer... Ze nam één moment om de situatie goed in te schatten.

Lorcan moest blijven waar hij was: als de emoties van de vrouw onbeheersbaar werden, zou dat de Echo's aanzetten tot een grotere jachtdrang.

Verdeel en heers. Nummer twee moest afgeleid worden. Dat zou haar de tijd geven om nummer drie van Lorcan, de vrouw en Ariane af te pellen.

'Isabella, Raf, plak hem tegen de muur!' Ze gebaarde naar de tweede Echo en de achterste muur, en rende zelf richting de kop van de derde Echo.

Ze moest zijn cirkelbeweging stuiten. Als hij erin slaagde om rond te raken zou hij zich gaan samentrekken. Hij kon hen niet wurgen, maar als hij zo dicht bij hen was, zou ze hem niet kunnen uitschakelen zonder hun botten te breken. En dan was er nog het gevaar dat hij zou bijten. Zijn schaduwachtige muil zou geen schade toebrengen, maar zijn gif was maar al te echt. Labiel als die vrouw was, zou ze waarschijnlijk prompt bezeten raken. Als hij Lorcan of Ariane te pakken kreeg, zouden ze hun Lied voor dagen kwijt zijn.

Ze hoorde hoe Isabella's en Rafaels Liederen beurtelings

wegvielen, gevolgd door de kenmerkende doffe dreunen van Liederen die door orfinium werden omgezet. Met wat geluk zouden ze de Echo kleinkrijgen, maar de hoofdzaak was dat ze hem bezighielden.

'Hé!' schreeuwde ze naar nummer drie. Ze trok haar Lied naar haar handen en plantte een vuist dreunend in een handpalm.

De Echo aarzelde, zijn blinde kop zwaaide heen en weer.

Ze zag Isabella opzij springen om een kronkel van Echo twee te ontwijken. Nummer drie schoot in een gladde beweging opzij, recht op Isabella's rug af.

Het ritme van het Vierde leek te huppelen terwijl het uit haar stroomde. Ze stuwde de kracht van haar hele Lied naar haar voeten, duwde zichzelf af, en sprong in de nek van de Echo. In een Echo blijven staan was niet bepaald de meest veilige strategie, omdat het hele lijf van Echo's mild giftig was. Kou kroop omhoog langs haar benen, maar haar hart bonkte haar bloed opgetogen door haar aders. Haar Lied was euforisch.

Ze liet haar Lied naar haar vuist vloeien en haalde uit. Het ritme van het Vierde overstemde alle andere instrumenten in de kamer en sloeg toen met woeste tevredenheid de kop van de Echo in.

Een nieuwe schokgolf dreunde door de kamer en het wezen verdween. De ramen trilden en ze hoorde de poten van de bank piepend een stukje over de vloer glijden. Het voelde goed, allemachtig goéd.

Ze hoorde Ariane gillen. Die meid had dringend gevechtstraining nodig als ze van zoiets schrok.

Toen hoorde ze Lorcans gealarmeerde stem: 'Wacht… stop!'

Elena veerde overeind en wervelde om haar as. Tot haar verbijstering zag ze de vrouw, die tot nu toe roerloos stil had gezeten, door de kamer rennen, haar blauwe ogen wijd opengesperd maar leeg. Ze was geen begaafde, dus ze kon hem niet zien, maar ze rende recht naar de laatst overblijvende Echo.

De blinde kop van het beest zwaaide haar kant op. Hij negeerde een orfiniumklap van Isabella. Zijn slangachtige lijf trok samen en hij schoot de vrouw tegemoet.

Wie moest ze tegenhouden, de Echo of de vrouw?

In haar ooghoeken zag ze Raf en Isabella achter de Echo aan gaan, hun orfinium gericht.

De vrouw dan. Ze schoot op haar af om haar te onderscheppen. Haar gedachten vlogen door haar opties. Geen Demper die de vrouw in een stilteschild kon zetten, Fluisteren had om de een of andere reden niet gewerkt… ze zou haar fysiek moeten tegenhouden.

Elena stak haar hand al uit naar de vrouw, toen die zich ineens struikelend omdraaide en naar de deur rende.

Had ze de aanwezigheid van de Echo gevoeld? Maar de kamer uitvluchten had geen enkele zin. Muren zaten een Echo niet in de weg.

'Elena, Echo!' schreeuwde Ariane.

Ze wierp een snelle blik over haar schouder. De Echo leek door het dolle heen. Zijn enorme muil hapte naar Isabella en Rafael. Maar Lorcan schoot hen al te hulp, zijn orfiniummes groen glanzend in zijn hand. Ze zouden het wel redden.

De vrouw was belangrijker. Als ze de deur uitrende en de Echo meenam de instelling in, dan was niet te zeggen wat er zou gebeuren.

Elena maakte zich klaar voor een sprong over de vrouw heen.

Arianes stem hield haar tegen. 'Elena, nog één op komst, voor je!'

Wat? Nee. Echo's waren nooit met meer dan drie.

Maar de muur naast de deur leek heel even onwerkelijk te

worden. De waas van *afwezigheid* kreeg snel de vorm van een immateriële slangenkop, die dwars door de muur schoot.

Ze joeg haar Lied naar haar benen en sprong. Maar ze wist het al terwijl ze nog door de lucht zeilde: te laat.

Het gezicht van de vrouw was een mengeling van doodsangst en bevrediging toen de Echo, geconfronteerd met zo'n ideale prooi, geen moeite deed om te cirkelen, en razendsnel toebeet.

Elena's onderarm raakte de Echo als een zwaard en maakte een eind aan zijn bestaan. De deur trilde in zijn sponningen en de klink viel rinkelend op de grond.

Achter zich hoorde ze Rafael luid vloeken en Isabella's Lied was hoorbaar zwakker geworden. De Echo was duidelijk niet van plan om het op te geven en zij hadden niet genoeg ingespeeld voor een gevecht als dit.

Ze greep de vrouw en sleepte haar mee.

'Lorcan!'

Zodra hij omkeek duwde ze de vrouw naar hem toe. Hij sloot in een reflex zijn handen om haar armen.

'Hou haar in bedwang,' zei ze grimmig.

Ze schoot de lege plek in die hij had opengelaten, tussen Isabella en Rafael.

'Elena, ik...' Isabella klonk ademloos.

'Weet ik. Ik pak hem.'

Ze voelde hoeveel ook zij al verbruikt had. Het ritme van het Vierde dreunde galmend toen ze op de Echo afsprong, maar haar hart bonkte nog luider in haar oren. Ze ademde zwaar en haar vingertoppen tintelden. Haar Lied begon zich te voeden aan haar leven.

Nog even, kom op.

Ze dwong zich om te focussen. Geen overmoed deze keer, geen plezier. Accuraatheid. Efficiëntie.

Maar haar gezichtsveld werd al kleiner, de randen veel donkerder dan de zachtblauwe muren.

'Raf…' Ze snakte naar adem, kreeg Isabella's naam er niet meer uit. Maar ze begrepen haar korte gebaar.

Ze richtten hun orfinium en gelukkig hadden ze geen bevel nodig om te weten wanneer Elena zou springen. Vlak daarvoor sloegen ze toe. Hun klappen hamerden op de zwakke plek van de Echo. Haar Lied deed de rest: ze Schreeuwde het beest de onderwereld weer in.

Hijgend bleef ze staan, haar handen op haar bovenbenen. Rafael kwam naar haar toe, maar ze duwde hem weg toen hij haar wilde ondersteunen. Ze hadden dan wel afgerekend met de Echo's, maar er lag een veel groter gevaar op de loer.

'Nee. Pas op, ze…' Ze klemde haar tanden op elkaar en probeerde genoeg adem te verzamelen. Het enige nadeel aan een Schreeuwer zijn: het Lied van Afweer was krachtig, maar een Schreeuw verbruikte heel snel heel veel. 'Ze is…'

'Gebeten,' zei Ariane.

Eén moment wilde ze haar slaan, omdat ze het zei op die oprecht bezorgde toon van haar, zonder goed te beseffen wát ze zei.

Maar dat zagen ze nu allemaal. De ogen van de vrouw werden langzaam pikzwart, als inkt die zich in een plas verspreidde zonder te verdunnen.

'Waarom heeft niemand…' Rafael liep naar de vrouw toe. 'Leg haar neer.'

Lorcan legde haar neer en Rafael knielde naast haar. Hij legde zijn handen op de vrouw en zijn Lied steeg op, verspreidde zich tokkelend om hen heen. Het klonk vermoeid, het gevecht had ook veel van hem gevergd. Orfinium joeg een Lied er snel doorheen.

Het zwart bleef oprukken, de ogen van de vrouw overnemen.

Shit. Shit. Shit. Een tweede beet kon het proces immens versnellen.

Een vlaag van paniek vertroebelde haar gedachten. Hier was ze niet op voorbereid.

Toen dwong ze haar brein te herstarten. Ze wist wat de gebruikelijke strategieën waren als er een Sirene doorbrak. De enige die in deze omstandigheden zou werken was bruut maar efficiënt: ze moest haar buiten westen slaan.

Een paar tellen ademde ze diep in, haar lichaam roerloos, om zoveel mogelijk zuurstof binnen te krijgen en niks te verspillen. Toen stond ze op en liep naar de vrouw.

'Ga opzij, Raf.'

Rafael bleef zitten en boog zich beschermend over de vrouw. 'Nee. Ik kan het voelen, het verspreidt zich snel, maar ik…'

Zijn Lied was overgeschakeld op een andere melodie, een zuiders, heftig ritme. Het klonk haperend maar koppig terwijl hij zijn best deed om het gif uit de vrouw te trekken.

Ze wist waarom hij het niet wilde. Als de vrouw zich niet bewust kon verzetten, zou de Sirene vrij spel krijgen. De vrouw zou bezeten raken nog voor ze weer bijkwam. Kort daarna zou ze opbranden en waanzinnig worden.

Rafaels Lied klonk hakkelig, maar de gitaar steeg omhoog, de kamer in, vocht met een fel ritme tegen het duister. Heel even leek het oprukkende zwart in de ogen van de vrouw halt te houden. Zou hij het halen? Toen zag ze het weer voortkruipen. Rafael hijgde, zweet stroomde over zijn gezicht.

'Raf, wees geen idioot. Stop. Je hebt niet genoeg meer.'

Hij negeerde haar. Ze zag zijn handen trillen.

'Rafael.' Lorcans stem was overredend. 'Deze vrouw is je zus niet.'

Rafael maakte een koppig geluidje, terwijl hij zijn Lied naar buiten bleef dwingen. Elena zag de vrouw verstijven. Geen tijd meer. Ze zouden Raf moeten wegtrekken. Haar strijdgroep kon op dit moment echt geen gevecht met een Sirene aan.

Ze wisselde een blik van verstandhouding met Lorcan, trok haar hand terug en concentreerde haar Lied in de zijkant. Zolang de vrouw nog slap hing, kon ze haar een precisieklap geven die haar het bewustzijn zou doen verliezen zonder haar te verwonden. Eerst Raf uit de weg, zodat hij niet deelde in de dreun.

Maar voor ze Lorcan het teken kon geven om hem weg te trekken, vestigden Rafaels ogen zich ineens op Ariane.

'Help me.'

Hoofdstuk 7

Arianes gehoor concentreerde zich vanzelf op Rafaels Lied, dat gekweld door de kamer joeg. En op Rafael zelf, zijn vastberadenheid en dat verre, verborgen verdriet dat ze eerder ook had gevoeld.

Hij stak een trillende hand naar haar uit. Zijn lippen vormden haar naam, maar er kwam alleen een gepijnigd geluidje naar buiten.

'Ik weet niet of dit een goed idee is.' Isabella's stem klonk bezorgd.

Maar in Rafaels ogen was geen twijfel, dus ze stapte naar voren en pakte zijn hand. IJskoud, alsof hij door sneeuw had gegraven. Toen ze naast hem knielde, en hij hun verstrengelde handen op de vrouw drukte, voelde ze zijn hele lichaam beven.

Vaag hoorde ze Isabella's stem. 'Elena, ik denk niet dat hij…'

Maar Ariane zong al en tegelijk stroomde haar Lied naar buiten, een en al kracht en zekerheid, de opluchting van een warm vuur wanneer je uit de kou kwam, van een groot glas water wanneer je een droge keel had. De melodie was enerzijds die van het hypnotiserende Zesde Troostlied en anderzijds het complement van de felle, zuiderse klank van Rafaels gitaar. Haar Lied danste om dat van hem heen, trok het mee, liet het wervelen, draaien, zweepte het op, wakkerde de vonken aan tot een vuur.

Een wild gevoel van vreugde verspreidde zich door haar borst toen ze zag hoe het zwart in de ogen van de vrouw werd teruggedreven. Eerst werd het oogwit weer zichtbaar, daarna de iris...

'Genoeg.'

Ze hoorde Elena's bezorgde stem wel, maar het zingen voelde zo goed, zo juist... Pas toen Rafaels hand verkrampte en daarna verslapte, zijn vingers weggleden van tussen de hare, keek ze op.

Rafael zag grauw. Zijn lippen waren blauw en hij snakte naar adem.

Haar Lied viel stil en ze trok haar hand abrupt terug. 'Ik...'

Rafael zat zwaar te hijgen, maar schudde zijn hoofd, zijn ogen uitgeput maar triomfantelijk.

'Wel verdorie.' Elena klonk verbijsterd. 'Als ik het niet had gezien, zou ik het niet geloven. Jullie zijn erin geslaagd.'

De ogen van de vrouw die hen angstig aanstaarden, waren weer puur menselijk.

Isabella maakte een bezorgd geluidje. 'Raf?'

Ariane voelde ineens een vreemde afstand tussen zichzelf en de rest. Met het gevoel dat er zich een onzichtbaar scherm tussen hen en haar bevond, keek ze toe hoe Isabella bij Rafael neerknielde, zijn pols voelde, en mopperde dat het geen minuut langer had moeten duren. Elena mompelde iets wat op een bevel leek, waarna ze samen met Lorcan de vrouw op de bank legde. Lorcans Lied stroomde de kamer in en de vrouw ontspande deze keer zonder moeite onder zijn Fluisteringen, terwijl Rafael langzaam maar zeker op adem kwam.

Na een paar lange minuten grijnsde hij haar vermoeid toe, en hield toen zijn hand omhoog. 'Yay, team.'

Ze knipperde verrast, maar gaf hem een high five.

Elena snoof. 'Kan het team in het vervolg eerst met mij bespreken wat er gaat gebeuren?' Ze wachtte niet op antwoord, maar zette haar handen op haar heupen en keek fronsend naar de vrouw. 'Shit. Vier Echo's? *Vier?* Hoe kan dat? En ze stortte zich erop als een kip die in de bek van een vos springt.'

'Dat was raar, ja,' zei Isabella. 'Misschien...'

Elena maakte een afwerend gebaar. 'Analyses komen straks. Eerst haar herinneringen. Raf, blijf zitten, verdorie. Adem. Isabella, ga je gang.'

Het Tweede Troostlied stroomde de kamer in. Een tijdlang zat Isabella rustig en roerloos naast de vrouw, terwijl haar Lied over haar heen spoelde. Toen fronste ze ineens haar wenkbrauwen.

'Isabella?' vroeg Elena.

Isabella schudde haar hoofd. 'Geen problemen.' Haar Lied nam toe in kracht, vulde de kamer met vloeiende, kalmerende klanken.

Ariane probeerde zich erop af te stemmen, maar het lukte niet. Niets had ooit zo goed gevoeld als het genezen van de vrouw, maar tegelijkertijd was het afschuwelijk geweest. Rafael had eruitgezien alsof ze het leven uit hem wrong.

Lorcans stem onderbrak haar gedachten: 'Elena, je hebt Ariane en mij niet meer nodig, of wel? Kunnen wij even naar buiten?'

Elena fronste. 'Wat wil je doen?'

'Checken of er nog meer Echo's in de buurt zijn, dat hoort ze buiten beter dan in deze geluidsdichte kamer.'

Hun ogen gingen naar Ariane, alsof ze allebei wisten dat het een excuus was om haar op adem te laten komen.

Elena knikte. 'Goed idee, doe dat. Wij hebben het hier wel in de hand.'

Misschien zou ze moeten protesteren, maar het klonk geweldig om deze kamer te kunnen verlaten.

Ariane rende de trappen bij de voordeur bijna af, liep door tot bij de vijver en haalde daar diep adem. Beter. Het was alsof de zware muren van het gebouw alles daarbinnen concentreerden, intenser maakten.

Lorcan kwam naast haar staan. 'Je moet de controle terugkrijgen. Op dit moment trekt alles tegelijk je aandacht, is het niet?'

Dat was zo. Ze hoorde het ritmische gekners van kleine steentjes, het klotsen van het water, stemmen in de verte, het ritselen van boombladeren, het zachte kraken van takken, ergens onder het dak het gekrabbel van kleine diertjes.

'Ik... weet niet hoe ik moet ophouden met naar alles Luisteren.'

Een kille wind blies een lok donker haar over zijn gezicht. 'Een verdedigingsmechanisme. Als Luisteraar zet je instinctief je scherpste zintuig in wanneer je je bedreigd voelt. Zoals je al gemerkt hebt, pakt dat soms averechts uit.'

'Maar ik ben geen Luisteraar. Waarom heb ik daar dan last van?'

'Misschien dat het Lied van Waarneming voor jou het meest bekend voelt? Het is het eerste dat je leerde kennen, en dus grijp je er onbewust naar als je je onzeker voelt. Hoor je nog meer Echo's?'

Ze duwde haar Lied om zich heen, zover als ze kon. Niets. Geen onverklaarbare dissonante leegtes, geen dreiging. 'Nee.'

'Mooi.' Maar zijn schouders waren gespannen en er was een diepe frons op zijn voorhoofd.

Ze wierp een blik op de donkere gevel van het Jean-Baptiste en voelde een enorme weerstand tegen het idee om daar weer naar binnen te moeten. Zag hij er net zo tegenop als zij?

'We zouden hier kunnen wachten op de rest,' zei ze. 'Elena zei dat ze het zonder ons af konden.'

'Dat zou kunnen.' Ze keek opzij en zag dat zijn ogen de hare hadden gevolgd, strak gevestigd op de gebeeldhouwde guirlandes van stekelige takken. 'Maar dat doen we niet.'

Ze voelde zich een gigantische lafaard. Ze had zelf onderdeel willen zijn van de strijdgroep, en nu schrok ze meteen terug? 'Natuurlijk niet. Geef me alleen even om…'

Ze moest haar Lied terugtrekken en haar gehoor uitzetten, dan zou ze zich beter voelen, en zou het makkelijker zijn om weer naar binnen te gaan. Maar het weigerde om zich te laten opbergen, en concentreerde zich in plaats daarvan op Lorcan.

Haar Lied bracht geen emotie mee terug, alleen een hele vage weerklank van… Nee, ze kon het niet te pakken krijgen. Iets wat hij verborg.

Ze wierp een blik opzij, en volgde toen zijn ogen, die nog steeds op het donkere gebouw waren gericht.

'Denk je aan Colin?' vroeg ze zacht. 'Vraag je je af of hij…'

'Colin is niet verloren.' Zijn stem liet geen ruimte voor twijfel.

'Ik weet dat je zeker weet dat hij nog leeft. Maar Teles is dicht bij de grens van Parijs geweest, dat hebben ze gehoord. Wat als –'

'Ik wéét dat Colin er nog is.' Lorcans stem was afgezakt tot een fluistering. Zijn Lied begon rond hen heen te dansen, een ander soort Fluistering. 'Ik zou het voelen als het niet zo was. Jij niet? Je Lied is een weerklank van het zijne, zou je het niet weten als dat er niet meer was?'

'Ik…'

In verwarring staarde ze hem aan. Wat hij zei sloeg nergens op, toch? Maar haar Lied richtte zich vanzelf op het zijne, zijn zekerheid duwde tegen haar twijfels. Zou ze het weten als Colin waanzinnig was geworden, zijn Lied was kwijtgeraakt?

Ze wist alleen dat ze zich hyperbewust was van Lorcan. Dat ze 's avonds als ze haar ogen sloot niets anders kon horen dan zijn stem, dat zijn Ierse accent zo onder haar huid was gekropen dat ze 's ochtends eerst een paar woorden tegen zichzelf moest zeggen om het kwijt te raken.

Lorcan liet plotseling zijn adem los en vloekte toen zachtjes. Alles wat ze een tel geleden nog had gevoeld, verdween.

'Kom mee.'

Het was alsof ze verdiept was geweest in een boek en plotseling terug in de werkelijkheid viel. Ze moest zich haasten om Lorcan in te halen, die al bijna weer bij de deur was.

'Je kunt mensen niet zomaar rond commanderen,' zei ze verontwaardigd.

'Je hebt je focus toch terug, of niet?'

Tot haar grote ergernis kon ze dat niet ontkennen. Ze kon haar Lied weer de kant op sturen die ze wilde, zonder dat het alles tegelijk probeerde te bestrijken. Rechts van haar hoorde ze twee mensen die zich om een hoek van het gebouw moesten bevinden, links het gekabbel van het water en het ruisen van bomen.

'Zie je wel,' zei hij.

Ze liep zo druk op een weerwoord te zinnen dat ze de grote hal en twee gangen daarna al door waren, voor ze besefte dat er iets niet klopte.

'Daarstraks zijn we toch niet zo gekomen?'

'We gaan even langs bij een andere afdeling,' zei hij. 'Weet je nog, Julie?'

De assistente van haar moeder, die stilletjes een Sirene was geweest.

'Ja?'

'Zij is hier opgenomen. Je moet naar haar Luisteren.'

Ze bleef staan. 'Wát?'

Hij draaide zich ongeduldig naar haar om. 'Als we Colin terug willen krijgen, dan hebben we meer informatie nodig. Elgar heeft zowel Julies bezetenheid als die van Colin veroorzaakt. Dit is een kans om meer te weten te komen.'

'Ik...'

Zijn blik was verbeten. 'Fluisteraars, Helers, Stemmers...

we zijn allemaal machteloos wanneer een Sirene eenmaal is binnengedrongen. De enige die iets zou kunnen betekenen, is een Zanger, en daar is er maar één van. Jij bent de enige die dit kan doen.'

'Julies situatie is heel anders dan die van Colin. Je zei net nog dat je ervan overtuigd bent dat hij nog bezeten is. Zij is opgebrand, waanzinnig.'

'Maar je hebt haar ook gehoord toen ze nog wel bezeten was door Parthenope. Dit zal je helpen om het verschil beter te onderscheiden.'

'Het verschil?' Maar toen begreep ze het al. 'Tussen Julie en degene die ze was met een Sirene in haar ziel.'

'Precies. Kom mee.'

Als hij dat nog een keer zei, dan liep ze uit principe de andere kant op. Maar er was iets belangrijkers.

'Jij hebt die Echo's toch niet hierheen gelokt, of wel? Om deze… kans te creëren?'

Secondelang leek alles stil te vallen.

'Denk je dat echt?' Zijn ogen waren donker.

'Je hebt me niet bepaald veel tijd gegeven om na te denken.'

'Zou jij zoiets doen? Als het…' zijn hand maakte een snel, ongeduldig gebaar, alsof hij zijn strijkstok door een vliegend staccato joeg, terug stuiterend van de snaren door de kracht van de streek, 'als het om je moeder ging in plaats van om Colin? Als je haar door de gangen van het Orpheushuis had zien vliegen op vleugels gemaakt van duisternis, als je in haar oogkassen de hele afgrond van de onderwereld had gezien?'

Ze wilde nee zeggen, nooit, dat ze geen onschuldig leven zou verwoesten om een ander te redden, maar het beeld dat hij opriep was te levendig. Wat zóu ze doen?

'Dat is geen antwoord,' zei ze.

Hij maakte een misprijzend geluid. 'Nee.'

'Nee, dat is geen antwoord, of nee, je zou...'

Hij keek haar lange tijd zwijgend aan. 'Zet je gehoor aan,' zei hij tenslotte.

Haar Lied reageerde meteen, haar piano galmde door de gang.

'Nee,' zei hij afgemeten. 'Ik heb die arme vrouw niet met opzet laten bijten, en nee, ik heb ons niet allemaal in gevaar gebracht door de Echo's hierheen te lokken. Dat zou je gehoord hebben. Net zoals je het zou horen als ik nu tegen je loog.'

'Ja?'

Zijn ogen vernauwden zich. 'Nee?'

Haar Lied bracht zijn frustratie en zijn ongeduld bij haar terug.

'Hoe moet ik dat weten?' vroeg ze. 'Ik heb nooit geleerd hoe ik dat moet doen.'

'Je wist dat Elgar een Sirene in zijn ziel meedroeg!' Hij gromde een vloek. 'We hebben geen tijd om eindeloos te staan kletsen. We horen hier helemaal niet te zijn, dus we moeten snel zijn. Doen we dit of niet?'

Ze kon horen wat hij eigenlijk vroeg. Vertrouwde ze hem of niet? Onder de ergernis vond haar Lied nog iets in hem: hoop, gerafeld en gescheurd, maar wild en levend.

'Oké,' zei ze gespannen. 'Hoe komen we bij haar?'

'Met een beetje geluk en Gefluister.'

Lorcan was alweer in beweging, ging haar voor naar een deur waarop in grote letters stond: 'GESLOTEN AFDELING – ALLEEN PERSONEEL – VERBODEN VOOR ONBEVOEGDEN'. Hij opende de deur op een kier, wierp een blik in de gang erachter en wenkte haar.

Ze raapte haar moed bij elkaar en volgde hem.

Precies op het moment dat ze de gang in liepen, zag ze iemand van de andere kant om de hoek komen. De man, gekleed in een lichtgroen uniform, had hen al gezien. Omkeren was geen optie.

Ze hield zichzelf voor dat ze net tegenover vier onderwereldwezens had gestaan. Wat was het ergste wat deze man kon doen, hen streng toespreken? Maar haar hart bonkte in haar keel en ze voelde haar mond droog worden. Elke stap was gevuld met een spanning waar ze jeuk van kreeg.

Wat moesten ze doen als hij vroeg wat ze hier uitspookten?

Lorcan wierp haar een ongeduldige blik toe. Hij versnelde zijn tred, zodat hij voor haar uit ging lopen en strekte zijn hand uit. De man pakte hem in een reflex aan, ondanks zijn bedenkelijke gezicht.

'Fijn dat u toch nog komt opdagen,' zei Lorcan, een tikje verwijt in zijn stem. 'Julie Lacomtes kamer is toch op deze afdeling?'

De man leek verward, alsof hij iets had willen zeggen dat plotseling onzinnig leek. 'Ja, ze is hier. En jullie zijn…?'

'Precies, dat zijn wij,' zei Lorcan. De vanzelfsprekende aanname dat hij hier hoorde te zijn straalde van hem af. 'Kunt u ons haar kamer wijzen?'

De verpleger fronste. Zijn ogen schoten nerveus naar Ariane. Hij wist dat hij nog helemaal niets had geopperd, net zo goed als zij. Of… wist ze dat wel zeker?

Ze voelde Lorcans Lied langs haar armen strijken en besefte waar hij mee bezig was. Hij was onzekerheid aan het Fluisteren, of verwarring, iets waardoor de man aan zichzelf twijfelde.

'Het is verder geen probleem, hoor,' zei Lorcan. 'Maar we moeten ons binnen tien minuten weer aanmelden bij de rest van de onderzoekers in de andere vleugel. Anders krijgen we problemen met onze supervisor, u kent het wel.' Zijn stem leek ineens die van iemand anders, vriendelijk en verontschuldigend.

Ariane staarde Lorcan aan. Ze kon het niet helpen – ze liet haar Lied naar buiten. Meteen trok het bij haar naar binnen wat Lorcan Fluisterde: een naadloze afwisseling van welwillendheid en vertrouwen, die nu overvloeide in hulpvaardigheid.

De man ontspande ineens zichtbaar, alsof dit eenvoudig voor hem was: helpen waar nodig. 'Oh ja. Loop maar mee.'

Ariane was bang om iets te zeggen, een verkeerde beweging te maken die deze betovering zou verbreken. De man was er duidelijk van overtuigd geraakt dat zij hier waren als deel van een afgesproken onderzoek, iets waarvan hij op de hoogte was.

Hoe had Lorcan dit voor elkaar gekregen? Hij was een Fluisteraar, geen Stemmer. Hij kon de herinneringen van de verpleger niet aanpassen. Dit was meer dan zijn Lied alleen. Het was wat ze ook bij Elgar had gezien, voor hij ontmaskerd was: hij schatte mensen in en bespeelde hen, gebruikte zijn stem, zijn houding en de juiste woorden om datgene wat hij Fluisterde meer impact te geven, om mensen zelf leemtes te laten invullen.

Ze herinnerde zich wat Lorcan een keer had gezegd: dat het Lied van Harmonie een veel te mooie naam had, voor de leugen die het eigenlijk was.

Hij praatte rustig mompelend met de man, hield het gesprek gaande alsof er niets aan de hand was, tot ze halt hielden voor een zware, houten deur.

De verpleger aarzelde voor het eerst weer.

'We hebben maar heel even nodig,' zei Lorcan kalm. 'We kennen natuurlijk de regels: we raken haar niet aan, we blijven te allen tijde op een meter afstand. We gaan alleen even observeren, een paar minuten maar.' Zijn Lied zweefde om hem heen, omhelsde de verpleger met het gevoel dat alles goed was.

De man hield hem niet tegen toen hij de klink pakte en naar beneden drukte. Die bleef even hangen, toen klonk er een klikkend geluidje. De deur ging open en Lorcan draaide zich naar haar om.

'Ladies first.' Hij glimlachte scheef naar de verpleger, alsof het een grapje was dat ze deelden, legde toen een hand op Arianes onderrug en gaf haar een duw. Het was iets zo atypisch voor hem om te doen dat ze zonder enige tegenstand naar binnen stapte.

Ze hoorde nog net de vage klik van de deur die dichtviel.

Toen beukte een vernietigende storm tegen het huis dat haar verstand was, trok brullend aan de luiken en deed de ramen in hun sponningen trillen. Haar ogen zochten wanhopig naar de bron van het geweld.

In een hoek van de kamer was een bed, dat aan de vloer was vastgeschroefd. Daarop lag een vrouwengestalte, haar armen en enkels vastgesnoerd met witte banden.

Nu pas besefte Ariane dat de vrouw schreeuwde, alsof ze werd gemarteld door een onzichtbare demon.

Het was te veel, veel te veel. Ariane draaide zich instinctief om, wilde wegrennen, vluchten.

Lorcan stond voor de gesloten deur met een onverbiddelijke uitdrukking op zijn gezicht.

'Ik kan het niet... laat me eruit.' Ze hoorde hoe ze klonk, laf en zwak, maar het kon haar niet schelen. Haar geest en haar ziel werden overweldigd.

'Je kunt het wel. Luister naar haar.'

Haar Lied stortte zich gretig op hem, op zoek naar iets anders om zich op te concentreren, maar hij hield zijn emoties zorgvuldig binnen.

Julies geschreeuw kraste met scherpe nagels over haar huid en haar emoties waren nog duizend keer erger. Ze voelden als enorme stukken puin die door de kamer vlogen, voortgezwiept door een wervelwind.

Weg, ze moest weg uit deze kleine ruimte waarin de druk haar dreigde te verstikken. Ze hief haar handen blindelings om Lorcan uit de weg te duwen.

Hij greep haar polsen. 'Doe het gewoon!'

Een vleugje spanning en schuldgevoel dwarrelde tussen hen, strooide zout over de wonden die door Julies waanzin waren opengereten. Toen was het weer verdwenen. Zijn rechterduim wreef plotseling zacht over de binnenkant van haar pols.

Ze huiverde toen zijn kalmte in haar stroomde.

'Je kunt dit niet zomaar doen,' zei ze. Haar verontwaardiging was een ver en vaag gevoel, maar ze klampte zich eraan vast. 'Me de kant opduwen waar je me wilt hebben, me Fluisteren tot ik je je zin geef.'

Zijn grijze ogen waren als de Noordzee op een koude dag en zijn duim tekende kleine, hypnotiserende cirkeltjes. Julies schreeuwen had hem moeten overstemmen, maar haar Lied focuste zich op zijn stem, die vastberaden als een krijgslied was.

'Wie anders kan dit doen? Jij bent de enige.'

'Laat me los.' Ze balde haar handen tot vuisten.

Hij klemde zijn kaken op elkaar, blies toen ineens zijn adem uit en zijn vingers verdwenen van rond haar polsen. Hij zette een stap opzij – de deur was vrij.

Meteen beukte de wervelwind van angst en woede en waanzinnige frustratie weer op haar in. Haar Lied joeg instinctief achter Lorcan aan, maar vond niets anders dan zijn gebruikelijke leegte.

Met een huiverende inademing drukte ze haar nagels in haar handpalmen. Voor ze zich kon bedenken trok ze haar Lied zo dicht mogelijk naar zich toe, draaide zich om en liep naar het bed.

Julie stopte met schreeuwen zodra ze zich bewust werd van Ariane, alsof haar aandacht alles was wat ze de hele tijd al had gewild. Het woeste kluwen van emoties zakte weg en het leek ineens in alle opzichten doodstil in de kamer. Alleen Arianes Lied klonk nog, zachtjes en zoekend.

'Niet te dichtbij.' Lorcans waarschuwing was terughoudend, alsof hij bang was dat ze weer naar de deur zou spurten bij de minste aanleiding.

Ze bleef staan op een meter van het bed, buiten bereik van Julies vingers, die rusteloos bewogen, tastend naar de banden om haar polsen. Haar pupillen waren zo groot dat ze de bruine irissen bijna helemaal hadden weggedrukt, maar het oogwit, doortrokken met rode adertjes, maakte overduidelijk dat ze menselijk was.

Julies lippen gingen uit elkaar, maar de schreeuw waar Ariane zich schrap voor had gezet, kwam niet. 'Kom hier.' Er ging een rilling over haar rug bij het horen van de hese stem. Ze had op de een of andere manier niet verwacht dat Julie nog in staat zou zijn tot het vormen van normale zinnen. 'Ik kan je niet goed zien.'

Ze liep richting het hoofdeinde van het bed.

Julies ogen volgden haar, scherp en hongerig als kraaien in wintertijd. 'Nee, hierheen. Kom dichterbij.'

'Ariane,' zei Lorcan waarschuwend.

Ze herinnerde zich wat hij tegen de verpleger had gezegd – te allen tijde een meter afstand bewaren – en bleef staan. Haar Lied deed wat ze zelf niet kon en reikte naar Julie. De woeste storm van razernij had plaatsgemaakt voor een stil, melancholiek verlangen.

'Alsjeblieft, dichterbij,' fluisterde Julie smekend. Ze begon te neuriën, een melodie die die zich kwellend, hoog en klagend, door het Eerste Troostlied van Arianes piano begon te slingeren.

Ze zette nog een stapje dichterbij, tot er amper een armlengte tussen haar en Julie was. Haar gezicht was nu triest, verloren. Ariane zag weer voor zich hoe ze de Opéra was binnengekomen, een en al bescheiden behulpzaamheid, haar donkere haar, dat nu een zweterige warboel was, netjes naar achteren. Arianes handen jeukten om het glad te strijken, iets te doen om haar te troosten.

De droefheid die van Julie afsloeg was onverdraaglijk, een scherp, wanhopig gemis.

Ariane keek om naar Lorcan. 'Kun jij niet...?'

Hij was bleek, zijn ogen lieten Julie niet los. Zag hij Colin voor zich in haar plaats? 'Als ik haar Fluister, dan hoor je alleen mij.'

Julie maakte een geluid, een melodieus gejammer dat zich

mengde met haar neuriën en Ariane keerde zich weer naar haar om. Julies ogen smeekten. *Kom dichterbij, alsjeblieft, ik heb je nodig, jij bent het water, ik dwaal in de woestijn.* Ze kon niet anders, ze zette nog een stapje dichterbij.

Lorcans stem was gespannen. 'Voorzichtig.'

Maar wat kon Julie doen? Ze was aan het bed vastgebonden. Ariane liet zich op haar hurken zakken, zodat hun gezichten op gelijke hoogte waren, dichtbij genoeg om Julies onrustige adem op haar gezicht te voelen.

Ariane herinnerde zich nog hoeveel angst Julie haar had aangejaagd, toen ze bezeten was geweest door Parthenope. Nu voelde ze alleen maar medelijden.

'Is er iets wat je me wilt vertellen?'

Julie bleef klaaglijk neuriën, terwijl ze Ariane smekend aankeek. Het was duidelijk dat ze iets probeerde over te brengen.

Behoedzaam liet ze haar Lied naar Julie uitgaan, op zoek naar een antwoord. Julies emoties leken op een donkere kamer, vol met dingen waar ze zich aan kon stoten.

'Neee!' Julie schreeuwde het woord op volle kracht zodra Arianes Lied haar raakte. Haar gezicht vertrok van woede. Ze rukte aan haar boeien en haar rug kwam in een boog omhoog van het bed. Haar ogen rolden wild in hun kassen, schoten langs Ariane heen, alsof ze hulp zocht.

'Nee, nee, neeeee! G… G… eee!' Julies lippen tuitten zich, ze hoestte, verslikte zich. Ze slaakte een wilde jammerkreet die klonk als een verschrikkelijk lied van verlatenheid, en begon toen weer opnieuw. 'Nee, nee… G… eeee! Neeee!'

Haar vingers spanden zich tot klauwen, zo stijf dat het leek alsof ze zouden knappen. De emoties die van haar afsloegen volgden elkaar te snel op om te kunnen ontwarren.

Ariane duizelde ervan, tastte wanhopig naar een steunpunt, kreeg de bedrand te pakken. Maar nu was alles nog dichterbij, waren de woede en de wanhoop sterker. Haar Lied stormde wanhopig door de kamer, maar werd telkens weer teruggetrokken naar Julies baken van waanzinnige wanhoop.

'... mee.' Ariane hoorde de stem amper. Een hand raakte haar schouder. Angst en woede deden haar ernaar slaan, ze probeerde erbij weg te komen.

Een onverstaanbaar woord vlak bij haar oor. '... Ariane... Ariane!'

Toen, plotseling, een troostende viool, die dwars door al het andere heen brak. De vloeiende melodie van het *Dulcissime* had zachter moeten zijn dan het schreeuwen, het knarsen van het bed, de storm van emoties, maar vocht zich elegant en krachtig als een zwaarddanser een weg tot bij haar, en wikkelde zich toen om haar heen.

Vrede. Veiligheid. Ze klampte zich eraan vast.

Een sterke arm gleed om haar middel en trok haar mee, weg van de storm, weg van de waanzin.

HOOFDSTUK 8

De klap van de autodeur die Lorcan dichttrok was het eerste waar Ariane zich weer helemaal bewust van was.

Alles daarvoor was wazig en schokkerig: de gangen van het Jean-Baptiste, de muziektherapieruimte, ineens weer buiten zijn, over de brug lopen, toekijken hoe de instrumenten weer in de achterbak werden geladen, Rafaels nieuwsgierige blik toen ze naast hem op de achterbank ging zitten, Lorcan die aan de andere kant naast haar schoof, zijn aanwezigheid vertrouwd en onpeilbaar.

Ze slaakte inwendig een zucht van verlichting toen Elena de weg opdraaide en ze het Jean-Baptiste achter zich lieten.

'Ariane?' Elena's ogen flitsten naar haar in de achteruitkijkspiegel. 'Wakker worden, ik vroeg je iets.'

'Eh…'

'Het Jean-Baptiste is overweldigend voor Luisteraars,' zei Lorcan.

'Ja, daarom gingen jullie naar buiten, maar ze ziet er nu erger uit dan ervoor. Wat heb je met haar uitgespookt? Ariane?' Elena's vingers knipten voor haar neus. 'Wat is er gebeurd?'

Het spoelde allemaal in één grote golf weer over haar heen: de kleine kamer, het geschreeuw, de wanhoop.

'Julie,' zei ze ademloos.

'Wie?' Elena gaf richting aan en sloeg af.

'Julie,' zei Rafael. Zijn blik schoot van haar naar Lorcan. 'Oh, oh… jullie hebben dingen gedaan die niet mogen.'

'Raf.' Elena's stem was ongeduldig. 'Minder interessant doen, meer uitleg.'

'Julie,' zei Rafael. 'Die bezeten was door Parthenope? Raad eens waar die is opgenomen nadat ze was opgebrand en waanzinnig was geworden?'

'Lorcan, dat meen je niet!' Elena brieste. 'Zeg me dat je niet deed alsof je Ariane tot rust wilde laten komen en haar toen in een klein kamertje opsloot met een bezetene.'

'Julie is al lang niet meer bezeten,' zei Lorcan. Zijn stem was kalm, maar zijn been drukte tegen het hare en ze voelde de spanning in hem. 'Er was geen gevaar.'

Rafael snoof. 'Natuurlijk niet, daarom ziet Ariane eruit alsof ze murw Gefluisterd is.'

Elena haalde in een fors tempo drie auto's tegelijk in. Ariane zag raampjes, gezichten, straatlantaarns voorbijflitsen. Haar hoofd werd eindelijk een beetje helderder en het drong tot haar door dat ze zojuist gigantisch haar mond voorbijgepraat had.

'Lorcan…' Elena zuchtte. 'We rouwen allemaal op een andere manier en ik respecteer dat je wraak wilt. Die geobsedeerde zoektocht naar Teles was tot daar aan toe. En ja, ik wist heus wel dat je daarmee bezig was. Maar ik kan je geen anderen in gevaar laten brengen.' Elena's stem werd zachter. 'Colin is verloren. Niets verandert dat.'

Lorcans woedende ontkenning raasde als prikkende naalden over Arianes huid, maar hij zweeg koppig en keek uit het raam.

De auto gonsde van felle emoties die allemaal door elkaar heen schoten, haar uit alle hoeken bestookten, tot ze er niet meer tegenop kon.

Als Lorcan haar Julies kamer kon binnenduwen, dan had zij ook het recht om te doen wat haar het beste leek.

'Wat als dat niet zo is?' vroeg ze. 'Als hij nog leeft, maar ze hem alleen niet gevonden hebben?'

Rafael ging rechtop zitten en staarde haar aan. 'Jullie denken dat hij nog te redden is.' Zijn ogen zochten haar gezicht af, donker en gespannen. 'Dat jouw gave iemand als Julie kan helpen om de stukken van haar geest weer in elkaar te passen.'

Hun doel was eigenlijk om Teles uit Colin te drijven. Maar onwillekeurig dacht ze na over de vraag.

'Ja.'

'Nee,' zei Lorcan op hetzelfde moment.

Ze keek hem verrast aan. 'Waarom niet?'

'Omdat er een verschil is tussen iets wat onder bepaalde omstandigheden mogelijk is, en iets wat onmogelijk is,' zei Lorcan. 'Volbloed-Sirenen duiken niet onder omdat een begaafde sowieso al een Sirene uit zijn lichaam kan gooien zodra hij het roer in handen heeft. Het enige wat ons te doen staat om Colin te redden is dat te activeren. Hoe activeer je iets in een geest die in stukken is gescheurd?'

Er viel een stilte.

Elena tikte op het stuur. 'Ze hebben weken gezocht, eerst naar Teles, toen naar Colin. Een opgebrande waanzinnige is bijna net zo'n baken als een Sirene, maar ze hebben niets gehoord. Ik zou ook willen dat het anders was, maar Teles is weg. En Colin is dood.'

'Hij is niet dood,' zei Lorcan vlak. 'En ook niet waanzinnig. Teles is er nog.'

'Lorcan, je denkt niet meer helder na. Je – '

'Nee, hij heeft gelijk,' zei Isabella ineens. Ze was tot op dit punt zo stil geweest dat Ariane haar aanwezigheid bijna was vergeten. 'Colin is niet dood, en – '

'Isabella, echt,' zei Elena, 'dit is niet het moment voor zo'n vage preek over "niemand gaat ooit echt dood zolang"...' Ze keek opzij, maar leek toen iets op Isabella's gezicht te zien waardoor ze abrupt naar adem hapte. 'Shit.'

Ze gaf het stuur een ruk en schoot in een lege parkeerplek. Ariane verwachtte elk moment de bumper tegen een andere te voelen klappen, maar tot haar opluchting parkeerde Elena net zo razendsnel en soepel als ze vocht.

Elena keek Isabella aan. 'Je hebt iets gezien in de herinneringen van die vrouw daarnet. Wat?'

Isabella kauwde op haar onderlip, maar liet toen ineens haar adem ontsnappen. 'Teles. De herinnering was heel vaag, maar ze heeft hem gezien vlak voor ze gebeten werd.'

Lorcan leunde naar voren, zijn hand om Isabella's stoel geklemd. 'Wat? Wanneer?'

'Niet langer dan een dag geleden,' zei Rafael. 'Het gif was nog niet zo diep in haar doorgedrongen dat ik er niet meer bij kon. Maar hoe, verdomme, heeft zij Teles gezien, terwijl niemand hem hoort?'

'Dat weet ik niet,' zei Isabella. Haar zachte stem klonk gespannen. 'En ja, gisteren.'

Buiten ruisten auto's, binnen klonken alleen vijf ademhalingen, vijf kloppende harten, emoties die heen en weer slingerden tussen ongeloof, opluchting, triomf en iets woests dat ze niet kon thuisbrengen. Ariane besefte dat ze in een reflex haar Lied naar buiten had gelaten.

'Je weet je momenten wel te kiezen,' zei Rafael. 'Leren ze je dat als Stemmer: wacht tot iedereen helemaal overstuur is en laat dan de bom vallen?'

'Weet je zeker dat het Teles was?' vroeg Lorcan, Rafael negerend. 'Waar waren ze?'

'Ik zou jullie dit helemaal niet mogen vertellen,' zei Isabella. Ze wreef over haar voorhoofd. 'Haar herinneringen mogen alleen aangepast worden om haar leven te redden of de organisatie geheim te houden. Ze delen zonder haar toestemming is uit den boze.'

'Isabella,' Lorcans stem klonk laag, dreigend, 'als je denkt dat ik – '

'Maar,' onderbrak Isabella hem, haar zachte stem vastberaden, 'raadshoofd Demir zei altijd dat de ziel van de wet belangrijker is dan de letter. Hier zijn meerdere levens in gevaar. Het leek me minder pijnlijk voor de vrouw als ik haar herinneringen meteen Stemde, in plaats van eerst verslag uit te brengen.'

Naast Ariane bewoog Lorcans knie op en neer, een zichtbaar teken van de hoop, woede en angst die hij onderdrukte. In een reflex legde ze haar hand op zijn knie. Zijn ogen flitsten naar de hare en ze probeerde hem de boodschap door te geven: geduld. Als ze Isabella probeerden te overhaasten, zou het alleen maar moeilijker worden.

'Als ze het wist zou ze opgelucht zijn,' zei Ariane. 'Ze vond het afgrijselijk dat iets of iemand in haar kon doordringen zonder dat ze het wilde. Ze kon geen onderscheid maken tussen het gif en ons ingrijpen.'

Isabella ademde langzaam in en uit en keek haar toen aan. 'Wat ze gezien heeft, is natuurlijk beperkt.'

'Omdat ze geen begaafde is.'

Dat betekende dat de vrouw geen Echo's of ophionen kon zien en dat Sirenen voor haar mensen leken.

'Klopt. Dus ik zag in feite Colin in haar herinneringen, heel kort, voor alles compleet vertroebeld werd door de aanwezigheid van de Echo, en daarna de beet. Herinneringen daaromheen zijn altijd onbetrouwbaar. Maar kort daarvoor was ze op een concert.'

'Waar?' vroeg Lorcan nog een keer.

'Weet ik niet precies. Maar ze bewonderde een uithangbord: een gestreepte kat, die over de zwart-witte toetsen van een piano loopt.'

Dat deed heel vaag een belletje rinkelen, maar Ariane kwam er niet bij.

'Dus hij leeft nog.' Elena bonkte haar achterhoofd tegen de steun van haar stoel. 'Shit.'

'En Teles is er nog,' zei Rafael. Zijn ogen vestigden zich op Lorcan. 'Dus je had gelijk. Hoe wist je dat zo zeker?'

'Dat wist ik gewoon,' zei Lorcan.

'Nee.' Rafaels mond trok. 'Nee, jij niet. Sommigen onder ons houden zich vast aan waarheden, feiten en principes, Sint-Lorcan, en jij bent er daar een van. Dus. Wat houden jullie voor ons achter?'

Lorcan kromp in elkaar en Ariane herinnerde zich zijn blik, bijna koortsachtig, toen hij haar bezworen had dat hij het zou voélen als Colin er niet meer was.

'Niets!' zei ze. 'We hebben eindeloos gezocht op plaatsen waar een Sirene zich zou kunnen verbergen, maar…'

Rafael klakte met zijn tong. 'Dus zij weet het ook niet?'

Lorcan was stil en Ariane voelde een verwarrende golf van verontwaardiging en plotse, scherpe pijn door zich heen slaan die alleen van haar was.

Ze draaide zich naar hem toe. 'Is er iets wat ik niet weet?'

Hij schudde zijn hoofd, zijn grijze ogen die haar aankeken behoedzaam, afstandelijk. 'Het was iets kleins, dat Elgar zei.'

Maar het betekende iets groots: dat hij haar wel nodig had, maar niet vertrouwde.

'Je kunt het net zo goed in de groep gooien,' zei Rafael. 'Elena slaat het toch wel uit je.'

Elena snoof, maar ze klonk niet verontwaardigd. Haar rusteloze energie was omgeslagen, alsof iets binnen in haar, dat langzaam aan het verschrompelen was geweest, water had gekregen en weer tot leven kwam. 'Voor de draad ermee.'

Lorcans linkerhand bewoog in de grepen van opeenvolgende noten, voor hij hem tot een vuist balde. 'Het was op de verkiezingssamenkomst, toen Teles chaos aan het zaaien was in de tuinkamer, wij tegen Echo's aan het vechten waren, en Elgar binnenkwam, samen met de andere raadsleden. Niemand besefte toen nog dat Elgar een Sirene in zich had.'

Rafael liet zijn adem ontsnappen in een kort plofje. 'Waardoor niemand stilstond bij het moment dat voor het eerst in eeuwen twee Sirenen met elkaar konden communiceren. Ik kan me herinneren dat hij iets riep naar Teles, iets van, "Sirene, je hoort hier niet..." wat was het ook weer?'

Ariane herinnerde zich Elgar die als redder was binnengestormd, een slanke gestalte met zilveren haar, zijn stem, die zelfverzekerd alle aandacht opeiste, met dat vage accent aan de randjes dat ze nooit helemaal had kunnen ontcijferen.

'Jouw thuis is elders, Sirene! Je bent hier niet welkom.'

Pas toen het haar mond uit was en iedereen haar aanstaarde, besefte ze dat ze haar eigen stem had verheven om zijn woorden te herhalen.

'Shit,' zei Rafael, bewondering in zijn stem.

'Dat was op het enge af,' was Elena het met hem eens. 'Je klonk precies als Elgar.'

Elena was heel even stil, toen begonnen haar vingers een ritme te tikken op het stuur. 'Als we maar uit hem konden slaan wat hij daarmee bedoelde…'

'Je vader heeft meer dan duidelijk gemaakt dat Elgar met niemand praat, en dat niemand toestemming krijgt om hem op te zoeken tot er een definitief raadshoofd is gekozen.'

'Mm.' Elena fronste.

Elders. Achteraf zag Ariane het patroon in de plekken die Lorcan en zij de afgelopen week samen doorzocht hadden. Het oude muziektheater *L'Ailleurs qui vous trouve* – letterlijk: 'het Elders dat jou vindt'. Het *Fort de Nogent*, waar het Vreemdelingenlegioen rekruten opnam die niet uit Frankrijk kwamen, maar van elders. Alle plekken waar tombes en graven te vinden waren – waar deze wereld het ongrijpbare elders van de doden raakte.

Lorcans besliste stem doorbrak haar gedachten. 'Ik moet uitvinden waar die vrouw was. Als meer mensen Teles daar gezien hebben, dan weten we waar we moeten zoeken.'

'Misschien moeten we eerst iets eten.' Rafael haalde zijn schouders op toen iedereen hem aankeek. 'Wat? Denk je dat je hersenen blijven werken zonder brandstof? En ik zeg het voor jullie, ik ben niet zo gek dat ik op een missie vertrek zonder proviand.' Hij viste een papieren zakje uit een of andere binnenzak, schudde een pistachenoot op zijn hand en begon die omstandig te kraken. 'Geef toe dat jullie hier hongerig van worden.'

Elena vertrok haar mond. 'Ik kan niet geloven dat ik dit ga zeggen, maar ik denk dat hij gelijk heeft.'

Ariane voelde Lorcan verstrakken, protest in elke spier van zijn lichaam. 'Jullie kunnen doen wat jullie willen, maar ik ga geen tijd verspillen met…'

'Met vermijden dat je flauwvalt?' Rafael schoot een pistachedop rakelings langs Ariane heen, tegen Lorcans schouder. 'Wees niet zo'n martelaar. Bovendien, je weet wat Elena gaat zeggen.'

Elena wierp hem een geërgerde blik toe, maar wendde zich toen tot Lorcan: 'Ik zou willen dat je hier meteen mee was gekomen, dan waren we niet compleet onvoorbereid geweest. Eet of eet niet, maar jij komt mee. We stellen eerst een fatsoenlijke strategie op en dan pas komen we in actie. Dat is de enige manier om Colin te vinden en terug te halen. Als je tenminste wilt dat ik het Kefálion erbuiten houd.'

Lorcan was even stil, toen knikte hij onwillig.

Elena draaide de sleutel in het contact en schoot toen, schijnbaar zonder te kijken, de weg weer op.

HOOFDSTUK 9

ARIANE NAM EEN FORSE SLOK KOFFIE EN ONDERDRUKTE EEN KREUN van voldoening. Het zou wel niet aan de koffie liggen, maar het was alsof ze eindelijk de emoties die sinds het Jean-Baptiste aan haar gekleefd hadden, kon afschudden.

Ze kon nog steeds horen wat Elena daarnet had gezegd. *Colin vinden en terughalen.* De belofte die zij en Lorcan eerder hadden gedaan, was nu ineens van de hele groep. De afgelopen tien minuten hadden ze overlegd, samengevoegd wat ze wisten, vermoedden, mogelijk achtten.

Lorcan zat achter een laptop, op zoek naar het uithangbord dat Isabella had gezien, en was methodisch de boterhammen naar binnen aan het werken die Rafael hem had voorgezet. Hij was eraan begonnen alsof het net zo goed karton had kunnen zijn, etend omdat hij nu eenmaal wist dat hij brandstof nodig had, maar ze had hem zonet een stukje olijf zien najagen dat was weggeglipt.

Rafael ving haar blik en grijnsde triomfantelijk boven zijn kom met granola. Ariane voelde haar mondhoeken onwillekeurig omhooggaan terwijl ze een laatste schijfje tomaat in haar mond stopte.

'Oké,' zei Elena, die haar bord met een klap op tafel zette. 'Wat we weten. Ten eerste: Teles is er nog en hij slaagt er kennelijk in om zich verborgen te houden. Ten tweede: hij houdt zich koest.'

'Hij heeft die vrouw toch laten bijten?' vroeg Ariane.

Isabella liet een vinger over de rand van haar glas gaan. 'Dat kon ik dus niet echt zien. Het kan toeval zijn geweest, neem ik aan.'

Rafael lachte kort en vreugdeloos. 'Er is geen enkele Sirene die zo met Echo's omgaat als Teles. Toeval lijkt me niet aan de orde.'

'En het verklaart waarom ze zo'n ongebruikelijk slachtoffer was,' zei Elena. 'Maar dan nog: er is één vrouw gebeten. Schril contrast met de chaos die hij zaaide op de verkiezingssamenkomst. Een volbloed-Sirene zou normaal al veel meer vernieling hebben aangericht.'

Dus wat dat betreft waren ze anders dan gewone Sirenen? Ariane dacht terug aan Julie – of liever, Parthenope. Haar aanval was inderdaad vrij discreet geweest, in een donkere straat waar verder niemand was.

'Omdat een volbloed-Sirene ervan uitgaat dat die zich toch niet kan verbergen,' zei ze, hardop nadenkend, 'en dus maar beter zoveel mogelijk kan profiteren van de tijd die er is? Maar als Teles hulp kreeg van Elgar, en weet dat hij zich verborgen kan blijven houden... dan heeft hij een reden om voorzichtig te zijn.'

'Dat klinkt logisch.' Elena tikte met de punt van haar voet op de grond en leek niet te merken dat ze daardoor de schommelstoel in beweging bracht. 'Dus we hebben drie prioriteiten: ten eerste, de plek vinden waar die vrouw Teles heeft gezien, ten tweede, erachter komen wat Elgars boodschap betekende, en ten derde... Zangers en hun eventuele vermogen om een begaafde te verlossen van een Sirene. Weten we al hoe?'

‘Nee,’ zei Ariane. Of misschien had Lorcan haar dat gewoon ook niet verteld. ‘Tenminste…’

Lorcan keek op vanachter de laptop. ‘Het is niet alsof er een boek over de vermogens van Zangers in de bibliotheek staat. Alles wat ik gevonden heb zijn snippers, fragmenten.’

Rafael snoof. ‘Het Kefálion kijkt wel uit. Wat dat aangaat ben je op de slechtst mogelijke plek aan het zoeken.’

‘Het is de énige plek,’ zei Lorcan. ‘Tenzij jij een beter idee hebt?’

‘We gaan niet opnieuw bekvechten,’ kapte Elena hen af.

Lorcan haalde diep adem. ‘Wat ik heb gelezen herhaalt alleen wat we al weten, wat Ariane daarnet ook al zei: haar gave maakt de onze zoveel krachtiger dat bepaalde grenzen niet meer gelden. Wat er zonet in het Jean-Baptiste gebeurde, bevestigt dat.’ Hij keek naar Rafael. ‘Jij kreeg het gif uit die vrouw terwijl de brug met de Sirene al werd gemaakt, we zagen haar ogen al veranderen.’

‘Als je denkt dat ik het gif nu nog uit Colins lichaam kan krijgen…’ Rafael schudde zijn hoofd. ‘Het gif is uitgewerkt zodra een Sirene iemand in bezit heeft genomen.’

Lorcan leek niet uit het veld geslagen. ‘Uitgewerkt of opgelost?’

‘Dat komt op hetzelfde neer, toch? Het gaat erom dat je het niet meer kunt onderscheiden… Huh.’ Rafael was even stil. ‘Ik snap wat je bedoelt. Zelfs een atoom kun je opsplitsen, met de juiste techniek en apparatuur. Afhankelijk van hoe groot de boost is die Ariane ons kan geven, zou het mogelijk kunnen zijn om het gif te verwijderen. En dat zou dan hopelijk genoeg zijn om Teles’ greep te verzwakken, en Colin de kans te geven om de overhand te krijgen?’

Lorcan knikte. ‘Zodat hij Teles er zelf uit kan gooien.’

‘Het kan lukken, maar ook compleet misgaan,’ zei Rafael. ‘Dit is zoiets als… mensen die zich tot nu toe verwarmden met houtvuren en ineens met kernenergie willen gaan rommelen.’

Ariane kromp in elkaar. Geweldig, de atoombom-metafoor voor Zangers hing weer in de lucht.

'Laten we beginnen met het voor de hand liggende,' zei Elena. 'Als we dat willen proberen, dan moeten we eerst Teles vinden. En dat betekent dat we erachter moeten komen waar dat uithangbord hangt, zodat we daar op zoek kunnen naar meer aanwijzingen.'

Lorcan boog zich weer over de laptop.

Isabella schraapte haar keel. Ze hield een glas thee tussen haar beide handen alsof ze zich eraan vastklampte, maar keek vastberaden de kamer rond. 'Daar kan ik bij helpen.'

Er viel een stilte. Ariane herinnerde zich hoe sterk Isabella er eerder tegen gekant was geweest om herinneringen te Stemmen zonder officiële opdracht.

Elena's donkere ogen bleven een tijdje op Isabella rusten, voor ze antwoordde. Het klonk formeel, als iets uit een ceremonie: 'We zijn dankbaar voor het Lied van Suggestie op deze missie.'

Isabella knikte, liet haar adem in een lange, lichte zucht ontsnappen, en glimlachte toen. 'Ik kan niet geloven dat we nog een kans krijgen om Colin te redden.'

Lorcan keek op. 'Gevonden. *Stribes,* een jazzclub, ergens tussen het *Gare Montparnasse* en het Zadkinemuseum.' Hij keek op zijn horloge en stond op. 'Het moet nog open zijn. Isabella, gaan we?'

'Wacht even,' zei Elena. Zelfs schommelend in de stoel straalde ze genoeg gezag uit om Lorcan te doen stilstaan. 'We gaan er niet als kippen zonder kop op afrennen. Wat mij betreft ga je met Isabella mee, maar je beseft toch wel dat Teles daar niet op je zit te wachten, hè?'

Lorcan keek haar strak aan. 'Je kunt me niet tegenhouden, Elena.'

'Dat ben ik niet van plan,' zei Elena kalm. 'Je kunt meegaan als je dat wilt. Maar is het niet zinniger als je het overlaat aan de Stemmer om op herinneringen te jagen, en dat jij je research voortzet?'

Lorcan klemde zijn kaken op elkaar.

Isabella zette haar theeglas neer en streek een lok donker haar achter haar oor. 'Lorcan, eerlijk gezegd zul je net zoveel afleiden als helpen, als we mensen moeten vragen naar iemand die sprekend op je lijkt. Het zal het Stemmen lastiger maken.'

Ariane begreep ineens iets. 'Die vrouw in het Jean-Baptiste. Ze dacht zeker dat ze Colin… Teles zag, toen Lorcan haar Fluisterde? Daarom verzette ze zich zo heftig.'

Isabella knikte. 'Toen ik bij de herinnering aan de Echobeet kwam, dacht ik eerst dat het een valse herinnering was, dat haar geest Lorcan daar projecteerde. Associatief, omdat ze het Fluisteren ook als een aanval ervoer. Maar zodra ik de herinnering verscherpte, besefte ik dat het omgekeerd was.'

Lorcan wreef over zijn gezicht, keek toen Isabella aan en knikte. 'Oké. Het heeft geen zin om jou in de weg te lopen. Maar het lijkt me niet verstandig als je nu in je eentje door Parijs dwaalt. Raf, als jij met Isabella meegaat…?'

Rafael knikte.

'Dan ga ik verder met mijn opzoekwerk. Ik zal voorlopig de vraag wat Elgar precies bedoelde links laten liggen en me focussen op de hoofdzaak.'

Namelijk: hoe Arianes gave als Zanger hen kon helpen om Colin terug te krijgen. Ze onderdrukte een steek van paniek toen voor het eerst echt tot haar doordrong dat het uiteindelijk op haar zou aankomen.

'Over die boodschap van Elgar voor Teles.' Elena ging naar voren zitten, haar voeten op de grond, haar ellebogen op haar bovenbenen. 'Wat als we Elgar ernaar zouden kunnen vragen?'

'Wat?' Lorcan was ineens een gespannen snaar, een en al scherpe focus. 'Je zei net dat dat niet kon.'

Elena's gezicht was ernstig. 'Elgar zegt niets, claimt zich niets te herinneren, maar er is één iemand met wie hij wel zou willen praten.' Haar blik ging naar Ariane.

Ariane werd overvallen door de herinnering aan zwarte ogen die haar van dichtbij aankeken, de duistere, machtige stem van Thelxiope. *'Ik zou jou moeten meenemen. Een andere keer.'*

'Waarom?' vroeg ze. Haar hart klopte in haar keel. 'Wat wil Elgar van mij?'

'Hij beweert dat hij het fascinerend vindt dat jij erin slaagde om Thelxiope te horen. En dat hij je dankbaar is, omdat je ervoor hebt gezorgd dat hij zich nu weer zichzelf voelt.'

Daar geloofde Ariane geen klap van. 'Hij weet hoe ik op de lier reageerde. En hij weet dat ik geen Sirene ben. Dus...'

'Hij vermoedt wat je bent.' Rafael klonk zeker.

'Ja,' beaamde Elena. 'Dat denk ik ook.'

Lorcans stem was ijzig. 'Ik heb meerdere keren gevraagd om met Elgar te mogen praten en alles wat ik kreeg was een muur! Waarom wisten we dit niet?'

'Het Kefálion denkt dat Elgar naar een gelegenheid zoekt om wraak te nemen op de jonge Luisteraar die hem ontmaskerd heeft,' zei Elena. 'Dus zijn verzoek om Ariane te spreken is geweigerd.'

'Dat verklaart niet waarom je het hebt achtergehouden.' Golven van Lorcans frustratie rolden door de kamer.

'Omdat hij joú niet wilde zien,' zei Elena nadrukkelijk. 'Hij wilde Ariane spreken. Er was geen sprake van dat dat goedgekeurd zou worden door de raad. Bovendien, als Elgar op de een of andere manier zijn vermoeden kan bevestigen door Ariane te spreken, dan geeft hem dat een extra wapen.'

'Tegen je vader.' Lorcans ogen waren beschuldigend. 'Jullie zijn bang dat het zou verhinderen dat hij definitief wordt verkozen tot raadshoofd, als uitkomt dat hij Arianes bestaan geheim heeft gehouden.'

'Mijn vader probeert het Kefálion beter te maken.' Elena's stem was vlak. 'Daar ga ik me niet voor verontschuldigen. Intussen beschermt hij Ariane. In het licht van wat jij hoopt dat ze kan doen, zou je de laatste moeten zijn die wil dat ze wordt afgevoerd naar een stiltehuis.'

Ariane voelde dat haar handen trilden en ze greep haar ellebogen vast. Voor het merendeel van de begaafden was zij net zoiets als een Sirene. Zangers werden misschien niet gedood, maar wel doodgezwegen, veilig opgeborgen, nog voor ze hun gave konden ontwikkelen.

Lorcans ogen gleden naar Ariane. 'Natuurlijk wil ik dat niet.'

'Maar dat Teles er nog is, maakt alles anders,' ging Elena door. 'Als ze iets uit Elgar zou kunnen krijgen dat ons kan helpen…'

'En als hij echt wraak wil?' vroeg Isabella. 'Als hij onthult wat ze is…'

'Dat geloof ik niet,' zei Rafael. 'Thelxiope is van alle Sirenen de sluwste, en Elgar zelf is heel intelligent. Hij zal proberen te onderhandelden, te manipuleren.'

'Dat is waar.' Lorcan fronste. 'Maar Drakos stemt er nooit mee in.'

'Laat hem maar aan mij over,' zei Elena. Ze keek naar Ariane. 'Ben jij bereid om Elgars cel in te gaan?'

Iets in Ariane wilde *'Nee!'* gillen, het deel dat zich nog maar al te goed herinnerde hoe Thelxiopes stem had gewroet in elke pijnlijke tekortkoming die ze had, hoe wanhoop was opgerukt als een donkere mist die alles vertroebelde. Maar tegelijk was er een veel groter deel van haar dat maar één antwoord had: *Doe iets. Doe dit.*

Ze tilde haar kin op. 'Natuurlijk.'

Ze bespraken hoe Ariane aan Elgar zou kunnen ontfutselen wat ze wilden weten, de beste manier om hem aan te pakken. Maar uiteindelijk keek Elena op de klok en verklaarde dat ze het niet langer kon uitstellen om verslag te gaan uitbrengen.

Isabella vertrok samen met Rafael naar *Stripes.* Elena liep met hen mee naar beneden, haar gezaghebbende stem een geruststellend staccato van instructies dat in de gang verdween.

Lorcan hield Ariane tegen toen ze hen achterna wilde lopen. 'Ik zou op zijn minst met je mee moeten gaan.'

De vingers van zijn linkerhand bewogen ritmisch. Onwillekeurig volgde haar blik de grepen, alsof ze eruit kon afleiden welke muziek er in zijn binnenste klonk.

Ze verplaatste haar ogen naar de zijne. 'Dus je kunt het echt niet?'

'Wat?'

'Mij vertrouwen. Zelfs maar een beetje.'

'Dat is niet waar dit om gaat.' Zijn ogen waren gefrustreerde, grijze poelen van onrust.

Nee? Hij had haar gave nodig, maar zou het liefst willen dat zij er niet aan vasthing. Ze was iets als de lier, een instrument om in te zetten, iets wat hij uit een kistje kon halen op het moment dat hij het nodig had.

'Elgar weet maar al te goed dat het duizend keer makkelijker zou zijn om jou daar te krijgen dan mij,' zei ze. 'En toch heeft hij niet gevraagd om jou te spreken.'

'Omdat hij denkt dat hij aan jou een makkelijkere prooi heeft.'

‘Des te beter. Hij zal minder op zijn hoede zijn als hij denkt dat ik een bang lammetje ben dat aan hem geofferd wordt.’

Ze verzamelde haar gedachten, probeerde te omschrijven waarom dit juist voelde, ondanks het feit dat ze stilletjes doodsbang was.

‘Hij weet dat Colin alles voor jou is,’ zei ze. ‘Als hij jou tegenover zich heeft, dan is informatie over Colin zijn troefkaart. Hij zal die tot het uiterste achterhouden. Bij mij zal hij meer bezig zijn met mijn geheim, met wat ik ben.’

‘En als hij dat onthult?’

Ze keek hem vastberaden aan. ‘Dat kan me geen bal schelen in vergelijking met wat we te winnen hebben.’

‘Gaan we?’ riep Elena ergens in de verte.

Ariane wilde naar de deur lopen, maar Lorcans hand op haar schouder hield haar tegen.

‘Ariane.’ Zijn ogen zochten haar gezicht af. ‘Vergeet geen moment wat hij is.’

‘Een Sirene?’

‘Nee. Elgar is eerst en vooral een Fluisteraar. Er is een ding dat je kunt doen om het een Fluisteraar moeilijk te maken.’

‘Mijn Lied niet gebruiken?’

‘Dat zou je misschien minder gevoelig voor het zijne maken, maar niet immuun. En je zou minder weten over wat hij Fluistert. Nee, de beste manier om een Fluisteraar te dwarsbomen, is hem verrassen. Om te Fluisteren moet je je kunnen concentreren op de emotie die je wilt projecteren, en dat is lastig als je uit je evenwicht bent.’

Ze haalde diep adem. ‘Oké. Dan zal ik daar mijn best voor doen.’

Zijn ogen waren gespannen, maar een van zijn mondhoeken

trok onwillig omhoog. 'Je doet het vaak genoeg vanzelf. En Ariane…'

'Ja?'

Zijn hand raakte haar schouder weer, ging liggen en aarzelde heel even, voor die omhooggleed en zijn vingertoppen de huid van haar hals vonden. Ze voelde hoe zijn vingers zich spreidden, zodat zijn duim op haar sleutelbeen lag. Een warm, krachtig gevoel sijpelde langzaam in haar. Voorzichtig, zonder aandringen. Een aanbod.

'Je hebt het mis,' zei hij.

In een reflex zette ze haar gehoor aan en meteen werd ze ondergedompeld in zijn Lied.

Bachs *Chaconne* was vraag en antwoord tegelijk terwijl de melodie zich om haar heen wikkelde. De viool steeg en daalde, gekweld en zoekend. Het was een gesprek, waarin twee partners elkaar wanhopig probeerden te vinden, dwalend in een woestenij van onzekerheid. Toen was er een ademhaling, en kwamen ineens de virtuoze arpeggio's. Alles viel samen en de galmende, etherische viool wervelde in een snelle, indringende dans van begrip.

De melodie leek hen aan elkaar te binden. Lorcan was zo dichtbij dat ze merkte hoe ze in hetzelfde ritme waren gaan ademen. Ze koesterde zich in de emotie die al het andere voor een paar kostbare momenten uitwiste. *Vertrouwen.*

HOOFDSTUK 10

Andere begaafden denken dat ze weten hoe een Sirene klinkt, maar alleen wij weten hoe enorm hun aanwezigheid is, als een klok die leegte slaat, en mijlenver te horen is. Diep daarin is een vibreren verborgen, een intentie, onmenselijk en dodelijk.

Uit: 'Ik luister,' Pedro Valdez

HET DERDE TROOSTLIED DRONG ZACHTJES VAN BUITENAF DOOR DE zware deur. De Demper in de gang zorgde ervoor dat de gesprekken in de kamer van het interim-raadshoofd niet door elke nieuwsgierige Luisteraar konden worden gevolgd. Dat kwam nu goed van pas, gezien het onderwerp dat ze hier waren komen aankaarten.

Haar vader had precies gereageerd zoals Elena verwacht had. De afkeuring in zijn ogen zorgde ervoor dat ze in elkaar wilde krimpen.

'Geen sprake van. Niemand gaat Elgars cel binnen tot de verkiezing achter de rug is.' Hij gebaarde naar Ariane. 'Dat hij haar wil spreken, moest onder ons blijven.'

Tegen haar vader ingaan als ze wist dat ze gelijk had, vond Elena niet erg. Dingen voor hem achterhouden vond ze afschuwelijk.

Maar ze zorgde ervoor dat ze rechtop stond, als de leider van een strijdgroep die rapport kwam uitbrengen.

'Die vier Echo's bij het Jean-Baptiste waren niet normaal.'

Hij zuchtte. 'Het was waarschijnlijk een vergissing om jullie erop af te sturen.'

Ze hield zijn blik vast. 'We hebben ermee afgerekend. Degene die opruimcorvee had, heeft de echte vergissing begaan. Wie heeft zijn taken zo verwaarloosd dat er überhaupt Echo's konden zijn bij het Jean-Baptiste?'

Ze zag haar vader in gedachten het rooster van de strijdgroepen aflopen. Hij was degene die hen hun taken toewees.

Hij fronste. 'Corinna. Ze heeft een uitstekende strijdgroep. Ik heb haar nog nooit horen klagen over haar Luisteraar.'

'Sebastien Lavigne, toch? Hij is een goede Luisteraar. Hij weet wat hij doet.' Ze liet een veelbetekenende stilte vallen.

Zijn gezicht werd somber. 'Je denkt dat het opzet is.'

De kwestie van de vier Echo's had haar, zelfs tijdens de onthullingen over Colin en Teles, niet losgelaten. Als ze had moeten voorspellen waar er ooit vier Echo's zouden opduiken, zou ze aan een van de andere psychiatrische centra gedacht hebben, of misschien een begraafplaats, een plek met een hoop emotioneel residu. Niet een locatie die zo zorgvuldig werd schoongehouden als het Jean-Baptiste. En toen was het ineens tot haar doorgedrongen.

Ze gebaarde naar de gouden lier die op haar vaders borst hing. 'Ieders oren zijn op jou gericht. Als Lavigne die missie heeft gesaboteerd, dan is dat omdat Francine Lejeune hem dat gevraagd heeft. Omdat het hoofd van de Luisteraars wil wat Elgar wilde.'

Hij klonk afwerend. 'Niemand is zo toegewijd aan het opsporen van Sirenen als zij, ze is de afgelopen weken keer op keer zelf met de zoekgroepen meegegaan. Lejeune heeft er nooit een geheim van gemaakt dat ze de lier wilde, maar dat betekent nog niet dat ze die aan de Sirenen wil overhandigen.'

Dat geloofde Elena ook niet echt. Maar het was de enige reden die ze hem kon geven om Ariane in Elgars cel te laten binnengaan.

Ze had haar vader duizend keer liever alles verteld, maar hij was een vreselijk slechte leugenaar en Lejeune een hele goede Luisteraar. Het was beter dat hij geen idee had dat Teles nog rondliep, en dat ze Ariane wilden inzetten om te proberen Colin terug te halen. Het klonk precies als een van die roekeloze plannen die volgens de oude verhalen door Zangers waren geïnitieerd en die de rangen van de Kinderen van Orpheus ooit hadden gedecimeerd. Niemand zou een raadshoofd verkiezen dat daarachter stond.

'Lejeune beweert bij hoog en bij laag dat Elgar haar net zo voor de gek heeft gehouden als alle anderen,' zei ze dus. 'Maar ze is een Lúisteraar. Het hoofd van de Luisteraars, zelfs. Als iemand had moeten weten wat er gebeurde, dan was zij het. Wat als ze het wel degelijk wist?'

Haar vader wreef peinzend over zijn korte baard. 'Dat betekent nog niet dat we roekeloze dingen moeten gaan doen.' Maar hij zei geen nee.

'Alles wat we op dit punt doen, is een risico,' hield ze vol. 'Je kunt Lavigne natuurlijk aan de tand voelen. Maar hij zal de schuld heus wel op zich nemen.'

Haar vader perste zijn lippen op elkaar.

Ze keek hem strak aan. 'Als je risico's gaat nemen, zorg dan dat je het bewust doet, dat je weet wat de gevolgen kunnen zijn.'

Dat had hij haar geleerd.

'Elena...'

Ze zette door. 'We kunnen haar geen raadshoofd laten worden. Als we Elgar op de een of andere manier zover krijgen dat hij bevestigt dat ze samenspanden, dan is dat gevaar voorgoed van de baan.’

‘Je denkt toch niet dat zij ook bezeten is?’

‘Ik… Nee.’ Dat had ze nog geen seconde gedacht. Dat was toch niet mogelijk. Of wel?

‘In dat geval heeft Elgar meer reden om haar te beschermen dan om haar te verraden,’ zei haar vader met een frons.

Shit. Haar mooie plan dreigde helemaal in de soep te lopen en nu had ze ook nog iets nieuws om zich zorgen over te maken.

‘Dat geloof ik niet,’ zei Ariane ineens.

Haar vaders blik schoot naar haar. ‘Waarom niet?’

Elena merkte dat Ariane net zo was gaan staan als zij, haar schouders naar achteren, haar rug recht en haar kin omhoog.

‘Nadat Elgar onthuld was, hebben jullie toch controles gedaan?’

‘Elena vertelt meer aan haar strijdgroep dan raadzaam is,’ zei haar vader. Hij klonk ontstemd. ‘Maar ja, natuurlijk. Regelmatige controles zijn een van de eerste nieuwe maatregelen die de raad heeft ingesteld.’

‘Dat heb ik niet van Elena,’ zei Ariane naar waarheid. ‘Het leek me logisch. Maar als Lejeune een Sirene was, dan zou iemand dat gemerkt hebben.’

‘Denk je?’ Hij keek haar onderzoekend aan. ‘Elgar heeft iedereen lang misleid.’

‘Omdat niemand zelfs maar een vermoeden had. Als iemand vlak voor je staat en je ernaar zoekt, dan kan ik me niet voorstellen dat je het zou kunnen missen. Ik ben niet eens een echte Luisteraar en bij Elgar was het voor mij heel duidelijk. Dus tenzij alle Luisteraars in het complot zitten…’

Dat was pas een angstaanjagende gedachte.

Haar vader maakte een beslist gebaar. ‘Nee. Dat de meeste Luisteraars Lejeune aan de lier willen helpen, dat wil ik best geloven. Maar de kans dat ze ineens allemaal klaar staan om

Sirenen onze wereld binnen te halen…? Dat druist niet alleen in tegen alles wat ze hun hele leven hebben geloofd, het zou ook een enorm risico betekenen voor hun eigen geliefden en gezinnen. Nee.'

Hij begon door de kamer te ijsberen.

Ze gebaarde naar Ariane dat ze zich stil moest houden. Als haar vader in beweging was, dan neigde hij tot actie.

Hij bleef plotseling staan en keek Ariane aan. 'Hij wil met jou alléén praten. Onder normale omstandigheden zou ik proberen om toch een Luisteraar van een afstand te laten meeluisteren, maar dat zou alleen maar de kans vergroten dat hij verraadt wat jij bent.'

'Ik weet waar ik aan begin en ik wil het doen.' Ariane klonk zelfverzekerd. Er was iets bizar bekends aan de manier waarop ze het zei. 'Als Elgar met mij wil praten, dan zal ik luisteren.'

'En als hij toch onthult wat je bent?'

'Als jullie daar de gevolgen van onder ogen durven zien, dan ik ook.'

Goed antwoord.

Haar vader knikte. 'Oké. Dan doen we het.'

Ariane knipperde met haar ogen. Elena beet op de binnenkant van haar wang. Misschien had ze haar moeten waarschuwen dat haar vader niet geloofde in geaarzel, nadat je een beslissing had genomen.

Hij begon Ariane meteen te instrueren. De helft was herhaling, dingen die zij ook al bedacht hadden, maar dan met de focus op hoe ze hem aan de praat zou kunnen krijgen over Lejeune of andere eventuele verraders binnen het Kefálion. De andere helft was praktisch, dingen die Ariane veilig zouden houden, en waarvan Elena had moeten bedenken dat ze die niet vanzelf zou weten.

Even later liepen ze door de grote hal, waar een Luisteraar rustig het Vijfde Troostlied zat te spelen, een waterval van harpklanken die door zijn galmende Lied verdubbeld werden. Haar blik ging richting de bibliotheek, waar Lorcan onderzoek zat te doen. Het was misschien maar goed dat hij niet wist dat ze zo snel tot actie waren overgegaan.

Ze namen de deur naar beneden en liepen de trap af. Elena keek naar de zelfverzekerde gestalte van haar vader, en Ariane die hem zo te zien zonder aarzelen volgde.

Hoe had Ariane in vredesnaam Alexander Drakos, het hoofd van de Schreeuwers, een man die gewend was om gevaar in te schatten, ervan overtuigd om haar dit te laten doen? Om een onervaren meisje af te sturen op een Sirene waartegen een hele strijdgroep amper was opgewassen, een Fluisteraar die gewend was om hele zalen naar zijn hand te zetten?

Pas halverwege de tweede trap, die naar de kerkers leidde, drong tot haar door wat haar daarstraks zo vreemd bekend was voorgekomen.

Tijdens haar vastberaden bevestiging dat ze er klaar voor was om Elgar te confronteren, had Ariane gesproken met het comfortabele vertrouwen in haar eigen kracht en vermogens dat Elena maar van een iemand kende: haar vader. Er was zelfs een heel vaag vleugje van zijn Griekse accent in haar woorden geweest.

Ze wierp een blik op Ariane, die er ernstig uitzag, maar niet triomfantelijk of schuldig. Ariane had zelf waarschijnlijk geen idee van had wat ze had gedaan, maar het had wel gewerkt.

Misschien was ze wel de enige die tegen Elgar was opgewassen.

Hoofdstuk 11

Toen ze net in Parijs waren, had Arianes moeder het plan opgevat om de catacomben te bezoeken.

Het was een hete augustusdag geweest en het had geklonken als een luguber maar koel uitstapje. Ze hadden eerst een ijsje gegeten vlak bij de *Jardin des Tuileries.* Toen had haar moeder ineens een vlaag van inspiratie gehad en waren ze 'even' op een bank in het park neergestreken, zodat ze de muzieknoten haar hoofd uit kon krijgen. Ariane zou intussen alvast wat lezen over de geschiedenis van de catacomben. Uiteindelijk had ze de hele middag lezend doorgebracht. Ze had de catacomben weliswaar niet in werkelijkheid gezien, maar wist daarna wel alles over de oude steenmijnen die gedeeltelijk als begraafplaats waren gebruikt.

De kerkers van het Orpheushuis lagen in een uithoek van de catacomben en ze wist dat de aanwezigheid van botten de vermogens van een Sirene dempten. Ze had dus eigenlijk voorbereid moeten zijn op de rijen van netjes geschikte menselijke botten die ze in de muren zag, terwijl ze de trap afdaalde.

Haar ogen bleven er maar naar terugkeren. Het was moeilijk om te geloven dat ze echt waren, dat deze… díngen ooit deel hadden uitgemaakt van lichamen. Ze had de bizarre neiging om haar hand over de ronding van een schedel of het knobbelige uiteinde van een dijbeen te laten glijden, om na te gaan of ze koud voelden, of net als het ivoor van de toetsen van heel oude piano's.

Ze stak haar koude handen in haar zakken. Als de rest van de catacomben ook zo was, dan was hun plan in augustus op zich een goed idee geweest. Het was hier verdraaid kil.

De trap kwam uit op een gang, waarvan de muren waren bedekt met nog meer botten. Logischerwijs zou... Yep. Ook botten boven haar hoofd, afgedekt door een doorzichtige plaat. Zou dat altijd al zo geweest zijn, of had iemand een keer een rib op zijn hoofd gekregen?

Ze keek naar beneden. De vloer was glad. Zouden er onder dat dunne laagje nog meer botten liggen? Waarschijnlijk niet, daaronder waren geen mensen of begaafden om te beschermen.

'Zijn dit allemaal beenderen van begaafden?' Ariane kon het niet helpen dat ze fluisterde, alsof ze zich in een kerk bevond. De lucht smaakte een beetje muf.

'Ja,' zei Elena. 'Menselijke botten zijn goed, die van begaafden beter. Het is traditie om hier begraven te worden. Zelfs als je je hele leven geen gevecht hebt geleverd, doe je zo toch een bijdrage. Het Lied in je beenderen houdt de wacht.'

'Het moet goed voelen.' Ariane besefte pas dat ze dat hardop had gezegd toen Elena haar vragend aankeek. Ze gebaarde. 'Om te weten dat je leven een doel heeft, een doel dat zelfs in je botten doorzindert. Jij lijkt precies te weten waarvoor je geboren bent.'

Elena keek abrupt weg.

'Heb ik iets verkeerds gezegd?'

'Nee. Je herinnerde me ergens aan.' Elena knikte naar de gang voor hen. 'We zijn er bijna.'

Voor hen sloeg Drakos een zijgang in, die bijna meteen doodliep op een deur, waarvoor een man en een vrouw op wacht stonden. Hij wisselde een paar woorden met hen, die ze niet registreerde.

Alles leek ineens veel te snel te gaan. Ze voelde haar hart in haar keel kloppen terwijl Drakos bevelen gaf, Liederen de gang in zweefden en de deur werd ontgrendeld.

Drakos wenkte haar en ze stapte naar voren. De ritmes en de diepe klanken van het Vijfde Troostlied, gedragen door de contrabas en de saxofoon van de wachters, voelden ineens verstikkend. Ze balde haar handen in haar zakken tot vuisten, maar haar vingers bleven koud voelen.

De deur was een bizar mooi exemplaar voor een plek als deze: donker hout, bezet met klinknagels, de boog bovenaan versierd met motieven van doorntakken en bloemen, het midden ingelegd met een lier van ivoor – nee, botten natuurlijk, zorgvuldig gladgepolijst.

De deur zwaaide open en in een flits zag ze hoe dik die was. Toen stapte ze naar binnen, ging de deur weer dicht en viel al het geluid van buitenaf weg.

Haar ogen vonden meteen de lange, slanke man met zilveren manen die in het midden van de cel stond. Zijn houding was ontspannen, maar zijn ogen waren alert. Elgar leek in niets te verschillen van degene die hij op de verkiezingssamenkomst was geweest: het hoofd van de Fluisteraars, de situatie compleet meester.

'Dit is sneller dan verwacht.' Zijn stem was een en al beheersing. 'Alexander, Ariane.'

Haar hart bonkte als een gek. Ze herinnerde zich haarscherp

hoe Thelxiope een hele strijdgroep had geketend met diezelfde stem. Was ze gek, dat ze hier vrijwillig was binnengestapt?

'Elias...' Het was vreemd om te horen hoe Drakos Elgar aansprak met zijn voornaam, maar ze wist dat ze samen hadden gevochten, dat ze vrienden waren geweest. Hoeveel van zijn vriend zag hij nog? 'Ik zou graag in je voordeel spreken als er een hoorzitting komt.'

Elgars ogen gleden naar de lier die op Drakos' borst hing. 'Van het raadshoofd zou dat veel uitmaken. Ik zou dankbaar zijn.'

'Praat dan met mij.' Drakos had zich half voor Ariane geposteerd, alsof hij haar aan het zicht probeerde te onttrekken. 'Help me het te begrijpen. Wat wilde je bereiken?'

Elgar maakte een verontschuldigend handgebaar. 'Zoals ik al zei...'

Drakos' stem was vlak. 'De Sirene is zo diep ondergedoken dat die verdwenen lijkt. Je herinnert je niets. Je weet niet precies wat er met Colin is gebeurd. Maar je wilt je ook niet laten Stemmen.'

Elgars gezicht was ernstig. 'Weet je hoe ernstig het kan misgaan voor een Stemmer die verdwaalt in de herinneringen van een Sirene? Dat wil ik niet op mijn geweten hebben.'

Drakos blies langzaam zijn adem door zijn neus naar buiten en wenkte toen abrupt Ariane. Op zijn gezicht was te zien dat hij dit gesprek al vaker had gevoerd met Elgar, maar het nog één keer had willen proberen.

'Hier is het meisje. Wat wilde je haar zeggen?'

Elgar verplaatste zijn blik naar Ariane. Zijn helderblauwe ogen staken fel af tegen haar herinnering, waarin ze zwarte poelen leegte waren.

'Ik wil met haar alleen praten.'

'En als dat niet kan?' vroeg Drakos.

'Dan wacht ik tot het wel kan.' Er was niets anders in Elgars stem dan eindeloos geduld.

Drakos wierp een blik op haar en ze knikte. Dit was hoe ze hadden voorzien dat het zou gaan.

'Tien minuten,' zei Drakos kortaf. 'En ik hoef je niet te vertellen dat als je haar schaadt, dat alles voor jou alleen maar erger zal maken.'

Hij draaide zich om. Ze hoorde de deur opengaan en sluiten. Stilte.

'Wel,' zei Elgar. Zijn blik was scherp, zijn stem geamuseerd. 'Ik neem aan dat Teles zich niet zo makkelijk heeft laten vangen als gehoopt?'

'Waarom denk je dat?' vroeg ze.

'Omdat je hier bent.' Hij ging op het eenvoudige bed zitten dat achter hem stond en maakte een uitnodigend gebaar naar de enige stoel in de kamer.

'Zorg dat je te allen tijde precies weet waar je bent, wees je bewust van hoe de kamer eruitziet, van waar de deur is,' had Drakos haar geïnstrueerd. *'Hij zal ongetwijfeld niet zo dom zijn om je fysiek aan te vallen, maar wees alert. Laat hem niet tussen jou en de deur komen. Gil vóór je het op een rennen zet en er geen adem meer voor hebt.'*

Ze wreef over haar armen en nam de kamer in zich op. De ruimte was groter dan ze bij het woord 'cel' had verwacht, misschien drie bij drie meter, witgekalkt, de muren glad. In de linkermuur was een klein stenen wasbekken uitgehouwen, op de grond daarvoor stond een kan. Het bed stond tegen de rechtermuur. Tegen de achterste muur stond een tafel met daarachter de stoel.

Ze pakte de stoel, verplaatste die naar halverwege het bed en de deur, en ging zitten.

Elgar trok zijn wenkbrauwen op. 'Je hebt lessen gekregen.'

Hij stond op en ging tegenover haar op een hoek van de tafel zitten, waardoor hij ineens veel dichterbij leek.

Ze hield zichzelf voor dat de kamer niet op slot was. Drakos had haar ervan verzekerd dat de deur geluid dempte en geen zachte stemmen doorliet, maar dat de kamer niet echt geluidsdicht was, niet zoals de ruimtes in het Jean-Baptiste die zelfs Julies geschreeuw hadden binnengehouden. Als ze het op een gillen zette, zouden ze haar horen.

Elgar keek haar onderzoekend aan. 'Voor we gaan praten, wil ik dat je je Lied naar buiten laat.'

Hij klonk nonchalant, maar ze wist wel beter. Het was begonnen.

'Waarom?' vroeg ze op haar hoede.

Hij hield zijn hoofd schuin. 'Waarom ben jij hier, Ariane?'

'Omdat je mij wilde spreken.'

Hij glimlachte vaag. 'Je denkt toch niet dat Luisteraars het alleenrecht hebben op weten wat de waarheid is? Opnieuw, en deze keer eerlijk. Ik zal het goede voorbeeld geven: ik wil dat je de kamer vult met je Lied, omdat het voor een andere Luisteraar lastiger is om ons af te luisteren als het jouwe hier hangt. En zodat je het weet, wanneer er luisterende oren zijn.'

'Er is niemand die meeluistert,' zei ze.

'Dan maakt het ook niet uit of je het wel of niet doet, of wel?'

Natuurlijk wel. Ze dacht aan wat Lorcan had gezegd: dat Elgar eerst en vooral een Fluisteraar was. Zodra ze Luisterde, was ze extra vatbaar voor Fluisteringen.

Anderzijds had Elgar al weken niet kunnen inspelen. Hij zou zijn Lied alleen kunnen gebruiken als hij het voedde met zijn eigen adem.

Ze liet haar Lied naar buiten. Het Eerste Troostlied vulde de kamer, met zijn langzame, meditatieve klankherhalingen.

'Ah,' zei Elgar. 'Mensen onderschatten het Eerste, maar ik heb altijd gevonden dat het een stille kracht verbergt. Heeft het je voorkeur?'

Hij had gelijk. Sinds ze het voor het eerst samen met Lorcan had gespeeld, had ze zich aangetrokken gevoeld tot de kleine intervallen, de vreemde harmonieën, de melodie die stap voor stap afdaalde. Maar ze was niet van plan hem ook maar iets te geven.

'Het is gewoon wat ik heb ingespeeld.'

Hij bekeek haar ongehaast. Uiteindelijk zei hij: 'Je bent hier omdat je iets van mij wilt. Je wilt weten wat ik weet, of niet?'

'Dat klopt,' zei ze. 'Colin...'

Hij vouwde zijn handen en legde ze op zijn bovenbeen, zo elegant en rustig alsof ze hier in een van de prachtige lokalen van het Orpheushuis zaten. 'Ja, Colin. Hoe heb je hem precies dat laatste duwtje gegeven? Ik neem tenminste aan dat het niet je bedoeling was om me te helpen.'

'Natuurlijk niet! We wilden hem juist terughalen, maar toen...'

Haar gedachten gleden onwillekeurig terug naar dat moment. Een van haar handen op Colins stille lichaam, de andere op Lorcans pols. Ze had het niet zo bedoeld, maar haar Lied had ervoor gezorgd dat de dominosteentjes van destructie waren gaan vallen. Haar gave werd niet voor niets vervloekt door begaafden.

'Aha. Toen ging er iets mis.' Hij zag er peinzend uit. 'De verkeerde Fluistering sterker gemaakt soms?'

Ze gaf geen antwoord, maar Elgars ogen glinsterden tevreden. Ze was hem in de kaart aan het spelen.

Verras hem. Maar hoe?

'Hoe is Colin op die rand terechtgekomen?' kaatste ze terug.

Elgar maakte een vaag gebaar. 'Hij was al dichtbij. Thelxiopes invloed deed de rest.'

Hij praatte over de Sirene die zijn lichaam had gebruikt alsof die een andere entiteit was, en dat was natuurlijk ook zo. Maar ze had gezien hoe ze als een eenheid opereerden.

Ze schudde haar hoofd. 'Thelxiope zou dagen nodig hebben gehad om dat in zijn eentje voor elkaar te krijgen. Maar hij had maar een paar momenten, die avond in de steeg, om Colin te breken, de ophion te laten doorbreken, en hem te laten bijten. Dat betekent dat jij al het andere voor je rekening hebt genomen. Het voorbereidende werk.'

Het Eerste galmde om hen heen, zachtjes weerkaatsend tegen de muren van de kale cel. Ze probeerde de waarheid te horen van wie hij was, zocht naar Thelxiope. Haar Lied vond alleen ergernis, maar die voelde als puur Elgar. De Sirene moest inderdaad diep zijn ondergedoken.

Elgar tikte zijn duimen tegen elkaar. 'Jij en ik hebben veel met elkaar gemeen.'

Ze concentreerde zich op wat haar Lied met zich meebracht. Helderheid, een open hemel. *Waarheid.* Dus dat meende hij echt?

Hij had een punt. Ze hadden allebei bijgedragen aan het feit dat Colin bezeten was geraakt.

Elgars ogen waren helder, scherp blauw. Hij leunde een beetje naar voren. 'We beseffen allebei heel goed dat het Kefálion alleen een veilige haven biedt aan welbepaalde begaafden.'

'Vind je dat vreemd?' vroeg ze. 'Gaven die dood en vernietiging zaaien passen nu eenmaal niet goed in een veilige haven.'

'Het was nooit mijn bedoeling om Teles op die manier in Parijs los te laten.'

'Wat dan wel?' Ze kon het niet helpen dat de echte vraag die haar bezighield zich een weg naar buiten worstelde. 'Waarom besloot je ineens om de Sirenen te helpen in plaats van ze te bestrijden?' Ze keek hem recht aan. 'Ik geloof niets van dat geheugenverlies.'

'Zou je liever hebben dat ik me laat Stemmen, zodat ze precies horen hoe jij erin bent geslaagd om Thelxiope aan de hele raad te laten zien?' Hij trok zijn wenkbrauwen op.

Ze leunde geschrokken achteruit. Ze had hem Gefluisterd om dat te laten gebeuren. Als hij dat aan een Stemmer liet zien, dan zou die meteen beseffen dat ze geen Luisteraar, maar een Zanger was.

Hij knikte. 'Dat dacht ik al. Om je vraag te beantwoorden... mijn doel is niet om de Sirenen te helpen. Dat is hetzelfde als het altijd is geweest: deze wereld veilig houden.'

Ze staarde hem aan. 'Door Sirenen toegang te geven?'

Haar Lied galmde om hen heen en bracht het gevoel met zich mee van een uitgeputte leraar die zijn leerling het liefst een draai rond zijn oren zou geven. Ergernis, een tikje neerbuigendheid, ongeduld.

'Jij weet net vijf minuten wat het betekent om begaafd te zijn.' Zijn stem was als een zweepslag. 'Ik ben erin opgegroeid, ik heb gevochten zodra het kon, zolang ik kon. Ik heb mensen gedood om Sirenen hier weg te houden. Besef je wat dat inhoudt? Een leven beëindigen? Niet dat van de Sirene, want die wordt gewoon teruggestuurd. Een ménsenleven.'

Ze wreef over haar armen en wendde haar blik af. Nu haar ogen gewend waren aan het schemerige licht, zag ze dat de muren niet helemaal wit waren. Vlak onder het plafond was een brede strook van vervaagde schilderingen aangebracht: donkergroene takken met doornen, blauwpaarse bloemen. Ze herinnerde zich die van de wake. Haberlea, de Orpheusbloem. Symbool voor het geloof in een nieuw leven.

'En dan zijn er degenen die ik niet heb gedood,' ging Elgar verder, zijn stem zwaar. 'Degenen die ik waanzinnig heb gemaakt. Het klinkt simpel: "een Sirene dwingen om op te branden". Maar het is allesbehalve simpel voor de Fluisteraar die het moet doen.'

Daar had ze nooit bij stilgestaan. Haar Lied bracht een diepe stroom van oud zeer bij haar terug, bitterheid die nooit een uitlaatklep had gekregen.

'Ik kan me voorstellen dat het vreselijk is,' zei ze zacht.

'Nee, dat kun je niet.' Zijn stem was afschuwelijk eerlijk. 'Je hebt er geen flauw idee van wat het betekent om iemand eerst uren te Fluisteren, de Sirene aan de oppervlakte te houden door hem te vullen met alle emoties waar Sirenen zich graag mee voeden, om daarna te zien hoe hij heel even bij zinnen komt terwijl de Sirene zijn ziel verlaat… en hem in stukken scheurt.'

Ze herinnerde zich het moment dat Colin in de afgrond was gevallen, dat de Sirene zijn ziel was binnengekomen. Stelde zich voor hoe afgrijselijk veel erger het moest zijn wanneer een Sirene die weer verliet.

Elgars blik leek haar gevangen te houden. 'Wist je dat het Luisteraars is verboden om erbij aanwezig te zijn? Als ze dat laatste moment horen, destabiliseert het hun Lied geweldig. Het kost hen weken, maanden om het kwijt te raken. Soms is de schade permanent. Dus is besloten om Luisteraars te beschermen tegen het proces.'

Wrok en pijn hingen in de kamer, regenden als scherpe glassplinters op haar huid, meedogenloos scherp gemaakt door haar Lied. Ze kon het niet helpen, haar hart ging naar hem uit.

'Maar niemand beschermt de Fluisteraars,' zei ze.

'Omdat wij sterk genoeg zijn,' zei hij, 'om de beslissingen te nemen die genomen moeten worden.'

Zijn woorden klonken als een zwaard dat de schede verliet. Dit was wat hij geloofde: hij had een beslissing genomen, zoals hij vaker beslissingen had genomen. Geen prettige, maar een nodige. Ze begreep alleen niet hoe hij tot die conclusie was gekomen.

'Besloot je dat het tijd was om de strijd op te geven? Hoe maakt dat iets beter?'

Een korte, maar heftige golf van woede spoelde vanaf de tafel waarop hij zat de kamer in. Hij sprong eraf, liep naar voren.

'Absoluut niet. Ik besloot alleen dat de strijd op deze manier zinloos was, dat de verliezen te groot waren.'

Ze kwam overeind, op haar hoede, schoof snel achter de stoel.

'Als de Sirenen vrije toegang krijgen tot deze wereld, dan zullen de verliezen toch alleen maar groter worden? Ik begrijp niet...'

'Nee, dat zie ik.' Hij bleef vlak voor haar staan, angstwekkend dichtbij, alleen de stoel tussen hen in. Het leek een magere bescherming. Als hij nu transformeerde, als Thelxiope het overnam, dan had hij de fascinatiezang niet eens nodig. Eén haal van die messcherpe klauwen zou genoeg zijn om haar open te rijten. 'Ik heb het over een wapenstilstand.'

Ze had een paar seconden nodig voor het tot haar doordrong. 'Een wapenstilstand. Met de Sirenen?'

'En bijgevolg ook met de ophionen, de Echo's...' Hij maakte een welsprekend handgebaar. 'De hele onderwereld.'

Ze keek hem verbijsterd aan. 'Hoe?'

Zijn stem was indringend. 'Sirenen willen maar één ding: deze wereld in komen. Ze hebben lichamen nodig, om hier te leven. Wat als we hen die geven? Zoveel Sirenen zijn er niet. Het aantal offers zou beperkt zijn... veel kleiner dan het aantal verliezen dat de mensheid nu lijdt. En ze zouden nooit gebracht worden door onschuldigen.'

Ze dacht terug aan Julie, haar waanzin, haar lijden. Er zat een vreselijke logica in wat hij zei.

'Maar Sirenen willen meer dan alleen hier zijn,' zei ze. 'Ze zaaien vernieling, zodra ze deze wereld bereiken.'

'Teles ook? Nadat hij het Orpheushuis achter zich had gelaten en niet langer bedreigd werd?'

Nee. Teles niet. Ze fronste, herinnerde zich wat ze zelf eerder had bedacht: dat Teles zich koest hield, omdat hij er gerust in was dat hij niet onmiddellijk verdreven zou worden. Wat als het verder ging dan dat hij de tijd nam?

Ze zag triomf in Elgars ogen en besefte dat ze zonet iets had bevestigd wat hij niet zeker had geweten.

'Thelxiope wel,' zei ze snel, in de hoop hem weer uit evenwicht te brengen. 'Julie, Colin, raadshoofd Demir… Geen van hen vormde een bedreiging.'

Zijn blik werd grimmig en een kille vinger leek over haar ruggengraat te glijden. Ze besefte ineens weer hoe kwetsbaar ze was en deinsde achteruit. Zelfs zonder zijn klauwen, zonder zijn Lied, was Elgar een grote man, en zij…

De woede verdween abrupt van zijn gezicht alsof die er nooit was geweest.

'Toen leken ze noodzakelijke offers,' zei hij. 'Thelxiope zag geen andere uitweg.'

Ze hoorde hoe het Eerste Troostlied om haar heen gejaagd klonk, dwong het om weer te vertragen. Ze had niet veel meer over. Nog even en ze zou haar Lied moeten laten stilvallen.

'En nu?' vroeg ze.

'Ik heb fouten gemaakt.' Tot haar verrassing klonk ook dat

eerlijk. 'Op dat moment had Thelxiope te veel de overhand. Ik heb me laten afleiden, maar dat wil niet zeggen dat het principe niet werkt. Onder normale omstandigheden had ik Thelxiope onder controle kunnen houden.'

Ze keek hem strak aan. 'Het leven bestaat niet alleen uit normale omstandigheden.'

Hij ontweek haar blik niet. 'Maar je zult moeten toegeven dat jij de meest uitzonderlijke omstandigheid bent die er had kunnen zijn. Een Zanger, die er eerst voor zorgde dat Teles deze wereld in kwam, zonder enige voorbereiding. En die daarna Thelxiope naar de voorgrond dwong, zodat die geen andere keuze had dan zich te verdedigen.'

Ze kromp in elkaar. 'Dat is niet eerlijk.'

Hij kaatste een variatie op haar eigen uitspraak terug. 'Het leven is niet eerlijk. Dat maakt het niet minder waar.'

Ze zweeg.

Elgar liet de stilte een tijdje voortduren, voor hij hernam: 'Jij en ik staan symbool voor degenen die in de frontlinie hebben gestaan in het gevecht tegen de onderwereld. Ik voor de Fluisteraars, die waanzin moesten veroorzaken. Jij voor de Zangers, die voor de definitieve overwinning gingen en toen niet meer mochten vechten. Jij en ik zijn degenen die de strijd kunnen beëindigen.'

'Door een wapenstilstand met de Sirenen te sluiten?' Haar hoofd liep over. Het was makkelijker geweest als hij had gedreigd, gelogen, zijn aandeel had proberen te minimaliseren. 'Als ik naar het bewijs kijk, dan heeft dat idee tot nu toe nog niet geweldig uitgepakt.'

'Omdat het geen echte kans heeft gekregen.' Hij legde zijn handen op de rugleuning van de stoel, greep de bovenrand zo stevig vast dat zijn knokkels wit werden. 'Je moet het grotere geheel zien. Stel, in het slechtste geval, dat het niet werkt zoals ik hoop. Dat begaafden de Sirene die ze vrijwillig hebben toegelaten niet onder controle kunnen houden… Hou daarbij in gedachten dat ik dat jaren wel heb gedaan.'

Jaren. Alweer hoorde ze zijn oprechtheid.

'Wat dan?' vroeg ze onwillekeurig

'Dan is het antwoord simpel,' zei hij. 'Je ziet het nu, toch?' Hij gebaarde naar zichzelf. 'Sluit de bezeten begaafde op in een kerker. Zolang een Sirene op deze wereld is, kan die niet zomaar weer terug. Ook de Sirene zit opgesloten. Het resultaat blijft gelijk: de wereld is veilig.'

Ze staarde hem aan. 'Denk je werkelijk dat iemand, als hij al zo gek was om vrijwillig een Sirene toe te laten, dat zou doen met dit in gedachten? De mogelijkheid dat hij opgesloten zal worden voor de rest van zijn leven?'

'Ik vraag niemand iets wat ik zelf niet zou doen.' Elgar klonk kalm. 'Als je denkt aan hoeveel andere mensen er veilig door zouden zijn, dan is de som snel gemaakt.' Hij liet een stilte vallen. 'Je weet niet of je me moet geloven.'

'Kun je me dat kwalijk nemen?'

Hij leunde een beetje naar voren. 'Kan ik het je bewijzen door je te helpen om Colin terug te vinden?'

Ze had het vaak genoeg met begaafden over Colin en Teles gehad om te weten dat dit geen verspreking was. 'Je hebt het niet over Teles. Je bedoelt echt Colin.'

Hij knikte langzaam. 'Maar daar hebben we natuurlijk eerst en vooral Teles voor nodig.'

Ze kon niet geloven dat hij haar gewoon aanbood wat ze wilde hebben. 'Je weet waar hij is? Ik weet zeker dat het Kefálion je dankbaar zou zijn als je die informatie deelt.'

Hij tuitte peinzend zijn lippen. 'Thelxiope kan hem wel vinden, maar natuurlijk niet vanuit hier. Laat me naar buiten en ik leid je naar hem toe.'

Kalmte. Dat was alles wat ze in hem hoorde. De volstrekte kalmte van iemand die er niet aan twijfelde dat hij alles onder controle had.

Verras hem, hield ze zichzelf nog een keer voor.

'Ik heb gehoord wat je tegen Teles zei op de avond van de samenkomst.' Ze keek hem strak aan. 'Dus je moet enig idee hebben waar hij is heengegaan.'

Haar Lied pikte zijn korte steek van schrik op. Raak. Dus wat hij had gezegd was inderdaad een boodschap geweest. *Jouw thuis is elders.*

Elgar herstelde zich snel. 'Je bent opmerkzamer dan ik dacht, dat moet ik toegeven. Ik had niet verwacht dat je gefocust genoeg zou zijn geweest… Maar nee, iemand anders heeft je op het idee gebracht natuurlijk. Rafael?' Hij schudde zijn hoofd. 'Die jongen is zo verblind door zijn haat voor Sirenen dat hij de grootste dingen over het hoofd ziet. Lorcan, is het niet? Hij is een van de beste studenten die ik ooit heb gehad.'

Hij klonk merkwaardig genoeg trots.

'Dus. Waar verbergt Teles zich?'

Hij keek haar meewarig aan. 'Voor Sirenen bestaat onze wereld uit twee delen: Parijs, de plaats die oplicht door de Liederen van de begaafden. En elders, waar een Sirene niet kan zijn.'

'Dus je hebt hem aangemoedigd om Parijs even te verlaten?'

'Even?' Hij trok zijn wenkbrauwen op. 'Dus hij is terug?'

Ze beet op haar lip.

'Aha.' Zijn stem was als een slang die zich om haar heen kronkelde, tevreden van de zon genietend. 'Dan is het werkelijk gelukt. Teles is in Colin ondergedoken. Laat me hieruit en ik breng je naar hem toe.'

Ondergedoken? In Colin. Maar dan… waarom had Colin Teles er dan niet uit geduwd? Haar hoofd was een warboel van alles wat hij haar verteld had, wat ze had prijsgegeven.

'Het Kefálion zal nooit een tweede Sirene loslaten in Parijs,' zei ze.

Er flitste iets in zijn blik en haar Lied bracht het meteen mee terug, maar het was te snel, te vaag om thuis te brengen.

Zijn lichtblauwe ogen waren alert, doordringend. 'De raad volgt het hoofd. En Alexander Drakos is gevoelig voor de argumenten van zijn dochter. Anders stond jij hier nu niet.'

Hoe wist hij dat het zo gelopen was?

Elgar glimlachte voldaan. 'De meeste Luisteraars zijn zo ingespannen bezig met anderen te bestuderen, dat ze vergeten zichzelf onder controle te houden. En Schreeuwers zijn zo heerlijk eerlijk. Alexander had geen idee wat jij hier echt kwam doen, hè? Wat wil hij? Weten wie in de raad nog meer klaarstaat om hem in de rug aan te vallen?' Hij maakte een wuivend handgebaar. 'Lejeune, maar die wil alleen wat ze altijd heeft gewild: pronken met de lier, dat iedereen de lof zingt van de Luisteraars, en het bolwerk van Parijs ontmantelen. Is ze gek geworden? Als ze de begaafden verdeelt over de aarde, dan zullen er overal ophiondoorbraken zijn. Als je er goed over nadenkt, dan is zíj degene die Sirenen de vrije teugel wil geven.'

'En verder?' vroeg ze.

Haar Lied bracht zijn tevredenheid met zich mee en ze kon zichzelf wel voor de kop slaan, omdat ze zijn aannames alweer had bevestigd.

'Een paar van haar Luisteraars zullen haar altijd trouw volgen.'

Hij noemde een paar namen, waaronder die van Lavigne. 'Maar als je wilt weten of er mensen binnen het Kefálion zijn, die denken zoals ik...'

Ze leunde onwillekeurig naar voren, concentreerde zich op haar Lied. Wat hij nu ook zei, ze zou horen of het waar was of niet.

Elgar ging staan. 'Onze tijd is bijna op. Je weet wat mijn aanbod is.' Hij keek haar scherp aan. 'Hou Alexander Drakos te vriend. We zullen de lier nodig hebben.'

We. Alsof ze aan dezelfde kant stonden.

'Waarom zou je ons helpen om Teles uit Colin te drijven? Dat druist in tegen wat jij van plan was.'

Elgar keek haar peinzend aan. 'Ik heb vertrouwen in Colin.'

Wat? Voor ze daarop in kon gaan, zwaaide de deur achter haar open. Drakos kwam binnen. Zijn voetstappen naderden snel toen hij zag hoe ze stond, de stoel tussen haar en Elgar in.

'Ariane?'

Ze draaide zich om. 'Alles goed. Geen problemen.'

Toen ze bijna bij de deur was, wankelde ze ineens, geraakt door een korte stoot van een emotie. Elgars Lied vermengde zich heel kort met het hare, zacht, bijna onhoorbaar, de altviool een noot lang verborgen in een akkoord van de piano.

Niet giftig, zoals ze had verwacht, niet iets wat leek op de zang van de Sirene, die aan haar zelfvertrouwen had geknaagd en aan haar diepste angsten had getrokken.

Hoop.

Ze wierp een blik over haar schouder en zag dat Elgar haar nakeek, zijn ogen strak op haar gericht.

HOOFDSTUK 12

Toen Ariane buitenkwam uit het Orpheushuis was de koele avondlucht een opluchting, als zonverbrande huid insmeren met een kalmerende lotion. Met zoveel ruimte om haar heen waren de emoties van anderen minder aanwezig.

Ze had weer moeite om haar Lied binnen te houden. Tijdens haar verslag aan Elena's vader had ze de hele tijd haar uiterste best moeten doen om niet te gaan Luisteren.

Drakos was opgelucht geweest dat de kans dat meer Sirenen zich schuilhielden miniem leek.

'Ariane?' Elena keek haar vragend aan. Ze was blijven staan halverwege een brug over de Seine, die naar de *Place de la Concorde* leidde.

'Oh ja. Wacht even.' Ze hield op met haar Lied tegenhouden en liet het om haar heen alle kanten op stromen. Haar bereik was nog steeds niet heel groot, maar dat was nu ook niet nodig. 'Alleen jullie Liederen. Niemand luistert mee.' De Luisteraar in het Orpheushuis, die even tevoren nog duidelijk aanwezig was geweest, kon ze nu niet meer voelen.

'Oké,' zei Elena. 'En nu de rest.'

Ariane deed haar best om het gesprek met Elgar zo goed

mogelijk samen te vatten: zijn afschuw over de onschuldige slachtoffers, de rol van de Fluisteraars bij het gedwongen laten opbranden van een Sirene, zijn bedoeling met zijn verbond met de Sirenen.

Lorcans ogen waren een en al gespannen focus. Ze hadden hem uit de bibliotheek opgehaald zodra ze uit Drakos' werkkamer vertrokken waren. Terwijl ze afstand schiepen tussen hen en de Luisteraar had hij zorgvuldig gezwegen, alsof hij niets kon zeggen zonder een vraag te stellen.

'Het was vreemd.' Ze aarzelde. 'Elgar klonk eerlijk, toen hij het had over waarom hij een verbond met de Sirenen had gesloten.'

Lorcan leunde met zijn rug tegen de balustrade achter hem. 'Onderschat hem niet. Je kunt liegen met de waarheid.'

'Hoe?' Ze veegde een haarlok weg die voor haar bril was gewaaid. 'Ik bedoel: ik weet wel dat een halve waarheid erger kan zijn dan een leugen, maar ik weet niet hoe hij dat kan menen en toch… kwaadaardig kan zijn.'

'Dat je je dat afvraagt, is precies wat hij wil,' zei hij. 'Dus hij kan Teles vinden, dat is wat hij zei?'

'Als we hem uit zijn cel laten.' Ze aarzelde. Hoe moest ze overbrengen dat Teles volgens Elgar was ondergedoken in Colin?

'Natuurlijk wil hij dat.' Maar Lorcan zag er nadenkend uit. 'Was het waar? Kan hij hem vinden?'

'Moment,' zei Elena. Ze had haar telefoon in haar handen. 'Nieuws van Isabella en Rafael.' Haar ogen vlogen over het scherm.

Lorcans gespannen afwachting voelde als twee armen die Arianes middenrif samenknepen. Ze was weer aan het Luisteren, verdorie. Ze gaf het op om zich ertegen te verzetten en liet haar Lied naar Elena uitgaan, in een poging sneller te weten te komen of ze goed nieuws had. Ze voelde hoe *concentratie* ineens overging in *schok,* voor Elena de emotie snel onderdrukte.

Toen Elena opkeek was haar gezicht zorgvuldig beheerst. 'Ze hebben een aanwijzing.'

'Heeft iemand hem gezien?' Lorcans stem had barstjes waar hoop door sijpelde.

'Een serveerster in *Stripes* herinnerde zich hem.'

'Dus hij leeft.' Lorcan liet zijn adem ontsnappen in een haperende zucht. Een felle, triomfantelijke opluchting rees in hem op. 'Hij leeft echt.'

Elena knikte. 'Deze keer is er geen twijfel. De herinnering van die serveerster was niet vertroebeld door een beet. Ze heeft hem gezien.'

'En?' vroeg Ariane. Ze hoorde dat er meer was, voelde de ellende die Elena verborg.

Elena reageerde niet meteen.

Lorcan schudde zijn hoofd. 'En niets natuurlijk.' Hij had zichzelf weer in de hand, zijn emoties afgesloten. 'Waarom zou ze enig idee hebben waar of hoe hij zich verschuilt… of was ze een begaafde?'

'Nee. Maar dankzij Isabella herinnerde ze zich dat ze het met hem over een evenement had gehad dat daar overmorgen gepland staat. Ze wist zeker dat hij van plan was om te komen.'

Lorcan haalde diep adem. Zijn lippen gingen uit elkaar, maar het was alsof de woorden zo groot waren dat hij ze niet naar buiten kon krijgen. Opnieuw ging een felle steek hoop door hem heen.

Elena sloot even haar ogen, maar rechtte toen haar schouders: 'Lorcan… Hij heeft daar veel te lang gezeten. Iemand had Teles moeten horen.'

Ariane voelde hoe het besef tot hem doordrong, de schrik en de heftige ontkenning.

Hij schudde afwerend zijn hoofd. 'Nee.'

Elena klonk grimmig. 'Die serveerster kan alleen maar Colin gezien hebben.'

'Als dat Colin was, als hij Teles zelf al heeft verdreven, waarom zou hij zich dan verbergen? Waarom zou hij ons niet opzoeken?'

Ze kon horen hoe hij vocht tegen de onvermijdelijke, voor de hand liggende conclusie. Elena leek het ook niet over haar lippen te krijgen.

Dit was aan haar.

'Omdat het niet alleen Colin is,' zei ze uiteindelijk. 'Teles moet in hem zijn ondergedoken.'

Lorcan draaide zich naar haar toe, zijn ogen hard en woedend.

'Néé,' zei hij fel.

Ze haalde diep adem. 'Elgar zei dat "elders" betekende "buiten Parijs". Hij heeft Teles naar de rand van Parijs gestuurd in de hoop dat dit zou gebeuren. Dat Teles' greep zwakker zou worden en dat Colin hem zou toestaan om onder te duiken.'

'Colin zou nooit willens en wetens een Sirene toelaten! Jij weet hoe hij zich verzette toen hij in stasis lag. Hij zou liever gestorven zijn dan dat te laten gebeuren.'

'Maar het ging niet om leven of dood,' zei ze. 'Hij wist dat zijn geest aan stukken gescheurd zou worden zodra Teles Parijs uitging, tenzij hij hem liet onderduiken. Ik heb vandaag Julie gehoord, gevangen in de eindeloze, afgrijselijke kwelling van haar eigen geest. Als Colin ooit iemand gehoord heeft die er zo aan toe was… Ik weet niet of ik het zou kunnen, daarvoor kiezen. En hij moet al zo uitgeput zijn geweest.'

Lorcan schudde afwerend zijn hoofd, maar ze zag de twijfel op zijn gezicht.

‘Het is de enige mogelijke verklaring,’ zei Elena. ‘Ik wil nog aannemen dat Teles een schuilplaats had gevonden, en dat hij die heel even kon verlaten om die vrouw door een Echo te laten bijten, zonder gehoord te worden. Luisteraars kunnen niet op één moment heel Parijs bestrijken, dus er zullen altijd kleine kieren zijn. Maar dat hij uren in een bar zat zonder opgemerkt te worden?’

Lorcan draaide zich van Elena af en legde zijn handen op de reling van de brug.

Ariane voelde de emotie van hem afslaan als een laaiend vuur, dat haar ondanks de vernietigende kracht aantrok. Ze liet voorzichtig haar Lied naar hem tasten. De brullende vlammen verschroeiden haar, maar het was geen ongeloof dat ze voelde. Het was ontkenning. Dit was iets wat hij vanaf het begin had gevreesd en zijn grootste angst was werkelijkheid geworden.

‘Hou op,’ zei ze. ‘Wat als we hier anders naar kijken?’

‘Er is maar een manier om dit te zien,’ zei Elena. ‘Als Colin de Sirene laat onderduiken, dan betekent dat dat ze het eens zijn. Ze hebben een of ander verbond gesloten.’

‘Het betekent ook,’ zei Ariane vastberaden, ‘dat Colin rechtstreeks aanspreekbaar is. Lorcan, waarom sleepte je me mee naar Julie? Omdat je hoopte dat ik op de een of andere manier het verschil zou kunnen horen tussen haar en hoe ze was toen Parthenope haar bezat. Omdat je hoopte dat er een manier was om Colin te vinden in Teles. Maar als Colin vanzelf af en toe de leiding heeft…’

Lorcan draaide zijn hoofd plotseling naar haar toe, zijn ogen brandend, onmenselijk heet, zilver als gesmolten metaal. ‘Dan hoeven we er alleen maar voor te zorgen dat hij Teles eruit duwt.’

‘Precies,’ zei ze. ‘Dit maakt het misschien wel makkelijker.’

Lorcan en Elena leken niet overtuigd van dat laatste, en als ze eerlijk was, was ze dat zelf ook niet. Maar ze hadden in elk geval een optie, een draad die hen het labyrint uit kon leiden. Het was even stil.

'Ik zou dit moeten rapporteren,' zei Elena uiteindelijk.

'Maar dat doe je niet,' zei ze vastberaden. 'Je wilt Colin een kans geven.'

Elena klemde haar kaken op elkaar en staarde even langs Ariane heen, richting het Orpheushuis. Toen blies ze haar adem door haar neus naar buiten, keek haar weer aan. 'Ja. Daar heb je gelijk in.'

Ariane voelde zich een beetje licht in haar hoofd, maar zette door. 'We weten waar Colin binnen twee dagen zal zijn.'

'We zullen ervoor zorgen dat wij daar ook zijn.' Tot Arianes opluchting was er in Elena geen twijfel meer nu ze wist wat ze zou gaan doen, en wat ze niét zou doen. 'Morgen na de lessen komen we bij elkaar. We hebben een hele goede strategie nodig als we het gaan opnemen tegen een Sirene. Kun jij naar ons toe komen?'

'Ik werk morgen eigenlijk in *Les Oreilles*, maar ik kan zeggen dat ik een noodgeval heb.'

'Wij kunnen net zo goed naar jou toe komen en daar plannen maken,' zei Elena. 'Hoofdzaak is dat je op de hoogte blijft van de vorderingen. Het is niet alsof je veel strategische kennis hebt bij te dragen.' Ze zweeg abrupt. 'Ik bedoel…'

'Weet ik. Ik heb geen flauw idee van de strategieën die jij waarschijnlijk al met je poppen uitprobeerde… Had jij poppen?'

Elena's mond trok. 'Onderschat niet hoe goed die meewerken als je een perfecte aanval hebt ontworpen.'

Ariane haalde diep adem. 'Ik zal al blij zijn als ik erin slaag om jullie te Versterken zonder iets op te blazen.'

'Hm,' zei Elena. 'We moeten trainingstijd voor jou incalculeren om dat soort dingen te vermijden. Of juist niet natuurlijk. Denk je dat, als je een Schreeuw maar genoeg Versterkt, we dan iets zouden kunnen opblazen? Ik bedoel: iets anders dan glas of hout?'

Want dat kon Elena zo al?

Ariane staarde haar aan. 'Ik heb geen flauw idee.'

Elena's blik was peinzend. 'Het is nu niet het moment, maar het zou interessant zijn om daarachter te komen.'

De volgende dag gingen Arianes lessen als in een waas voorbij. Tot haar grote schaamte kon ze in de les muziekgeschiedenis geen antwoord verzinnen op de vraag met welke componist Mozart een zo vriendschappelijke relatie had gehad dat hij kwartetten naar hem had genoemd. Pedro Valdez riep haar na de les bij zich.

'Ariane, ik weet dat je kortgeleden heel wat hebt moeten verwerken. Gaat het wel?'

'Ja, hoor.' Ze speelde ongemakkelijk met de gesp van haar tas. 'Ik had er geen idee van dat u...' Ze maakte een onbeholpen gebaar.

'Net als jij was?' Hij glimlachte vriendelijk. 'In meer dan een opzicht, ik ben ook een Luisteraar.'

In een geschrokken reflex zette ze haar gehoor aan. Ze hoorde de verfijnde klanken van een renaissancemelodie galmend door het lokaal glijden.

Haar hart bonsde toen hij zijn wenkbrauwen fronste en met een verre blik voor zich uitstaarde.

'U bespeelt de luit.' Het was iets idioots en vanzelfsprekends om te zeggen, maar ze kon hem niet zijn aandacht op haar laten richten. Wat als hij in de gaten kreeg dat er iets niet klopte aan haar Lied? 'Om eerlijk te zijn is het inderdaad allemaal nogal overweldigend.'

Tot haar opluchting keek hij haar weer aan. 'Dat kan ik me voorstellen. Ik weet dat Francine Lejeune je zelf wil gaan onderwijzen als de situatie eenmaal wat kalmer is. Maar als je in de tussentijd hulp nodig hebt, dan mag je altijd naar mij komen.'

Lejeune?

Hij moest haar schrik wel gehoord hebben. Doen alsof die er niet was, had geen zin, dus ze liet die in haar stem doorklinken. 'Het hoofd van de Luisteraars?'

'Maak je geen zorgen. Ze weet dat jouw situatie uniek is, daar zal ze ongetwijfeld op inspelen.'

Dat was precies waar ze bang voor was. 'Ja, dat… hoop ik. Bedankt.'

Zijn stem hield haar tegen toen ze de deur wilde uitlopen. 'Ariane. Vergeet niet waar het allemaal echt om gaat.'

Ze draaide zich vragend naar hem om.

'De muziek,' zei hij. 'Je bent in Parijs, muziek is overal. Vergeet niet om ervan te genieten.'

Alweer iemand die dat zei.

's Avonds, in *Les Oreilles,* dacht ze terug aan dat advies.

Ze zat op haar knieën onder een tafeltje een onbestemde plakkerige vlek weg te boenen. Aan het tafeltje naast haar zat iemand het ritme van de muziek mee te tikken met zijn voet. Ze keek op en zag de man, een grijsharig professorstype, aandachtig luisteren, zijn ogen dicht, een glimlach op zijn lippen.

Ariane besefte dat ze zelf niet echt aan het luisteren was geweest en focuste op de band op het podium. Ze speelden eigen nummers, een combinatie van Afrikaanse ritmes en klassieke instrumenten, samengebracht door de donkere stem van de zanger. Het was alsof ze de zomer binnenbrachten terwijl het buiten regende.

Als haar gave alles eens zo vanzelfsprekend beter maakte. Waarom kon ze niet echt een Luisteraar zijn? Dat zou zoveel gemakkelijker zijn geweest.

Nee, hou op. Geniet van de muziek. Wat die haar gaf, kon niemand haar afpakken.

Ze schrobde vastberaden verder op de maat van de song, tot al het vuil was verdwenen en ze de spons met een tevreden glimlach in haar emmer liet plonzen.

'Hé Assepoester.' Rafael stak haar een hand toe en trok haar overeind. 'Je blijft er vrolijk onder.'

Ze haalde haar schouders op. 'Dingen worden er niet beter op als je erover jammert.'

Er vonkte iets in zijn ogen. 'Dat is zo. Je bent in een aparte stemming.'

Ze keek hem nadenkend aan. Dat kon hij nu wel zeggen, maar dat gold ook voor hem. Ze hoorde iets in zijn stem, zonder dat ze er helemaal de vinger op kon leggen. Iets wat ze eerder had gehoord... toen het was gegaan over de mogelijkheid om iemand als Julie haar verstand terug te geven, realiseerde ze zich. En Lorcan had iets gezegd over Rafaels zus...

Ze liepen samen naar de tafel in de hoek.

Hij ging zitten en keek naar haar op, zijn ogen behoedzaam. 'Wat?'

'Iemand die belangrijk voor je is, is bezeten geweest, is het niet?'

Rafael hield zijn adem even vast, liet die toen los in een zucht. 'Mijn zus.'

'En ze is nu...?'

'In een instelling op Ibiza, een mooi plekje.' Zijn vingers grepen een kartonnen onderzettertje van de tafel, draaiden het rond in zijn handen. 'Haar waanzin is niet meer gewelddadig, maar het is ondoenlijk om haar thuis te verzorgen.'

'Natuurlijk.' Ze wreef over haar armen. 'Maar dan is ze niet…'

'Ze is geen begaafde, nee.' Hij bleef haar blik vermijden. 'Het Kefálion vindt het niet nodig om niet-begaafden te trainen. Zelfs niet als ze muzikaal zijn en in Parijs komen wonen. Zelfs niet als ze dat heel graag zouden willen. En zelfs niet als ze, zoals Sofia, heel goed aanvoelen waar de onderwereld die van ons raakt.'

'Wat is er gebeurd?'

Hij vouwde het kaartje in zijn handen langzaam dubbel, zodat de barsten in de vouw zich een voor een verspreidden.

'Ze was op een festival, bij een optreden van een band waarvan de drummer kortgeleden zijn vrouw had verloren. Hij was de avond ervoor gebroken. Er was een strijdgroep, die achter de coulissen wachtte op het einde van het concert, maar dat haalde de drummer niet. Hij stopte halverwege met spelen, te dronken of te depressief om te beseffen dat het concert nog niet afgelopen was. Of simpelweg al leeggespeeld.'

Ze had een goed idee van wat daarna kwam, maar vroeg het toch: 'Wat gebeurde er?'

'De ophion brak door en begon meteen vernieling te zaaien,' zei Rafael. 'De meeste mensen hadden geen idee wat er gaande was, ze dachten aan een aardbeving, maar Sofia wist heel goed wat er gebeurde. Ze was fan van de band, had gelezen over het verlies van de drummer.'

'Maar ze maakte zich niet uit de voeten?'

'Ze ging erop af, in de hoop hem mee te kunnen nemen, weg van de massa. De leider van de toesnellende strijdgroep zag Sofia niet eens, hij was gefocust op de drummer, en…' Zijn stem stierf weg.

'En Sofia werd gebeten.' Ze begon te begrijpen waar Rafaels afkeer tegenover het Kefálion vandaan kwam.

'Ze raakte bezeten. Ophiongif is te sterk voor iemand zonder

Lied. En toen zagen ze haar natuurlijk wél.' Hij scheurde het kaartje met een dof geluid in twee. 'Toen Teles – '

'Teles?' vroeg ze geschrokken.

'De enige echte.' De spot in zijn stem was vlijmscherp. 'Teles daagde de strijdgroep uit, bedankte hen voor het lichaam uit hun eigen rangen. De Schreeuwer wilde haar doden.'

'Wat?' vroeg ze vol afgrijzen.

Rafaels blik was donker, starend. 'Hij dacht dat ze een volbloed-Sirene was.'

'Maar ze was geen begaafde. Hij... De Luisteraar in zijn groep moet het verschil toch gehoord hebben?'

'Volgens hem ging het allemaal heel snel.'

'Maar hij besefte het op het nippertje?' Rafaels zus leefde immers nog.

'Ik kon haar net op tijd uit de weg duwen.' Hij liet de helften van het kaartje op tafel vallen. 'Soms vraag ik me af of het niet genadiger was geweest om dat niet te doen. Voor onze ouders. Voor haar.' Zijn ogen vonden de hare weer, ze waren hard. 'Maar de Schreeuwer kwam er goed vanaf. Eén trauma minder.'

'Wacht even... jij was erbij?'

'Sofia is een stuk ouder. Zij was twintig, ik dertien. Ik was hier voor een bezoekje aan Parijs. Ze vond het geweldig om me de stad te laten zien.'

'Rafael...'

Hij trok een wenkbrauw op. 'Jammeren helpt niet, weet je nog? En het is vier jaar geleden, ik ben er wel overheen.'

Haar Lied geloofde hem niet, wilde naar buiten, uitvinden wat hij echt voelde. Maar toen hoorde ze stemmen achter zich. Elena, Isabella en Lorcan. Ze stapte opzij om hen door te laten.

Terwijl ze hun bestellingen opnam, kon ze niet anders dan

terugdenken aan wat Elgar had gezegd: dat er te veel onschuldige slachtoffers vielen.

'Hoe gaat het?' vroeg ze toen ze hun drankjes kwam brengen. 'Zijn jullie al… Hé, wat is dat?'

Op de tafel lag een flyer die er bekend uitzag.

'Dat gebeuren overmorgen in *Stripes* is groter dan we dachten,' zei Elena. 'Een reeks jazzoptredens en zelfs een modeshow. Meer voorbereiding dan verwacht, maar we komen er wel.' Ze knikte naar Lorcan en Isabella, die iets zaten te schetsen.

'Ik ken die flyer,' zei Ariane. 'Moment.' Ze liep naar de bar en groef in haar tas die daarachter lag opgeborgen. Ja, daar. Het ding zat nog tussen twee boeken gefrommeld. Terwijl ze terugliep, vlogen haar ogen eroverheen. Precies dezelfde. Ze legde hem op tafel. 'Ik kreeg er een van Balaskas. Een van haar leerlingen speelt daar.'

Isabella keek op. 'Je hebt het toch niet over Sarah Odina?'

'Sarah, ja, dat was de naam die ze noemde.'

Isabella wisselde een bezorgde blik met Elena.

'Wat is er aan de hand?' vroeg Ariane.

'Sarah is een begaafde,' zei Elena. 'Een Stemmer. Ze hebben haar niet tot de training toegelaten omdat ze een paar maanden geleden uit een slechte relatie is gekomen. Te instabiel. Ze kreeg het advies om zich eerst op haar muziek te richten en in balans te komen.' Elena pakte de flyer op. 'Ze staat niet tussen de soloartiesten. Check haar social media, we hebben de naam van een ensemble nodig.'

Ariane werd geroepen door een klant en moest weer aan het werk. *Les Oreilles* werd snel drukker en ze had alleen tijd om af en toe de hoogtepunten van de besprekingen van de groep te gaan oppikken.

Het kostte de rest niet veel tijd om te achterhalen dat Sarah

Odina inderdaad zou optreden met haar kleine ensemble. Niemand geloofde dat het toeval was, zeker toen bleek dat haar social media volstonden met sombere quotes en zwart-witfoto's. Ze was de ideale prooi voor een Sirene.

Toen Ariane klaar was met haar shift, en haar schort weer aan het haakje achter de bar had gehangen, schoof ze bij hen aan.

'Zo,' zei Rafael. 'Hoe voelt het om het stralende middelpunt van een plan te zijn?'

'Eh…' Ze wierp hem een geërgerde blik toe toen hij grinnikte. 'Je bedoelt dat het plan niet voorziet hoe ik me moet voelen?'

'Touché,' zei hij opgewekt. 'Elena, we zijn nog iets vergeten.'

'Niet echt,' zei Elena, haar ogen op haar aantekeningen gericht. Ariane zag dat ze een tekening voor zich had van een ruimte die een beetje op deze leek, met een bar, tafeltjes en een podium. Ze keek op. 'Morgen wordt een pittig dagje, want we hebben maar één hele dag om voor te bereiden. Maar het is de bedoeling dat je je daarna zeker van jezelf voelt.'

Dat klonk aantrekkelijk.

HOOFDSTUK 13

HET BLEEK EEN STUK MINDER AANTREKKELIJK TOEN ARIANE DE volgende ochtend in een van de repetitieruimtes van het Eurydice te horen kreeg wat Elena precies begreep onder Ariane voorbereiden.

'Vooruit,' zei Elena. 'Probeer het maar op Raf.'

'Waarom moet ik de Sirene zijn?' protesteerde Rafael. 'Jij bent veel geloofwaardiger als het gevaarlijkste element in de kamer.'

'Omdat ik dan mijn eigen rol kan vervullen,' zei Elena nadrukkelijk geduldig. 'Of lijkt het je logisch dat Isabella doet alsof ze een Schreeuwer is?'

'Ik dacht meer aan mezelf.'

Elena snoof. 'Klaar, Ariane?'

'Nee!' Ze werd ontzettend zenuwachtig van Lorcan, die zwijgend naast haar stond. 'Je kunt wel zeggen "doe gewoon wat je met Elgar deed", maar ik heb geen idee wat we precies deden en hoe.'

Gisteravond had Elena het op de een of andere manier eenvoudig laten klinken. Zodra ze Teles gelokaliseerd hadden, zouden ze hem naar een rustig plekje lokken – Elena had een paar mogelijke locaties bepaald – en daarna zouden Ariane en

Lorcan de Sirene lang genoeg onder zeil brengen om Elena de kans te geven hem knock-out te slaan.

Ze slikte. 'Wat als ik het niet nog een keer kan?'

'Dan kunnen we daar beter nu achter komen,' zei Elena. 'Eén strijdgroep is al nauwelijks genoeg om een volbloed-Sirene aan te pakken, als je die wilt doden. Teles uitschakelen zonder Colin te verwonden, lukt alleen met een precisieaanval. Ik moet hem op een specifiek punt raken, met net genoeg kracht.' Ze deed het voor bij zichzelf, tikte met twee vingers in haar hals, net onder haar oor. 'Hij mag absoluut niet bewegen. Als ik hem verkeerd raak, dan raakt hij niet bewusteloos, of erger: dan beschadig ik iets.'

'Het zou veiliger zijn als ik hem blijf Fluisteren,' zei Lorcan.

'Daar hebben we het al over gehad,' zei Elena. 'Nee. Een Fluisteraar kan een volbloed-Sirene niet genoeg beïnvloeden om hem rustig te houden. En we weten niet veel over Zangers, maar een ding is duidelijk: als Ariane iemand Versterkt, dan jaagt die zijn Lied er razendsnel door. Het is nog erger dan orfinium gebruiken. Je houdt het niet vol tot we Colin veilig hebben opgesloten.'

Elena had via een kennis een geluidsdichte ruimte geboekt onder het mom dat ze daar wilde repeteren met een hardrockbandje waar ze wel eens in meespeelde.

'Misschien wel,' zei Lorcan. 'Als we de lier hadden…'

Daar maakte Ariane zich ook zorgen over. Elgar had gesuggereerd dat de lier cruciaal was.

'Wat wil je doen, de sterkste Schreeuwer die we kennen overvallen en hem de lier afpakken?' vroeg Rafael. 'Want vrijwillig geeft Drakos hem nooit af. "De lier moet gedragen worden" en meer van dat soort onzin.'

'Ik zeg alleen…'

'Genoeg.' Elena keek Lorcan doordringend aan. 'We houden ons aan het plan. Eerst Teles veilig opbergen, daarna uitzoeken of we de lier echt nodig hebben om Colin terug te krijgen. Dat is de enige manier, als je het Kefálion erbuiten wilt houden. Bovendien: we geloven Elgar toch zeker niet klakkeloos? Hij wil tegen elke prijs de lier in handen krijgen, dat weten we al. Hem vertrouwen doen we pas als het echt niet anders kan.'

Lorcan sloot zijn ogen en liet zijn adem langzaam ontsnappen. Alles wat Elena zei wist hij ook, ze hadden het eerder uitgebreid besproken, maar het was alsof hij het nog een keer had moeten horen.

Hij keek Ariane weer aan. 'Oké. We proberen het.'

'Hoe?' vroeg ze gefrustreerd.

De vingers van zijn linkerhand bewogen rusteloos, maar zijn stem was zelfverzekerd. 'Je laat je Lied gewoon naar buiten en richt het op mij. Ik doe de rest.'

Dat klonk eenvoudig genoeg. Ze stond toe dat zijn kalmte over haar heen spoelde. 'Oké.'

Ze concentreerde zich op haar ademhaling en zocht naar haar hartslag. Ze werd zich bewust van het ritme, het ruisen van lucht, het kloppen van haar hart… en de momenten van stilte daartussen, waar haar Lied wachtte. Het Eerste Strijdlied dat ze daarstraks hadden ingespeeld stroomde tevoorschijn, vulde de kamer met de zachte, galmende klank van haar piano.

Lorcans Lied was er al, leidde de melodie van het Eerste, krachtig en uitdagend. Ze hoorde het meteen toen hij begon te Fluisteren, de emotie streek langs haar heen voor hij die op Rafael concentreerde. *Veilig, alles is goed, je hoeft niets te doen, absoluut niets.*

Ze zag Rafaels blik wazig worden toen het Fluisteren hem raakte. Oké, nu moest zij het nog sterker maken.

Haar Lied reikte naar dat van Lorcan en ze voelde een slaperige, tevreden sluier over zich heen trekken. Hij had gelijk, dit was helemaal niet moeilijk. Ze hoefde niets te doen, ze –

'Stop.' Elena's stem was geërgerd in de verte. 'Ze staat in slaap te vallen. Ariane? Ariane!'

Ze knipperde toen haar geest ineens weer helder was. 'Wat…?'

'Je was aan het Luisteren,' zei Elena. 'Dat is niet de bedoeling. Probeer het nog een keer.'

Lorcan liet zijn Lied zonder commentaar de kamer weer instromen en Ariane deed hetzelfde. *Alles is goed, alles is veilig, er is niets…*

Het volgende moment knipte Elena weer met haar vingers voor haar neus. 'Nieuwe poging.'

Maar poging na poging leverde precies hetzelfde op.

'Dit werkt niet,' zei Lorcan uiteindelijk.

'Nee, echt?' zei Elena sarcastisch.

'Ik bedoel alleen maar dat we hier niets mee opschieten tot we weten waarom niet,' zei hij.

Elena tikte een ongeduldig ritme tegen haar been. 'Ze heeft een leraar nodig. Maar met een Luisteraar kunnen we het risico niet nemen en voor Zangers zijn er uiteraard geen. Dit is zo verrekte inefficiënt allemaal.'

'Het zou kunnen dat het instinctief goed gaat als het erop aankomt.' Isabella keek Ariane aan. 'In het Jean-Baptiste heb je Raf Versterkt zonder er zelfs maar over na te denken.'

'Ik pieker er niet over om daarop te rekenen,' zei Elena.

'Nee,' zei Isabella. 'Dat snap ik. Maar het kan helpen om te beseffen dat Ariane eigenlijk wel weet wat te doen – ze moet het alleen toelaten.'

'Of de goede motivatie hebben,' zei Rafael. 'Hé, Lorcan, wat heb jij daar voor iets geks op je…'

Rafaels hand gleed over Lorcans heup alsof hij een vliegje wilde wegvegen, maar een seconde later hoorde Ariane een metalig klikje.

Rafael deed een grote stap achteruit, weg bij Lorcan en liet hen het orfiniummes zien, dat hij met een snel gebaar openklapte. Hij schoof de mouw van zijn shirt omhoog en zette het mes met de punt op zijn huid.

'Ik heb me altijd al afgevraagd of het alleen voor de sier was. Scherp je het wel eens?'

Lorcan sprong op hem af. 'Niet – '

Maar Rafael trok al met een besliste, lange haal een diep, scharlaken spoor over de binnenkant van zijn arm.

'Oeps.' Zijn ogen zochten die van Ariane. 'Nu is de vraag: kan ik mezelf Helen voor ik flauwval?'

Zijn Lied stroomde de kamer in, een duister, galmend tokkelen dat van alle kanten leek te komen.

Lorcan vloekte, Isabella hapte naar adem en Elena schreeuwde: 'Ik vermoord je, Raf!'

Ariane had eerder gezien hoe Rafael Heelde, zijn handen die bewogen over de persoon die gewond was, maar nu waren zijn handen stil, terwijl het bloed uit zijn arm opwelde, en hij zich langzaam op een stoel liet neerzakken.

'Shit,' zei hij dromerig. 'Een beetje diep misschien.'

Een beetje diep? Zijn arm lag op zijn bovenbeen en het bloed doorweekte zijn broek, sijpelde via zijn hand naar beneden. Het was alsof ze elke individuele druppel hoorde die op de grond viel, drup, drup, drup, drupdrupdrup.

Ze vloog naar hem toe, greep zich vast aan de stoelleuning, greep zijn hand, drukte die op de lange snijwond.

'Heel jezelf. Vooruit.' Haar Lied galmde door de kamer, het Eerste vocht tegen de koppige gitaar.

'Mm.' Hij grijnsde scheef naar haar. 'Wist je dat je met een slagaderlijke bloeding in een paar minuten kunt doodbloeden?'

Haar Lied greep zich vast aan wat hij zei en kon geen leugen ontdekken.

In haar ooghoek zag ze een witte flits.

'Isabella, waag het niet, weg daarmee,' hoorde ze Rafael vaag zeggen.

Zijn bloed kleurde hun beide handen rood en ze dacht niet langer na, ze begon te zingen. Haar Lied veranderde meteen. Het Eerste mengde zich galmend met de melodie van Rafaels gitaar, die een verhaal tokkelde van hete nachten en uitdagingen, pistolen en rapieren, lef en bloed.

Ze zong, starend naar het rood dat Rafaels lichtbruine huid besmeurde, naar de wrede, rechte randen van de wond die afschuwelijk uit elkaar lagen… Haar hart bonkte in haar keel, terwijl haar Lied galmend om hen heen hing. Als dit niet binnen een paar minuten werkte, dan…

Maar de wondranden trokken al naar elkaar toe. Het was alsof de weefsels elkaar opzochten om weer samen te smelten, alsof de doorgesneden cellen zelf hun andere helft in de armen sloten en weer één werden. Beetje bij beetje zag ze de wond verdwijnen.

'Genoeg,' hijgde Rafael. Zijn hand bewoog krampachtig onder de hare.

Ze liet hem abrupt los en leunde achteruit, op haar hielen. Een paar seconden was het doodstil in de kamer.

Toen schreeuwde ze: 'Ben je nu helemaal gek geworden? Wat als het niet gelukt was?'

'Maar het is gelukt.' Hij bewoog zijn arm, balde zijn hand tot een vuist en ontspande die weer, zodat hij de spieren in zijn voorarm kon zien bewegen. Onder het nog natte bloed was alles gaaf en heel. 'Goed gedaan.'

'Raf, een slagaderlijke bloeding is geen lolletje,' zei Isabella. Ze had een witte sjaal in haar handen en zag er nog steeds geschokt uit.

Rafael rolde met zijn ogen. 'Als het echt een slagaderlijke bloeding was geweest, dan was het bloed eruit gespoten. Ik weet wel beter.'

'Maar je zei...' Ariane sloot haar ogen en zuchtte. 'Je zei alleen dat een slagaderlijke bloeding snel dodelijk kon zijn. Niet dat jij er een had.'

'Graag gedaan.' Hij knipoogde.

Lorcan raapte met een afgemeten gebaar het orfiniummes op van de vloer. 'Heeft niemand je geleerd toestemming te vragen voor je iets gebruikt dat van iemand anders is?'

Rafael snoof. 'Heb je het over het mes of over de Zanger die je zo blijft vervelen dat ze in slaap valt?'

Hij viel met een pijnkreet op de grond toen de poten van de stoel met een plotselinge knal onder hem versplinterden.

Elena rukte hem met een woedend gebaar overeind, haar Lied een boos dreunen om hen heen. 'Als je nog een keer zoiets uithaalt, dan gooi ik je mijn strijdgroep uit, begrepen?'

Rafael maakte zich kalm los. 'Denk je dat je Helers opleidt zonder dat er bloed en pijn aan te pas komen? Vroeg of laat moet je onder ogen zien dat je niets kunt Helen als je weigert te kijken naar wat er kapot is. Bovendien, het is niet alsof ze voor het eerst mijn bloed op haar handen heeft.'

Ariane dacht terug aan de wonden die hij had opgelopen toen hij haar tegen Parthenope had beschermd. Toen had ze hem niet kunnen helpen. Zonet wel, hoe bizar de situatie ook was geweest.

'Het is niet alsof ik toen zoiets had van "laten we dit zo snel mogelijk opnieuw doen",' zei ze.

Rafael grijnsde waarderend.

Elena trok haar Lied naar binnen en zuchtte. 'Heeft het op zijn minst iets opgeleverd? Weet je wat je doet als je Versterkt?'

Ze dacht erover na, maar... 'Het ging weer zo snel.'

'Ik zou je herinneringen kunnen Stemmen,' bood Isabella aan. 'Aan alle momenten waarop je je gave gebruikt hebt? Er zal wel een gemeenschappelijke factor zijn.'

'Niet nodig,' zei Rafael. Hij was een poging aan het doen zijn broek droog te deppen met een zakdoek, maar leek te besluiten dat het de moeite niet waard was en stopte hem weer in zijn zak. 'Het is wel duidelijk. Ten eerste: als jij je Lied naar buiten laat, dan is je reflex om te Luisteren.'

Dat had Lorcan ook gezegd.

'Ja, en?'

'Niet doen als je Lorcan aan het knuffelen bent terwijl hij "Slaap kindje, slaap" Fluistert.'

'Ik was niet...' Ze slikte haar protest in. Hij probeerde haar alleen maar op stang te jagen, zodat ze zou vergeten dat ze pissig was over wat hij zonet gedaan had. 'En verder?'

'Ten tweede: ingespeelde muziek werkt niet, je moet zingen. Hallo? Je bent een Zanger.'

'Huh,' zei Elena met een frons. 'Daar zou iets in kunnen zitten.'

'Natuurlijk,' zei Rafael zelfvoldaan. 'Ten derde: het werkt beter als degene die je Versterkt zijn Lied voedt met zijn eigen muziek.'

Isabella knikte peinzend. 'Het klinkt logisch dat die makkelijker te Versterken is.' Ze keek Ariane aan. 'Zo heb je het de eerste keren ook onbewust gedaan, met Lorcan en met Raf.'

'Ja...' Ze herinnerde zich maar al te goed de Echo's in de kerk en Lorcans *Dies Irae*. En later de dreiging van Parthenope en Rafaels koppige *Libertango*. 'Maar toen we Elgar... Thelxiope in het Orpheushuis in slaap susten, gebruikte Lorcan het Vierde.'

'Toen had je de lier in handen,' zei Isabella. 'Als die al je gaven krachtiger maakte, dan maakte die de verbinding waarschijnlijk ook makkelijker.’

‘Precies,’ zei Rafael. ‘Wat me brengt op mijn laatste punt…’ Hij grijnsde zo breed dat het niets goeds kon zijn.

‘Ja?’ vroeg Ariane op haar hoede.

‘Je zult toch een beetje de behoefte moeten krijgen om Sint-Lorcan te knuffelen. Of zijn Lied. Of beide.’

‘Wat is dat nu weer voor onzin?’ vroeg Lorcan kortaf.

Isabella maakte een peinzend geluidje. ‘Hij bedoelt dat de twee Liederen in elkaar moeten schuiven en dat je dat niet voor elkaar krijgt zonder dicht bij iemand te komen. Ik snap wel waarom het voor Raf duidelijker is. Helers zijn een soort artsen, in die zin dat ze ook dingen te zien krijgen, lichaamsdelen aanraken, waar een vreemde normaal nooit bij in de buurt zou komen.’

‘Dat dus.’ Rafael maakte een weids handgebaar. ‘Als je het ingewikkeld wilt maken. Waar het allemaal op neerkomt is: je moet het echt willen.’

‘Het is echt niet alsof ik niet alles wil doen om Colin te redden,’ zei ze.

Rafael schoof zijn niet-bebloede mouw omhoog tot aan zijn schouder. ‘Pak dan mijn arm eens beet?’

Ze staarde hem aan. ‘Waarom?’

Hij keek haar tevreden aan. ‘Zie je? Daarstraks aarzelde je niet. Maar nu vind je het raar, omdat je geen aanleiding ziet. Terwijl je ergens wel weet dat ik een goede reden moet hebben.’

Ze wierp hem een veelbetekenende blik toe. ‘Je kunt je misschien voorstellen dat ik vraagtekens zet bij jouw redenen.’

Maar ze moest toegeven dat het hout sneed. Dus ze moest een manier vinden om het te willen, hè? Ze keek naar Lorcan, die fronsend naar Rafael stond te kijken, zijn armen over elkaar, een hand onbewust beschermend op het kettinkje van zijn orfiniummes.

En ineens had ze het.

Ze stak een hand naar Lorcan uit en knikte naar Rafael. 'Denk je niet dat iemand hem heel even het zwijgen zou moeten opleggen?'

'Hé,' protesteerde Rafael.

Maar Lorcans Lied was naar voren gesprongen alsof het had gewacht op die uitnodiging. Ze herkende de begintonen van Prokofievs *The Montagues and the Capulets*. Heel even vroeg ze zich af hoe ze dat eigenlijk deed, de melodie van een Strijdlied mengen met een heel andere. Toen zong ze al en galmde iets wat leek op het Eerste door de kamer, mengde de krachtige melodie zich in Prokofievs strijdvaardige duel.

Er was geen overgang, geen opbouw. Hun Liederen vlochten zich door elkaar, Rafael ademde uit, zakte door zijn benen, krulde zich op de grond op, legde zijn hoofd op zijn hand en viel zo te zien prompt in slaap.

'Wel,' zei Elena. Ze wierp een blik op Lorcan en Ariane. 'Dat kan nog wel eens van pas komen.'

Nadat Rafael weer bij zijn positieven was, drilde Elena hen meedogenloos tot Ariane alle tekens en signalen kende die ze mogelijk nodig zouden hebben tijdens de missie, en tot Lorcans Lied uitgeput was van de keren dat ze Rafael samen onder zeil hadden gebracht.

Uiteindelijk verklaarde Elena dat ze genoeg gedaan hadden voor een dag. 'Morgenochtend herhalen we dit nog een keer, maar het komt wel goed, denk ik.'

Toen de anderen verdwenen waren, bleef Lorcan bij de deur staan, zijn telefoon in zijn handen. Ze zag zijn gezicht betrekken.

'Slecht nieuws?' vroeg ze.

'Mijn moeder. Ze vraagt hoe laat ik uit school kom, of ik nu niet even naar haar toe kan komen.' Hij wreef vermoeid over zijn voorhoofd.

Verwachtte Fiona nog steeds dat Lorcan ervoor zorgde dat ze haar verdriet vergat? Er leek een betere manier om dat te doen.

'Kun je haar niet vertellen dat... dat er hoop is?'

Hij schudde zijn hoofd. 'Ze is te labiel, ze zou ons zomaar onbedoeld kunnen verraden. Ik ga straks wel even langs.' Hij keek haar aan. 'Heb jij nu meteen les?'

Ze schudde haar hoofd. 'Pas het tweede uur.'

'Kom, dan gaan we een luchtje scheppen.'

Ze volgde hem de trappen op. Hij leidde haar door een achterdeur naar een betegelde binnenplaats, waar de kale takken van klimplanten zich rondom een zuilengalerij slingerden, en wenkte haar toen verder, naar een klein deurtje, verborgen achter groene klimop. Het bleek uit te geven op de tuin van het Orpheushuis.

'Mogen we hier zijn?' vroeg ze.

'Het Orpheushuis is van alle begaafden,' zei hij. 'Niemand maakt zich er druk om en ik denk ook niet dat...' Hij tikte op zijn oor en keek haar vragend aan.

Ze liet haar Lied heel even naar buiten, wilde al haar hoofd schudden, maar aarzelde toen. Alles leek een beetje vager dan het zou moeten zijn, alsof er ruis op de verbinding zat. Terwijl ze zich concentreerde, liep ze snel door, richting het achterste muziektempeltje. Plotseling veranderde er iets om haar heen. Ze bleef staan en concentreerde zich. Ja, daar: een grens die leek op de rand van een stilteschild, maar dan veel subtieler.

'Het komt tot hier,' zei ze. 'Voor Elgar erover begon, wist ik niet dat de ene Luisteraar de andere zo goed kan voelen.'

'Het is ook niet voor elke Luisteraar even makkelijk. Voor zover ik begrijp heb je er niet veel kracht voor nodig, maar wel veel precisie.' Hij aarzelde. 'Colin is er altijd erg goed in geweest.'

Ze liepen samen verder over het pad van witte stapstenen in het gras. Ze had de muziektempeltjes eerder alleen bij het licht van toortsen gezien, gevuld door Dempers die musiceerden. Nu zag ze hoe verfijnd de bouwsels waren, de bovenkant versierd met gebeeldhouwde klimop, het smeedwerk van de balustrade vol sierlijke krullen, de vloer gemaakt van tegels in zachte tinten.

Lorcan ging op het trapje zitten dat omhoog leidde naar het toegangshekje. Hij gebaarde naar de plek naast zich en ze ging zitten. Om hen heen strekten zich overal takken uit van rode beuken, eiken en berken, breed en genereus, alsof ze hun bladeren wilden tentoonstellen die een palet van herfstkleuren waren.

Ze zaten een poosje in stilte naast elkaar, toen vroeg hij: 'Denk je dat het je lukt, morgen? Zonder dat Rafael zichzelf nog een keer in stukken moet snijden?'

Het was duidelijk als grapje bedoeld, maar ze kon het niet helpen dat ze de spanning in zijn stem hoorde.

Als zij faalde, dan faalde waarschijnlijk hun hele missie. Het was niet onmogelijk voor een Schreeuwer om een Sirene uit te schakelen, zeker niet met een volle strijdgroep achter haar, maar Ariane was amper een volwaardig lid van de groep te noemen.

Ze keek voor zich uit, naar de brede stam van een lindeboom. 'Wat Rafael daarnet zei... dat ik het moest wíllen... Je weet toch wel dat ik niets liever wil dan dat dit goed gaat?' Ze durfde eigenlijk niet goed naar hem te kijken, maar juist daarom deed ze het toch.

Zijn ogen waren als een zee die in beroering was gebracht en niet zomaar weer kon kalmeren.

'Ik weet dat je wilt goedmaken wat er met Colin is gebeurd,' zei hij. 'Dat wil ik ook. Maar voor mij… Je weet niet wie hij is, Ariane.'

'Nee,' gaf ze toe. 'Vertel het me.'

'Colin is zo iemand die het niet kan verdragen om een spin te doden, en het beestje altijd buiten gaat zetten, ook al moet hij daarvoor drie trappen naar beneden. Je kunt je niet voorstellen hoe verkéérd het is dat uitgerekend zijn lichaam door een Sirene wordt gebruikt, een wezen dat meedogenloos levens neemt. Dat Elgar op de een of andere manier zijn geest zo vergiftigd heeft dat hij dat toelaat, meewerkt.' Er was iets straks rond zijn ogen. 'Ik ben zo bang dat hij daar nooit meer van kan herstellen. Dat Elgar hem heeft kapotgemaakt, dat Teles te veel van zijn ziel heeft opgevreten.'

Zijn pijn rolde als golven over haar heen en trok aan iets diep in haar, een verlangen dat ze keer op keer de kop had ingedrukt. De avonden dat ze in slaap was gevallen met zijn stem in haar oren haalden haar in, de herinnering aan haar vingers die het haar uit zijn gezicht hadden weggestreken, aan zijn lippen die zachter en warmer waren geweest dan ze verwacht had.

'Lorcan,' zei ze. Hoe kon ze overbrengen dat ze er alles voor overhad om Colin terug te brengen? Ze liet haar adem haperend ontsnappen.

'Ik leef omdat hij ons leven heeft gekocht.' Het Ierse accent in zijn woorden was sterker geworden. 'Ik kan niet leven als ik hem het zijne heb afgenomen.'

Ze herinnerde zich hoe de zang van Thelxiope Lorcan gevangen had genomen, hoe Elgar hem had bespeeld, meedogenloos gebruik had gemaakt van zijn schuldgevoel. Het was alsof hij een breekijzer in een barst diep in Lorcan had gezet, en een breuklijn had veroorzaakt.

Ze zou Lorcan er nooit van kunnen overtuigen dat het voor

haar even belangrijk was om Colin terug te brengen als voor hem, omdat dat eenvoudigweg niet waar kon zijn.

'Lorcan,' zei ze nog een keer. Haar Lied ontworstelde zich aan haar, vloeide naar buiten. Diep binnen in haar ging een schakelaar om. De zacht galmende melodie van haar Lied werd een Lied van Harmonie – ze begon te Fluisteren. 'Ik weet wie Colin is, ik weet wie hij is voor joú.'

Haar hart bonkte: *Alles in mij wil hem redden, voor joú.*

'Ariane…' Zijn stem klonk ademloos, zijn ogen weerkaatsten iets wat ze diep in haar borst voelde fladderen. Warmte.

In haar herinnering klonk het *Dulcissime,* en zijn stem: *'Mijn honingzoete liefste.'*

Zijn hand landde vlinderzacht op haar schouder, gleed naar het plekje waar die eerder had gelegen, zijn duim op haar sleutelbeen, en bewoog toen langs haar hals omhoog, naar haar wang. Heel langzaam gingen zijn ogen naar haar lippen. Zijn duim volgde, vond het puntje van haar onderlip, volgde de rand naar haar mondhoek.

Ze zat roerloos stil, voelde haar hart hameren, kon hem alleen maar aankijken, terwijl haar lippen uit elkaar gingen. Wachtten.

Hij maakte een zacht, wanhopig geluidje en leunde dichter naar haar toe. Zijn ogen vonden de hare weer, de pupillen groot, het rusteloze grijs een zee van verlangen.

In het midden zag ze haar eigen weerspiegeling en haar vervloekte geheugen diepte een waarschuwing op, met de klank van zijn stem, zangerig door zijn accent, onbuigzaam door de inhoud: *'Het is niet echt.'*

Ze trok haar Lied met een ruk naar binnen, leunde naar achteren en veerde toen overeind. 'Het… Sorry, dat was niet de bedoeling.'

'Wacht.' Hij reikte naar haar, maar ze zette een stap achteruit. 'Ariane…'

‘Ik weet het.’ Ze hoefde het niet nog een keer te horen: het Lied van Harmonie creëerde de illusie van een band, waar die niet was. Tot haar grote ellende voelde ze tranen in haar ogen branden. Ze dwong zichzelf om opgewekt te glimlachen. ‘Ik probeerde alleen maar duidelijk te maken dat ik het begreep. We zitten op een lijn: Colin zijn leven teruggeven is belangrijker dan al het andere. Ja, toch?’

Hij fronste. ‘Ja, natuurlijk, maar…’

Ze schudde haar hoofd, draaide zich om en beende zo snel ze kon naar het Eurydice, zonder nog om te kijken.

Colin, hield ze zichzelf voor. Morgen zouden ze Colin terughalen, en zij zou eindelijk vrij zijn van die vreemde connectie die haar aan Lorcan leek te binden, of ze wilde of niet.

Dat moest gewoon.

HOOFDSTUK 14

COLIN VINDEN, WEGLOKKEN BIJ ONSCHULDIGE OMSTANDERS, BUITEN westen Fluisteren, afvoeren naar de geluidsdichte ruimte, Teles uit zijn lichaam drijven. Als dat laatste niet meteen lukte, dan zou Elena haar vader opbiechten waar ze mee bezig waren, en hem er op de een of andere manier toe bewegen om hen de lier te laten gebruiken.

Het plan was een doorlopend, koppig ritme in Arianes gedachten terwijl ze de deur van haar kleerkast opentrok, en de twee zakken die ze maanden geleden onderin had gepropt eruit haalde. Ze gaf zichzelf niet de tijd om te aarzelen, maar stortte ze allebei leeg.

Een rivier van kleuren en stijlen gleed op haar paarse dekbed. De poster met de menhirs leek verwachtingsvol toe te kijken.

Ze streek over het satijn van een donkergroene, lange jurk, die ze vaak had gedragen in het jaar dat ze klassieke viool had gespeeld, en daarna over de gebloemde volants van het jeansrokje dat ze had gedragen toen ze gitaar had gespeeld en weg was geweest van country.

De golf van ellende die ze had verwacht, bleef uit. De stem van Andrew, haar leraar jazzpiano en zang, die had gevraagd of ze met schone schijn probeerde te compenseren voor een gebrek aan hart en ziel in haar muziek, werd overstemd door een stroom van fijne herinneringen: de Amerikaanse gitarist die haar had verteld hoe hij als kind op de veranda van zijn ouders had zitten spelen; de Italiaanse violiste die had gedanst toen ze Ariane vertelde dat ze was benoemd tot eerste viool; de fluitist die een hevige fan was van renaissancecomponist Monteverdi...

Al die gesprekken, hun muziek die ze had ingedronken, lagen als een waaier op haar bed.

Oké, iets om aan te trekken naar een jazzclub. Op de website van *Stripes* prijkte hetzelfde speelse logo van een zwierige kat die met soepele poten over de gegolfde toetsen van een klavier liep, maar het was duidelijk een chique gelegenheid – foto's lieten zien dat gasten zich in stijl kleedden. Elena had hen gesommeerd om zich daaraan te houden.

Ze viste een zwart jurkje uit de stapel, draaide zich naar de spiegel en hield het voor zich. Het was niet historisch accuraat, maar de stijl – recht, tot boven de knie, met glinsterende franjes onderaan – was een overduidelijke knipoog naar de begintijd van de jazz. Ze had het gedragen voor haar laatste klasconcert, dat zo rampzalig was afgelopen.

Daar was Andrews stem dan toch. *'Het lijkt wel alsof je het gewoon niet in je hebt. Je imiteert alleen maar, alsof je een veredelde grammofoonplaat bent.'*

Raad eens Andrew? Vandaag hoef ik niets anders in me te hebben dan mijn vermogen om anderen te imiteren, om hun gave sterker te maken.

In een flits herinnerde ze zich weer hoe Lorcan gisteren naar haar had gekeken. Nee. Dat was niet echt geweest. Vanmorgen hadden ze getraind alsof er niets gebeurd was, en dat was ook zo.

Ze hing met een beslist gebaar de jurk over haar bureaustoel en ging op zoek naar de hoofdband die erbij hoorde.

Stripes was gevestigd op de kelderverdieping van een oud kantoorgebouw, dat nu donker was. Een brede trap met een rode loper leidde naar de ingang, waar twee fluwelen gordijnen in elegante bogen hingen. Een vrouw in zwart broekpak wierp een vluchtige blik op hen, pakte hun toegangskaartjes aan en wuifde hen naar binnen.

Ze kwamen terecht in een stemmig verlichte ruimte met donkere houten vloeren en bakstenen muren. De grote aandachtstrekker was een gekromde bar, geschilderd in het glanzende zwart-wit van pianotoetsen.

Ronde tafeltjes waren in concentrische, halve kringen rondom het centrale podium geschikt, waarop een zanger en een pianist een lome, melancholische jazzballade ten gehore brachten. Schuin daarachter lag een kleine dansvloer die nu leeg was.

Ze waren vroeg. Zowel Balaskas' leerlinge als de hoofdact stonden het eerstkomende uur nog niet op het programma, maar Elena had geen enkel risico willen nemen.

'Ik wil even opmerken dat ik zoals gevraagd in het decor pas,' zei Rafael. 'Die jongen op het podium draagt minstens evenveel eyeliner als ik.'

'En ik wil even benadrukken dat je je mag opmaken zoals je wilt,' zei Elena, 'zolang je niet komt roepen "ik leen even je eyeliner, Isabella" en binnenstormt in de badkamer, terwijl IK sta te douchen.'

'De schrik heeft je goed gedaan,' zei Rafael, 'je ziet er stralend uit, onverschrokken aanvoerster.'

Elena snoof, keek op haar horloge en zei: 'Oké, naar onze posities.'

Rafael wierp een blik op een krijtbord waarop 'Inschrijvingen open podium' geschreven stond, met daaronder een paar namen. 'Iemand zou zich kunnen opgeven. Het lijkt me een prima plek om de boel in de gaten te houden. Ik denk dat ik wel een jazzdeuntje uit mijn mouw kan schudden.'

'Nee,' zei Elena categorisch. 'Ten eerste: ze laten jou niet in de buurt van dat podium komen, in een geval als dit is 'open podium' echt niet voor iedereen, ten tweede heb je je gitaar niet bij je, en ten derde heb ik je met opzet bij mij ingedeeld omdat ik je dan in de gaten kan houden. Werkelijk, een jasje met glitter? Ik had gezegd: onopvallend. Trek dat ding uit en kom mee.'

Elena beende richting de rechterkant van de bar. Op de een of andere manier waren de twee kleine concessies die ze aan haar gebruikelijke stijl had gedaan – een nette zwarte jeans in plaats van een cargobroek, en een witte blouse boven haar hemdje – genoeg om haar er zowel doortastend als elegant te doen uitzien.

'Haar ten tweede was ook al genoeg geweest,' mopperde Rafael. 'Dit is een geweldig jasje, wanneer zou ik het anders moeten dragen? Colin vond het geweldig, voor iedereen die het wil weten.' Hij wierp een lijdzame blik op Ariane, en liep Elena achterna.

Lorcan en zij zochten een tafeltje uit tegen de achterwand, vanwaar ze de linkerkant van de zaal en met name het podium goed konden zien. Zij zouden het komen en gaan van artiesten in het oog houden.

Ze gingen zitten en een serveerster kwam hun bestelling opnemen.

'Isabella is er,' zei Lorcan. Hij knikte richting de bar, waar Isabella, zo rustig alsof ze dat dagelijks deed, met een klant stond te babbelen en een drankje inschonk.

Het was een riskant opvallende plek, maar Isabella leek totaal niet op zichzelf. Ze was in het zwart gekleed en haar eeuwige armbanden zaten verstopt onder haar mouwen.

'Ik weet niet hoe ze dat doet,' zei Ariane. 'Ik bedoel, ik snap dat ze een herinnering aan zichzelf in het hoofd van de manager heeft gestopt en dat ze zo aan een baantje voor één avond is gekomen, maar hoe slaagt ze erin om eruit te zien alsof ze compleet op haar gemak is?'

'Dat is een Stemmer-ding,' zei Lorcan. 'Door continu in de herinneringen van anderen te duiken, maken ze zich vertrouwd met zoveel andere leefwerelden dat ze zich overal thuis kunnen voelen.'

'Ik wou dat ik dat kon.'

Zijn ogen gleden over haar jurk, de *faux bob* die ze in haar lange haar had gemaakt, en haar zwarte hoofdbandje. 'Je ziet eruit alsof je in de jazztijd geboren bent.'

Ze trok een schouder op. 'Het resultaat van een oude obsessie.'

'Mm.' Zijn ogen bleven haar aandachtig opnemen en lieten een tintelend spoor van warmte achter

De hese stem van de zanger op het podium was gedaald tot hij bijna fluisterde, de woorden onverstaanbaar, als een gemurmelde liefkozing.

'Jij hoeft je niet aan te passen,' zei ze. Lorcan was net als altijd gekleed: broek, overhemd, het kettinkje van orfinium glanzend op zijn vest, geen jasje. Ze had hem zo gezien op school, in *Les Oreilles,* een verlaten kerk en nu hier, en hij leek nergens ooit uit de toon te vallen. 'Is dat wat Fluisteraars doen? Zichzelf aan de wereld opleggen?'

Zijn gezicht werd somber.

Ze kon zichzelf wel voor de kop slaan toen ze zich realiseerde wat hij moest horen: *Want dat is toch wat je al deed voor je geboren was, toen je Colins beschermingen afbrak en hij je dat toestond opdat jullie allebei zouden kunnen overleven?*

Ze werden onderbroken door de serveerster, die twee glazen voor hen neerzette.

'Ik bedoelde het niet op die manier,' zei Ariane, toen ze weer weg was.

'Dat weet ik.' Zijn vinger trok langzaam een spoor door de condens op zijn glas. 'Maar er zit iets in. Dit alles is veroorzaakt door een Fluisteraar.'

Had hij het over Elgar of zichzelf? Ze wilde wanhopig graag haar Lied naar buiten laten, om te weten te komen wat er in hem omging, maar ze hadden afgesproken om hun gave alleen te gebruiken als het nodig was, om Colin niet af te schrikken.

Op het podium maakten de zanger en de pianist plaats voor een ander ensemble. Er kwam een gestage stroom mensen binnengedruppeld, groepjes van allerlei leeftijden, vormen en kleuren. Ze doken op vanachter de dubbele gordijnen en keken belangstellend om zich heen, klaar voor een avondje uit, om te genieten. Ze hadden geen idee van wat er onder de oppervlakte speelde.

'Volgens mij is het tijd,' zei Lorcan. Hij keek op zijn horloge.

Ze knikte en liet haar Lied heel even naar buiten, duwde het in een korte flits om zich heen. Het plotseling aanzwellende geroezemoes deed haar ineenkrimpen, net als de grote groep die buiten voor de deur geërgerd stond te overleggen of ze op een laatkomer moesten wachten. Geen teken van een ander Lied, geen teken van een Sirene.

'Niets,' zei ze.

Elena had besloten dat het risico dat Colin het Lied van Ariane zou opmerken – een hem onbekende Luisteraar – wel opwoog tegen het voordeel dat ze gewaarschuwd zouden worden als hij ergens was waar ze hem niet konden zien.

Het uur daarna deden ze als bij stilzwijgende afspraak hun best om te praten over dingen die hun aandacht niet echt opeisten: de lessen *Grenzen van de muziek*, Arianes moeder die nu de eerste repetities van de opera aan het leiden was, de wisselende groepen op het podium en, toen ze niets beters kon verzinnen, de invloed van Haydn op Mozart en omgekeerd.

Intussen werd het steeds drukker. De tafeltjes waren allemaal bezet, de bankjes daarachter werden steeds voller, en hier en daar stonden groepjes mensen met een glas in de hand te babbelen tegen een van de muren.

'Ariane?'

Ze besefte dat ze was stilgevallen en onrustig over haar armen zat te wrijven. Verdorie. Maar er waren zoveel emoties: geamuseerdheid, boosheid, ongeduld, hoopvolle verliefdheid, geïrriteerdheid, uitgelatenheid… ze liepen allemaal door elkaar heen als de kleuren in een caleidoscoop, versterkt door de alcohol die bruiste in glazen waarin ijsblokjes tinkelden.

Ze zette haar tanden op elkaar. 'Geef me een moment.'

Hij keek op zijn horloge. 'Bijna tijd voor de hoofdact.'

'Wéét ik.'

Ze vermoedden dat Teles het voorzien zou hebben op Balaskas' leerlinge Sarah, die daar vlak na kwam. Maar ze konden de herinnering van de serveerster die Colin had gezien niet negeren: zij was ervan overtuigd geweest dat hij geïnteresseerd was in het hoogtepunt van het programma.

'Ariane. Hier.' Lorcan stak haar een hand toe.

'Je kunt nu niet Fluisteren,' zei ze. Als Colin iemand er meteen zou uitpikken, dan was het Lorcan wel.

'Doe ik niet.'

Het beetje van zijn gave dat er altijd was, zelfs zonder zijn Lied naar buiten te laten, was al eerder genoeg geweest, toen ze zich verborgen hadden voor Parthenope, vlak bij de Opéra, haar voorhoofd tegen zijn schouder, zijn arm om haar heen. Ze aarzelde. Het voelde op de een of andere manier verkeerd om hem net als Fiona te gebruiken om haar eigen zenuwen te kalmeren.

Om hen heen leidden een paar serveersters iedereen weg van de dansvloer en de bar. Het was duidelijk dat er iets stond te gebeuren.

Lorcan maakte een ongeduldig gebaar. 'Tijd om te Luisteren,' zei hij dringend.

Ze greep zijn hand en haar Lied volgde opgelucht. Zelfvertrouwen stroomde in haar, het gevoel dat ze de wereld kon doen bewegen als dat nodig was. Vluchtig dacht ze hoe geweldig dat gevoel was, hoe bevrijdend. Toen stuurde ze haar Lied om zich heen.

Van ergens bij de ingang kwam een sterke stroom van *geconcentreerdheid* en *verwachting* en de *angst* van 'dit mag niet misgaan'. En van achteraan... Haar vingers verstrakten om die van Lorcan.

'Wat hoor je?' vroeg hij. 'Sirene?'

Ze schudde haar hoofd. 'Niet Colin, maar... een bekende?' Het was vreemd, haar Lied wilde zich zowel terugtrekken als gefascineerd naar de persoon in kwestie blijven uitgaan, die zich ergens in de buurt van het podium bevond.

'Sarah misschien? Ze zal wel een beetje vroeger komen dan ze moet optreden.'

'Misschien, maar – '

Haar antwoord ging verloren toen vanachter het toegangsgordijn een trompet klonk. Op het podium zette een saxofoniste een melodie in die speelde met stiltes en klanken. Een melodie die eerst hypermodern leek, maar bij elk instrument dat erbij kwam – een bas, een piano, een drum – een ander gezicht kreeg. Swing die deed denken aan Billie Holiday ging over in een moment van mooie, ernstige cool jazz, die weer veranderde in hypnotische neobop en uitmondde in ware New Orleans-stijl.

Ineens barstte de muziek open als vuurwerk boven een festival, en precies op dat moment stroomde vanaf de rode gordijnen een feestgezelschap naar binnen. Het was een wervelwind van hoge, wuivende veren, asymmetrische schouderstukken, lovertjes, kledingstukken die op maskers leken…

'Modeshow in New Orleans,' mompelde Lorcan naast haar.

Natuurlijk. New Orleans was niet alleen de geboorteplaats van de jazz, maar ook de plek waar *Mardi Gras* – oftewel carnaval – een enorm spektakel was. Hier kwamen de twee samen.

Het gezelschap leek eerst kriskras door elkaar heen te lopen, maar al snel werd duidelijk dat het een goed gechoreografeerde dans was. Een vrouw maakte zich los van de rest en wervelde richting de goed verlichte bar. Via een schijnbaar toevallig aanwezige trap en stoel sprong ze er bovenop, om over te gaan in een ongehaast, soepel loopje dat meer hoorde bij een kat dan wat je van een model verwachtte.

Ariane dacht terug aan het uithangbord van *Stripes* en glimlachte onwillekeurig. Catwalk.

Lorcans hand kneep waarschuwend in de hare en hij tikte tegen zijn oor. Luisteren. Juist. Ze had zich laten afleiden door de muziek, de dansers, de verrukte verrassing in de zaal. Waar was dat gevoel van bekendheid gebleven? Haar Lied zocht, maar vond niets.

Het was niet een van de muzikanten geweest, niet een van de

modellen op de dansvloer – die waren uit de andere richting gekomen.

Ze liet haar blik over de tafeltjes glijden, en zag het toen ineens, vlak bij de achterdeur: een donker hoofd en een hoofd met een wolk koperrood haar rondom een hartvormig gezicht dat ze met een schok herkende.

Ze kon geen wijs worden uit wat ze zag. 'Lorcan. Daar zit Colin. Met… jullie moeder?'

Lorcan draaide zijn hoofd om haar blik te volgen. Het volgende moment zag ze de kleur uit zijn gezicht wegtrekken. Dus het was echt Fiona die daar zat.

De muziek om hen heen ging maar door, terwijl modellen van de bar af stapten en andere erop stapten.

'Hoe kan dit?' vroeg ze gejaagd. 'Weet ze dat Colin… dat Teles…?'

'Nee, natuurlijk niet! Ze weet hier allemaal niets vanaf.'

Wat deed Fiona dan hier?

'Hij heeft haar gecontacteerd, hierheen gelokt,' zei ze langzaam. 'Dit had allemaal niets te maken met Sarah. Of misschien was zij alleen een bonus. Het ging hem om jullie moeder.'

Lorcan knikte verbeten. 'Hij moet haar een of ander verhaal op de mouw gespeld hebben over hoe hij Teles is kwijtgeraakt.'

Hij had gelijk. Fiona's houding was niet angstig of gespannen, integendeel, ze leunde gretig naar Colin toe.

Haar hart klopte in haar keel. 'Wat nu?'

'We houden ons aan het plan,' zei Lorcan na een korte stilte. 'We vermoedden al dat we iemand zouden moeten beschermen.'

'Ja maar, je moeder…'

'We kunnen geen tijd verspillen.' Zijn vingers tikten een snel bericht naar Elena en Isabella. 'Ze zitten op de best mogelijke plek. Hij moet naar binnen geglipt zijn via de achterdeur, zo krijgen we hem ook naar buiten.' Hij keek haar aan. 'Klaar?'

Ze snapte niet hoe hij zo kalm kon klinken, maar het was in elk geval iets om zich aan vast te grijpen.

'Ja.'

Ze wachtten tot ze Elena, Rafael en Isabella konden zien en die hen het teken hadden gegeven dat zij er klaar voor waren. Toen stonden ze op en begonnen langs de muur behoedzaam in de richting van Colins tafeltje te bewegen.

HOOFDSTUK 15

Dempers worden gemakkelijk onderschat, misschien omdat het hun taak is om onopvallendheid te creëren. Maar stilteschilden zijn onmisbaar: ze kunnen een gebroken slachtoffer tijdelijk beschermen tegen een ophion, ze creëren rust midden in chaos zodat Stemmers of Fluisteraars beter kunnen werken, ze helpen geheimen bewaren die ons de kans geven om onze missies te vervullen. En niet in de laatste plaats: ze kunnen een Sirene haar machtigste wapen ontnemen – de fascinatiezang. Een Sirene opsluiten in een stilteschild is echter een noodstrategie: de Demper bevindt zich immers met de Sirene binnen het schild en wordt zo het enige doelwit.

Uit: 'Kort overzicht van de zes Liederen en hun samenhang'

ELENA DREUNDE DE STAPPEN VOOR DIT GEDEELTE VAN HET PLAN IN haar hoofd op als een mantra, alsof dat zou voorkomen dat er iets misging.

Stap één: Lorcan en Ariane benaderden Colin, stap twee: Lorcan hield zijn aandacht vast terwijl de anderen hun posities innamen, stap drie: ze dreven Colin samen naar buiten, stap vier…

'Rustig aan.' Rafaels stem achter haar. 'Ze zitten vlak bij de achterdeur. Gunstige positie.'

'Maar hun moeder.' Ze tikte tegen haar been. 'Ik hoop dat

Lorcan zijn kop erbij houdt. Wat doét ze hier, verdomme? Waarom zit ze daar zo kalmpjes bij hem?'

'Zij ziet Colin. Niet Teles, maar haar zoon.'

Het was waanzinnig moeilijk om niet hetzelfde te doen. Haar ogen dronken de vertrouwde vorm van zijn schouders in, de lijn van zijn neus die net anders was dan die van Lorcan, de ontspannen manier waarop hij zat. Ze kon zich bijna voorstellen dat hij zou glimlachen als hij hen zag, die makkelijke Colin-lach, en dat alles goed zou zijn, dat Teles alleen maar een nachtmerrie was geweest.

Het ritme dat ze tegen haar been tikte versnelde. Haar Lied zoemde in haar keel, een ongedurige bijenzwerm, opgesloten, snakkend naar ruimte. Dit was Colin niet, niet echt. Maar waarom leek hij dan zo op Colin?

Lorcan en Ariane waren bij de dansvloer gekomen. Ze keek gespannen toe hoe ze even het ritme van de dansers bestudeerden, de onzichtbare lijn waarlangs de modellen naar de catwalk liepen. Tot haar opluchting kwamen ze precies op het goede moment in beweging, ze zouden overal tussendoor kunnen glippen.

Een ober gooide roet in het eten. Hij merkte dat ze de dansvloer wilden oplopen en greep naar Ariane om haar tegen te houden. Elena schreeuwde inwendig van frustratie omdat ze te ver stond om iets te doen. Maar Ariane moest de man hebben horen aankomen, ze ontweek hem soepel en schoot achter Lorcan aan, tussen de dansers door.

Elena wilde al verlicht ademhalen, maar de ober die Ariane had willen grijpen, verloor zijn evenwicht. Hij zette twee stappen naar voren, recht in het pad van twee modellen in jurken die gemaakt leken van… ledlampjes? Overal in het publiek hapten mensen naar adem.

De modellen hielden gelukkig het hoofd koel. Ze wisten om de ober heen te dansen en vonden elkaar met een pirouette terug.

'Gered,' mompelde Rafael. 'Oh-oh, of niet…'

Het opgewonden geroezemoes van het publiek had Colins aandacht getrokken. Ze zag hem fronsen, zijn hoofd schuinhouden, iets tegen zijn moeder zeggen.

Toen draaide hij zich ineens om en keek haar recht aan. Zijn blik bewoog snel als een zweepslag naar de rest van de groep achter haar. Zijn ogen vernauwden zich en hij ging staan. Fiona leek verbaasd, maar deed hetzelfde.

Het volgende moment zag Elena hoe Ariane halverwege een stap bevroor en toen verschrikt heen en weer keek, eerst richting Elena, toen naar een punt halverwege de bar.

'Shit,' zei Rafael. 'We krijgen gezelschap. Echo's, of erger.'

'Waarom geeft ze geen teken?'

'Omdat ze nog grasgroen is. Twee dagen training verandert dat niet.' Rafael maakte snel, vragend, het gebaar voor 'Echo' richting Ariane – twee handen die in schokjes uit elkaar bewogen.

Ariane knikte meteen. Aan de overkant van de zaal leidde Colin zijn moeder al met snelle passen naar de achterdeur.

'Shit. Shit!'

'Ga achter hem aan,' zei Rafael.

Elena probeerde een pad te zien dat ze kon volgen. De kortste route leidde recht door de dansvloer heen. 'Dat wordt chaos. En de Echo's…'

'Dat is Teles! Het wordt sowieso chaos. Je kunt hem niet laten ontkomen met Fiona. Ze is een Demper.'

Als een Demper ooit zou besluiten om een Sirene te helpen… er ging een rilling over haar rug.

'Oké. Pak de Echo's als je kunt maar laat je niet bijten. Probeer de schade zoveel mogelijk te beperken en kom me dan achterna.'

Ze rende de mensenmassa in. Haar training had haar geleerd om de route van bewegende objecten te voorspellen en stille obstakels op de meest efficiënte manier te ontwijken, door haar sprongen goed te berekenen. Het was alleen uiterst irritant dat de helft van de obstakels in dit geval mensen waren, die gillend opsprongen van tafeltjes die Elena als afzetpunt gebruikte.

'Blijf zitten!' riep Rafael ergens achter haar. '*Police de Paris*, we volgen een verdachte.'

Niet de slechtste verklaring.

Ze ontweek een kluwen van modellen, rende voorbij Lorcan en Ariane en stormde de achterdeur uit. Een lege straat. Verdomme, verdomme. Ze keek van links naar rechts. Welke kant?

Ariane kwam de deur uit gerend, Lorcan in haar kielzog.

'Echo's, binnen!' hijgde ze.

'Weet ik,' snauwde ze ongeduldig. 'Colin?'

Ariane schudde haar hoofd. 'Ik kan hem niet horen. Wacht… Daar is iets…'

'Waar?' schreeuwde Elena gefrustreerd.

Ariane keek naar links. 'Geen Echo, maar…'

Goed genoeg. Ze stuwde haar Lied naar haar benen en zette het op een rennen. Achter zich hoorde ze Ariane roepen, maar ze vertraagde niet. Als Colin zijn moeder wist over te halen om hem te verbergen in een stilteschild… dan vonden ze hem nooit meer terug.

Straatstenen en gevels flitsten voorbij in het licht van lantaarnpalen.

Na een paar seconden onmenselijk snel rennen bekroop de twijfel haar. De lange straat voor haar was leeg. Konden Colin en zijn moeder zover gekomen zijn? Maar toen hoorde ze het: rennende voetstappen, links vóór haar. Haar Lied zoemde triomfantelijk in haar keel. Daar, vlak achter de volgende hoek.

Ze schroefde haar lange, zwevende sprongen terug – die waren voor rechte stukken – en haalde zich de kaart van de omgeving voor de geest. Om de hoek was een klein parkje. Niet ideaal, maar het zou werken. Ze had het willen vermijden voor het geval er mensen zouden zijn, maar zo laat was de kans klein.

Ze werd zich bewust van het typische gevoel van dwingende onrust dat haar vertelde dat ze haar prooi naderde: onderwereldwezens in de buurt. Teles. Of een nieuwe Echo?

Zodra ze de hoek om kwam, zakte de moed haar in de schoenen. Een groepje van drie mensen had zich naar haar toe gekeerd alsof ze haar opwachtten. Dit waren Colin en zijn moeder niet. Maar waarom waren ze dan voor haar weggerend?

Het was een vreemd drietal: een lange, slanke, vrouw in een mouwloze avondjurk, een blonde man in een verschoten jeans en een hoodie, en een meisje van een jaar of zeventien, haar rode haar een berg vlechtjes, gekleed in zwart kant en leer.

Een stel junks of een straatbende die haar naar een stil plekje hadden willen lokken om haar te overvallen? Hier had ze geen tijd voor.

'Laat me erdoor.' Ze vuurde haar 'als je problemen zoekt, kun je ze krijgen'-blik op hen af, en wilde langs hen heen lopen.

Een spookachtig, ijl neuriën klonk ineens aan de rand van haar gehoor. Het werd snel luider, vulde de straat, weerkaatste van de hoge, fraaie gevels die het parkje omringden, een melodie die schoonheid vermengde met duistere beloftes.

De drie onbekenden bewogen perfect synchroon. Ze sneden haar de weg af zonder een woord te spreken, hun gezichten leeg.

Haar Lied zoemde onrustig in haar keel. Wat gebeurde hier?

Toen zag ze hun ogen: inktzwart, zonder iris of oogwit.

Sirene. Ze deinsde vol afgrijzen achteruit. Drié Sirenen?

Maar haar brein, getraind om zelfs in een druk gevecht te

blijven analyseren, ontdekte te veel verschillen: geen vleugels, geen klauwen en het neuriën was geen fascinatiezang – ze kon nog denken en bewegen.

De drie slopen soepel naderbij, lichtjes door hun knieën, als roofdieren. Af en toe hielden ze hun hoofd schuin, alsof ze naar iets luisterden, maar hun duistere ogen bleven op haar gevestigd.

Wat waren dit voor wezens? Er was iets vloeiends in hun bewegingen dat niet menselijk was. De melodie, tegelijk aantrekkelijk krachtig en angstaanjagend, leek van overal om haar heen te komen en werd steeds harder.

'Ik zeg het maar een keer,' zei ze grimmig. 'Als je mij aanvalt, dan houd ik me niet bezig met details als hoeveel botten ik breek.'

De drie vielen aan, synchroon als een roedel wilde honden.

Oké, weg hier. Ze liet haar Lied naar haar voeten stromen, rende naar voren en zette zich af om over hun hoofden heen te springen.

Het was alsof ze geen tijd nodig hadden om zich te realiseren wat ze deed, een reactie te bedenken. De drie bewogen naar elkaar toe. Razendsnelle handen grepen het roodharige meisje en gooiden haar de lucht in. Ze kwam niet zo hoog als Elena, maar haar handen die gekromd waren als klauwen kregen Elena's enkel te pakken.

Elena wist zich los te rukken, maar tolde door de lucht, uit balans gebracht. Ze slaagde erin om zich net op tijd goed te draaien om te landen, maar voelde de impact toen ze te hard neerkwam op haar linkervoet.

Een Schreeuw worstelde zich in haar keel naar boven, alsof haar Lied had besloten dat ze tegenover een Sirene stond. Nee, dat zou haar te snel uitputten, en ze had drie tegenstanders die alweer op haar afkwamen, drie…

Wat waren ze?

Ze stuwde haar Lied naar haar rechterbeen, trapte de man in de hoodie van zich af en sprong achteruit. Ze richtte haar Lied naar beneden in een korte stoot pal voor hun voeten. De schokgolf deed hen allemaal wankelen.

Ze had een betere positie nodig. Ze draaide zich om en speurde de omgeving af terwijl ze rende. Een schommel, picknicktafels, bomen, huizen.

Ze rende op de tafels af, probeerde zich te focussen op haar orfeïsche gehoor, maar ze was geen Luisteraar. Als Teles in de buurt was, dan hoorde ze dat in elk geval niet over de aanwezigheid van deze drie heen.

Ze sprong op een tafel die onder een grote lindeboom stond en draaide om haar as. De drie waren dichterbij dan ze had gewild. Ze had maar een paar hartslagen.

Vanmorgen had ze samen met de rest het Vierde Strijdlied ingespeeld, maar daarvóór had ze haar onrust en frustratie kwijt gemoeten, en dus had ze eerst voor zichzelf gespeeld.

De drumlijn van Metallica's *Fight Fire with Fire* galmde door het park en ging de strijd aan met het neuriën. Deze keer wachtte ze tot de drie vlak voor haar waren, haar voeten stevig op de tafel geplant. Toen liet ze haar Lied naar beneden stromen en sprong naar rechts, waar de vrouw in de avondjurk stond.

Opnieuw was het alsof er geen tijd zat tussen haar actie en hun reactie. Ze doken allemaal opzij en graaiden naar haar.

Maar deze keer was Elena voorbereid. De kurkentrekkerbeweging die ze meteen bij de afzet had ingezet, zorgde ervoor dat ze langs de vrouw scheerde en pal achter haar landde. Nog terwijl ze neerkwam, stuwde ze haar Lied al richting haar elleboog. Haar knieën protesteerden omdat ze zonder haar Lied de klap moesten opvangen, maar ze kon haar elleboog keihard in de rug van de vrouw planten.

De vrouw vloog opzij en landde met een luide bons tegen de boom.

Elena hoorde een droge knap, een been of arm die brak. Het was een misselijkmakend idee om iets menselijks stuk te maken. Nódig, hield ze zichzelf voor. Eén aanvaller minder.

De twee anderen kwamen op haar af.

Ze deed alsof ze zich terugtrok richting de tafel. Haar Lied dreunde om haar heen, maar ze gebruikte alleen spierkracht om weer omhoog te springen, stuwde haar hele Lied naar de zijkant van haar hand en haalde uit naar de nek van de blonde man.

Hij bewoog razendsnel, draaide zich om en gooide zijn arm omhoog om haar klap af te weren. In dezelfde beweging schoot zijn been uit en trapte tegen haar middenrif.

Ze wist hoe ze haar spieren kon spannen om klappen op te vangen, hoe ze moest rollen om goed te vallen. Maar deze was hárd. Ze mocht hem niet de kans geven haar te grijpen. Als ze haar wisten vast te pinnen, was ze verloren.

Ze stuwde haar Lied naar haar voeten, sprong overeind en stampte zo hard op de grond dat die golfde.

De manier waarop de drie stonden, hun zwaartepunt laag, zorgde ervoor dat ze alleen een paar passen achteruit deinsden, en toen weer van drie verschillende kanten op haar af schoten.

Drie? Was de vrouw in de avondjurk alweer op de been na die smak? Ja, daar was ze. Ze liep ongemakkelijk, een arm slap langs haar zij, maar haar gezicht was nog steeds leeg en ze bewoog nog steeds onmenselijk snel.

Elena moest hier weg.

Wat ze ook waren, ze konden veel meer incasseren dan gewone mensen en ze lieten zich niet tegenhouden door pijn. Ze zou veel meer botten moeten breken voor ze hen echt immobiliseerde.

Tijd voor een hardere aanpak.

Terwijl het razende refrein van *Fight Fire with Fire* door de lucht dreunde, wervelde ze om haar as, liet haar Lied naar haar keel stromen en Schreeuwde de eerste die ze zag – de blonde man – in zijn gezicht. Te kort om hem te doden, maar ze zag rode adertjes in zijn zwarte ogen knappen en hij wankelde naar achteren.

Volgende. Met een vliegende sprong raakte ze het roodharige meisje in haar zonnevlecht zodat ze met een klap op de grond belandde, de lucht uit haar longen geslagen. Elena bleef haar Lied naar beneden stuwen, en zette zich hard af op borst van het meisje. Vlak voor ze zich lanceerde voelde ze onder haar voet het knappen van brekende ribben.

Twee neer was genoeg. Weg nu.

Maar zodra ze zich omdraaide zag ze de blonde man op haar af komen wankelen, een mes in zijn hand. Het lemmet was glanzend en scherp, het gevest donker als onyx. Zijn lege gezicht gaf haar geen enkele waarschuwing voor hij op haar afsprong.

Een brandend spoor trok over haar gezicht.

Een arm kwam schijnbaar vanuit het niets, sloeg zich vanachter om haar nek. Ze stuwde haar Lied naar haar handen. Het had een peulenschil moeten zijn om de arm weg te rukken, maar het leek alsof de arm van lood was. Het leek eeuwen te duren voor ze erop kwam om haar aanvaller over haar schouder te trekken. Hij vloog naar voren en moest haar wel loslaten.

De andere twee stormden op haar af.

Haar Lied dreunde tussen de bomen, maar het neuriën begon haar te overstemmen, muziek uit een duister paleis, een loflied aan de schoonheid van bloedvergieten en rovers die werelden plunderden.

Bloed drupte in haar ogen en belemmerde haar zicht. Een vage beweging. Ze sprong blindelings achteruit maar kwam nog niet half zover als ze bedoeld had. Wat was er aan de hand? Die ene

Schreeuw was kort geweest. Haar Lied zou zich nog lang niet aan haar adem mogen voeden, maar ze hijgde al. En de drie bleven maar komen.

Niet stilstaan!

Ze draaide om haar as, stuwde haar Lied naar haar vuisten, haar armen, haar voeten, deelde klappen en trappen uit. Maar ze was zo verrekte traag. Haar Lied haperde, haar hart bonkte, haar gezichtsveld werd steeds kleiner.

Ergens in de verte leek ze haar naam te horen, maar het neuriën sloot haar in, triomfantelijk als een hongerig beest. Harde vingers sloten zich om haar polsen en enkels, trokken haar naar de grond. Zwarte, lege ogen staarden haar aan, terwijl de laatste lucht meedogenloos uit haar longen werd gedrukt. Haar hart hamerde, maar haar Lied vond geen voeding meer.

Het felle drumritme dat door de straat had gegalmd, viel stil.

HOOFDSTUK 16

Ariane rende zo hard als ze kon. Ze was doodsbang dat ze elk moment Elena's emoties niet meer zou horen. Haar Lied had maar zo'n klein bereik en Elena was zo snel als een jachtluipaard.

Achter haar kon ze geschrokken kreten horen in *Stripes*, de kille aanwezigheid van twee Echo's. Ze dwong zichzelf de reflex te negeren die haar aanmoedigde zich om te keren en met hen af te rekenen, en concentreerde al haar aandacht op haar Lied. Het bracht Elena's *vastberadenheid* en *doelbewustheid* mee, allebei sterker dan de *frustratie*, waarschijnlijk omdat haar strategie in het water was gevallen.

Ze focuste zich erop alsof ze door het duister rende en het haar enige lichtpunt was.

Lorcans stem. 'Is Elena – '

Ze weigerde om zelfs maar te luisteren, ze kon toch haar adem niet verspillen aan een antwoord.

Maar toen voelde ze Elena's emoties abrupt veranderen. *Verrassing*. En daarna iets wilds en beweeglijks dat maar één ding kon betekenen.

'Gevecht!' Ze gebaarde, links voor hen in de verte, waar ze Elena hoorde.

Lorcan vloekte en begon harder te rennen.

Het was er nog steeds, dat gevoel dat er daarstraks al was geweest, afkomstig uit de richting waar ze Elena in gestuurd had. *Doe iets.*

Echo's… nee, geen Echo's. Ze kon er geen wijs uit worden. Vocht Elena met Teles? Ze hoorde geen Sirene, maar haar Lied bracht steeds negatievere emoties bij haar terug. *Onbegrip*, een scherpe steek *angst*. Het gevecht ging niet goed.

Ineens: leegte. Waar Elena was geweest, vond haar Lied niets meer. Ze bleef het uitsturen, maar vond alleen die vreemde, Echo-achtige kilte, die snel wegtrok. Ze had gedacht dat ze onmogelijk nog harder kon, maar haar benen leken vanzelf een versnelling hoger te schakelen.

Toen ze de hoek om vloog, zag ze Lorcan midden in een klein parkje staan, wanhopig om zich heen kijkend.

'Welke kant?' riep hij. 'Ariane, waar zijn ze?'

Ze liet haar Lied over het park strijken, de straten die van hieraf vertrokken. Niets. Ze hijgde zo hard dat ze alleen haar hoofd kon schudden.

Het afgrijzen op zijn gezicht weerspiegelde het besef in haar binnenste.

Geen spoor van Colin en zijn moeder. Geen spoor van Elena. Ze waren hen kwijt.

Ze kamden alle straten die op het park uitkwamen systematisch uit, maar het leek alsof Colin en Elena in rook waren opgegaan. Uiteindelijk keerden ze terug naar *Stripes,* waar Rafael en Isabella met de twee Echo's hadden weten af te rekenen zonder dat die iemand hadden gebeten.

Ariane keek toe hoe Lorcan zijn woede en wanhoop wegsloot om Isabella te helpen iedereen in de club te kalmeren. De golf van *alles is goed* die hij door *Stripes* joeg was zo krachtig dat ze het heel even geloofde.

Daarna gingen hij en Isabella pas echt aan het werk. Ze liepen door de zaal, hun Liederen als een sluier die viel over muzikanten, modellen en publiek, en hen allemaal achterliet met de indruk dat ze een opwindend maar ongevaarlijk voorval hadden meegemaakt. Een misdadiger en zijn handlangers hadden een modeshow verstoord, maar waren veilig afgevoerd.

Tegen de tijd dat ze weggingen, improviseerden een paar musici een nummer, defileerden de modellen opnieuw over de bar, en overheerste de opgewekte stemming van mensen die een goed verhaal voor hun vrienden hadden.

Ze liepen met zijn vieren terug naar het parkje waar ze Elena het laatst had gehoord.

'Je hebt gelijk,' zei Isabella. 'Die bomen zijn te hoog en de huizen te ver weg. Tenzij hier toevallig een Luisteraar woont – en die was dan heus wel naar buiten gehold – zal niemand iets bruikbaars gezien of gehoord hebben. Het heeft geen zin om herinneringen te gaan Stemmen.'

'We hebben één Luisteraar, of toch min of meer.' Rafael keek naar Ariane.

Ze fronste. 'Zoals ik al zei: het is niet dat ze buiten mijn bereik verdween, dat zou ik gevoeld hebben. Ik was juist steeds dichterbij aan het komen. Het was heel duidelijk: het ene moment vocht ze nog, het volgende was ze verdwenen.'

'Buiten bewustzijn,' zei hij klinisch. 'Maar?'

'Maar ik weet niet waartegen ze vocht,' zei ze. 'De Echo's in *Stripes* waren duidelijk en dit was anders. Teles was het zeker niet. Ik heb geen idee wat dan wel.'

'Laten we daar met zijn allen eens eindeloos over nadenken. Of…' Hij maakte een gebaar naar Isabella.

'Hier?' vroeg Isabella. 'Geen denken aan. Ariane moet zich kunnen ontspannen om haar te kunnen Stemmen. Bovendien, wat als we overvallen worden door een volgende Echo, of erger?'

'Wat wil je dan?' vroeg Lorcan ongeduldig. 'Eerst de halve stad doorlopen om een veilige plek te vinden, om dan weer hierheen te moeten komen als er iets belangrijks in haar herinnering zit?'

'Lorcan, ik vertel jou niet hoe je moet Fluisteren,' zei Isabella ijzig. 'Misschien moet je dan aan mij overlaten hoe ik Stem.'

'Het hoeft niet de halve stad te zijn,' zei Rafael. 'Een paar straten verder zit een snackbar.'

'Want laat me raden: jij zou wel iets kunnen eten?' snauwde Lorcan. 'Tuurlijk, iemand Stemmen terwijl er op de achtergrond dingen in hete olie worden gegooid is zoveel beter dan in een stil park.'

'Een stil park waar Elena zonet vocht,' zei Isabella afkerig, 'waar de kilte van de onderwereld nog hangt.'

Ze klonken als een koor waarin ineens een stem ontbrak. Ariane had hen wel vaker tegen elkaar horen ingaan, maar het was anders zonder Elena, die op een moment als dit alles aanhoorde terwijl ze ongeduldig op haar been tikte, een stille belofte dat ze vroeg of laat iedereen tot de orde zou roepen.

'Isabella,' zei ze gauw, voor Rafael ook nog een duit in het zakje kon doen. 'Het hoeft niet lang te duren, toch? Toen ik raadshoofd Demir de herinnering liet zien van hoe ik voelde dat Elgar een Sirene verborg, was ik echt niet minder opgefokt dan nu, en dat ging heel snel.'

Isabella leek van haar stuk gebracht. 'Maestro Demir was een hele goede Stemmer.'

'Dat ben jij ook.' Ze stak Isabella vastberaden haar handen toe. 'Laten we het proberen. Eén minuut.' Ze knikte naar Lorcan en Rafael. 'Zij hebben Echo-wacht.'

Isabella kauwde op haar onderlip. 'Ja. Goed dan. Meer dan dat kan mijn Lied toch niet meer aan.'

Isabella pakte Arianes handen en ademde een paar keer diep in en uit. Ze wachtte zonder iets te zeggen tot Ariane met haar mee ademde, tot ze met zijn tweeën een klein, sterk rustpunt hadden gecreëerd.

'Klaar?' Isabella's stem had zijn gebruikelijke zachtaardige zelfverzekerdheid teruggekregen.

Ariane knikte en sloot haar ogen. Isabella's fluit sloop voorzichtig het donkere park in, een ingehouden, sterke versie van het Vierde Strijdlied. Ze reikte ernaar, volgde de klank van het Lied van Suggestie, dat haar naar haar herinneringen leidde.

Zodra ze aan het moment dacht dat ze achter Elena aan had gerend, bevond ze zich er midden in. Isabella's fluit verdween naar de achtergrond.

In haar herinnering galmde het Vierde gejaagd om haar heen, terwijl ze haar Lied voor zich uit wierp, op zoek naar Elena. Haar piano tekende zich zilverig af op de donkere grond en gleed met haar mee terwijl ze rende, alsof hij de plaats van haar schaduw had ingenomen.

'Goed,' zei Isabella zachtjes. 'Niet te snel. Je probeert jezelf in te halen, maar dat heeft geen zin. Langzaam aan.'

Ze renden samen vanaf de achterdeur van *Stripes* achter Elena's emoties aan. Isabella's Lied maakte ze scherper, maar ze veranderden niet echt. Naast haar liep Lorcan, achter haar hoorde ze de Liederen van Isabella en Rafael, die veranderden in harde dreunen, toen ze hun orfinium gebruikten tegen de Echo's.

'Ga verder,' zei Isabella zacht.

Ariane herbeleefde hoe Elena's emoties omsloegen van strijdlust naar angst, zag Lorcan die langs haar heen spurtte, zijn viool een zilverig silhouet – op het moment zelf had ze zijn Lied niet eens gehoord. En toen viel Elena's Lied abrupt weg.

Isabella's Lied zorgde ervoor dat ze daar bleef hangen. De melodie van de fluit drong door in het moment, maakte het scherper en scherper, maar dat veranderde niets: het ene moment hoorde ze Elena, het volgende niet.

'Een klein stukje terug,' mompelde Isabella. 'Het moment dat het gevecht begon…'

De herinnering begon opnieuw. Ze renden achter Elena aan. Maar deze keer waren er meer details: Ariane voelde hoe ze een snoepwikkel vertrapte, ze zag onzorgvuldig aangebrachte straatmarkeringen, voelde een lok haar naar voren waaien, rook een vleugje van haar eigen shampoo.

'Wat hoor je precies?' vroeg Isabella. 'Probeer niet te achterhalen wat het is, concentreer je alleen op de feiten.'

Ze deed wat Isabella vroeg. Eerst leek alles hetzelfde te blijven, de klank van Echo's en toch ook weer niet. Wacht. Meervoud. Hoeveel?

'Drie,' zei ze hardop. 'Elena vecht tegen drie… tegenstanders.'

Isabella's vingers knepen in haar handen en de spookachtige fluit moedigde haar aan om de herinnering nog verder uit te diepen.

Het was lastig. Op het moment zelf had ze alles proberen buiten te sluiten behalve Elena. Isabella's Lied gleed door de herinnering, dekte de herinnering aan Elena af met de melodie van het Vierde. Alles erbuiten werd scherper. Ze probeerde te focussen op de emoties van de tegenstanders, maar er was niets, alleen kilte en iets heel vaags waar ze de vinger niet op kon leggen.

Uiteindelijk liet Isabella haar handen los en opende Ariane haar ogen weer.

'Ik kan er geen wijs uit worden,' zei Isabella. 'Het was zeker

Colin niet, en ook geen Sirene. Elena reageerde op ze alsof ze mensen waren, maar… ze klonken niet als mensen.'

'Nee,' zei Ariane. Ze probeerde het in woorden te vatten. 'Het leken… Ik kan alleen maar blijven zeggen dat ze leken op Echo's. Maar dan zwakker, een soort afspiegeling.'

'Echo's van Echo's?' vroeg Rafael. 'En mensen die geen mensen zijn. Heel duidelijk allemaal.' Hij grijnsde, maar fronste toen zijn wenkbrauwen. 'Dat klinkt bekend. Waar heb ik dat…'

Lorcan wilde iets zeggen, maar Rafael schudde zo afgemeten en ernstig zijn hoofd, dat hij zweeg.

'Oh shit,' zei Rafael. Hij staarde in de verte, een trek van fascinatie en afschuw op zijn gezicht. 'Dus dat was geen beeldspraak.'

'Waar heb je het over?' snauwde Lorcan.

Rafael leek terug in de werkelijkheid te komen. 'We hebben een probleem.'

'Want dat hadden we nog niet?'

Rafael wierp hem een blik toe. 'Wil je sarcastische opmerkingen aan mij overlaten? Dit is niet het moment. Er is een hele oude passage over Teles, een fragment uit de tijd toen het Kefálion nog in Griekenland gevestigd was. "Echo's dienden Teles als mensen, voortgedreven door de muziek van de leegte." Dat interpreteren we al eeuwen als een bombastische manier om uit te drukken dat bij Teles Echo's intelligenter reageren dan bij andere Sirenen.'

'Hij kan ze uitzonderlijk goed aansturen,' zei Lorcan ongeduldig. 'Ja. En? Dat wisten we al.'

Arianes Gestemde herinneringen leken ineens allemaal in elkaar te passen. Ze staarde Rafael aan. 'Je bedoelt dat ze de vorm van mensen kunnen aannemen.'

Maar Rafael schudde zijn hoofd. 'Dat zou niet verklaren waarom jij het idee had dat ze verder weg voelden. Ik denk dat het meer iets is als bij een Sirene.'

Herinneringen die Isabella bij eerdere gelegenheden Gestemd had en die nog steeds haarscherp in Arianes hoofd zaten gaven hem gelijk. De verborgen Sirenen in Elgar en Julie... Het gevoel was niet precies hetzelfde, maar het leek er genoeg op.

'Mensen die bezeten zijn door Echo's,' zei ze langzaam.

'Onmogelijk,' zei Lorcan.

Maar Isabella knikte, afgrijzen in haar blik. Dus zij had dezelfde indruk: het klopte met wat Ariane had gehoord, met hoe het had gevoeld.

Ze voelde haar knieën knikken. Dit kon niet echt zijn, toch? Maar anderzijds: waarom zou dit minder mogelijk zijn dan Sirenen, Echo's en ophionen? Toen drong er nog iets tot haar door.

'Zei je nu "voortgedreven door muziek"? Want dat is waar ik de vinger niet op kon leggen. Ik dacht dat het van ergens anders moest komen, dus ik probeerde het weg te drukken, maar ik hoorde een soort... neuriën.'

Rafaels gezicht verstrakte. 'Dat bevestigt het dan wel. Dat is precies hoe het omschreven wordt.'

Lorcan vloekte binnensmonds. 'Dus Elena is meegenomen door... hoe moeten we ze noemen, Echo-mensen?'

'Wel,' zei Rafael. 'Ik ben degene die zich er uitgebreid in heeft verdiept, dus geloof me als ik zeg dat er eigenlijk maar één geschikt woord voor bestaat: ze is ontvoerd door muziekzombies.'

Het had grappig moeten zijn, maar niemand lachte.

'Wat nu?' vroeg Isabella. Haar zachte stem leek door het hele parkje te weerklinken.

Rafael schudde zijn hoofd. 'Vroeg of laat zal of Colin of Teles hun schuilplaats nog wel een keer verlaten, maar hij zal nu voorzichtiger zijn. Daar kunnen we niet op wachten.'

'We kunnen maar één ding doen.' Ariane voelde ineens de kou

en sloeg haar armen om zichzelf heen. 'We moeten Elena's vader op de hoogte brengen. Als Teles – '

'Colin.' Lorcans stem klonk onwrikbaar. 'Wil je het Kefálion op hem loslaten? Ze doden hem, nu zeker.'

'Niet het Kefálion,' zei ze.

Het begrip verscheen langzaam op zijn gezicht. Toen schudde hij zijn hoofd. 'Daar stemt Drakos nooit mee in.'

Ze rechtte haar rug. 'Dan zullen wij ervoor moeten zorgen dat hij van gedachten verandert.'

HOOFDSTUK 17

Men zegt dat Fluisteraars lijken op Sirenen, omdat ook wij emoties manipuleren en mensen tot dingen brengen die ze uit zichzelf niet zouden doen. Dat is een grove onderschatting. Fluisteraars bestrijken elke nuance van het emotionele spectrum. Sirenen kunnen alleen verleiden, met schoonheid of met duisternis.

Uit: 'Fluisteringen van waarachtigheid', Elias Elgar

ELENA HAD ZICHZELF GETRAIND OM ZICH METEEN BEWUST TE ZIJN van haar omgeving, zodra ze wakker werd. En dus wist ze een ding zeker: ze was niet op haar kamer. Om haar heen was het muisstil. Waar was ze? Hoe kwam ze hier?

De herinnering aan wat er gebeurd was, trof haar als een mokerklap. Colin, rennen, het vreemde drietal, haar adem die uit haar werd geperst. Ze was het bewustzijn verloren.

Waar was ze? Geen stenen onder haar rug, iets zachts. Ze tastte voorzichtig naast zich. Een matras. Ze hadden haar op een bed neergelegd.

Ze dwong zichzelf om te blijven liggen en haar ogen maar net genoeg te openen om door haar wimpers te kunnen gluren. Het was donker. Zelfs nadat ze haar ogen een tijdje had laten wennen, kon ze niets onderscheiden. Met de stilte was het precies hetzelfde: geen stemmen, geen geluiden van verkeer, geen…

Ze schrok op van het geluid van een lucifer die werd afgestreken, gevolgd door de geur van een olielamp die ging branden. Voetstappen naderden en brachten een cirkel van warm licht mee.

Ze schoot half overeind, klaar voor de aanval, maar bevroor toen en staarde ongelovig naar Colins gezicht.

Het matras zakte in toen hij ging zitten. 'Dag Elena.'

Opluchting trok wreed en misleidend door haar lichaam, voor ze zich realiseerde dat hij geen bondgenoot was tegen het gevaar dat haar bedreigde. Hij wás het gevaar, hij wás de dreiging. Of niet? Hij zat rustig tegenover haar, stak geen vinger naar haar uit.

Ze tastte naar haar wang, waar de bloedige snee had gezeten. Gave huid. Ze had het griezelige gevoel dat ze in een droom beland was.

'Colin, ben jij dat?' Haar stem klonk als een smekende fluistering.

Zijn ogen waren onleesbaar. 'Je hebt me nooit eerder met mijn broer verward. Of vraag je ergens anders naar?'

Natuurlijk deed ze dat. Maar was ze echt zo stom dat ze het antwoord daarop van hem verwachtte? Ze had een betere manier.

Zodra ze haar orfeïsche gehoor aanzette hoorde ze in de verte twee violen spelen, een melancholische, verontrustende melodie die bekend klonk. De galmende klank wees erop dat ze zowel iemands instrument als een Lied hoorde.

Belangrijker: tegenover haar verschenen geen vleugels, geen klauwen, geen uitdrukkingsloze zwarte blik, het waren nog steeds donkerblauwe ogen die haar afwachtend aankeken. Colins ogen.

Haar ogen schoten over hem heen, inventariseerden waarom hij toch zo anders leek: het overhemd van witte zijde, het vest van brokaat, de reversspeld in de vorm van een pauw, de saffieren manchetknopen, het rijtje ringen aan de hand die de lamp vasthield, de oorbel met de druppelvormige flonkerende diamant. Hij was Colin, maar ze mocht niet vergeten wie er in hem schuilde.

'Teles, de prachtlievende.' Deze keer was haar stem vast.

Een paar forse piano-akkoorden galmden door de kamer: Colins Lied, dat de verre viool overstemde.

'Mm.' Het was een tevreden geluidje, diep in zijn keel. 'Elena Drakos, de zekerheid.'

'Ik ken niemand die zo zeker klinkt als jij.' Ze herinnerde zich de dag dat hij dat tegen haar had gezegd, de Griekse zon warm op hun schouders, het zoemen van haar moeders bijen op de achtergrond. Hoe kon hij die herinnering met haar delen, en toch als een vreemde voelen?

Hij keek haar ernstig aan, alsof hij haar gedachten had gehoord. 'Ik ben nog steeds Colin.'

Zijn Lied sloop zachtjes naar haar toe, een klaaglijke melodie die ze Colin vaak had horen spelen toen Lorcan net vertrokken was, een volksliedje dat zijn moeder hem geleerd had.

Dit zou zoveel makkelijker zijn geweest als ze alleen tegenover Teles had gestaan. Dan had ze geweten wat ze moest doen: vechten. Nu... had ze het gevoel dat ze op eieren liep, dat één misstap alles kon doen misgaan.

Ze tilde haar kin op en keek hem recht aan. 'Waarom ben ik hier?'

Hij stond plotseling op en keek op haar neer zonder een spoor van Colins makkelijke glimlach. Zijn blik was peinzend en afstandelijk, zonder dat typerende vleugje onzekerheid in de warmte die Colin zo royaal schonk aan wie hij vertrouwde.

Toen hij naar haar toe leunde, kroop ze in een reflex achteruit, tegen het zachte hoofdbord van het bed aan, maar hij zette alleen de lamp neer op het marmeren nachttafeltje naast haar.

Hij ging weer zitten, deze keer zo dichtbij dat er amper ruimte tussen hen was. 'Jaag ik je angst aan, Elena?'

Hij klonk… nieuwsgierig?

Ze zou inderdaad bang moeten zijn, hield haar logische brein haar voor. Er zat een Sirene tegenover haar, verborgen vlak onder de oppervlakte. Maar Colins ogen waren zo dichtbij dat iets in haar borst pijnlijk samentrok. Omdat ze open en alert en blauw waren. Omdat zijn lange wimpers bewogen als donkere waaiers, in plaats van roerloos op zijn wangen te liggen. Ze kon zijn borst op en neer zien gaan bij elke ademhaling, ze kon de levende warmte van hem af voelen stralen.

Hou op. Ze moest haar hersenen erbij houden.

Ze keek even weg, alsof ze moest nadenken, nam snel zoveel mogelijk van de kamer in zich op. Enorme, hoge ramen namen een van de muren in beslag. Behalve het bed vrijwel geen meubels. Een chaise longue voor een open haard, een staande spiegel.

Toen keek ze hem weer aan. 'Was dat je doel? Me angst aanjagen?'

Hij hield zijn hoofd een beetje schuin. 'Dan zou me dat niet gelukt zijn, hoor ik.'

Misschien was dit haar kans. Het griezelige drietal dat haar hierheen gebracht had was nergens te bekennen. Ze waren alleen. Als een Schreeuwer en een Luisteraar vochten, lag de uitkomst voor de hand. Zolang hij menselijk was, hoefde ze niet eens te Schreeuwen. Een paar klappen, haar vuisten versterkt door haar Lied, zouden genoeg zijn. Daarna hoefde ze alleen maar –

Zijn ogen gleden van haar gezicht naar haar hals. 'Weet je wat mijn favoriete gedeelte van elke missie was?'

'Geen idee.'

Colin kneep zijn ogen een beetje samen, als een genietende kat. 'Jouw hartslag horen als je klaar was om in actie te komen.'

Haar hand vloog omhoog naar haar hals, waar ze kon voelen hoe haar hart hamerde. De stilte tussen hen in was zwaar van de impliciete waarschuwing. Zij kon plannen maken, maar zolang de uitkomst haar niet onverschillig liet, zou hij weten dat ze iets van plan was.

Ze keken elkaar een paar gespannen tellen lang in stilte aan.

'Je bent hier omdat je dat wilde,' zei hij plotseling. 'Daarom kwam je me toch achterna? Omdat je me wilde vinden. Ik ben blij dat je dat gedaan hebt.' Hij stond plotseling op en hield haar zijn hand voor. 'Ik zou niet willen dat je je gaat vervelen. Lang genoeg stilgezeten.'

Het was alsof ze op een brug stond die verkruimelde onder haar voeten. Moest ze naar voren springen, of naar achteren? De herinnering aan het moment dat zij hem haar hand had toegestoken, toen ze hem als eerste welkom had geheten in haar strijdgroep, was kwellend.

Ze pakte zijn hand aan, schoof van het bed af en liet hem zo snel mogelijk weer los. 'Ik kwam je achterna omdat we je zochten. Omdat we er alles aan hebben gedaan om je terug te vinden.'

'En omdat jij alles klaarspeelt wat je je voorneemt.' Hij liep voor haar uit naar de deur.

Ze staarde naar zijn rug, vroeg zich onwillekeurig nog een keer af of ze haar Lied moest oproepen. Eén klap en hij zou voorwaarts vliegen, tegen de deur. Eén precisiestoot daarna en hij zou buiten bewustzijn zijn. Hij zou geen tijd hebben om te reageren.

Maar het drong tot haar door dat ze geen idee had waar ze was, wat er achter die deur wachtte. Voor een goede strategie had ze meer informatie nodig.

In de gang was de viool die ze eerder had gehoord duidelijker. Het gedempte licht van de wandlampjes gaf niet veel details prijs. Ze kreeg alleen een indruk van stemmige kleuren, warme tegels.

De kamer die ze in liepen verraste haar, zozeer dat ze in de deuropening bleef stilstaan. Er was geen muur tegenover haar, alleen glas, een weids uitzicht over Parijs, met de fonkelende lichtjes van de stad en de sprankelende Eiffeltoren die bijna binnen handbereik leek.

De vioolmuziek kwam hier vandaan. In een hoek bij het raam zat Colins moeder te spelen, haar ogen gesloten, een glimlach om haar lippen.

Ze herkende eindelijk de melodie. *In Your Room* van Depeche Mode. Vorig jaar had Colin het nummer een dag lang eindeloos gespeeld, tot Rafael had gedreigd om hem in de klankkast van zijn piano te duwen. Later had ze van Lorcan gehoord dat het de verjaardag van hun moeder was geweest.

'Een Stradivarius,' zei Colin, die haar blik richting Fiona en de viool had gevolgd.

Hij leek een reactie van haar te verwachten.

Speel mee. Sus zijn achterdocht.

'Zo'n instrument, voor popsongs?'

'Zeg niet dat uitgerekend jij dat heiligschennis vindt.' De glimlach om zijn lippen was liefdevol. 'Gaat het er niet om dat ze ervan geniet?'

Maar intussen hield ze wel iets buiten wat Elena niet mocht horen. Of omgekeerd. Het drong tot Elena door dat het galmende Lied van Colins moeder om hen heen ervoor zorgde dat niemand haar kon vinden. Ze stond er alleen voor.

Ze liet haar ogen door de kamer dwalen, op zoek naar uitgangen, mogelijkheden.

Het was een enorme ruimte, met hoogteverschillen, een

manshoge haard van natuursteen, verschillende tafels en banken. Zelfs de grote vleugelpiano aan de rechterkant deed de kamer niet kleiner lijken. Overal prijkten voorwerpen die voelden alsof ze in een museum thuishoorden: gouden maskers, rituele messen, oeroude juwelen van koper, zilver en goud, alles tentoongesteld op donkere fluwelen borden in glazen kastjes.

'Je ziet het beste over het hoofd.' Colins blik bewoog naar beneden.

Ze keek naar de vloer en knipperde verrast. Duizenden steentjes in alle tinten blauw vormden een mozaïek van springende dolfijnen, afgeboord met het oud-Griekse meandros-patroon dat op een golf leek.

'Ik wist wel dat je hier goed zou passen,' zei hij met een tevreden glimlach.

Het deed een huivering van onrust over haar rug trekken. Hij klonk... alsof ze iets was wat hij bemachtigd had, zoals hij dit luxe schuiloord op de een of andere manier had ingepalmd.

'Waar is de echte eigenaar van dit alles?' vroeg ze.

Hij negeerde de vraag. 'Vertel eens, beviel mijn cadeau je?'

Ze fronste, uit haar evenwicht gebracht. 'Welk cadeau?'

Zijn ogen glansden. 'Hetgeen ik voor je heb achtergelaten bij de Debussy-fontein, natuurlijk.'

Het duurde even voor ze besefte waar hij het over had, maar toen verstijfde ze. De onbekende vrouw in het Jean-Baptiste was op die plek gevonden.

'Je liet haar achter... voor mij? Waarom?'

Hij trok zijn wenkbrauwen op, alsof het antwoord duidelijk was. Ze herinnerde zich de felle opluchting toen ze eindelijk weer een opdracht had gekregen.

Ze schudde ongelovig haar hoofd. 'Je kon onmogelijk weten dat ik die missie toegewezen zou krijgen.'

‘Als die het niet was, dan een volgende.’ Hij sloeg zijn ogen neer, alleen streepjes blauw zichtbaar achter zijn donkere wimpers. ‘Ik weet hoe je het haat om stil te zitten.’

Colin wist dat. Maar Colin had die vrouw niet laten bijten. Dat was toch Teles geweest?

‘Die vrouw was bijna tot waanzin veroordeeld geweest!’ Ze herinnerde zich hoe dicht bij een mislukking ze waren geweest en vloekte. ‘En die vier Echo’s…’

‘Ah.’ Hij liet een peinzende vinger over de diamant in zijn oor strijken. ‘Dat was niet helemaal de bedoeling. Ik heb niet zoveel controle over hen als Teles niet helemaal aan de oppervlakte is. Maar het voelde goed, toch? Dat kon ik horen.’

Hij meende het. Ze voelde de woeste drang om naar hem uit te halen, naar Teles, die het leven van die vrouw had kunnen beëindigen. Maar tegelijkertijd… tegelijkertijd was hij ook Colin, die had staan Luisteren hoe ze met de Echo’s had afgerekend, en had geconcludeerd dat ze het naar haar zin had.

Was dat echt zo geweest? Ze herinnerde zich de triomfantelijke euforie van het uitschakelen van de eerste Echo’s.

Ze balde haar handen tot vuisten. ‘Alles wat ik wil is de wereld veiliger maken. Daar train ik voor. Niet om… om mezelf te vermaken.’

Het voelde als een leugen zodra het haar mond uit was. De weken dat ze had moeten stilzitten hadden gevoeld als jaren.

‘Is het zo vreselijk om toe te geven dat je de twee combineert?’ Zijn ogen gleden over haar gezicht. ‘Het Kefálion vertelt ons dat we zijn geboren om onze plicht te vervullen. Ze wagen het niet om ons een heel leven van dienstbaarheid op te leggen, maar dat is wat ze het liefste zouden willen: dat we ons op missie na missie zouden laten sturen tot we erbij neervallen. Maar o wee als we er al te veel bij voelen.’

'Het Kefálion bewaakt de taak die ons is gegeven.'

'Door wie?'

'Orpheus.' De naam leek haar eindelijk een houvast te geven. Ze rechtte haar rug. 'Zonder de gaven die hij ons schonk, zouden we onze wereld nooit tegen de aanvallen van de onderwereld kunnen beschermen.'

Er flitste iets in zijn ogen. 'Wat je eigenlijk zegt is dat Orpheus een ras van soldaten heeft gemaakt, om een ander ras buiten deze wereld te houden. Wie zegt dat dat rechtvaardig is? Wie zegt dat deze wereld van ons is?'

'Je klinkt als Elgar,' zei ze verbijsterd. 'Colin, je weet wat ze aanrichten, hoe ze dood en destructie zaaien, mensen gebruiken en weggooien nadat ze hen tot waanzin hebben gedreven.'

'Ze?' Zijn stem was laag, zijdeachtig.

'Sirenen.' Er moest een manier zijn om tot hem door te dringen. 'Je wilde niets liever dan deel zijn van mijn strijdgroep, je hebt je met hand en tand verzet toen Lorcan wilde dat je ermee zou ophouden. Omdat je begreep hoe gevaarlijk ze zijn, dat ze monsters zijn.'

Zijn gezicht vertrok. 'Je hebt geen idee waar je het over hebt.'

'Nee? Ik heb die drie… zijn ze nog wel mensen?... gezien, die mij hierheen gesleept hebben. Ze leken leeg, hulzen in plaats van mensen.'

Hij maakte een ongeduldig gebaar. 'Zij zijn niet belangrijk.'

'Niet belangrijk?' Haar ogen vlogen over zijn gezicht, zochten wanhopig naar de Colin die ze kende. 'Dat zijn drie zielen, die…'

Hij deed een stap naar haar toe en ze hapte naar adem, deinsde naar achteren.

Zijn pupillen waren onmogelijk wijd en het zwart verspreidde zich steeds verder, slokte de iris op, het oogwit. Achter hem klapten banieren van pure duisternis tevoorschijn, vleugels die nog groter leken dan de vorige keer dat ze ze gezien had.

Sirene.

Haar rug raakte de muur en nog steeds kwam hij dichterbij.

Teles zette zijn twee handen aan weerszijden van haar tegen de muur, zijn armen een kooi, zijn vleugels als de nacht die hen omhulde. 'Jaag ík je angst aan?'

Ze klemde haar tanden op elkaar. 'Nee.'

Had ze niet gewacht op een moment? Dit was het, zonder twijfel. Waarom was haar Lied het daar niet mee eens? Het had al moeten zoemen in haar keel, een bijenzwerm van wilde kracht. Omdat het Colin was? Dit was Colin niet. Ze voelde haar hart bonzen, focuste zich op het ritme, zocht naar dat van haar snelle ademhaling.

'Niet doen.' Colins warme bariton, gebruikt voor de kille woorden van een slang. Teles knipperde ontspannen, glimlachte dreigend. 'Je zult het niet prettig vinden wat er gebeurt.'

'Bedoel je niet dat jíj het niet prettig zult vinden?' snauwde ze. 'Je bent ergens waar je niet hoort te zijn, Teles. Dat kun je maar beter accepteren.'

Nu. Eén Schreeuw, recht in zijn gezicht. Als ze op tijd inhield, zou hij het overleven. Helen kwam later wel.

Haar hartslag bleef maar versnellen, ze kreeg geen grip op het ritme. Hoe kon ze zo de leemtes vinden om haar Lied door naar buiten te laten? Wat was er mis? Ze had eerder tegenover gevaar gestaan: ophionen, Sirenen, zelfs tegenover Teles zelf.

Maar nooit terwijl hij haar van zo dichtbij aankeek, al zijn aandacht op haar gevestigd. Zijn zwarte ogen namen haar aandachtig op, bestudeerden haar alsof ze een juweel was dat hij keurde, gleden over haar gelaatstrekken, haar rommelige vlecht, haar simpele blouse, en vonden toen haar ogen.

Eindelijk voelde ze haar hartslag stabiliseren, razendsnel maar regelmatig. Nu!

Nu…

Ze hapte naar adem en verstarde. Haar Lied was weg. De plek waar ze het altijd had kunnen voelen, leek… niet zozeer leeg als wel onbereikbaar, een gladde muur waar een deur was geweest.

'Ik zei dat je het niet prettig zou vinden.' Het amusement in Teles' stem was duister. 'Leren ze jullie niet meer wat het gif van een Echo teweegbrengt?'

'Maar ik ben niet gebeten door een Echo.'

Paniek worstelde in haar borst. Haar hand ging naar de gave huid van haar gezicht. Er was een mes geweest, maar geen Echo's. Maar ze herinnerde zich hoe ze zich steeds trager had gevoeld tijdens het gevecht, hoe haar Lied ineens uitgeput had geleken.

'Mijn instrumenten waren niet zo dom om je hier te brengen terwijl je nog schade kon aanrichten. Daar is deze plek te mooi voor.' Teles bewoog zijn hoofd naar de ruimte achter hem, het glanzende goud van de uitgestalde schatten, de vloer van mozaïek, de lichtjes van Parijs.

'Die drie…' Ze schudde haar hoofd. Het waren mensen geweest die haar hadden aangevallen. 'Dat waren… Echo's?'

'In een bruikbaardere vorm. Echo's zijn trouw, maar mensenlichamen maken van hen de volmaakte instrumenten voor de muziek van de onderwereld.'

Echo's in mensenlichamen. Maar ze hadden haar niet gebeten. Was hun aanwezigheid genoeg om iemand te vergiftigen? Hun aanraking?

Ze bleef roerloos staan, probeerde te begrijpen waar ze in terecht was gekomen. Besloot toen dat het niet uitmaakte, ze moest hier wég. Ze hief haar armen voor haar lichaam, draaide zich op een hiel, en ramde haar vuisten naar beneden om ze op een van zijn armen te laten neerkomen.

Zijn handen schoten omhoog. Hij greep haar bij haar bovenarmen, onderbrak haar aanval voor die hem raakte, ving de kracht ervan op door met haar mee te draaien. Ze trapte naar zijn knie, maar voor haar voet het gewricht kon raken, openden zijn vleugels zich met een klap die koude lucht in haar gezicht deed slaan. Hij gooide haar met een smak terug tegen de muur en pinde haar vast.

Ze worstelde tegen zijn greep, maar dat zorgde er alleen maar voor dat hij haar benen met de zijne blokkeerde en haar harder tegen de muur drukte. Uit zijn vingers schoten klauwen tevoorschijn, die in haar armen drongen. Paniek borrelde in haar op bij het besef dat hij sterker was dan zij zonder haar Lied.

Tot haar afgrijzen glimlachte hij, Teles' onmenselijke, wrede glimlach op Colins gezicht. 'Ik had geen idee waarom hij zo op jou gericht was. Maar ik had het mis. Je zou een geweldige aanwinst zijn, Elena Drakos, je bent prachtig.'

Ze klemde haar tanden op elkaar, hield het jammergeluidje binnen dat wilde ontsnappen. Het zou dagen kosten voor het Echogif was uitgewerkt. En in de tussentijd moest ze bestaan zonder iets wat zo'n essentieel deel van haar was.

Hou op. Het was geen ophiongif. Ze hoefde alleen maar een paar dagen te overleven tot haar Lied terug was, en dan...

'Elena.' Teles' stem daalde tot een zijdeachtige belofte. 'Er zal áltijd een Echo in de buurt zijn die je kan bijten. Maar er is natuurlijk een andere optie. Je kunt doen wat Colin heeft gedaan.'

Ze kon haar afgrijzen niet binnenhouden bij dat idee. 'Nooit!'

Zijn zwarte ogen keken secondelang in de hare, leken haar de leegte in te trekken. Ze besefte pas dat hij haar had losgelaten toen zijn handen over haar armen streken, alsof ze een rusteloos dier was dat hij wilde kalmeren.

'Je weet niet waar je nee tegen zegt. Ik weet dat je een Schreeuwer bent, maar lúister straks naar wat hij te zeggen heeft.'

Ze luisterde nu al niet meer. Haar spieren spanden zich, haar ogen zochten naar een uitweg.

'Elena.' Teles' lippen gingen uit elkaar in een zucht, een ademtocht die naadloos veranderde in een allesoverweldigende melodie, met woorden die ze niet begreep, maar die al het andere wegvaagden.

Vlak voor ook de viool op de achtergrond uit haar bewustzijn verdween, dreef vanuit het niets een zin haar hoofd in, een fragment uit de tekst van het nummer dat de hele tijd had geklonken: '*In your room / Where souls disappear / Only you exist here.*' Zijn kamer – Teles' kamer. Waar zielen verdwenen en alleen hij nog bestond.

Alles verdronk in Colins stem, Teles' verlokkelijke zang van haar eigen naam: *Elena, Elena, Elena…*

HOOFDSTUK 18

ARIANE VOELDE ALLES OM ZICH HEEN TRILLEN: DE BOEKEN IN DE zware kasten, het bureau, de ramen in de sponningen, zelfs de grond onder haar voeten.

Drakos' ogen leken bliksem te spuwen en zijn Lied jankte als een woedende wolf door de kamer, de elektrische gitaar een storm die de ruimte vulde. Hij was gaan staan en klampte zich vast aan de rand van zijn bureau, alsof hij zichzelf in bedwang wilde houden of zich klaar maakte om het loodzware meubel ondersteboven te gooien.

'Wat dáchten jullie dat er zou gebeuren als je achter een Sirene aanging zonder back-up?' Hij gebaarde haar kant op en ze voelde een stoot lucht als een klap tegen haar borst die haar achteruit gooide, haar stoel naar achteren schoof. 'Met een halfbakken Luisteraar?'

Waarom had ze zich ook alweer aangemeld als vrijwilliger om het woord te doen? Op het moment zelf had het logisch geleken. Dat Rafael iets tactvol zou overbrengen was een illusie, Isabella had het nadrukkelijk niet aangeboden, en Lorcan… Ze had eerder gezien hoe hij en Drakos op elkaar reageerden toen het om Colin ging. Met Elena's leven op het spel kon het alleen maar even slecht gaan.

Maar nu Drakos' woede op haar inbeukte, vroeg ze zich af of ze te veel hooi op haar vork had genomen. Haar handen grepen de armsteunen van haar stoel zo stevig vast dat ze niet wist of ze ze ooit weer los zou kunnen laten.

Ze zette haar tanden op elkaar en liet haar Lied naar buiten. Drakos merkte het niet eens, de klank van haar piano, altijd al zachter dan andere Liederen, viel compleet weg tegen de wilde kracht van het zijne, dat steeg in tempo en volume tot zijn stem amper nog te horen was.

'Waarom zou Elena zo'n idioot risico nemen? Waarom zou ze niet rapporteren dat Teles nog hier was?' Zijn ogen schoten naar Lorcan. 'Als jij...'

Lorcan sprong overeind, maar ze zond hem een smeekbede toe met haar ogen: wacht, laat me dit proberen. Tot haar opluchting ging hij weer zitten, op het puntje van zijn stoel, elke spier in zijn lichaam gespannen.

Haar Lied dat om Drakos heen was gecirkeld, had maar een moment nodig om bij haar terug te brengen wat in hem leefde: woede, geboren uit een intense, diepe angst. Daaronder lag de reden waarom Lorcan en hij elkaar op dit moment tot ontploffing zouden kunnen brengen, een emotie die ze deelden, fel, snijdend en scherp: *gemis*.

Drakos zou alles geven om Elena te beschermen. Hij was doodsbang om haar te verliezen, maar door dat alles heen kon ze ook de woede om het verraad voelen, omdat Elena voor hem een bondgenoot was, iemand die hij, hoeveel ze ook nog te leren had, voor vol aanzag. Iemand die hij vertrouwde.

'Elena wilde u beschermen,' zei ze.

Drakos' Lied viel abrupt weg en het trillen in de kamer stopte. Zijn ogen vernauwden zich.

'Wat,' hij beet het woord tussen opeengeklemde tanden af, 'is dat voor nonsens.'

Ze knikte naar de gouden lier op zijn borst. 'Elena is ervan overtuigd dat u de enige bent die raadshoofd mag worden. Ze zou alles doen om dat mogelijk te maken. Als ze ons plan met u had gedeeld, dan moest u kiezen: het aan de raad melden en meteen toegeven dat u wist dat er een Zanger vrij rondliep, wat uw kansen teniet zou hebben gedaan...'

Hij maakte een woedend, grauwend geluid. 'Of?'

'Of het geheimhouden. En riskeren dat de eerste de beste veiligheidsscreening van de Luisteraars mijn bestaan én het plan aan het licht brachten. Er waren alleen maar slechte opties met een nieuwe verkiezing voor de deur.'

'En deze missie...' hij brak zichzelf af en snoof, 'deze ondoordachte actie kon niet tot daarna wachten?'

'Nee.' Ze begon de details uit de doeken te doen en zag hem ondanks alles aandachtig luisteren: wat Elgar had gezegd over zijn hulp aan Teles om het Kefálion te ontlopen; Colin en *Stripes* in de herinnering van de vrouw in het Jean-Baptiste; Sarah de pianostudente die zou optreden na de modeshow en hun overtuiging dat Teles het op haar voorzien had. De schok toen Colins moeder was opgedoken. De manier waarop Elena plotseling verdwenen was.

'Voor u het vraagt...' Ze kon het er maar beter zo snel mogelijk uitgooien, nu ze de moed nog had. 'Ik weet heel zeker dat ik haar niet ben kwijtgeraakt. Ze was binnen mijn bereik, maar het ene moment was ze er, en het volgende niet meer.'

Ze ging verder met wat ze vermoedden over de wezens die Elena hadden aangevallen en meegenomen.

Toen ze was uitgesproken gleden zijn ogen over hen allemaal, zijn gezicht een beheerst masker. 'Dus, samengevat: mijn dochter is in handen van Teles, Teles heeft het vermogen om onder te duiken in Colin, en als klap op de vuurpijl klopt dat oude verhaal over de *orgándras*?'

Rafael maakte een bedenkelijk geluidje. Ze wierp hem een woedende blik toe voor hij het woord 'muziekzombies' kon uitspreken.

'Ik weet dat het ongeloofwaardig klinkt, maar – '

Drakos wierp haar een verschroeiende blik toe. 'Kind, als het ongeloofwaardig klonk, dan zou dit veel minder ernstig zijn. Nee, ik vermoed dat jullie conclusies kloppen.'

En dan kwam nu het echt lastige gedeelte.

'Volgens mij hebben we nog maar een goede optie,' zei ze schoorvoetend. 'Ik weet dat u waarschijnlijk betere Luisteraars wilt inschakelen, of misschien – '

Hij maakte een ongeduldig handgebaar en zei precies wat zij had willen zeggen: 'De Luisteraars zijn al alert op Sirenen, het is niet alsof dat iets zou veranderen. We hebben Elgar nodig en zijn aanbod om ons naar Teles te leiden.'

Ze slikte. 'Ja.'

Hij was een lange tijd stil, en deze keer onderbrak ze zijn gedachten niet. Voor ze hierheen kwamen, hadden ze het er uitgebreid over gehad, maar ze hadden geen manier kunnen bedenken om Elgar uit zijn cel te halen zonder dat iemand het doorhad.

Er was maar één iemand die het gezag had om Elgar mee te nemen zonder een gevecht: degene die de lier droeg. Tijdelijk of niet, op dit moment was Drakos raadshoofd, wat betekende dat zijn wil wet was, zolang de raad zich niet expliciet tegen een besluit had uitgesproken.

Een onverwacht geluid deed haar opschrikken en opzij kijken. Rafael tastte met een schaapachtig gebaar naar zijn zak.

Drakos wierp hem een ongeduldige blik toe. 'Welja, dat kan er ook nog wel bij. Wat betekent een regel meer of minder nog.'

Telefoons hoorden hier uit te staan, liefst het Orpheushuis helemaal niet binnen te komen.

'Sorry,' mompelde Rafael. 'Ik had andere dingen – ' Hij staarde naar het scherm van zijn telefoon, knipperde een keer met zijn ogen en nam toen op. 'Hallo?'

Drakos' ogen flitsten woedend, maar Rafael draaide het schermpje naar hem toe en ze zagen allemaal de naam van de beller: Elena.

Ariane hield haar adem in. Had ze een fout gemaakt? Was Elena gevlucht voor het gevecht, toch buiten haar bereik geraakt?

Maar de stem die uit de luidspreker kwam, was te laag om van Elena te zijn, en de woorden werden gekleurd door een bekend Iers accent.

'Rafael, ik wist dat ik op jou zou kunnen rekenen. Wees zo lief om een boodschap over te brengen aan Elena's vader. Ik ben bereid om haar te ruilen voor Elgar. Morgenavond, zes uur, in de *Jardin du Luxembourg* bij de Medici-fontein. Lorcan en Drakos kunnen hem wel afleveren.'

Er viel een stilte, waarin iedereen alleen maar naar de telefoon kon staren. Drakos leek bevroren op zijn stoel.

Rafael sperde zijn ogen wijd open, maar vond uiteindelijk zijn stem terug. 'Colin? Is... Is alles goed met Elena?'

'Beter dan ooit.' De stem zweeg even. 'Druk Drakos op het hart dat ik nog steeds een Luisteraar ben. Ik hoor het als jullie niet alleen zijn.'

'Wij?' Rafaels gezicht was bleek in het licht van het telefoonscherm.

'Ik ben niet zo dom dat ik denk dat jij en Isabella je laten weghouden. En als ik me niet vergis hebben jullie ook nog iemand anders opgeduikeld. Of iets anders.' Hij zweeg even en zijn stem daalde een beetje. 'Ik kan nog steeds op je rekenen, toch, Raf?'

De verbinding werd verbroken voor Rafael antwoord kon geven.

De verbijsterde stilte waarin ze elkaar aanstaarden, versplinterde toen Drakos zijn kantoor uit stormde om de Luisteraar van dienst opdracht te geven de omgeving van het Orpheushuis uit te kammen.

'Ik begrijp niet waar dat goed voor is,' zei Isabella. 'Wekt hij niet alleen maar achterdocht, zo?'

'Je hebt Colin gehoord,' zei Rafael. Hij zag bleek, de moedervlek bij zijn slaap stak donker af bij de rest van zijn gezicht. 'Hij moet in de buurt zijn geweest. Het was duidelijk dat hij wist dat we hier waren en wie hier was. Als jullie je telefoons checken, durf ik te wedden dat er een paar gemiste oproepen zullen zijn.'

Dat bleek te kloppen voor iedereen behalve Ariane.

'Dat wás Colin of niet?' zei ze. 'Hij praatte alsof hij jullie kende. Teles zou het niet zo over jullie hebben.'

'Nee,' zei Rafael. Hij klonk mat.

Lorcan sloot zijn ogen, schudde zijn hoofd. 'Hij klonk niet als Colin.'

'Hij klonk niet niét als Colin', zei Isabella.

Ariane deed er het zwijgen toe. Ze had Colin maar een keer echt ontmoet, had hem maar een paar zinnen horen zeggen. Hoe kon zij hier iets zinnigs over inbrengen?

Ze keken allemaal op toen Drakos weer binnenkwam. Zijn gezicht was strak. 'Als hij iets vindt, dan hoor ik het als eerste, maar dat betwijfel ik. Ga naar huis. Ik moet nadenken over hoe we dit gaan doen.'

'We kunnen de raad hier niet bij betrekken.' Lorcans stem was gespannen. 'Dat helpt Elena evenmin als Colin.'

Er trok een spiertje in Drakos' kaak. 'Deze beslissing is aan míj en aan niemand anders. Houd jullie mond tegen iedereen, ga morgen naar school, doe normaal.'

'Doe normáál?' Lorcans stem droop van ijskoude woede. 'Want dat maakt alles beter? Dat...'

Drakos ging staan, de lier glanzend op zijn borst, zijn houding vol van een gezag dat de kamer vulde. 'Dat, zoals uitgerekend een Fluisteraar zou moeten weten, zal de minste achterdocht wekken als ik besluit dat er geen andere keuze is dan de raad om de tuin te leiden. Jullie mogen gaan.'

Ze stonden allemaal op, alsof het commando hun benen rechtstreeks in beweging had gebracht.

Ariane aarzelde. Ze wilde Drakos niet verder tegen zich in het harnas jagen. Maar op de een of andere manier rolden de woorden haar mond uit.

'Elgar bood al aan om ons te helpen,' zei ze. 'We hoeven hem niet te vertellen waarom we hem echt uit zijn cel halen. En misschien is het slim om de lier...'

Haar stem stierf weg toen Drakos' blik haar vol raakte. 'Ik denk dat ik geen les strategie nodig heb van een Luisteraar die een Sirene door haar vingers liet glippen.'

Ze opende haar mond om te protesteren: dat Colin geen Sirene was, dat zij geen echte Luisteraar was.

Rafael pakte haar bij haar arm en trok haar mee. 'Geen mensen uitdagen die het dak op je hoofd kunnen laten neerkomen.'

HOOFDSTUK 19

Ze zeggen dat niemand kan dansen als een Luisteraar, die zich kan laten vullen door de muziek tot hij er één mee wordt. Luisteraars lijken het tegendeel van Schreeuwers: hun gave passief in plaats van actief, vredelievend in plaats van strijdvaardig. Maar de trefzekerheid van een Luisteraar kan dodelijk zijn.

Uit: 'Ik Luister', Pedro Valdez

De glans van goud op zwart. Gekriebel in Elena's nek en op haar schouders.

De lokroep van muziek die zong voor haar ziel, van alle pijn die zou worden weggenomen, elk tekort dat niet langer zou bestaan.

Een kwellende herinnering.

Elena liet zich door Colin leiden in een wervelende wals. Zijn bewegingen waren vloeiend, de hand op haar rug sterk en zelfverzekerd, de glimlach om zijn lippen ontspannen, alsof hij met volle teugen genoot. Overal om haar heen waren zwaaiende rokken, boven haar hoofd flonkerde een enorme kroonluchter. Het Weense orkest dat het bal begeleidde, speelde alsof hun leven ervan afhing.

Bijna niemand in de zaal besefte dat het leven van de eerste violist letterlijk op het spel stond: zijn hart was een dag eerder in stukken gebroken en hij was zich nu aan het leegspelen.

Ze besefte met een nerveus schokje dat ze zich al minutenlang aan het verliezen was in het ritme van de dans, in het plezier van de snelle, cirkelende bewegingen waarin ze door de zaal zwierden. Colins handen waren zeker op haar rug en om haar vingers, gaven met de minste druk aan dat hij haar om haar as wilde laten draaien of een overgangspas wilde laten maken. Het was alsof ze samen een gevecht leverden dat ze bij elke pas wonnen, de dansvloer veroverend. Haar hart zong.

Maar dit was niet waarom ze hier was. Dit was niet waarom hij hier was.

Ze focuste zich op het orkest, de violist die voor de gelegenheid in laat achttiende-eeuwse kleding was gestoken. Zijn ogen waren gesloten, de beweging van zijn handen feilloos, zijn gezicht geconcentreerd, alsof hij nog zou doorspelen als de zaal in brand vloog. Iets in zijn ziel besefte dat dit de laatste keer was dat hij ooit zou spelen.

Tenzij iemand ingreep.

In haar hoofd doorliep ze de mogelijke strategieën, en het eindpunt dat voor elke variatie hetzelfde was: zij tegenover de ophion. Haar Schreeuw die hem terug naar de onderwereld stuurde. Een felle vlaag adrenaline schoot door haar aderen bij het idee alleen al.

'Elena…' Colins hand op haar rug verstrakte een beetje. 'We zijn hier alleen om te observeren, weet je nog? Er staat een echte strijdgroep paraat om de ophion op te vangen.'

'Weet ik.'

Maar bij elke draai die ze maakten, zorgde ze dat ze een blik op het orkest kon werpen. Wat als vandaag de dag was dat ze meer zou doen? Als de man eerder dan voorzien leeg gespeeld was? Dan zou de ophion hier doorbreken, dan moest zij in actie komen. De officiële strijdgroep wachtte in de kleedkamer voor de musici, zij zouden te ver weg zijn.

'Je klinkt alsof je klaar bent om een klap uit te delen.' Colins voeten misten geen enkele pas, maar de glimlach was van zijn gezicht verdwenen.

Niet weer. Ze wist dat heftige, agressieve emoties voor hem op het pijnlijke af waren als hij aan het Luisteren was. Waarom kon ze zich niet beheersen?

'Sorry.' Ze sloot haar ogen om het donkere, onderzoekende blauw van de zijne te vermijden.

'Hé.' Hij lachte aarzelend. Zijn arm trok haar dichter naar zich toe, zijn hoofd boog zich naast het hare. 'Wat is er mis?'

In haar ooghoeken zag ze Isabella voorbij dansen met Rafael, haar lange haar opgestoken met een paar bloemen, haar lichte lach tinkelend om iets wat hij had gezegd. Waarom had ze besloten dat zij en Colin een duo moesten vormen? Het was logischer geweest om hem een rustige Stemmer als partner te geven dan een luidruchtige Schreeuwer. Of ze had hem aan de kant kunnen laten zitten, in Lorcans plaats.

Omdat ze dat had gewild.

Omdat ze een idioot was, die vergat dat haar emoties, als die van een typische Schreeuwer, aan de oppervlakte lagen, onbehouwen en agressief, altijd dicht bij strijdlust.

En nu had Colin zijn hand op haar blote bovenrug, zodat hij zich daar de hele tijd bewust van moest zijn, terwijl hij Luisterde naar de violist.

'Niets,' zei ze. Ze drukte het miserabele gevoel weg dat fluisterde "onbereikbaar, hij is onbereikbaar voor jou" en hield zichzelf met ijzeren vastberadenheid voor dat de missie voor alles kwam. Deze strijdgroep zou een succes worden, zij zou het niet verpesten met iets stoms zoals een onmogelijke bevlieging. 'Niets.'

Maar ergens diep in haar zong een stem een klaaglijke melodie, trok aan de verlangende leegte in haar ziel.

Elena, Elena, Elena…

Het blauw van Colins ogen. Goud op zwart.

Elena besefte dat ze naar haar eigen weerspiegeling keek. Haar vlecht was losgemaakt, haar haar hing los op haar rug. Haar ogen waren groot en glanzend van tranen die ze wild weg knipperde.

Achter haar stond Teles, zijn zwarte ogen tevreden. 'Beter.'

Haar hart bonkte nog van de herinnering die de fascinatiezang uit haar had losgetrokken. Teles' zang bleef maar in haar oren klinken, mengde zich met de walsmuziek uit de herinnering en de vioolmuziek van Fiona in het heden.

Word wakker! schreeuwde ze zichzelf toe.

Ze knipperde nog een keer, zag nu pas goed haar reflectie in de spiegel. Haar handen vlogen naar de jurk die ze ineens droeg. Blauwe tafzijde, doorweven met gouddraad. Boven haar oor was een gouden haarkam geschoven, de bovenkant versierd met een bij die in het hart van een krokusbloem kroop.

Haar ogen vlogen omhoog, naar de weerspiegeling van Teles' zelfvoldane gezicht. Hoe lang had de stem van de Sirene haar vastgehouden, terwijl ze dingen deed die ze zich nu maar vaag kon herinneren – zich omkleden, haar vlecht losmaken, stilstaan en toekijken terwijl Teles glazen kastjes opende en uiteindelijk de gouden kam uitkoos, die zorgvuldig in haar haren schoof…

Woede raasde door haar heen. Ze sprong opzij en wervelde om haar as. 'Ik ben je speelgoed niet!'

Haar ogen schoten over hem heen, zochten instinctief naar zwakke plekken.

Teles klakte met zijn tong en maakte een wenkend gebaar, zijn hand met Colins lange pianovingers elegant en ontspannen, de gouden ringen flonkerend in het zachte sfeerlicht.

'We kunnen nog een keer vechten, als je dat wilt. Maar vergeet niet dat jouw Lied momenteel van mij is.'

Haar Lied. Het drong met een felle schok weer tot haar door. Weg.

Tijdelijk, hield ze zichzelf voor, om de knagende paniek in haar borst in bedwang te houden, tijdelijk weg, tot het Echo-gif haar lichaam uit was. Toen realiseerde ze zich wat hij gezegd had. Haar Lied, van hem?

'Waar heb je het over?' Haar adem versnelde terwijl haar gedachten raasden. 'Mijn Lied is even onbereikbaar, dat is alles.' Het gaf prioriteit aan het neutraliseren van het gif, maar het was nog steeds van haar.

'Ah,' zei Teles. Hij liet zijn duim over de ringen aan zijn hand glijden, creëerde gouden weerkaatsingen die haar verblindden. 'De arrogantie van de Kinderen van Orpheus. Denk je werkelijk meer te weten over mijn dienaren dan ik? Mijn Echo's, mijn gif.'

Het gif. Zowel het gif van ophionen als Echo's probeerde een brug te slaan, een doorgang te maken voor een Sirene. Een nieuwe Sirene.

'Dat wil nog niet zeggen dat…'

Of wel? Teles' controle over Echo's was zijn grote troef. Een sluipende twijfel siste in haar achterhoofd. Kon hij hun gif ook gebruiken? Sirenen voedden zich met muziek… kon hij zich dankzij het gif ook voeden aan haar Lied?

Teles' mondhoeken gingen omhoog, zijn glimlach op Colins gezicht was duister, verwarrend aantrekkelijk.

'Je bent een heel stimulerende aanwezigheid, Elena.' Hij bleef vlak voor haar staan en boog zijn hoofd naar haar toe. 'Ik heb genoten van dat kijkje in je ziel. Jij ook?'

'Als je nog een keer probeert om in mijn hoofd te komen, dan ruk ik het jouwe eraf,' gromde ze.

'Jij scheidt nooit Colins hoofd van zijn romp, dat weten we allebei.'

Ze wilde dat ze daar tegenin kon gaan, maar ze kon het niet.

'Blijf hier.' Hij gebaarde vaag naar de open keuken die ze verderop zag, een en al glanzende apparaten en houten kastjes. 'Eet iets, dat zal je menselijke lichaam wel nodig hebben.'

Haar maag maakte beschamend genoeg een hoopvol geluid bij het idee alleen, maar ze hield haar ogen strak op hem gevestigd. ‘Wat weet jij van mensen?’

Hij glimlachte vreugdeloos. ‘Na duizenden jaren zoveel meer dan je je kunt voorstellen.’

Hij keerde haar onbezorgd zijn rug toe en liep weg. Ze probeerde zichzelf ervan te overtuigen dat dit een kans was om hem te verrassen met een aanval. Zonder zijn gezicht te zien zou het makkelijker moeten zijn om zichzelf voor te houden dat hij Colin niet was. Maar ondanks de vleugels en klauwen herkende ze nog steeds de manier waarop hij liep, de vorm van zijn schouders, de manier waarop hij zijn hoofd hield.

De deur viel alweer achter hem dicht voor ze zichzelf tot actie had weten te brengen. Het zachte klikje van het slot maakte duidelijk dat ze nog steeds een gevangene was. En Fiona’s Lied benadrukte dat niemand haar hier zou vinden.

Fiona.

Elena klemde haar tanden op elkaar en wierp een blik op Colins moeder. Teles had haar achtergelaten met iemand die een bondgenoot kon zijn. Eén begaafde tegenover een Sirene was een hopeloze zaak, twee…

Als de tweede een Demper was, was dat nog steeds niet erg gunstig, moest ze voor zichzelf toegeven, maar het was beter dan niets.

Ze beende haastig naar Fiona en ging naast haar zitten. Ze zag er doodvermoeid uit. Je Lied gebruiken terwijl je tegelijk speelde, zorgde ervoor dat je je Lied bleef voeden, maar dat wilde niet zeggen dat het geen tol eiste.

Het duurde even voor Fiona haar opmerkte, toen begon haar gezicht te stralen.

‘Is het niet geweldig?’ Haar pupillen waren groot. ‘Hij leeft.’

Teles' fascinatiezang moest haar stevig in de greep hebben. Iemand zoals Fiona, die graag naar drank of drugs greep, was daar extra gevoelig voor. En dan was er natuurlijk nog het feit dat ze graag wilde geloven dat alles goed was met Colin.

Hoe moest ze haar bereiken? Verdorie, ze was niet goed in tactvolle interventies.

'Fiona, hij is bezeten.'

Fiona leek haar niet te horen. 'Zodra het Kefálion hoort wat hij te zeggen heeft, zal alles zoveel makkelijker worden voor iedereen.'

Elena voelde een steek van onrust in haar borst. 'Wat heeft hij te zeggen?'

Fiona glimlachte vaag. 'Dat Sirenen niet onze vijanden willen zijn. Dat ze vechten voor het recht op leven, net als iedereen.'

'Niet iedereen maakt daarbij musici waanzinnig of stuurt monsters op de wereld af, niet iedereen doodt anderen!'

'Iedereen,' zei Fiona dromerig. Ze speelde door, de melodie hypnotiserend. 'Je bent nog jong, Elena, maar je zult het wel zien: uiteindelijk breekt iedereen harten en gaat iedereen over lijken als het gaat om zelfbehoud.'

'Zelfbehoud.' Ze klampte zich vast aan het enige wat zinnig klonk. 'Heeft hij je verteld dat het daarom gaat? Beweren de Sirenen dat ze niet op een andere manier kunnen overleven?'

'Ze hebben lichamen nodig,' zei Fiona, alsof dat vanzelf sprak.

'En dus moeten we ze die maar geven?' Ze moest denken aan wat Elgar tegen Ariane had gezegd. Zijn plan om begaafden op te offeren, die desnoods cipiers in een cel zouden worden. Opgesloten terwijl zij de Sirene in hun lichaam gevangen hielden.

'Je klinkt alsof het een vreselijk lot is,' zei Colins stem.

Elena draaide zich geschrokken om, haar hart bonkend in haar keel. Colin was de kamer weer in gekomen zonder dat ze er iets van gemerkt had, zijn blote voeten geruisloos op de mozaïeken vloer en het tapijt.

Zijn ogen waren donkerblauw, de vleugels waren verdwenen, net als de klauwen. Was hij daarom weggegaan? Om te veranderen? Waarom?

Deed er niet toe, dit was een kans om hem te bereiken. Ze had genoeg gezien, genoeg gehoord.

'Colin, jij kunt Teles eruit duwen als je wilt, dat weet je. Alsjeblieft… je kunt toch niet beweren dat je blij bent dat je je lichaam met Teles deelt?'

'Jawel,' zei Colin.

Ze besefte dat ze deze vraag zo lang mogelijk had uitgesteld, omdat ze bang was geweest dat dit het antwoord zou zijn.

'Colin, dat kun je niet menen. Je…'

Ze probeerde de jongen te zien met wie ze had gepraat op de heuvel achter haar ouderlijk huis, met wie ze een strijdgroep had opgebouwd: zijn rommelige, nonchalante charme, zijn glimlach die vroeg: wat heb je nodig, wat kan ik je geven? Er moest een manier zijn om tot hem door te dringen.

Colin ademde langzaam uit. 'Voorheen was ik zwak, dat weet je.'

Ze schudde haar hoofd. 'Wat? Nee!'

'Elena…' Zijn ogen gingen langzaam over haar gezicht, alsof hij zich er niet toe kon dwingen om het sneller te doen, bleven haken bij de gouden kam, gleden over haar losse haren, via haar armen en schouders naar beneden, en schoten toen weer omhoog. 'Je wist dat ik beschadigd was, zwak. Dat je voorzichtig moest zijn.'

Beschadigd. Hij had het over hoe zijn gave zich ontwikkeld had omdat hij als ongeboren baby zichzelf onbewust door Lorcan had laten Fluisteren. Als gevolg daarvan had hij het moeilijker dan andere Luisteraars om zichzelf af te schermen, maar hij was ook een uitzonderlijk goede Luisteraar.

'Helemaal niet!' protesteerde ze. 'Ik – '

Hij hield zijn hoofd schuin en ze voelde haar adem in haar keel stokken toen de herinnering waaraan Teles daarnet geplukt had weer bovenkwam. Toen ze zich elk moment herinnerde waarop ze geprobeerd had om haar ongeduldige energie in te perken, zodat die hem niet zou storen. Het gevoel dat ze als een rotsblok was, losgeslagen door een gewelddadige bliksemschicht, vol ruwe randen die krassen nalieten op het volmaakt gebalanceerde zwaard dat hij was.

Maar dat waren háár tekortkomingen, niet de zijne.

Colin keek haar roerloos aan. 'Lorcan wist het, dat ik tekortschoot. Maar jij wist het ook. Vooral jij.'

'Nee!' riep ze. Was dat wat Teles hem wijsmaakte? Ze zocht wanhopig naar woorden om het hem duidelijk te maken. 'Zo heb ik je nooit gezien. Die herinnering… Ik wenste toen dat ik zelf wat minder mij kon zijn.'

Dat ze meer kon zijn als… Isabella misschien, of haar moeder, met hun zachte stemmen, weloverwogen uitspraken, afgeronde vriendelijkheid.

'Hoor je niet hoe verschrikkelijk dat is? Waarom zou je wensen om minder te zijn?' Zijn stem was warm, verleidelijk redelijk. 'Je kunt beter wensen om meer te zijn.'

'Wat bedoel je?'

Maar ze wisten allebei precies wat hij bedoelde. Ze herinnerde zich wat Teles had gezegd: *'Ik weet dat je een Schreeuwer bent, maar lúister straks naar wat hij te zeggen heeft.'* Dus daarom had hij Colin de controle gegeven – om haar over te halen.

Colins ogen gleden naar de ader in haar nek, waar ze haar hart voelde hameren alsof het wanhopig probeerde om haar Lied terug te krijgen.

‘Het is niet pijnlijk om een Sirene toe te laten als je je er vrijwillig voor openstelt,’ zei hij. ‘Integendeel. En daarna ben je sterker dan ooit.’

‘Dus daarom ben ik echt hier? Ik sterf nog liever dan dat ik me in bezit laat nemen! Als je denkt dat je me kunt dwingen...’

‘Néé.’ Hij deed een stap naar haar toe. ‘Het is een aanbod. Denk er op zijn minst over na.’

Voor ze ‘Nooit!’ kon schreeuwen, zei hij al: ‘Of niet. Jouw keuze. Maar Elena...’

Er was iets in zijn stem wat ze niet prettig vond, iets glijdends en sluws. Het deed haar denken aan de zwarte ogen van Teles.

‘Ja?’ vroeg ze op haar hoede.

‘Vind je dat jij of het Kefálion het recht hebben om te bepalen of anderen dat aanbod willen aannemen of niet? Om over hun wensen heen te schreeuwen?’

Het was Colin die dat zonet had gezegd, zijn ogen donkerblauw en helder als de Seine in de voorjaarszon. En dus was de subtiele beschuldiging des te pijnlijker, als een klap op een zere plek. Was ze echt een stereotypische Schreeuwer, die dingen niet doordacht voor ze in actie kwam, die nuances miste?

Naar de hel met nuances.

Ze tilde haar kin op. ‘Ik ben niet degene die iemand een “vrije keuze” geeft, maar haar intussen kreupel maakt met Echogif.’

Hij was lange tijd stil, voor hij zei: ‘Het is al laat. Als je van het gif af wilt, kun je maar beter wat slaap gaan nemen.’

Ze volgde hem, haar handen tot vuisten gebald, haar nagels in haar handpalmen gedrukt. Zodra ze in de gang waren, zou ze het op een rennen zetten. Ze moest op zijn minst een poging doen hier weg te komen, de rest te waarschuwen. Haar spieren spanden zich. Ze kon niet zeker weten waar de buitendeur was, dus ze zou moeten gokken. Waarschijnlijk achteraan, dus als ze in de gang kwam naar rechts.

Colin opende de deur en liet haar voorgaan. Ze sprong de gang in.

Meteen doken het roodharige meisje en de blonde man op. Hun bijna geluidloze neuriën omhulde haar. Er was geen spoor meer van hun verwondingen. Zonder haar Lied zou ze hen nooit aankunnen.

'Die kant op,' zei Colin.

De instrumenten liepen achteruit, hun lege ogen op haar gericht.

Haar woede schreeuwde in haar binnenste, moedigde haar aan om op hen af te springen. Maar haar strategische brein was net snel genoeg om haar stil te doen houden. Ze hadden de overmacht. En nog een nieuwe dosis gif zou de toegang tot haar Lied alleen maar langer blokkeren. Ze dwong zichzelf te ontspannen, gehoorzaam richting de kamer te lopen waar ze was wakker geworden.

Toen Colin de deur achter haar op slot deed en ze alleen achterbleef, leek een immense vermoeidheid tot in haar botten door te dringen. Ze liet zich op het brede bed vallen en staarde naar het plafond.

Wat zou de rest nu aan het doen zijn? Ariane moest haar zijn kwijtgeraakt zodra ze haar bewustzijn was verloren. Of waren ze ook aangevallen? In Orpheus' naam, nee… zonder haar zouden ze helemaal kansloos zijn geweest.

Na een kort moment van ellende besefte ze dat als Teles hen allemaal in zijn klauwen had gehad, hij daar zeker mee uitgepakt zou hebben. Zij waren dus veilig.

Maar niemand had enig idee waar ze was, en als Colins moeder bleef Dempen elke keer dat Teles naar de oppervlakte kwam, hadden ze ook geen manier om haar te vinden. Vroeg of laat zouden ze haar vader op de hoogte moeten brengen. De gedachte aan zijn teleurstelling was onverdraaglijk.

Ze drukte haar handen op haar ogen, die pijnlijk brandden. Zonder haar Lied voelde ze zich uit haar evenwicht. Het was alsof ze de belangrijkste helft van zichzelf kwijt was.

Ze klemde haar tanden op elkaar. Wat een verdomde puinhoop.

HOOFDSTUK 20

De lucht om Ariane heen leek te zinderen van Liederen en van de wegtrekkende emoties van ongeloof, achterdocht en schrik.

Rafael, Isabella, Lorcan en zij waren een half uur geleden aangekomen in de verlaten fabriek waar Drakos hen had opgewacht. Het was een locatie die Schreeuwers wel vaker gebruikten als oefenterrein, had hij verklaard, ver genoeg van het Orpheushuis om nieuwsgierige ogen en oren uit te sluiten.

Kort daarna waren vier strijders gearriveerd. Ariane had een van hen, een grote man met een militair kapsel, herkend als degene die Lorcan op de wake had gecondoleerd. Dit was de groep wiens Schreeuwer was gedood door Thelxiope.

Drakos had hen zonet het begin van zijn plan verteld en er was een storm van protest losgebarsten.

'Dat is waanzin,' zei de man met het gemillimeterde haar boven de anderen uit. 'Thelxiope uit zijn cel laten?' Hij trilde van woede.

'Waarom laten we het raadshoofd niet uitspreken voor we conclusies trekken,' zei een vrouw met zachte, groene ogen, die tot op dat moment gezwegen had.

'Vera, we kunnen toch niet – '

‘Hoe weten we dat, als we nog niet alles gehoord hebben?’

Vera had haar stem niet verheven, maar haar kalme vraag bleek genoeg om de anderen tot stilte te brengen.

‘Is ze hun Fluisteraar?’ vroeg Ariane zacht.

‘Hun Stemmer,’ zei Elena. Ze knikte naar de anderen. ‘Heler, Demper, Luisteraar.’

Het leek erop dat Vera, net als de andere Stemmers die Ariane had ontmoet, zich graag op de achtergrond hield, maar als vanzelf werd gehoord wanneer ze iets zei. Na een kort rondje zwijgend blikken uitwisselen, luisterde de rest van de strijdgroep zonder verdere interrupties naar Drakos, die zijn strategie ontvouwde.

‘Hoe weet hij zo zeker dat ze zullen meewerken?’ vroeg Ariane.

‘Ze zijn nog steeds Katerina Zelas’ strijdgroep,’ zei Isabella. ‘Ze rouwen om hun aanvoerster.’

‘En zoals het een typische strijdgroep betaamt trappelen ze om dat constructief in te zetten,’ zei Rafael. ‘Kijk hoe tevreden ze eruitzien nu ze weten dat ze Elgar mogen afmaken.’

‘Wat?’ zei Ariane geschrokken.

Hij keek haar meewarig aan. ‘Dat stukje van Drakos daarnet, “niemand verwacht dat jullie kunnen garanderen blablabla”, dat betekent eigenlijk: zodra we Elena terug hebben, is de jacht geopend, vuur naar believen.’

Ze staarde naar Drakos. Had hij echt Elgars leven aangeboden in ruil voor dat van zijn dochter? Ze herinnerde zich de manier waarop hij hen daarstraks had uiteengezet wat de strategie voor vanavond was. Hij was pure doelgerichtheid geweest, een pijl die wist wat zijn doelwit was.

Ja, dacht ze. Elena was zijn eerste prioriteit. Als hij bereid was het risico te nemen om Thelxiope vrij te laten, dan zou hij ook het risico nemen dat een wraakzuchtige strijdgroep Elgars leven beëindigde.

‘Wat maakten ze hier eigenlijk?’ vroeg Rafael, om zich heen kijkend.

Ze zaten in een hoekje van de oude, verlaten fabriek. Grote machines stonden overal om hen heen stof te verzamelen en hoog boven hun hoofd hielden stalen balken een doorzichtig plafond omhoog.

‘Poppen, geloof ik,’ zei Isabella. Ze knikte naar een opschrift in grote, verbleekte letters.

‘Hm, net griezelig genoeg voor een overleg achter de rug van het Kefálion om.’

Ariane had kunnen voelen hoe ongemakkelijk Drakos dat vond. Maar hij wist net zo goed als zij dat er geen manier was waarop hij tijdig de hele raad aan zijn kant zou kunnen krijgen.

In tegenstelling tot de Zelas-groep.

Rafael had gelijk, realiseerde ze zich met een huivering. De strijders stonden geconcentreerd te luisteren. Ze waren veranderd in één gefocust, bijna bloeddorstig wezen, zodra duidelijk werd dat Elgars veiligheid van ondergeschikt belang was.

Ze wendde haar blik af en bestudeerde de ruimte om haar heen. Dus hier trainde Elena?

Stellingen van zo’n tien meter hoog werden door metalen trapjes met elkaar verbonden, her en der stonden tafels, lopende banden liepen over de hele lengte van de loods en allerlei machines belemmerden het zicht. Ze kon zich voorstellen dat dit een goede voorbereiding was. Theaters, festivalweiden en concertzalen waren ook niet erg overzichtelijk.

‘Hij is bijna klaar,’ zei Lorcan.

Hij had zijn blik geen moment van Drakos afgewend. Zijn gespannen alertheid zorgde ervoor dat haar eigen zenuwen allemaal klaarwakker waren. Een moment later wenkte Drakos hen inderdaad.

‘Daar gaan we,’ mompelde Rafael.

Ze stonden op van de stapel stoffige stalen kisten waarop ze hadden gezeten en liepen richting Drakos en de anderen.

Met Drakos erbij waren ze met vijf, net als een standaard strijdgroep. Maar de manier waarop ze stonden, maakte duidelijk dat de Zelas-groep een eenheid vormde waar anderen buiten vielen.

De Demper, een donkere man met korte, zwarte krulletjes, fronste toen hij hen zag.

‘Strijdgroepen op zo’n korte termijn laten samenwerken is al een risico. Met een onervaren groep is het helemaal vragen om problemen. Willen we Teles nog extra gijzelaars in handen spelen?’

‘Hij heeft uitdrukkelijk om hun aanwezigheid gevraagd,’ zei Drakos. ‘En de strategie rust op hem geven wat hij wil.’

De Demper snoof. ‘Het is niet alsof hij de ruil zal weigeren als hij alleen Thelxiope ziet. Dat is wat hij werkelijk wil.’

Lorcan stapte naar voren, zijn schouders gespannen. ‘Je hebt het over Teles, maar Colin – ’

‘Je broer is er niet meer,’ viel de Demper hem in de rede.

‘We hebben hem allemaal gezien,’ zei Isabella rustig. ‘Het was Colin in *Stripes*. Niet Teles.’

‘Denk je dat Elgar zichzelf is? Dat hij nu, op dit punt, dezelfde man is die twee decennia tegen ophionen en Sirenen heeft gestreden? Sirenen vernietigen de persoon die ze in bezit nemen.’

‘Hij is anders dan andere Sirenen voor hem.’ Lorcans stem daalde tot een diep en onwrikbaar register. ‘Door Elgars manipulaties zijn ze allebei anders.’

Drakos ging verstaan. De gouden lier op zijn borst ving een binnenvallende streep zonlicht.

‘Genoeg,’ zei hij. ‘Of Elgar zichzelf is of niet, hij kan zijn gave nog steeds gebruiken. Hetzelfde geldt wellicht voor Colin, en daar gaat het om.'

De Luisteraar van de groep, een jonge vrouw met een rond gezicht, maakte een nadenkend geluidje. 'Die jongen was exceptioneel gevoelig. Hoe minder afleiding hij heeft, hoe slechter voor ons.' Ze keerde zich naar de Demper. 'Het raadshoofd heeft gelijk. We zullen elke stoorzender nodig hebben die de strategie voorziet.'

De Demper vertrok peinzend zijn mond, maar knikte toen, alsof hij gewend was om af te gaan op haar expertise waar het dit soort dingen betrof.

Ariane wist hoe dwars het de anderen zat dat ze niet veel meer dan dat mochten zijn: afleiding, stoorzenders. Lorcan had heftig met Drakos gediscussieerd: hij was van mening dat ze een gevecht konden vermijden. Elgar had gezegd dat hij hen naar Teles kon leiden. Ze konden hem verrassen.

Drakos had er niets van willen horen: hij weigerde om een strategie te bouwen op het woord van Elgar.

'Zodra Elena veilig is,' zei Drakos, 'komen we in de tweede fase.'

Ze bogen zich over de kaart van de plek waar de ruil zou plaatsvinden.

Drakos had met zoveel mogelijk eventualiteiten rekening gehouden. Het gebied was gisteravond en vanmorgen nog een keer zorgvuldig schoongeveegd, zodat er geen Echo's in de buurt waren. Teles kon ze weliswaar van over een grotere afstand oproepen, maar dat zou meer tijd kosten. Daarnaast zouden er door heel Parijs patrouilles zijn, ver genoeg verwijderd van het park zodat Colin ze niet hoorde, dichtbij genoeg om snel versterking bij de hand te hebben en hopelijk ook om passerende Echo's op te vangen.

'Mooi,' zei Drakos tenslotte, toen ze alles hadden doorgenomen. 'Als iedereen weet wat hem te doen staat, dan nemen we,' hij keek op zijn horloge, 'binnen een uur en twintig minuten onze posities in. Degenen die Elgar mee uit zijn cel gaan halen,' hij knikte naar de Heler en de Demper van de Zelas-strijdgroep, 'inspelen op het Tweede Troostlied. Voor de ruil… het Vierde Strijdlied.'

Elena's favoriet.

Ariane wreef over haar armen bij de prikkende vlaag van intens ongemak die over haar huid kroop zodra Drakos was uitgesproken. Ze mochten er dan wel van overtuigd zijn dat het nodig was om Elgar uit zijn cel te halen, niemand bleef er rustig onder.

Op dit moment liep er één Sirene rond in de straten van Parijs. Zij zouden er, hoe kortdurend ook, een tweede aan toevoegen.

Drakos en de Zelas-strijdgroep verdwenen naar buiten en ze bleven met zijn vieren achter.

'We kunnen maar beter gaan inspelen,' zei Isabella uiteindelijk. 'Het Eurydice?'

'Mijn gitaar ligt in de auto,' zei Rafael schouderophalend, 'maar aangezien we weer een toetsenist in de groep hebben – dankjewel, Ariane – kunnen we het op onze buik schrijven om op interessante locaties als deze in te spelen.'

'Als ik had geweten dat ik jou zou moeten tevredenstellen, was ik wel xylofoon gaan spelen. Hm. Ik heb een poosje gitaar gespeeld.'

Hoeveel zou het eigenlijk uitmaken welk instrument ze bespeelde? Haar Lied had zogenaamd het sterkst moeten zijn met haar eigen muziek, en dat had ook niet geklopt. Eigenlijk was het op zijn sterkst wanneer ze zong, maar dat was vandaag geen optie, tenzij ze een hoop begaafden in Parijs wilde attenderen op het feit dat er een Zanger actief was.

'Laten we nu maar niet gaan improviseren,' zei Isabella. 'Lorcan? Het Eurydice? Oké?'

Lorcan, die voor zich uit had staan staren, draaide zich ineens van hen af. Ze voelde zijn woede als een stomp in haar maag, vlak voor hij zijn vuist uit alle macht tegen de roestige zijwand van een grote machine bonkte.

'Damnú síoír!' Hij beende zonder om te kijken naar de donkere achterkant van de loods.

Rafael vertrok zijn gezicht. 'Als hij op Gaelic overgaat, dan is het echt niet goed. Sint-Lorcan vindt het beschamend dat Colin en hij er alleen in kunnen vloeken.' Hij keek Ariane aan. 'Vergeet niet hem daarmee te pesten als je hem vertelt dat ik zijn hand wel Heel.'

Ze staarde in de diepte van de oude fabriek en aarzelde. Die vlaag van woede was zo krachtig geweest. Haar hart bonsde nog van zijn intense frustratie. Had hij niet iemand nodig die hij beter kende?

'Ik ga wel,' zei Isabella.

'Jij niet,' zei Rafael. 'Niet nu.'

Isabella beet op haar lip. 'Ja, oké,' zei ze ongelukkig.

Ariane snapte er niets van. Was Isabella met haar zorgzame insteek niet juist de aangewezen persoon?

Rafael schudde zijn hoofd. 'Weet je nog, je bent onbewust altijd een beetje aan het Luisteren of Fluisteren, ook als je Lied niet actief is? Dat geldt ook voor Stemmers. Isabella is perfect om naast te zitten als je een examen hebt. Op andere momenten wat minder.'

Oh. Het laatste wat Lorcan nu kon gebruiken was dat Isabella onbewust zijn herinneringen scherper maakte, zoals hoe Colin hun ontglipt was.

Voor ze zich kon bedenken liep ze de donkere hal in, zocht zich een weg tussen de machines. Haar Lied stroomde naar buiten, sprong voor haar uit alsof het op eigen houtje had besloten dat ze het nodig had. De zachte klanken van het Eerste Troostlied dat ze vanmorgen in alle vroegte had gespeeld, weerkaatsten van glas, ijzer en hout. Hij was vlak voor haar.

'Lorcan?' vroeg ze.

Zijn stem was leeg, een zorgvuldige, gevaarlijke leegte. 'Er is niets aan de hand. Ik kom zo.'

'Onzin.' Ze liep verder, wrong zich tussen een bedieningspaneel en een houten kist waar vulmateriaal uit puilde.

Lorcan stond met zijn rug naar haar toe te staren naar een puinhoop van gelijkaardige kisten die gebroken op de grond lagen. De resten van een gewelddadige laatste werkdag van de fabriek? Of oefenmateriaal van de Schreeuwers? Ze herinnerde zich Elena's peinzende blik toen ze het gehad hadden over het Versterken van haar Lied, en of ze daarmee een explosie zouden kunnen veroorzaken.

Haar Lied bleef reiken naar Lorcans emoties, wrong zich in de kleinste kieren, en bracht ineens een golf van wanhopige verscheurdheid met zich mee.

Hij draaide zich naar haar om.

'Onzin?' Hij spuwde het woord woest uit. 'Weet je wat onzin is? Dat ik moet deelnemen aan de jacht op mijn eigen broer.'

'Dat is niet…'

'Dat is precies wat het is! Hoe Drakos het ook verpakt, dit is een jacht en wij zijn het verdomde lokaas. Je hebt hem gehoord, je hebt ze allemaal gehoord. Wat er ook gebeurt, ze zijn niet van plan om nog een dag langer een Sirene in Parijs te dulden.'

'De opzet is om Colin te vangen,' zei ze.

Hij maakte een minachtend geluid. 'Denk je dat Drakos om Colins leven maalt zolang behalve Thelxiope ook Teles naar de onderwereld wordt gestuurd? Als hij twee Sirenen kan uitschakelen, dan is zijn post als raadshoofd veilig.'

Ze had het gevoel dat ze zich schrap moest zetten om overeind te blijven in de storm van zijn woede.

'Dat is niet eerlijk,' zei ze. 'Je weet dat het hem om Elena gaat.'

Hij klemde zijn kaken op elkaar, maar haar Lied cirkelde om hem heen en het koppige Eerste bracht het antwoord terug.

'Dat weet je. Dat is het nu juist...' Ze zoog haar adem naar binnen, vocht tegen de vlaag schuldgevoel die van hem afsloeg. 'Je bent het met hem eens dat zijn strategie Elena de meeste kans geeft om hier ongeschonden uit te komen. Is het niet? En je wilt haar die niet afnemen. Maar Colin...'

Ze voelde het scheuren in hem, niet als papier of stof, maar als onwrikbaar graniet dat zich uit alle macht verzette maar toch gepijnigd moest toegeven aan een grotere macht.

Zijn ogen leken op de bedrieglijke koele toppen van vulkanen waarbinnen vuur kolkte. 'Ik kan Colin niet nog een keer verraden. Ik kan het niet, Ariane. Het voelt alsof ik op hem moet aflopen met een mes in mijn mouw. Hij heeft naar mij gevraagd en ik weet niet eens...' Ze zag zijn schouders op en neer gaan, zijn ademhaling onrustig.

Daar was het, dacht ze. Dat was de kern van zijn woede en zijn pijn. Die vraag had aan zijn ziel getrokken, maar hij wist niet zeker of het Teles' stem was geweest die naar hem had gevraagd, of die van Colin.

Of hij zijn ziel moest laten antwoorden, of zijn verstand.

Een vlaag wanhopig verlangen trok door haar heen en herinnerde haar eraan hoe goed ze dat dilemma kende.

'Doe het dan niet,' zei ze. Het was alsof zijn ogen haar naar hem toe trokken. Ze zette instinctief een stap naar hem toe, en nog een. 'Zodra Elena veilig is, begint de tweede fase toch? Zodra we haar terug hebben, begint voor hen de jacht op Elgar. En dan geven wij prioriteit aan Colin, wat er ook voor nodig is.'

Hij knipperde een keer langzaam, alsof hij niet kon geloven wat ze zei. 'Wat?'

Haar handen wilden naar hem reiken. Ze balde ze langs haar zijden tot vuisten.

'Je verwijt Drakos dat hij niet verder kan kijken dan het vernietigen van Sirenen. Maar waarom volgen wij hem blindelings? We zullen daar zijn. Rafael en Isabella zullen...'

'Als je rechtstreeks tegen het bevel van het raadshoofd in gaat, dan zijn de gevolgen niet te overzien. Ze zouden voor altijd uit strijdgroepen geweerd kunnen worden, of erger.'

Ze.

'Maar voor jezelf maal je daar niet om, toch?' Ze zette nog een stap naar hem toe, niet in staat zichzelf tegen te houden.

'Nee.' Zijn handen kwamen omhoog, vonden haar schouders.

'Dan zijn wij twee genoeg,' zei ze vastberaden. 'Als het kan, dan sussen we Colin of Teles in slaap. Als het moet... de Luisteraar, Drakos, wie dan ook.'

Haar Lied focuste zich op zijn ademhaling, die steeds sneller werd, maakte dat ritme belangrijker dan haar eigen hartslag. Het verlangen dat door haar heen trok was wild, haar hart een kudde paarden, hun hoeven dansend, de vrijheid die ze zochten aan de overkant van een kloof.

Niet echt. Dit is niet echt. Waarom kon ze dat niet onthouden? Omdat het echt voelde, diep in de kern van wie ze was, waar zijn stem klonk als een melodie waar ze eeuwig naar wilde blijven luisteren.

Ze wendde haar blik af, zag het bloed op de knokkels van zijn rechterhand.

'Rafael zei dat hij je hand wel voor je zou Helen. Met een gekneusde hand kun je niet fatsoenlijk inspelen.' Ze klonk ademloos. Hou op, hou óp. Dit ging niet om haar. 'Hij zei dat ik niet mocht vergeten je te pesten omdat je in het Gaelic vloekte.'

'Deed ik dat?' Zijn stem was dichtbij en een beetje schor.

Ze zocht naar de woorden in haar geheugen, de uitdagende, agressieve melodie die iets binnen in haar deed opspringen. '*Damnú síoír.*'

Lorcan zoog zijn adem naar binnen en in een reflex keek ze hem weer aan. 'Wat betekent het?'

'Ariane.' Zijn hand gleed omhoog, zijn vingers in haar haar, zijn duim botste op het pootje van haar bril. Zijn stem was laag, wanhopig. 'Eeuwige verdoemenis. Zeg nee.'

'Wat?'

'Het betekent: eeuwige verdoemenis. En zeg nu nee.' Zijn ogen waren zo dichtbij dat ze verdronk.

De wilde paarden in haar hart schudden hun manen en trappelden ongeduldig.

'Hou op met me te vertellen wat ik moet doen,' zei ze. 'Waarom luister je voor de verandering niet een keer?'

Zijn ogen trokken samen van pijn. 'Dat zei Colin ook toen... Toen.'

Toen hij was weggegaan, begreep ze. Omdat hij had gedacht dat dat het beste was voor zijn broer.

'Ik ben Colin niet,' zei ze.

'Geloof me, dat weet ik.' Zijn vrije hand gleed van haar schouder naar haar onderrug. Zijn vingers waren licht als een strijkstok die een viool alleen maar wilde laten fluisteren, maar ze lieten vonken achter die dansten op haar huid.

Haar Lied versnelde, de pianoklanken van het Eerste Troostlied zochten zich soepel een weg tussen harde houten splinters en onbuigzame ijzeren machines; de langzame, repetitieve melodie veranderde in iets wervelends en opzwepends, warm als de *Bolero* van Ravel. Het zijne bleef stil, maar ze voelde zijn hand trillen in haar haar.

Om hen heen hing verlangen als een dichte mist waarin ze zou verdwalen als ze niet zo goed had geweten wat er recht voor haar was. Ze leunde naar voren.

Zijn armen verstrakten en ineens was zijn mond op de hare. Haar Lied cirkelde om hen heen, zoekend naar wat haar handen niet konden bereiken. Twee hartslagen lang was er alleen *verrassing,* de druk van zijn lippen warm en zacht. Toen maakte hij een geluidje dat diep in zijn keel vibreerde, werd de kus intenser, en kwam de opluchting van *overgave,* kwam *verlangen* dat klonk als: meer, meer, meer.

Kwamen die emoties van hem of van haar? Het deed er niet toe, ze kon haar Lied amper nog horen boven het kloppen van zijn hart. Haar hart bonkte in hetzelfde ritme: meer, meer, meer.

Haar handen bewogen rusteloos, glipten onder zijn armen door, vonden zijn rug. Haar vingers spreidden zich, botsten op het gespje op de achterkant van zijn vest, gleden hoger, naar de plek waar zijn schouders zich verbreedden, trokken hem dichter, nog dichter naar zich toe.

Bachs *Chaconne* sloop haar bewustzijn in, Lorcans viool tastte de randen van het Eerste af zoals zijn lippen over de hare bewogen, zijn duim heel zachtjes achter haar oor bewoog.

Hij tilde zijn hoofd op en keek haar aan, zijn ogen een storm van emoties die hij zo hard binnen probeerde te houden dat ze hem kon voelen trillen. Zijn viool galmde om hen heen, de melodie dalend en stijgend in pieken, gradueel versnellend tot de muziek veranderd was in een dwingend, woedend smeken.

Ze zou haar Lied naar binnen moeten trekken, dacht ze vaag, zodat het geen disharmonie zou creëren met het zijne.

'Ariane...' Lorcans lippen gleden langs haar wang, hij ademde huiverend uit, vlak bij haar oor, zijn adem een streling in haar hals. 'Dit is niet...'

Haar Lied weigerde zich naar binnen te laten trekken, maar begon zich aan te passen. Het vertraagde steeds verder, de samenhang tot het uiterste opgerekt, tot het zich ineens met de gratie van een balletdanser tussen het zijne boog en eenheid creëerde. Het bracht de scherpe, sluipende pijn van gemis mee, het brute van schuldgevoel, dat als een breekhamer tekeerging.

'Niet echt,' maakte ze zijn zin voor hem af.

Ze voelde zijn hele lichaam roerloos worden. De *Chaconne* van zijn viool werd een kwellende zoektocht van dubbele stops, die noten en verwarring ontlokten aan twee snaren.

'Het geeft niet,' zei ze. Het bonken van zijn hart was zo dichtbij dat ze het kon voelen. 'Het geeft niet.'

Ze werd zich bewust van een ander geluid en zette een stap achteruit. Zijn armen verstrakten rond haar en een moment bewoog hij mee, toen liet hij haar los. Zijn blik was verscheurd, zijn lippen gingen van elkaar. 'Ariane, ik...'

'Voetstappen.' Ze knikte naar opzij. 'Rafael.'

Lorcans Lied viel abrupt weg. Hij haalde een hand door zijn haar, sloot zijn ogen. 'Ik kan niet... niet nu. Ik kan niet aan jou denken, terwijl hij...'

'Weet ik,' zei ze. Hoe kon ze het niet weten? Het was deel van haar, net zozeer haar eigen behoefte als de zijne. 'Colin. We houden hem veilig, en we krijgen hem terug.'

Toen Rafael zich tussen dezelfde machine en kist door wrong als zij daarnet, voelde het alsof de cocon waarin ze hadden gezeten ineens werd opengebroken. Haar Lied rafelde uit elkaar en viel weg.

Rafael wierp hen allebei een onderzoekende blik toe, maar vroeg alleen: 'Hoe zit het, zijn er botten gebroken?'

Ze concentreerde zich zorgvuldig op hem. 'We hebben geen ruziegemaakt.'

Hij grijnsde. 'Dus als jij met iemand ruziet dan komen er gebroken botten aan te pas? Goed om te weten.'

Rafaels Lied stroomde de ruimte in waar zonet de Liederen van Lorcan en haar om elkaar heen gedraaid hadden, joeg de herinnering weg aan de warmte die ze hadden gedeeld, zodat ze weer normaal kon ademhalen. Hij knikte richting Lorcans zij, waar zijn hand hing. 'Laat zien.'

Lorcan balde zijn hand tot een vuist. Ze zag zijn gezicht vertrekken, maar hij zei: 'Het geneest vanzelf wel.'

'Jij en Elena zijn verdomme allebei even erg.' Rafaels stem was scherp van ergernis. 'Weet je hoe irritant het voor mij is als iemand in stilte naast mij zit te lijden? Vergeet het maar, ik ga niet zo inspelen, niet nu de levens van Elena en Colin op het spel staan. Hand.' Hij maakte een wenkend gebaar dat een bevel was.

Lorcan keek Rafael een poosje zwijgend aan, maar stak hem toen zijn hand toe.

Rafael mompelde iets onverstaanbaars, pakte hem aan en liet zijn Lied over de kneuzing heen stromen.

Lorcans ogen zochten de hare weer. Ze knikte, één keer, omdat ze niet hardop kon herhalen wat ze daarnet had gezegd. Hij leek het te begrijpen, de boodschap tussen hen helder. *We houden hem veilig, we krijgen hem terug.*

Al het andere, hield ze de rusteloos steigerende kudde paarden in haar hart voor, kon wachten.

HOOFDSTUK 21

Een kille wind joeg een rood verkleurd esdoornblad tegen Arianes benen. Het gevoel was vaag in vergelijking met de geluiden om haar heen – verkeer in de verte, het gepraat van toeristen en Parijzenaren dichtbij – en vooral Lorcan, die naast haar liep.

Het inspelen vanmiddag was in eerste instantie een ramp geweest. Telkens weer had ze Lorcans viool dwars door de andere instrumenten heen gehoord en was het alsof ze de druk van zijn lippen op de hare weer kon voelen, alsof de kus bleef nagalmen, zo werkelijk als een Lied.

Halverwege hun tweede doorloop van het Vierde Strijdlied had ze het opgegeven om te proberen hem te negeren. Haar ogen hadden de zijne gezocht terwijl ze speelde. En toen was alles ineens weer helder geworden, had ze zich als vanzelf kunnen concentreren. Er was maar één doel: ervoor zorgen dat Lorcan Colin terugkreeg.

Terwijl ze de technieken had geoefend die de Luisteraar van de Zelas-strijdgroep met haar had doorgenomen, had haar Lied niet één keer geaarzeld. Ze had het gevoel gehad dat ze er klaar voor was.

Maar nu ze onder een laaghangende avondzon de Jardin du Luxembourg in liepen, voelde ze hoe nervositeit haar maag in een bal samenkneep. Drakos' strategie rustte op het vertrouwen dat zij meteen in het begin een simpele taak kon volbrengen. De Zelas-Luisteraar had haar ervan verzekerd dat ze het onmogelijk fout kon doen, maar Vera had er geen idee van dat Ariane geen echte Luisteraar was.

De zuidelijke ingang die ze hadden gekozen was een behoorlijk stuk verwijderd van de fontein die Colin had genoemd. Dat was met opzet, om de Zelas-strijdgroep ter plaatse te krijgen zonder dat hij ze zou opmerken. Zij volgden op een veilige afstand, hun Liederen zorgvuldig naar binnen getrokken.

Dichterbij volgden Isabella en Rafael. Voor Ariane en Lorcan liepen Drakos en Elgar.

Elgar. Het was bizar om hem ineens weer buiten zijn cel te zien. Drakos liep naast hem met een waakzaamheid die bijna tastbaar was. De hoge kraag van Elgars jas was omhooggeslagen, en daaronder droeg hij een brede sjaal, om te verbergen dat zijn mond was dichtgeplakt. Het leek hem niet in het minst te deren dat daarmee het grootste wapen van een Sirene, de zang, onbereikbaar was. Hij was een en al geamuseerde kalmte.

Een schril contrast met hoe zij zich voelde, strak van de nervositeit.

Als Elena hier was, zou ze hen zo ongeveer nu nog één keer de stappen van hun strategie laten opdreunen en iedereen zou zuchten, maar Ariane zou stilletjes opgelucht zijn, omdat het haar een houvast gaf.

Ze kon het Elena bijna horen zeggen. *Stap één:* de Zelas-strijdgroep dichtbij genoeg krijgen, zonder dat het opviel.

Ariane ademde diep in, en liet haar Lied met haar uitademing naar buiten. Meteen namen de geluiden, stemmen en emoties die ze hoorde toe.

Lorcan, Rafael, Isabella en Drakos waren heftige aanwezigheden, hun spanning en angst om Elena en Colin zo fel dat ze moest vechten om haar aandacht bij hen weg te trekken. Elgar was in vergelijking ontspannen.

Beetje bij beetje kwam er meer. Rechts van haar hoorde ze de nauwelijks bedwongen irritatie van een ruziënd stel. Voor haar, bij de grote, achthoekige vijver, pikte haar Lied een cluster op van gelijkaardige mixen van concentratie, faalangst, vastberadenheid en verveling: studenten, die zich graag met hun boeken in de bankjes en stoelen rondom de vijver nestelden. Ze duwde haar Lied steeds verder naar buiten en maakte haar cirkel zo wijd mogelijk.

'Oké,' zei ze tenslotte. 'Ik hoor geen Sirenen, geen Echo's, geen andere Luisteraar. Niets bijzonders.'

'Goed,' zei Drakos.

Het was nuttig om dat te weten, maar in feite was het code voor wat ze echt deed: haar Lied zo ver mogelijk uitwerpen, en zo de aandacht afleiden.

Achter haar hoorde ze Isabella's hand in haar jaszak schuiven, om onopvallend een berichtje te versturen aan de Zelas-strijdgroep.

Een paar seconden later kon ze horen hoe de Demper zichzelf en de rest van de Zelas-strijdgroep in een stilteschild zette – hun emoties vielen abrupt weg. Haar Lied botste ineens op een leegte, een bewegende blinde vlek in haar waarneming.

Onrust trok in haar maag. Het was ontzettend opvallend.

Maar ze bracht zichzelf in herinnering hoe het werkte: het ene Lied van Waarneming vertroebelde het andere. Zolang zij actief Luisterde zou alles om haar heen een beetje wazig klinken voor Colin. Niet genoeg om ervoor te zorgen dat hij niets meer hoorde, maar genoeg om nuances verloren te laten gaan. Het kleine stilteschild van de Zelas-strijdgroep zou hem niet opvallen tussen al het andere, zodat zij zich onopvallend naar hun uitkijkpunt konden begeven.

Het Vierde Strijdlied stroomde op de klank van haar piano door de bomen, langs de mensen die door het park flaneerden, en uiteindelijk over de grote, achthoekige vijver. Ze liepen eromheen, richting het Palais du Luxembourg, waar de Franse senaat zetelde.

Was het echt nog maar een maand geleden dat ze hier gelopen had in een zomerjurkje, haar reisgids in de hand? Ze herinnerde zich nog hoe ze had gelezen dat het gebouw vierhonderd jaar geleden was opgetrokken voor koningin-regentes Marie de' Medici, die een paleis wilde zoals het palazzo in Firenze waarin ze geboren was.

'Alles goed?' vroeg Lorcan.

Het was zwaarder dan ze vooraf verwacht had, om te blijven Luisteren, en zichzelf tegelijkertijd te dwingen om niet te verdrinken in de emoties om haar heen. Drakos' strijdvaardigheid klonk als een onwrikbaar harnas rondom wurgende bezorgdheid, Lorcans alertheid was pijnlijk scherp onder zijn zorgvuldige kalmte.

'Prima,' zei ze.

Na de vijver bogen ze naar rechts af. Heel vaag voelde ze de leemte van het stilteschild, ergens vlak achter haar, dat zich verplaatste.

'We zijn bijna bij de fontein, toch?' vroeg ze.

Die vraag was het afgesproken signaal om duidelijk te maken dat ze had gehoord dat de Zelas-strijders hun positie hadden ingenomen.

'Klopt,' zei Drakos. 'Die kant op.'

Ze liepen door, begeleid door de pianoklanken van haar Lied die over het park bleven strijken. Ze dwong haar aandacht richting het ruisen van de kastanjebomen en esdoorns, die vuurrood leken in het licht van de avondzon. Ze Luisterde naar droge, knisperende bladeren, om ervoor te zorgen dat ze alert bleef op de omgeving.

Stap twee, dreunde op het ritme van het Vierde door haar hoofd: Elgar bewaken tot Elena veilig bij hen was.

Ze kwamen bij de fontein: een lang, rechthoekig bekken, omringd door een lage reling van metalen krullen en stenen pilaartjes met geschulpte bloembakken. Twee beelden bovenaan de fontein symboliseerden de Seine en de Rhône. De centrale beeldengroep bestond uit twee geliefden die werden betrapt door een dreigende figuur, een reus die gemaakt leek te zijn van samengebalde schaduwen.

'Acis en Galatea,' zei ze.

Het verhaal had meerdere opera's geïnspireerd. Volgens de mythe had de reus de minnaar van de nimf die hij voor zichzelf wilde gedood met een reusachtig steenbrok.

'Liefde die sneuvelde onder de duistere hand van jaloezie,' zei Lorcan.

'Alleen als ze het had opgegeven. Maar dat deed ze niet. Haar liefde was sterker en overwon.'

Lorcan schudde zijn hoofd. 'Door haar geliefde te veranderen in een rivier? Ik zie niet in hoe dat een goed einde is.'

Haar Lied bracht het zachte kabbelen van het water in het bassin naar haar toe.

'Nee? Galatea was een waternimf.' Vanuit haar ooghoek zag ze hoe hij naar haar keek, zijn ogen afwachtend. 'Hoeveel dichter kon ze bij haar geliefde komen dan door zichzelf in hem onder te dompelen? Hoeveel dichter kon hij bij haar komen dan door elke centimeter van haar tegelijk te kunnen strelen?'

Ze hoorde hoe iets in zijn emoties verschoof, iets onverwacht heftigs wat ergernis kon zijn, maar ook... Nee, hou op. Geen tijd voor.

Drakos hield Elgar stevig bij de arm en draaide hen met hun rug naar de fontein. De rest verspreidde zich volgens plan in een wijde halve cirkel.

De tijd leek voorbij te kruipen terwijl ze de omgeving afspeurden en de zachte pianoklanken van haar Lied langzaam om hen heen bleven klinken.

En toen versnelde alles weer. Haar Lied bracht ineens een kluwen met zich mee dat er een moment eerder niet was geweest.

'Elena,' zei ze. 'En Colin. En...' En nog iets. Een vreemde, zuigende kilte. Doffer dan een Echo, maar ook niet menselijk. 'Orgándras.'

'Welke kant?' vroeg Drakos. En toen ze niet meteen reageerde: 'Ariane! Waar komen ze vandaan?'

Ze gebaarde. 'Dichtbij. Daar, achter die bomen, ze zijn bijna... Je zult ze zo zien!'

Drakos knikte grimmig. 'Zoals verwacht. Fiona helpt Colin. Ze moet hen tot nu in een stilteschild gehouden hebben.'

En in tegenstelling tot Colin was Ariane maar een armzalige Luisteraar, dus had ze het schild niet weten te vinden terwijl het naar hen toe bewoog. Drakos was daar al van uitgegaan, maar het stak toch een beetje.

Niet belangrijk nu.

Stap drie. De ruil. Elena veilig terugkrijgen uit de confrontatie met Colin of Teles.

De jonge vrouw die even later van tussen de bomen achter de fontein opdook leek aanvankelijk niets met Elena te maken te hebben. Ze droeg een lange cape over een blauwe jurk. Haar lange, donkere haar golfde los om haar schouders, alleen achter haar oor samengehouden door een glanzende gouden kam. Ze liep als een slaapwandelaar, langzamer dan Ariane haar ooit had zien bewegen.

'Elena.' Drakos' stem was niet meer dan een uitademing. Hij deed een stap naar voren.

Drie gestaltes doken achter Elena op, twee vrouwen en een man. Hun snelheid en hun vloeiende bewegingen vormden een fel contrast met Elena's lethargie. Ariane huiverde toen ze hun kille leegte voelde, hun uitdrukkingsloze gezichten zag, hun zwarte ogen. Ze leken om Elena heen te glijden, sloten haar in als de zetting van een edelsteen.

Ze kon voelen hoe Drakos zich met geweld beheerste.

Ariane wilde hem geruststellen, dat Elena niet gewond leek, in orde was, maar haar Lied vertelde haar dat dat een leugen zou zijn. Er was iets mis, Elena klonk als een vreemde, vol onzekerheid die niet bij haar paste.

En toen verscheen degene op wie ze wachtten: een lange gestalte, gehuld in een openhangende, halflange wollen jas met een bontkraag.

In *Stripes* had ze Colin alleen van veraf gezien, en waren vooral de gelijkenissen opvallend geweest: met de jongen die ze nog maar zo kort geleden in de steeg naast *Les Oreilles* had gevonden, en met Lorcan.

Maar degene die zijn pas versnelde, door de orgándras werd doorgelaten alsof hij hun koning was, was niet dezelfde persoon als de Colin die ze zich herinnerde. Naast haar hoorde ze onder Lorcans roerloze façade dezelfde schok die zij voelde.

De flonkerende diamant in zijn oor, het goud aan zijn vingers, de dure, smetteloze kleren die hij droeg… die veranderingen waren op het eerste gezicht het opvallendst. Maar de andere waren belangrijker: de roofdierachtige zelfzekerheid in zijn tred, de manier waarop hij zelfbewust rechtop liep, zijn blik die hen berekenend opnam.

En toch was dit Colin. Geen zwarte ogen, geen vleugels, geen klauwen. Haar Lied snelde naar hem toe, bracht een snel wisselende mix mee van puur menselijke verrassing, een vleugje verlangen, een hint van verdriet en tekortschieten. Toen werd alles weggedrukt door de druk van meedogenloze vastberadenheid.

'Hé, Luisteraar.' Colin sprak niet hard genoeg om voor de anderen hoorbaar te zijn, maar zodra ze zijn lippen zag bewegen, pikte haar Lied de woorden op en bracht ze bij haar terug. Zijn stem klonk prettig, vriendelijk, het Ierse accent erin zo bekend dat ze zichzelf moest voorhouden dat ze hem niet kende. 'Trek je Lied naar binnen, of we draaien ons om en lopen hier weg.'

'Colin wil dat ik ophoud met Luisteren,' herhaalde ze snel, voor hij haar dat kon verbieden.

Drakos knikte, en ze liet haar Lied wegvallen. Ze voelde zich plotseling vreemd kwetsbaar.

Colin en Elena bleven staan ter hoogte van de beelden, met bijna de hele lengte van het bassin tussen hen en Drakos in.

Drakos deed geen moeite om dichter bij Colin te komen. Als hij kon, zou hij deze plek aanhouden, zodat ze zeker binnen het zicht van de Zelas-strijdgroep bleven.

Colins ogen gleden over Ariane, bleven even hangen op Rafael, maar schoten toen naar Drakos. 'Laat Elgar los.'

Een ijzige spanning kroop over haar ruggengraat omhoog. Het volgende was deel van hun strategie om Colin afgeleid te houden, zodat hij zeker niet zou gaan letten op het stilteschild van de Zelas-groep. Tegelijk moest het oprecht zijn, anders zou Colin de leugen horen.

Lorcan liep naar voren. 'Colin, laat me je helpen. Je denkt misschien dat er geen weg terug is, maar die is er wel. Die is er altijd. Je weet toch dat ik je nooit in de steek zou laten? En je weet dat niemand je ooit verantwoordelijk zou houden voor wat Teles heeft gedaan. Of voor het feit dat je niet in staat was hem buiten te houden. Colin… kijk me aan.'

Zijn Lied steeg op, smekend en doordringend, de galmende viool krachtig genoeg om het hele park te vullen, de senaat die verderop vergaderde te bereiken. Ze herkende de melodie niet, het simpele, melancholische deuntje leek te zingen over weiden groen als smaragd, een haardvuur dat altijd brandde.

Er ging een huivering door Colin heen en zijn ogen staarden een paar tellen in de verte, voor ze zich langzaam naar Lorcan verplaatsten.

Lorcan deed een stap vooruit, en toen nog een. De twee stonden tegenover elkaar alsof ze elkaars spiegelbeeld waren. Het was alsof alles om Ariane heen, het water, de bomen, Drakos, Isabella en Rafael, gelijktijdig zijn adem inhield en wachtte.

Op Colins gezicht verscheen iets dromerigs en een glimlach gleed om zijn lippen. Ze voelde haar hart samentrekken van hoop. Misschien… misschien was dit genoeg.

Toen fronste Colin. Hij knipperde een keer met zijn ogen en het was alsof ze kon zien hoe hij iets, een herinnering of een gedachte, van zich afschudde.

'Je deed wat juist voelde voor jou,' zei hij. 'Toen je vertrok. Ik heb hetzelfde gedaan.'

'Colin…' Lorcan strekte zijn hand uit, terwijl zijn viool protesteerde, hen doordrenkte met het gevoel van een deur die nooit op slot zat, een tafel waaraan altijd plaats was.

Colin vernauwde zijn ogen. 'Hoe moet ik iets geloven van wat je zegt, als je me het op die manier door mijn strot ramt? Hou op met proberen me te Fluisteren zodat ik doe wat jij wilt.'

Lorcan klemde zijn kaken op elkaar. Hij zag er ellendig uit toen hij zijn Lied liet vallen. Colin had precies zo gereageerd als hij voorspeld had, maar dat maakte het niet minder pijnlijk.

'Wat wil je dan?' vroeg Lorcan zacht. 'Waarom zijn we hier? Wil je echt degene bevrijden die jou gevangen heeft gezet?'

Colins gezicht was ernstig. 'Dat zie je verkeerd. Ik ben voor het eerst in mijn leven vrij.'

'Vrij?' vroeg Rafael ongelovig. Hij liep naar voren, tot Isabella hem inhaalde en bij zijn pols greep. 'Terwijl een Sirene aan je ziel vreet?'

Colins blik richtte zich op Rafael en hij maakte een hoofdbeweging naar Lorcan. 'Vrij van zijn eeuwige schuldgevoel.' Zijn blik schoot terug naar Lorcan. 'Laat het los, broer. Dat heb ik ook gedaan.'

Een schok ging door Lorcan heen. 'Colin…'

Colin schudde kort zijn hoofd. 'Genoeg. Laten we doen waar we voor gekomen zijn.'

Soepele, krachtige pianoklanken welden op en het was alsof Ariane een klap in haar gezicht kreeg.

Thelounius Monks *'Round Midnight* raasde over het plein en ze wist meteen dat het stuk zó gespeeld hoorde te worden: het ritme meedogenloos snel, maar tegelijk luchtig als een spel, improvisaties die de melodie complexer maakten, lichtvoetigheid die flirtte met melancholie. Dít was jazz, niet die aanfluiting die zij ten gehore had gebracht toen ze in de pianoles hetzelfde stuk speelde.

Colin draaide zich nieuwsgierig naar haar toe – zijn Lied had hem laten weten dat hij een golf ellende in haar binnenste had opgewekt, maar hij wist duidelijk niet waarom. Hij kon niet weten hoe hopeloos tekortschietend ze zich door dit stuk had gevoeld. Colins lippen plooiden zich in een glimlach van wrange tevredenheid, voor zijn ogen naar Drakos gingen.

'Vertel eens. Wat heb je gepland om deze ruil niet te hoeven doen?'

Dit was het cruciale moment. Hierop stuurde de hele strategie aan.

Stap vier. Overtuig Colin.

Drakos aarzelde geen moment. 'Niets. Ik wil Elena terug. Wanneer ik haar heb, belet niemand van ons jullie om te vertrekken.'

'Mm.' Colins ogen vernauwden zich en zijn Lied bleef ronddansen, wervelen, springen. Ze kon de onzichtbare pianist bijna voor zich zien die het galmend ten gehore bracht, vingers die bewogen alsof ze niet konden missen, gedreven door iets, een vonk, die zij niet had. 'Geen leugens. Verrassend. Dus dat betoog van Lorcan was alles wat je achter de hand had? Ik had verwacht dat je meer vuurkracht zou inzetten als het om je dochter ging.'

'Laat Elena gaan.' Drakos' stem was laag en rasperig. Zijn ogen bleven naar Elena terugkeren, die stil tussen de drie roerloze orgándras stond.

'Ik zou moeten eisen dat je Elgar laat spreken, zodat ik kan horen dat alles goed is met hem, maar...' Er glipte iets van geamuseerdheid in zijn stem dat absoluut niét Colin was. Zelfs zonder haar Lied voelde ze iets in hem oprijzen, een drukkende, eisende aanwezigheid. 'Thelxiope gemuilkorfd. Het heeft een zekere aantrekkingskracht.'

'Ik laat hem gaan zodra je Elena loslaat,' zei Drakos.

Ariane wreef over haar armen, voelde de snijdende spanning op haar huid prikken.

Toen hoorde ze een spookachtig neuriën van bij de orgándras

komen, een vreemde, onaardse melodie die galmend door Colins Lied sneed. Abrupt weken ze uit elkaar.

Colin keek opzij, naar Elena. Hij legde een hand op haar onderrug. 'Je kunt gaan. Of blijven, wat jij wilt.'

Elena staarde hem aan, knipperend alsof ze uit het donker in het daglicht was gestapt. Was ze onder invloed van Teles' zang? Ariane had de Sirene niet gehoord, maar als ze echt onder een stilteschild hier waren gekomen, dan had hij weer kunnen onderduiken vlak voor ze hier waren...

Ze wachtten, schijnbaar eindeloos lang, tot Elena haar ogen een ogenblik sloot. Haar schouders zakten toen ze haar adem uitblies, haar hoofd schudde. Zodra ze haar ogen weer opende, vond haar blik die van Drakos. Ze draaide zich van Colin af en liep hun kant op, wankelend maar vastberaden.

Het leek onwerkelijk. Hij had Elena echt laten gaan.

Drakos klemde zijn kaken zo hard op elkaar dat ze zijn tanden hoorde knarsen, maar de hele strategie had gerust op zijn onwrikbare voornemen om te doen wat hij had toegezegd. Hij liet Elgar los, die meteen wegschoot.

Rafael en Isabella renden Elena tegemoet terwijl hun Liederen het park in stroomden en Drakos het zijne erbij voegde. Het Vierde had Colins Lied van Waarneming met gemak moeten overstemmen, maar de complexe jazztonen vochten, grillig en ongrijpbaar, tegen de doelbewuste kracht van het Strijdlied.

Het moest Drakos zwaar vallen om niet zelf naar zijn dochter toe te kunnen lopen, maar zijn ogen waren strak op Colin en Elgar gericht, alert op een aanval.

Ongemak prikte zo hard op Arianes armen dat ze zich er niet langer van kon weerhouden erover te wrijven, maar het ging maar niet weg.

Colin leek de kalmte zelf, de orgándras in een hoefijzervorm achter hem, hun lege gezichten en zwarte ogen een akelige herinnering aan wat er onder de oppervlakte schuilde. Elgar beende met lange passen op hen af, rukte de sjaal van voor zijn gezicht weg en trok de tape met een beslist gebaar van zijn mond.

Rafael en Isabella waren bij Elena, sloegen allebei een arm om haar heen.

Elgar was al bij Colin, legde een hand op zijn schouder en bracht zijn mond bij zijn oor.

'Luisteren,' beval Drakos.

Maar haar hart bonkte en haar ademhaling was onrustig, door de angst die wriemelend als wormen om haar heen leek te kruipen. Waarom dacht ze dat ze dit kon? Colins Lied klonk nog steeds over het plein, leek het hare te bespotten. Nee, hou op. Ze moest focussen.

'Elena.' Drakos' stem beefde even toen Elena struikelend bij hen aankwam en meteen door haar knieën ging, op de grond neerzakte. Hij greep haar schouder vast, liet zijn ogen over haar heen schieten.

'Ze is fysiek oké,' zei Rafael, maar zijn stem klonk grimmig. 'Op het Echo-gif na. Te diep, ik krijg het er niet uit.'

Dus dat was wat ze had gevoeld. Elena was van haar Lied afgesneden.

De schok zorgde ervoor dat Arianes eigen Lied naar buiten schoot, tussen twee snelle hartslagen door. Ze wilde het naar Elgar en Colin laten uitgaan, maar Elena's emoties slingerden heftig heen en weer tussen apathie en iets... iets vastberadens dat vocht om de overhand. De emotie hield Ariane vast, alsof ze die niet mocht negeren. Het was... iemand die wanhopig tastte naar...

'Lorcan.' Colins stem doorbrak haar concentratie. Hij deed een stap naar voren, zijn ogen op zijn broer gericht. 'Kom met ons mee als je wilt.'

Lorcans emoties schoten heen en weer tussen hoop, wanhoop en een wurgende twijfel. 'Colin, ik...'

Colin vernauwde zijn ogen en schudde zijn hoofd. 'Ik had nooit gedacht dat je me nog een keer zou verraden. Zoals je wilt.' Hij keek naar Drakos. 'Ik kan je verborgen strijders heus wel horen. Geen zorgen, ik heb ook een verrassing voor jullie.'

Hij bracht een arm omhoog, als een dirigent die een orkest tot een crescendo aanspoorde.

Vanachter de fontein raasde een golf naar voren die zo hard klonk dat Ariane haar handen voor haar oren wilde slaan. Ze wankelde tegen Lorcan aan, die een arm om haar heen sloeg om haar te stabiliseren.

Lorcans gezicht was bleek, zijn ogen die in de hare keken donker en wild. 'Wat hoor je?'

'Een vloedgolf.' Ze concentreerde zich één moment alleen op hem, op de verscheurende pijn die glashelder was. Toen gooide ze haar Lied weer naar voren, klemde haar kaken op elkaar en dwong zichzelf om te analyseren wat het naar binnen bracht. 'Echo's... en...'

Maar daar waren ze al. Echo's, Echo's, Echo's. Het was alsof de onderwereld het park in stroomde. Overal om haar heen voelde ze de emoties van verschrikte mensen, die niet begrepen wat er gebeurde, maar de plotselinge drang voelden om hier weg te gaan, naar huis, alsof ze een naderend onweer vermoedden.

Echo's doken op uit de grond en doken daarna weer onder, als dolfijnen in de zee, zonder last te hebben van steen, water of aarde. Geen drie of vier, maar minstens acht, nee, meer... Ze tellen was moeilijk, want in hun midden liep een bekende vrouw met opwaaiend rood haar. Fiona. Terwijl ze dichterbij kwam verkleurden haar ogen naar pikzwart. De onderkant van haar jurk was een werveling van gescheurd zwart kant boven haar onderste ledematen die veranderden in klauwen met verscheurende nagels.

Haar Lied gilde: *Sirene!*

Ariane hoorde Lorcan een geluidje van pijn maken. 'Moeder, nee.' In hem hoorde ze de gekwelde berusting, alsof hij ergens had geweten dat het zo wel moest aflopen.

Fiona bleef staan en keek hun kant op met ogen donker als de peilloze nacht. Op haar rug verschenen de zwarte, krachtige vleugels van een volbloed-Sirene. Ze waren immens, zo hoog als het portaal van de Notre-Dame, met een spanwijdte van minstens zes meter. Ze leken op zeilen die de hemel verduisterden. De klap toen ze opengingen klonk als een donderslag, die zo diep in Arianes gehoor doordrong dat ze secondelang niets anders meer kon horen.

Toen bracht haar Lied Rafaels stem met zich mee, meeliftend op zijn grimmige, samengebalde woede. 'Leucosia, de oorverdovende.'

Colin strekte zijn armen voor zich uit. De Echo's doken naar voren.

HOOFDSTUK 22

Een goede strategie vereist eerst en vooral dat je weet wat je prioriteit is. Wat wil je beschermen boven al het andere? Wat ben je bereid op te offeren?

Uit: 'Liederen van leven en dood. Strategieën door de eeuwen heen.'

DE ALARMBEL IN ELENA'S HOOFD BLEEF MAAR AFGAAN. ECHO'S, Echo's, Echo's! Sirene!

Het verschijnen van Leucosia had hetzelfde effect als wanneer iemand haar in ijswater had gegooid. De schok was pijnlijk, maar maakte haar wel klaarwakker. Het verleidelijke *Elena, Elena* van Teles' fascinatiezang leek eindelijk uit haar hoofd geblazen te worden.

Ze herinnerde zich vage flitsen van hoe ze hierheen waren gelopen, hoe haar benen hadden bewogen zonder dat ze het zelf had besloten, alsof ze een van Teles' instrumenten was. En van daarvoor herinnerde ze zich Fiona, die had gespeeld en gespeeld terwijl Teles tevreden luisterde, tot Elena niet om de huiveringwekkende conclusie heen had gekund dat ze onontkoombaar afstevende op het moment dat zelfs de beet van een Echo genoeg zou zijn om haar te veranderen.

Hoeveel tijd was er verstreken? Hoe lang was ze onder invloed geweest van Teles' fascinatiezang?

Haar ogen schoten in het rond, namen in twee hartslagen de situatie in zich op: Rafael geknield naast haar; Lorcan die verslagen naar Colin staarde; Ariane die nauwelijks overeind leek te kunnen blijven; Isabella die haar mouw naar achteren schoof om haar orfiniumarmband te ontbloten, haar donkere haar wapperend in de wind van Leucosia's vleugels.

'Haar vleugels geven haar meer fysieke kracht, maar het is meer dan dat.' Rafaels stem, vlakbij. 'Het geluid ervan stoort Luisteraars. En haar fascinatiezang heeft geen breed bereik, maar ze kan één iemand heel goed afleiden.'

Leucosia hing in de lucht, het klapwieken van haar vleugels klonk als paukenslagen. Onder haar zag ze Colin, met naast hem… Elgar. Nee toch. Haar vader moest hem hier gebracht hebben om hem voor haar te ruilen.

De Echo's splitsten zich op: een vijftal kwam op hen af, de meerderheid schoot naar rechts. Daar leek niemand te staan, maar dat moest schijn zijn. Ze zag het aan de reactie van haar vader: zijn houding veranderde, klaar om die kant op te springen. Toen schoten zijn ogen naar haar en hij aarzelde.

Ze wilde het uitschreeuwen van frustratie omdat ze begreep waarom: Teles had haar zwak gemaakt. Zonder haar Lied was ze geen hulp, maar iemand om te beschermen.

'Ga,' spoorde ze haar vader aan. 'Ik heb de groep. Ga!'

Hij keek haar een moment verbeten aan, zijn Lied jankend als een wolf die zijn roedel wilde beschermen. Toen sprong hij naar rechts, achter de Echo's aan. In één machtige stoot lanceerde zijn Lied hem over hen allemaal heen.

Zodra hij landde Schreeuwde hij twee Echo's tegelijk terug naar de onderwereld. De klap deed de grond daveren, maar de rest van de wezens had van de gelegenheid gebruikgemaakt om langs hem heen te kronkelen. Hij draaide zich op zijn hiel en lanceerde een *staccato* van korte Schreeuwen, die nog een Echo troffen, voor hij achter de rest aan ging en achter een heg verdween.

Rafaels Lied trok nog steeds aan haar, zijn gitaar volhardend en aanhoudend op de klank van het Vierde. 'Het gif zit te diep. Ik krijg het er niet uit, je Lied moet het zelf doen.'

De Echo's waren bijna bij hen.

'Weet ik.' Lang genoeg als een zielig hoopje op de grond gezeten. Ze duwde zichzelf overeind en verhief haar stem. 'Triangelformatie.'

Tot haar opluchting reageerden ze allemaal meteen. Rafael sprong overeind en balde zijn hand tot een vuist, de orfiniumring aan zijn middelvinger schitterend. Lorcan duwde Ariane achter zich, terwijl hij zijn orfiniummes loshaakte. Isabella, Rafael en hij vormden een driehoek om Elena en Ariane heen, hun orfinium naar buiten gericht terwijl hun Liederen oprezen.

Ze onderdrukte de felle woede dat ze zich moest verbergen achter de ruggen van haar strijdgroep. Die was zinloos. Om een gevecht te winnen moest je je bewust zijn van de sterktes en zwaktes van je strijdgroep en je strategie daarop afstemmen.

Vijf Echo's. Te veel voor drie niet-Schreeuwers als ze niet heel voorzichtig waren.

'Korte stoten,' beval ze. 'Schrik ze eerst alleen af. Op mijn teken.'

'Tuurlijk,' zei Rafael. 'Als je het langzaam wilt, dan doen we het langzaam. Mooie haarspeld.'

'Raf...' Ze draaide om haar as, liet haar ogen de Echo's volgen. 'Actie, nu.'

Hij hief zijn hand en zijn Lied viel weg terwijl een korte klap de Echo trof die steeds dichterbij was gekomen. Het lijf van de

Echo trilde heel even en het beest maakte de cirkel om hen heen wijder. Goed.

'Isabella, nu. Lorcan, wacht… nu.'

De wezens hadden gelukkig niet voldoende bewustzijn om echt samen te werken. Haar korte bevelen waren genoeg om de drie om haar heen keer op keer net op tijd te laten reageren, zodat de Echo's niet dichtbij genoeg konden komen.

Dit kon ze. Het zou duizend keer beter zijn geweest als ze het zelf had kunnen doen, maar drie actieve strijders met orfinium waren genoeg, zolang ze haar kop er maar bij hield. De kou van de Echo's zette enerzijds haar instincten op scherp, maar er was iets ongemakkelijks in haar, iets…

Ze keek ineens op, over de Echo's heen, in de verte, recht in Colins ogen. Zijn lippen vormden haar naam. *Elena.* Ze huiverde toen ze zich herinnerde hoe Teles die had gezongen in haar geest, haar ziel. Toen draaide hij zich om en liep weg, Elgar in zijn kielzog, Leucosia als een stuk levende nacht boven hen, de orgándras als zijn gevolg achter hem aan.

'Zeg me dat jullie een manier hebben om ze niet zomaar te laten weglopen,' zei ze tegen Ariane. Haar ogen volgden gespannen de cirkelende Echo's.

'Een verborgen Luisteraar,' antwoordde Ariane, 'maar…'

Ze onderbrak Ariane: 'Allemaal. Vlak voor Isabella, op mijn teken… nu!'

Haar strijdgroep reageerde als een goed geoliede machine. Ze richtten tegelijk op de Echo die de laatste paar cirkels steeds dichterbij was gekomen. Hun drie Liederen vielen weg en maakten plaats voor drie harde dreunen, precies op het punt waar bij een ophion het gif zichtbaar zou zijn. De Echo verdween.

Hoera voor elke oersaaie klus Echo's opvegen die ze samen hadden moeten doen en die ze had opgeleukt door hen dit soort strategieën te laten oefenen. Ze bleef om haar as draaien, de Echo's volgen. Amper een halve minuut later slaagden ze erin om er op dezelfde manier nog een uit te schakelen.

De Echo's werden onrustig, hun bewegingen langzamer.

'We kunnen ze pakken,' zei Lorcan. 'Een uitval?'

'Ik stem voor,' zei Rafael. 'Hier word ik duizelig van.'

Tot haar immense ergernis aarzelde ze. De zuigende leegte van de Echo's maakte alles wat ze wist brokkelig en onzeker. Ze kon niet nog eens gebeten worden, niet terwijl ze al gif in haar lijf had.

'Jouw beslissing, Elena,' zei Isabella kalm.

Haar beslissing. Wat als ze de verkeerde maakte? Wat als ze faalde, zoals toen ze zich door die drie instrumenten van Teles had laten grijpen? In de verte hoorde ze dreunende klappen en een nieuwe onrust greep haar bij de keel.

Haar vader was een krachtige Schreeuwer. Maar vijf Echo's of meer in zijn eentje…

Ariane keek haar aan. 'We kunnen doen wat Lorcan in de kerk deed? Als ik hem Versterk…'

Het woord was haar mond uit voor ze er echt over nadacht. 'Nee.'

'Ik kan het aan,' zei Lorcan.

Hij klonk zeker, maar daar trapte ze niet in. Na wat er net met Colin gebeurd was zou Lorcan een baken van warmte, leven, liefde, vervulling moeten spelen? Geen sprake van.

De Echo's kwamen nog een fractie dichterbij. Geen tijd meer om te aarzelen.

'Op mijn teken. Wacht tot ik je noem.' Ze stond versteld van hoe kalm ze klonk. Om haar as draaiend volgde ze de bewegingen van de Echo's, hun reusachtige slangenkoppen, de muilen als gapende schaduwen. Ze miste haar Lied, het vertrouwde tintelen in haar hielen, haar vingers, het zoemen in haar keel. Maar dit kon niemand haar afnemen: haar gevoel voor ritme, de cadans van een gevecht, het juiste moment om… 'Nu, Rafael… Isabella. Lorcan!'

Ze aarzelden niet. Felle trots en opluchting stroomden door haar heen toen ze hen zo snel zag reageren dat ze geen tijd hadden om te verifiëren of haar inschatting klopte. Ze vertrouwden op haar en sprongen naar voren, hun orfinium geheven.

Ze voelde haar hart overslaan toen Rafael, roekelozer dan hij gewoonlijk was, recht in de baan van de Echo's stapte, de staart van de ene negeerde, en zijn vuist door de kop van een tweede ramde. Isabella sloeg haar voorarm achter de kop van een Echo halverwege een hoge triller van haar galmende fluit. Lorcans viool steeg hoger en hoger terwijl hij soepel naar voren dook. Zijn Lied bleef opbouwen terwijl zijn mes daalde, viel pas weg toen hij de kop van de Echo raakte.

Drie klappen, door amper twee seconden van elkaar gescheiden. Ze trilden in haar, bijna net zo bevredigend als een Schreeuw.

Van haar rechterkant hoorde ze het Lied van haar vader tussen de klappen door omhoog schieten, kwellend net niet synchroon met de Liederen om haar heen. Het klonk verdorie alsof hij daar alleen bezig was. Colin had toch verborgen strijders gehoord?

Luisteraar. Ariane had het over een verborgen Luisteraar gehad, dus die was het belangrijkst… natuurlijk, die strijdgroep moest Colin en Elgar volgen. Haar vader had ze ongetwijfeld achter hen aan gestuurd en dekte in zijn eentje de achterhoede.

Maar zoveel Echo's waren veel voor één strijder, zelfs voor hem. Niet genoeg tijd om goed te richten, omdat je moest blijven dansen om niet gebeten te worden. Te veel kansen dat de Echo's je insloten.

En toen hoorde ze het neuriën, de muziek van vochtige aarde

en dingen die ooit geleefd hadden en die verlangden naar het licht.

Teles' instrumenten. Als hij die ook nog aan het bevechten was…

'Snel, we moeten hem helpen!'

Zonder op antwoord te wachten spurtte ze voor de anderen uit. Ze smachtte naar haar Lied, naar het vermogen om over de haag te springen waar ze langs rende, naar het vertrouwen dat ze aankon wat daar op haar wachtte.

Ze rende hard genoeg om van veel te ver te kunnen zien hoe haar vader de laatste Echo de grond in trapte maar toen een mes in zijn zij kreeg van een van Teles' instrumenten.

De blonde man zag er niet eens triomfantelijk uit, zijn gezicht was leeg en zijn ogen waren uitdrukkingsloos toen hij met onmenselijk snelle reflexen een klap van haar vader ontweek en meters achteruit sprong. De twee vrouwen namen zijn plaats in, de roodharige met een mes, de ander schijnbaar zonder wapen. Ze haalden van twee kanten uit.

Hij reageerde met iets wat maar weinig Schreeuwers ooit hadden gekund: hij splitste zijn Lied, zodat het naar twee richtingen tegelijk knalde en hen achteruit gooide.

Maar hij was eerder al geraakt. Lange, bloederige sneden liepen kriskras over zijn bovenlichaam, hadden stof en huid tegelijk doorsneden. De lier die onder zijn kleren verstopt had gezeten was rood van zijn bloed.

'Hierheen!' schreeuwde ze, terwijl ze doorrende. Als hij terugtrok, dan kon de rest van haar strijdgroep hem bijstaan.

Haar vader deed het tegendeel van wat ze wilde. Hij sprong voorbij de blonde man om hem de pas af te snijden en Schreeuwde toen een *staccato* naar de grond dat hem terugdreef naar de andere twee.

De drie sloten zich meteen weer aaneen. Nu ze zelf niet vocht kon ze zien hoe de drie als een eenheid bewogen, ledematen van één lichaam. Ze omsingelden haar vader.

De man met het mes haalde uit, de vrouw vloog richting zijn andere kant. Haar vader moest wel verdedigen en het roodharige meisje bewoog als een versnelde film, wist hem een trap tegen zijn ribben te geven. Ze was een klein, frêle ding, hij had het met gemak moeten kunnen incasseren, maar hij wankelde achteruit. De lange vrouw maakte van de gelegenheid gebruik om een nieuwe omtrekkende beweging te maken.

Hij voelde het effect van hun gif al, dat kon niet anders. Ze zag hoe zijn bewegingen trager waren geworden.

De lange vrouw vond een nieuwe opening en vloog haar vader naar de keel. Elena voelde haar hart overslaan toen ze zag dat zijn reactie niet snel genoeg was, toen ze het mes zag flitsen. Ze verwachtte een fontein van bloed, maar het mes landde niet in zijn keel. In plaats daarvan haakte het achter de gouden ketting om zijn hals en trok.

De lier.

De ketting brak en zijn hand flitste beschermend naar voren. Hij slaagde erin om zijn Lied te focussen, ramde zijn hand tegen de pols van de vrouw, zodat haar hand zich opende. Ze graaide naar de ketting en hij maakte onmiddellijk gebruik van het feit dat ze afgeleid was – hij Schreeuwde, lang en hard. Ze viel bewegingloos op de grond.

'Elena, weg!' schreeuwde haar vader.

Achter haar hoorde ze haar strijdgroep naderen. Maar voor haar ging alles zo snel. Haar vader sprong weg van het levenloze lichaam, maar Teles' twee andere instrumenten dreven hem in het nauw.

Als hij haar waarschuwing negeerde, dan kon zij hetzelfde doen.

Ze schoot tussen hem en het roodharige meisje in, net toen het wezen op hem afvloog. Ze had geen Lied, bracht ze zichzelf in herinnering, dus minder kracht achter haar klappen. Slim zijn, de juiste plek kiezen, snel zijn.

Ze dook opzij om een trap van het meisje te ontwijken, greep haar bij haar enkel en wilde haar op de grond gooien, maar ze was niet sterk genoeg zonder haar Lied, het meisje bleef overeind. Elena hield vast, dook naar de grond en sleurde haar mee. Het wezen rolde meteen om en dook boven op haar.

'Elena!' riep haar vader.

'Ik houd haar bezig!' schreeuwde ze. 'Versterking op komst.'

Ze hoorde zijn Lied luider en luider razen, maar ze hoorde ook dat zijn klappen lang niet zo snel kwamen als normaal.

IJskoude angst trok over haar rug terwijl ze worstelde en over de grond rolde. Het meisje wist bovenop te komen, klemde haar tegen de grond en sloeg haar handen om haar nek, haar nagels krassend, haar vingers sterk als bankschroeven. Hijgend worstelde ze om adem te halen, probeerde ze de veel te sterke handen van haar keel weg te trekken, het meisje van haar af te gooien, maar het was zinloos.

Toen voegden de krachtige klanken van viool, fluit en gitaar zich bij het Vierde Strijdlied, begeleid door de zachte klanken van piano. Ze voelde de klappen die het meisje raakten, hoorde een vreemd geluid ergens boven haar. Het meisje vloog achteruit. Elena zag hoe haar arm er ineens helemaal verkéérd bijhing.

Het neuriën veranderde van klank en in een flits stond het meisje overeind. Ze negeerde haar ontwrichte schouder en liep half gebogen achteruit, sneller dan mogelijk zou moeten zijn zonder achterom te kijken.

Een hand trok haar overeind. Ariane.

De blonde man vocht door. Haar vader wist de meeste

aanvallen af te weren, maar steeds vaker trof het mes doel, het wezen sprong keer op keer naar zijn linkerzij. Naar de hand die hij daar gebald hield en dus niet kon gebruiken – de lier.

Ze rende naar hem toe, achter Lorcan, Isabella en Rafael aan.

'Elena!' Ariane klonk buiten adem, ergens achter Elena.

Wat ze ook te zeggen had, Elena kon niet blijven staan. Ze hoorde Rafaels Lied wegvallen, zag hem zijn hand met de orfiniumring richten, en daarna de klap. De blonde man op wie hij gericht had, schudde het zo af, maar het gaf haar vader de opening die hij nodig had. Hij wist de man met een goed gemikte Schreeuw uit zijn evenwicht te brengen en hij kon hem neerslaan.

'Elena…' Ariane nog een keer, haar stem een waarschuwing.

Er moest iets op komst zijn, iets ergs. Meer Echo's? Sirenen?

Toen hoorde ze het zelf, voelde ze het vanuit de verte tegenover zich naderen. Een verschrikkelijke wind, het klapwieken van vleugels, bewegende nacht die dichterbij kwam als een duistere meteoor.

Leucosia dook als een adelaar naar beneden, op haar vader af, die net met een trap op de nek van de blonde man met hem afrekende. De Sirene strekte haar klauwen voor zich uit, haar aureool van rood haar wapperend. Het neuriën verwelkomde haar, steeg omhoog terwijl zij dook, haar zwarte ogen op één doel gericht.

Haar vader schreeuwde het uit toen de klauwen van de Sirene zijn linkerarm grepen en reten, trokken, trókken, terwijl Leucosia weer omhoog werd gestuwd door haar enorme vleugels. Zijn Lied viel weg.

Het Vierde klonk leeg, verkeerd, zwak, toen het alleen nog gedragen werd door de instrumenten van de anderen en niet zijn gitaar, terwijl hij op zijn knieën zakte. Bloed golfde en stroomde als een rivier van zijn arm, doorweekte de aarde waar hij op de grond viel.

Leucosia's vleugels klapwiekten, ze schoot weer weg, als een roofvogel die zijn prooi in zijn klauwen had. Teles' laatste instrument, het roodharige meisje, volgde haar als een trouwe jachthond, ze verdween half gebukt in de verte.

Elena rende als een gek, viel tegelijk met Rafael op haar knieën naast haar vader en staarde naar de ravage die de Sirene had aangericht. Haar handen beefden terwijl ze naar hem wilden reiken, maar zich toen terugtrokken, bang om nog meer schade aan te richten.

Leucosia had de lier meegenomen, en met de lier haar vaders hand.

HOOFDSTUK 23

Stoor de Heler niet die iemands leven in handen heeft.

Gianna Crovetti, hoofd van de Helers

'Hier. Zorg dat je zijn pols omhooghoudt, ik moet eerst de bloeding stelpen. Elena?' Rafaels stem was kortaf, gespannen. 'Iemand, neem het van haar over.'

'Nee!' Elena greep blindelings.

Haar vaders arm was een glibberig, dood gewicht, dat ze voorzichtig omhooghield. Ze had het beurtelings warm en ijskoud terwijl ze toekeek hoe Rafaels handen over haar vaders lichaam vlogen. Zijn Lied galmde om hen heen, een haastig, gejaagd tokkelen. Bloed welde op tussen zijn vingers, kleurde zijn handen rood terwijl het Vierde raasde en Heelde.

Haar vaders hand. Ze haalde beverig adem terwijl het tot haar doordrong. Zijn linkerhand. Ze had er zo vaak naar gekeken terwijl ze samen musiceerden, de manier waarop zijn vingers trefzeker de snaren op de hals van zijn gitaar indrukten.

'Ariane?' fluisterde ze, zich maar half bewust van wat ze vroeg.

Rafael schudde zijn hoofd, zijn ogen gesloten, een frons van concentratie op zijn voorhoofd.

'Te veel verschillende verwondingen. Als ze me Versterkt en ik er te snel alles doorheen jaag, dan mis ik misschien de belangrijkste… Ja, daar.'

Het bloed hield eindelijk op met gutsen.

Een voor een trokken daarna de diepe voren in haar vaders arm en bovenlichaam dicht. Iets in haar wilde zuchten van opluchting, maar hij was nog steeds zo stil, zijn huid grauw, en in haar handen hield ze zijn arm zonder…

Ze begon te beven. Hij zou zijn Lied verliezen. Zonder hand kon hij niet spelen, en als hij niet kon inspelen, dan kon hij ook zijn Lied niet voeden.

Rafaels Lied aarzelde, maar concentreerde zich toen weer. Zijn stem was vast terwijl zijn handen zich verplaatsten tot vlak bij de hare. 'Laat maar los.'

Haar handen wilden niet, maar ze deed het toch, dwong haar verkrampte vingers open, maakte plaats voor Rafael.

Zijn Lied werd een langzaam, behoedzaam zoeken, terwijl zijn vingers verder gleden. Hij klemde zijn kaken op elkaar en ademde een paar keer uit tussen zijn tanden.

Ze balde haar bebloede handen tot vuisten en dwong zichzelf bij hem weg te lopen, zodat hij rustig kon werken.

Samen met Lorcan sleepte ze de lichamen van de orgándras naar een onopvallendere plek. Gelukkig was het inmiddels donker, maar ze zouden ervoor moeten zorgen dat ze voor morgenochtend weg waren.

Het leek eindeloos lang te duren voor Rafael opkeek. Zijn ogen stonden somber, maar zijn stem was klinisch, bijna zakelijk. Iets waar ze zich aan vast kon klampen.

'Hij heeft veel bloed verloren. Zijn leven is niet in gevaar, maar hij zal niet snel bijkomen. En zijn hand… dit is geen schone snede. Leucosia heeft een hoop schade aangericht. We hebben Crovetti nodig als we een kans willen om die te redden.'

Hij keek haar afwachtend aan, maar ze wist niet wat ze geacht werd te zeggen.

Het was Ariane die de stilte verbrak. Ze knielde tegenover hen neer en leek verrassend kalm toen ze haar ogen over de bebloede vorm tussen hen in liet gaan. 'Je bedoelt dat je zijn hand er weer aan kunt zetten?'

Elena's ogen schoten van Ariane naar Rafael. 'Is dat zo? Kun je zijn hand redden?'

'Misschien.' Zijn gezicht was grimmig. 'Als we die terugvinden.'

Ze keek onwillekeurig omhoog, in de richting waarin Leucosia vertrokken was.

'Ariane...'

'Ik hoor haar niet meer.' Arianes stem klonk gepijnigd. 'Een poosje nog wel, maar toen was ze ineens weg. Toen ik Colin probeerde terug te vinden, lukte dat ook niet.'

Ze onderdrukte de paniekerige wanhoop.

Denk. Ze moest nadenken. Voor elke strijd, hoe wanhopig ook, was er een strategie die de beste was, onder de gegeven omstandigheden. Haar gedachten buitelden over elkaar heen, focusten zich toen op drie grote pijlers. De lier. De Sirenen. Haar vaders hand. Als ze er een vond, dan vond ze ze allemaal.

Hij moest een manier hebben bedacht om de Sirenen te traceren, dat kon niet anders.

Het was niet dat ze niet geloofde dat haar vader haar leven het belangrijkst zou vinden, maar hij was een strijder in hart en nieren, en ondanks alles trouw aan het Kefálion. Hij zou nooit met deze ruil hebben ingestemd zonder een plan om er iets goeds van te maken. Als hij Teles had kunnen vangen door hem schijnbaar

Thelxiope te geven… dan had hij geen verraad gepleegd, maar iets goeds gedaan.

Ze maakte de cape los die Teles haar had opgedrongen, spreidde de zachte, warme stof over haar vader en stond op.

'Rafael, ga Crovetti bellen. Zeg haar dat ze hierheen komt.' Hij knikte en liep weg, zijn telefoon in zijn hand. 'En… iemand, vertel me wat de strategie was om de Sirenen te volgen.'

Ze greep zich vast aan de logica van de strategie die Lorcan uiteenzette: de Zelas-strijdgroep zou de Sirenen volgen zodra de ruil afgerond was. Ze zouden bericht sturen zodra Colin en Elgar buiten bereik dreigden te raken. Overal in Parijs waren andere strijdgroepen aan het patrouilleren. Haar vader kon de groep op de juiste plek meteen inlichten en mobiliseren.

Ze hurkte naast haar vader, dwong zichzelf niet na te denken over wat ze deed, en haalde zijn telefoon uit zijn zak. Met een snel gebaar ontgrendelde ze het toestel, zoals ze hem zo vaak had zien doen, en opende de berichten.

'Ze hebben hem weten te volgen, de stad in. Hun laatste plaatsbepaling was ter hoogte van… Hôtel Aria.' Ze fronste. 'Al even geleden. Daarna geen nieuws meer.'

Rafael kwam teruggelopen. 'Crovetti komt. Ik heb het gesprek nogal abrupt moeten afbreken, want zoals je je kunt voorstellen, had ze vragen.'

Dat zou er niet minder op worden als ze hier aankwam.

Lorcan draaide de kaarten-app op zijn telefoon naar haar toe. 'Hôtel Aria is twee straten verder. We moeten achter ze aan.'

Lorcan stond duidelijk op het punt om dat te doen, wat ze ook zei.

Ze was niet van plan om hem tegen te houden. Als ze haar vaders hand wilde redden, dan kon ze niet het risico nemen dat Crovetti en wie ze ook zou meebrengen hen zouden proberen tegen te houden. Maar…

‘Ze zullen daar niet voor het hotel op ons staan te wachten,’ zei ze. ‘Als het tot een gevecht gekomen was, dan zou Ariane dat gehoord hebben.’

‘En de plek waar hij jou vasthield?’ vroeg Lorcan. ‘Zou hij daarheen teruggekeerd zijn?

Ze wreef over haar slapen. ‘Ik wilde dat ik me meer kon herinneren, maar mijn herinneringen… Ik kan je zo het interieur van het penthouse beschrijven.’ Ze lachte kort en vreugdeloos. ‘Maar waar het was, hoe we van daar hier zijn gekomen, geen idee.’

‘De fascinatiezang,’ zei Isabella. ‘Die vervaagt alles wat je doet terwijl je onder invloed bent.’ Haar ogen waren onderzoekend. ‘Elena, ben je wel…’

‘Er is niets met me aan de hand,’ snauwde ze. Ze dwong zichzelf weer rustig te worden toen ze Isabella zag schrikken. ‘Een dosis Echogif, meer niet. Hij heeft me niets aangedaan.’

Isabella knikte. ‘Wat herinner je je wel?’

Al hun ogen keken haar afwachtend aan.

Ze groef in haar herinneringen. ‘Het lijkt alsof het niet helemaal echt was. Donkere straten, een muffe geur… verder niets, geen enkel detail.’ Ze wierp een gefrustreerde blik op de stille telefoon. ‘Verdomme, waarom zijn ze opgehouden met updates sturen?’

‘Misschien hebben ze de tijd niet,’ zei Rafael.

‘Wij ook niet.’ Paniek klauwde aan haar keel toen ze de stille vorm naast zich in haar ooghoek zag. ‘Mijn vader ook niet!’ Ze klemde haar tanden op elkaar. ‘Isabella, je moet me Stemmen.’

‘Herinneringen die beïnvloed zijn door de fascinatiezang hebben de neiging om zichzelf te beschermen,’ zei Isabella. ‘We kunnen kijken wat we te pakken kunnen krijgen, maar het zal niet prettig zijn.’

Alsof dat ertoe deed. Ze strekte haar handen uit.

Isabella pakte ze aan en haar Lied stroomde de nacht in.

Hoofdstuk 24

De vloeiende fluittonen van Isabella's Lied leken Arianes overmatig geprikkelde gehoor een beetje te sussen. Ze staarde naar het scherm van Lorcans telefoon, waarop hij de kaart maar bleef in- en uitzoomen.

Elke keer als hij zijn vingers samenkneep en de kaart kleiner werd, zag ze de namen van bezienswaardigheden voorbijflitsen, de grote hoogtepunten van Parijs: de Eiffeltoren, de Notre-Dame, de Sacré-Coeur, de Opéra, de…

'Voorzichtig,' mompelde Isabella, haar Lied nog steeds op zoek in Elena's herinneringen. 'Ja. Niet verder dan dit. Smalle, donkere straten. De geur van iets vochtigs, een beetje muf. Kijk om je heen, zie je iets? Graffiti. Nee, niet verder terug, voorzichtig, Elena.'

Elena had haar tanden op elkaar geklemd, haar gezicht gespannen en geconcentreerd.

Er knaagde iets in Arianes achterhoofd, terwijl ze luisterde naar Isabella's Lied en tegelijk op het schermpje voor haar zag hoe de kaart van Parijs als een kloppend hart samentrok en weer uitzette.

Ineens fixeerden haar ogen zich op een bezienswaardigheid op de kaart. De herinnering aan een hete zomerdag toen ze ijs had gegeten en niets had bezocht, kruiste de herinnering aan haar bezoek aan Elgars cel.

'Isabella?' vroeg ze. 'Zijn het wel straten? Kunnen ze ondergronds zijn, in de catacomben?'

Isabella's wenkbrauwen schoten omhoog en haar fluit werd luider, galmde door het park.

Elena's ogen vlogen open. 'Hoe wist je dat?'

'Je hebt twee keer gezegd dat de straten donker waren. Maar toen jullie hier aankwamen was het nog licht. En die geur... Dat herinner ik me van mijn bezoekje aan Elgar.' Ze knikte naar de telefoon. 'Ik durf te wedden dat de ontvangst daar niet geweldig is, dus geen updates meer. En de botten in de catacomben dempen de gaven van een Sirene, maar dat betekent ook dat Luisteraars ze minder goed kunnen horen, toch?'

'Oh, in Orpheus' naam, dat had ik moeten beseffen.' Elena's vingers vlogen over het scherm van haar vaders telefoon. 'CL15. Het einde van het laatste bericht van de Zelas-strijdgroep. Ik dacht dat het nonsens was, een fout getypt woord in de haast. Maar dat is code voor een van onze onofficiële toegangen tot de catacomben.'

Ariane ving Lorcans blik, herinnerde zich wat ze hadden afgesproken: dat zij achter Colin aan zouden gaan, wat er ook gebeurde.

'Dan weten we waar we heen moeten,' zei ze vastberaden. 'Hoe langer Elgar de lier in handen heeft, hoe meer hij ermee kan aanrichten.'

Rafael blies zijn adem door zijn neus. 'Dus even dat ik het goed begrijp: we gaan de catacomben in, achter drié Sirenen aan?'

Elena keek hem en Isabella aan, terwijl ze de telefoon tegen haar been bleef tikken, een snel, vastberaden ritme. 'Ik zal versterking vragen aan de strijdgroepen die het dichtst in de buurt zijn. Jullie kunnen hier op hen wachten.'

'Ben je gek?' vroeg Rafael. 'Zo'n kans krijg ik nooit meer.'

Isabella knikte. 'De Zelas-strijdgroep heeft geen idee van de lier. We kunnen geen tijd verspillen.'

Rafael keek op zijn telefoon. 'Crovetti kan elk moment hier zijn. Ze sommeert ons om te blijven waar we zijn.'

Elena zag er verscheurd uit terwijl ze op haar vader neerkeek. Toen knielde ze naast hem neer, bracht haar gezicht naar zijn oor en fluisterde zachtjes iets tegen hem. Ze drukte een snelle kus op zijn wang en stond op.

'Lopen en denken. We hebben een plan van aanpak nodig.'

Nachtelijk Parijs gleed in een waas aan Ariane voorbij terwijl ze zich door de straten haastten.

Elena vlocht haar losse haar en zette die vast met de bijenkam, terwijl ze hen instructies gaf en strategieën formuleerde. Zelfs zonder haar Lied was het geruststellend dat ze er weer bij was.

Voor Ariane het wist, stonden ze voor Hôtel Aria. Het was een onopvallend gebouw dat niet eens zo oud was, waarschijnlijk uit het begin van de twintigste eeuw. Maar net als het meeste in Parijs was het gebouwd op iets veel ouders.

'Isabella?' zei Lorcan. 'Standaard aanpak?'

Isabella knikte. 'Prima.'

Ze gingen achter hen aan naar binnen en Arianes gevoel van een vreemde droom werd versterkt toen ze toekeek hoe soepel een Fluisteraar en een Stemmer iemand samen konden overtuigen.

De receptioniste had amper tijd voor de vraag wat ze voor hen kon doen, voor ze hen al naar de kelders leidde. Ze liet hen binnen, overhandigde hen sleutels voor de verschillende gedeeltes, en vertrok een minuut later weer naar boven, zonder zich te herinneren wat ze zojuist had gedaan.

'Haar herinneringen bevestigden het,' zei Isabella. 'De afgelopen uren zijn in haar geheugen zo wazig dat ze wel contact met Sirenen moet hebben gehad.' Ze liet een korte stilte vallen. 'Ik ben er voorlopig van afgebleven, het leek me geen prioriteit.'

'Dat was de juiste keuze. We zullen haar later opvolgen,' zei Elena. 'Ariane? Jouw beurt.'

Tot haar grote opluchting gleed haar Lied zonder aarzeling de grote kelder vol voorraden in. Het baande zich op de klank van het Vierde een weg tussen conservenblikken en bokalen, flessen zeep en een grote verwarmingsketel.

Naar beneden, dacht ze, en ze voelde haar Lied mee bewegen. Een doorgang in een muur kon misschien wel, maar het was minder waarschijnlijk. Nerveus zweet gleed over haar ruggengraat. Het was hier warm en de mensen die op een kluitje in het midden van de ruimte stonden maakten het er niet beter op. Ze voelde hun ongeduld, hun spanning, hun verwachting. Wat als ze dit niet kon, wat als…

Maar toen voelde ze het.

'Daar.' Ze leidde hen door een deur naar een tweede ruimte, waar stapels kartonnen dozen stonden. Helemaal achteraan, in een kleine nis met haken aan het plafond, vond ze een rond deksel in de grond.

'Ik hoor overal hieronder heel vaag ruimte, maar onder dat deksel het meest. Daar moet een pijp of iets dergelijks zitten.'

Ze knielde neer, trok eraan, maar kreeg er geen beweging in.

'Laat mij maar,' zei Elena. Ze greep het deksel met een hand, zette kracht en verstarde toen. 'Ik denk dat we dit met zijn tweeën moeten doen.'

Elena zag eruit alsof ze het wilde uitschreeuwen. Ze moest

heel even vergeten zijn dat ze haar Lied niet meer had om haar extra kracht te geven.

Samen tilden ze het loodzware deksel genoeg op om het opzij te schuiven. Elena liet het licht van de telefoon naar beneden schijnen. Een metalen trap leidde naar beneden in een schacht waarvan de onderkant in duisternis was gehuld.

Elena vertrok haar gezicht. 'Die geur. Ja. Ik kon me het hotel of de kelder niet herinneren, maar ik ben daar beneden geweest.' Ze keek met samengeperste lippen naar de lange jurk die ze droeg. 'Vervloekte Teles. Waarom moet ik hem elke keer treffen in zoiets?' Met een geërgerd gebaar sloeg ze de onderkant van de jurk over haar arm, gooide een been over de rand en klom naar beneden.

Ariane ging als laatste. De klim naar beneden leek eindeloos te duren. Gelukkig ging de metalen ladder op een gegeven moment over in stenen trappen, die uitkwamen op een kleine ruimte. De muren waren vaalwit, een ervan was bedekt met graffiti-tags. Aan de overkant begon een gang.

Ze herinnerde zich dat de catacomben gemiddeld zo'n vijfentwintig meter onder de oppervlakte lagen. Het leek alsof ze het gewicht daarvan boven zich kon voelen.

Elena's telefoon wierp een snel bewegende bundel licht over de onderste hoeken van de kamer en bleef toen hangen op een krijtteken in de vorm van een krullerige letter Z.

'De Zelas-strijdgroep is hier geweest,' zei Elena. Ze klonk opgelucht. 'Ze volgen de Sirenen nog steeds. Oké, we gaan verder volgens plan. Lorcan, jij bent onze verdediging tegen de fascinatiezang, dus blijf in het midden, zodat je ons allemaal makkelijk kunt Fluisteren. Ariane, achter Lorcan. Isabella, ga voorop, ik kom meteen achter je aan. Rafael, neem de achterhoede. Iedereen, houd je orfinium klaar.'

Ze liepen de gang in en volgden die een paar tientallen meters, tot ze op een driesprong kwamen. Het kleine teken van de Zelasgroep stond onderaan in de meest linkse gang.

Het was een vreemde wereld, hier beneden. De catacomben, waarin de botten van duizenden lichamen waren opgeborgen, waren gecreëerd in een klein gedeelte van een immense oude kalksteengroeve, die de witte steen had geleverd waaruit zoveel gebouwen in Parijs waren opgetrokken. Her en der hadden de steenwerkers pilaren van steen laten staan om het plafond te ondersteunen, zodat ze meer konden weghakken. Al doende hadden ze kamers gecreëerd, sommige zo groot als zalen, en eindeloos veel tunnels.

Elena bleef ineens staan.

'Ik weet waar we zijn. Dit is *La Chambre de la Rose*.' Ze scheen met de telefoon over de enorme roos die iemand in de zachte steen van de wand had uitgehouwen.

Ariane had gelezen dat de *cataphiles*, de liefhebbers die illegaal in de niet-opengestelde gedeelten van de catacomben afdaalden om ze te onderzoeken, her en der zulke versieringen achterlieten.

'Ben je hier eerder geweest?'

'Ja.' Elena keek om zich heen. 'Een stukje verderop begint een gedeelte dat alleen wij kennen.'

Wij? De begaafden.

'Cellen?' vroeg Lorcan.

Elena knikte. 'Er zijn er in de loop der tijd een paar gemaakt, verspreid door de catacomben, voor noodgevallen. De tekens van de Zelas-strijdgroep gaan die kant op. Ariane? Tijd voor een check.'

Ariane liet haar Lied heel even los. Geen voetstappen, geen stemmen, geen Colin. Al helemaal geen Sirenen. 'Niets.'

Ze liepen door. Ruimtes en gangen regen zich aan elkaar, en

het drong tot Ariane door dat ze hier nooit meer uit zou komen als ze van de rest gescheiden zou worden.

Op een gegeven moment kwamen ze door een rechte, zo te zien modernere tunnel, waarvan de bakstenen wanden compleet bedekt waren met een enorme muurschildering. De schildering deed haar denken aan de beroemde Waterlelies van Monet, maar dan in felle kleuren, met bloemen die van dichtbij scherpe tanden bleken te hebben.

'Gezellig,' hoorde ze Rafael mompelen.

Aan de muur van de tunnel zag ze een straatnaambordje, alsof het een kopie was van de straat die zich tientallen meters hoger bevond. Zou ze de mensen die daar liepen kunnen horen, als ze haar Lied maar lang genoeg omhoog stuurde?

Ze lieten de tunnel met de schildering achter zich en bleven de Z-tekens volgen, het geluid van hun voetstappen en ademhaling het enige wat ze kon horen. De emoties van de anderen drukten op haar huid.

'Oké,' zei Elena. Ze bleef staan in een grote, bijna ronde kamer. Aan de overkant daarvan vertrok een andere tunnel, maar een bordje daarnaast waarschuwde dat niemand die mocht nemen, omdat de gangen in de omgeving instabiel waren.

'Het moet hier ergens zijn,' zei Elena, 'maar ik weet niet precies waar. Alleen Luisteraars weten deze ingang te vinden. Sirenen komen er normaal niet in.'

De wetenschap dat Colin daar verandering in had gebracht, hing loodzwaar in de lucht.

Ariane liet haar Lied door de ruimte gaan. Tot haar verrassing was het haar meteen duidelijk. Ze liep trefzeker op een stuk muur af dat op het oog bedekt was met gevallen brokstukken. Haar Lied bleef weerkaatsten en overal om haar heen voelde ze steen, of leegte, maar hier was iets anders, iets subtielers…

'Botten,' fluisterde ze. Haar vingers gingen over de oneffenheden in de wand. Knoken en schedels, bedekt met iets pleisterachtig, dat er zo overheen was gestreken dat de scherpe hoeken en breuklijnen van gesteente werden gesuggereerd. 'Maar waar…'

'Laat mij maar. Jij Luistert.' Elena kwam naast haar staan en tikte met de achterkant van haar vuist op de muur.

'Probeer je Teles te laten weten dat we er zijn?' mompelde Rafael.

'Als hij dit hoort, hoort hij straks de deur ook,' zei Elena. Ze ging verder, doffe, korte klappen, die nauwelijks weergalmden, tot…

Arianes Lied pikte de verandering van materiaal op. 'Daar.'

Haar vingers zochten en morrelden, en toen gleden ze ineens in goed verborgen gaten.

'Draaien,' zei Elena.

Ze draaide haar hand een kwartslag en hoorde het klikken van een grendel. Een stuk van de wand zwaaide naar achteren, een tunnel in, smal, laag, en duidelijk oud. De geur was vochtig, paddenstoelachtig.

Elena's lamp viel op het kleine krijtteken van de inmiddels bekende Z. 'We zitten goed. Iedereen, houd je Lied zo diep mogelijk binnen tot ik het zeg. Geen aandacht trekken als het niet nodig is. Als we de tekens volgen, vinden we de Zelas-strijdgroep vanzelf, lang voor we bij de Sirenen zijn. Ze zullen hier ergens in de buurt op versterking wachten.'

Met een beslist gebaar trok ze de deur achter hen dicht.

De tunnel was geen pretje, ook al hoefde Ariane, anders dan Rafael, Lorcan en Isabella, niet te bukken. Het was de hele tijd al onprettig om zo weinig ruimte om haar heen te hebben terwijl de anderen zo dichtbij waren, maar in deze nauwe gang was het erger.

Ze haalde verlicht adem toen ze een hoek omsloegen, ze voelde dat ze op een grotere ruimte afliepen.

Voor haar onderdrukte Isabella ineens een kreet van afschuw.

'Rafael, hierheen,' zei Elena, haar stem urgent. 'Ariane, Luisteren, nu.'

Ariane haastte zich vooruit, stapte opzij zodra ze de ruimte binnen was om plaats te maken voor Rafael en liet haar Lied naar buiten. Ze joeg het langs Elena's mengeling van onmacht en strijdlust, Isabella's ontzetting, Rafaels doelgerichtheid, Lorcans zware stilte; ze dwong het naar voren, zo ver mogelijk. 'Niets. Geen Sirenen, niemand…'

Toen pas gebruikte ze haar ogen.

Rafael hurkte naast een stille vorm die baadde in het bloed. Klauwen hadden diep in de romp van de vrouw sporen getrokken, onder haar was de vloer donkerrood en vochtig. Haar ogen staarden onbeweeglijk naar het plafond.

'Dat is…'

'Vera,' zei Isabella zacht.

De Stemmer van de Zelas-strijdgroep.

HOOFDSTUK 25

RAFAELS LIED TOKKELDE SNEL EN WOEST OVER DE VROUW HEEN, het Vierde een krijgslied dat om wraak schreeuwde terwijl zijn handen van Vera's voorhoofd naar haar borst en haar buik schoten. Maar al snel bleven ze stil liggen. Voorzichtig sloot hij haar ogen.

Hij klonk verslagen. 'Als we iets eerder waren geweest, dan had ik haar nog kunnen terughalen.'

'Ze hadden orders om het gevecht niet aan te gaan,' zei Isabella, haar zachte stem triest. 'Eigenlijk hadden ze niet eens de catacomben in moeten gaan.'

'Ze hebben hun aanvoerster aan Elgar verloren,' zei Rafael grimmig. 'Je denkt toch niet dat ze hem zouden laten ontkomen?'

Ariane herinnerde zich hoe Drakos hen de strategie uit de doeken had gedaan, de gretigheid van de Zelas-groep, en Drakos' onderdrukte, schuldige spanning. Hij had geweten dat iets als dit kon gebeuren.

Elena's lamp bleef over de omgeving van het lichaam schijnen, bewoog de tunnel in, bleef toen hangen. Al haar spieren leken zich te spannen, als een kat die op het punt stond te springen.

Een teken was in de grond gekrast en donkerrood gekleurd

met wat alleen maar bloed kon zijn: vijf horizontale lijnen die eindigden op een smalle verticale streep, met vlak daarnaast een tweede, bredere verticale streep. Het teken dat op een partituur het einde van het muziekstuk aangaf. *Stop.*

'Ze ligt hier niet toevallig,' zei Elena.

'Een waarschuwing.' Lorcans stem was zorgvuldig afstandelijk. 'Of afleiding.'

Ariane voelde hoe haar Lied naar Lorcan wilde reiken, uitvinden wat hij uit alle macht binnenhield. Haar hand lag op zijn arm voor ze het wist. Hij keek haar plotseling recht aan en ze hield haar adem in door de beklemming die haar maag samenkneep. In een reflex ademde ze langzaam uit, en toen weer in, uit.

Hij sloot zijn ogen een moment en ze hoorde hoe zijn adem de hare volgde, voelde de beklemming verdwijnen, weggestopt op een plek waar die hem niet kon verhinderen om te doen wat hij moest doen.

'Ze weten dat ze gevolgd worden,' zei Elena. 'Verdomme. Als ze de rest van de Zelas-strijdgroep hebben, dan hebben we geen manier meer om ze te vinden.'

Arianes ogen schoten naar het rode teken op de grond. Er zouden geen Z-tekens van krijt meer zijn om te volgen.

'Rafael.' Isabella klonk gespannen. 'Als je dacht dat je haar nog kon terughalen… het is heel kort geleden dat ze nog leefde, of niet?'

Rafael keek behoedzaam haar kant op. 'Ja, maar als je bedoelt wat ik denk – doe het niet, Isabella.'

'We hebben geen keuze, of wel?' Isabella keek naar Elena. 'En ze is een Stemmer. Ze zal haar best gedaan hebben om iets vast te houden.'

Waar had ze het over?

Elena kneep haar ogen een beetje samen, knikte toen. 'Probeer het.'

Isabella zakte zonder aarzelen door haar knieën, nam Vera's levenloze handen in de hare en liet haar Lied de gang in stromen. De vloeiende tonen van de fluit slingerden zich om de dode vrouw heen, het Vierde Strijdlied als een dringende, aanhoudende oproep.

'Wat gaat ze...' Ariane klonk verbijsterd. 'Ze kan toch niet...'

'Met de doden praten?' vroeg Rafael. Hij was gaan staan, om Isabella ruimte te geven. 'Een beetje maar.'

'Ze probeert haar laatste herinnering te vangen,' zei Elena. 'Isabella? Niet te diep. Haast je weg bij haar laatste seconden, die kunnen je vastgrijpen.'

'Ik weet beter dan jij hoe...' Isabella maakte een jammerend geluidje en verstarde. Haar gezicht was vertrokken van weerzin, maar haar Lied ging door, koppig en sierlijk als een mythische Noorse Walkure die grenzen kon oversteken die de levenden niet konden doorbreken.

'Ze leefde nog, toen ze haar achterlieten. Ze deed haar uiterste best om op te vangen wat er gezegd werd.' Een zweetdruppel gleed over Isabella's voorhoofd naar haar slaap. Langzaam, heel langzaam, kleurde een gitzwarte lok in haar lange haar net zo wit als de jurk die ze droeg.

'Genoeg.' Rafaels stem doorbrak de fluit, die nu klonk als een wraakzuchtige klaagzang. 'Hou op Isabella, dit hou je niet vol.'

Elena wilde Isabella bij haar schouder pakken, maar Isabella ontweek haar, een hand geheven.

'Nee, wacht...' Isabella bleef doodstil zitten, de witte lok die naar voren viel was als een koord dat haar aan Vera verbond. 'Bijna... Daar.'

Isabella liet de handen van de vrouw los en gooide zichzelf

bijna achteruit. Struikelend krabbelde ze overeind. De rand van haar witte rok was besmeurd met donkerrode vegen.

'Je haar,' zei Elena, haar stem ernstig. 'Isabella, ben je...'

Isabella's hand ging omhoog, maar toen schudde ze resoluut haar hoofd, haar ogen een waarschuwing om er niet over te door te gaan.

'Ze hadden hen een heel stuk gevolgd, ze dachten dat ze onopgemerkt waren gebleven omdat er geen reactie kwam. Maar zodra ze dit gedeelte waren binnengegaan, ging het mis. Drie Sirenen waren te veel. Vera... heeft nog een poosje geleefd nadat ze haar achterlieten. De anderen zijn meegenomen. Maar ze ving één ding op. De *Salle des Oiseaux*. Sorry, ik – '

Isabella draaide zich van hen weg, kokhalsde een paar keer luidruchtig, en moest toen de strijd opgeven.

Ariane voelde haar eigen maag zich omkeren toen Isabella overgaf, de geluiden versterkt door de weerkaatsing tegen de muren om hen heen.

Rafael kneep in haar arm, hard. 'Niet het moment om te denken dat je een Luisteraar bent.'

Dat zou wel een blauwe plek worden, maar haar misselijkheid zakte in elk geval. Ze wreef over haar arm. 'Dank je, denk ik.'

Elena stond geconcentreerd in de verte te staren. '*Salle des Oiseaux*. Ik weet waar dat is. Een grote zaal, versterkt met een hoop botten, veel ervan van begaafden. Het is enerzijds een goede schuilplaats, maar anderzijds weten we dat hij er is, dus vroeg of laat zouden we daar zoeken. Ze hebben geen reden om daar te blijven... tenzij ze iets te doen hebben dat ze niet willen uitstellen. Iets waarvan ze niet willen dat een Luisteraar in de stad het oppikt.'

Ariane voelde een kille rilling over haar rug lopen. 'De rest van de Zelas-strijdgroep in bezit laten nemen?'

Elena knikte grimmig. 'Onder normale omstandigheden hebben ze daar tijd voor nodig. Maar ze hebben de lier. We kunnen binnen de kortste keren drie nieuwe volbloed-Sirenen tegenover ons hebben.'

De gedachte was huiveringwekkend.

'We zouden moeten omkeren,' zei Isabella. Haar gezicht was bleek. Met haar rood bevlekte jurk zag ze eruit als de rusteloze geest van een onschuldige vermoorde.

'Wat?' vroeg Ariane verbijsterd.

'Teles, Thelxiope en Leucosia, plus drie strijders van de Zelas-groep. Als ze nog iemand van ons te pakken krijgen, dan zijn ze met zeven.' Isabella legde nadruk op het laatste woord.

Die som klopte, maar wat… En toen herinnerde ze het zich ineens. *Zeven.* Zeven Sirenen op deze wereld: het keerpunt waarop ze onverslaanbaar zouden worden.

'We zullen gewoon moeten zorgen dat dat niet gebeurt.' Elena's gezicht was vastberaden. 'Als ze het nodig vinden om afschrikmiddelen voor ons achter te laten, dan betekent dat dat ze tijd nodig hebben, waarschijnlijk om de Zelas-groep in bezit te laten nemen. Die tijd mogen we hun niet geven. Zodra de versterking hier is, kunnen we drie Sirenen wel aan. Maar zes Sirenen? Die ook nog eens de lier in handen hebben?'

Isabella perste haar lippen op elkaar. 'Je hebt een punt.'

'Plus,' zei Rafael. 'Als we de lier te pakken kunnen krijgen, dan slaat de balans weer in ons voordeel door.' Hij knikte naar Ariane.

Elena vernauwde haar ogen. 'We zullen erop moeten rekenen dat ze die het hardst verdedigen, maar zodra we een kans zien, is dat ons doelwit. Verder…' Ze balde haar handen tot vuisten. 'We moeten de realiteit onder ogen zien. Dit wordt lastig, zonder Schreeuwer.'

Rafael schraapte zijn keel. 'Waarom zorgen we dan niet dat we er een krijgen?'

Elena staarde hem aan. 'Wat?'

Rafael haalde zijn schouders op. 'Ik heb in het Jean-Baptiste een vrouw genezen van twee dosissen Echogif, dankzij Arianes Versterking. Dat restje dat in jou zit, moeten wij er samen ook wel uit krijgen.'

Ariane herinnerde zich nog maar al te goed hoe dat was afgelopen, Rafaels lijkbleke gezicht, zijn blauwe lippen. 'En als je daar je Lied helemaal mee uitput?'

'Dan hebben we een Heler ingeruild voor een Schreeuwer, wat nog steeds niet slecht is. Als Elena hard genoeg Schreeuwt, dan hoef ik niet te Helen.'

Lorcans mondhoek trok. 'Is hij nu zonet per ongeluk over een van de pijlers van een goede strategie gestruikeld?'

'Wie heeft het over per ongeluk?' vroeg Rafael.

'In elk geval, het klopt,' zei Isabella, een ondertoon van staal in haar zachte stem. 'Dat weet jij ook, Elena. Er is geen enkele strategie voor een strijdmissie waarin geen Schreeuwer voorkomt.'

Elena sloeg haar armen over elkaar, en knikte toen. 'Er is nog iets. Teles beweerde dat mijn Lied hem sterker maakt. Omdat de orgándras zijn instrumenten zijn. Het kan bluf zijn geweest, maar...'

'Maar het kan ook waar zijn.' Rafael klonk beslist. 'Dus we hebben twee goede redenen om dit te doen.'

Elena haalde diep adem. 'Oké, maar niet hier. We staan hier veel te kwetsbaar. Vlakbij is een cel, die kunnen we beter verdedigen.'

Voor ze wegliepen, legde Rafael voorzichtig Vera's ene arm langs haar zij en de andere gebogen op haar borst, zodat de toppen van haar vingers haar lippen bedekten.

'Strijdveldtraditie,' zei Lorcan zacht, toen ze hem vragend

aankeek. 'Bij gebrek aan de juiste rituele voorwerpen geeft het aan dat we haar Lied eer bewijzen, en drukt het ons vertrouwen uit dat Orpheus' Liederen haar ziel zullen beschermen tijdens de tocht naar haar nieuwe leven.'

Ze liepen in een stilte die bijna tastbaar trilde van spanning, tot Elena ineens bleef staan, haar vingers op de wand.

'Hier.'

Ze wrongen zich door een nauwe doorgang die er amper leek te zijn. Ariane deed haar best om rustig te blijven ademen terwijl ze een gangetje in liepen dat steeds smaller werd. Net voor het doodliep, ging het over in een kleine kamer.

'Oké,' zei Elena. 'Hier kunnen we maar van één kant benaderd worden en de doorgang is goed te verdedigen.'

Lorcan en Isabella liepen naar de ingang en posteerden zich elk aan een kant, het groen van orfinium glanzend in hun handen.

Elena bleef in het midden van de ruimte staan. Ze hield haar hoofd hoog en haar rug recht, maar haar blik was onzeker. Een van haar handen verstrengelde zich nerveus in de plooien van haar jurk.

De spanning moest ondraaglijk zijn voor haar. Het ging om meer dan haar Lied dat ze wel of niet terug zou krijgen: het ging om haar vader, die misschien nooit meer zou herstellen en om de strijdgroep die ze leidde. Elena was nog maar amper bekomen van de ontvoering door Teles en toch verwachtte iedereen leiding van haar. Het demonstreerde hun vertrouwen in haar, maar het legde ook nogal een last op haar schouders.

Zelf voelde Ariane zich niet veel beter. Als dit mislukte… stel dat ze Rafaels Lied wel Versterkte, maar niet genoeg, of verkeerd? Dan hadden ze straks misschien geen Heler meer én geen extra Schreeuwer.

Rafael maakte een afkeurend geluidje. 'Kunnen jullie allebei ophouden met naar me kijken alsof dit een bal is en ik die ene vent ben waar niemand mee wil dansen omdat hij sowieso op je tenen gaat trappen?'

Ze zag Elena een beetje in elkaar krimpen.

Oké, dit zou er allemaal niet beter op worden als zij ook nog eens zenuwachtig ging doen.

'Meer alsof jij die ene vent bent die ineens zijn eigen arm opensnijdt,' zei ze luchtig. 'Hoe doen we dit?' Ze stak vragend een hand naar hem uit.

'Ik heb mijn handen nodig. Kom hier.' Hij schudde met een snel gebaar zijn jas uit en schoof de mouw van zijn trui omhoog. 'Voor wie het zich afvraagt: helemaal gaaf.'

Toen ze dichterbij kwam, zag ze dat er inderdaad geen spoor meer te zien was van de wond op zijn arm die ze samen hadden geheeld. Ze legde haar hand op de gave, bruine huid en ontspande zich onder Rafaels vertrouwen. Ze hadden dit eerder gedaan en goed gedaan.

Rafael legde een hand vlak onder Elena's keel en de andere op haar borst. Zijn Lied begon door de kleine ruimte te galmen. Niet het Vierde, dat ze samen hadden ingespeeld, of een van de andere Troost- of Strijdliederen, maar de trotse, felle *Libertango* van Piazzola.

Ze keek hem verrast aan en hij haalde zijn schouders op. 'Een houvast. Ik dacht dat het misschien nog van pas zou komen.'

Zijn ogen flitsten naar Lorcan.

Ze begreep wat Rafael niet uitsprak: dat hij heel goed had geweten dat zij en Lorcan hadden gehoopt om Colin tijdens of vlak na de ruil terug te krijgen. Hij was erop voorbereid geweest om een poging te doen het ophiongif in Colins lichaam te neutraliseren en zo Teles' greep op hem te verzwakken. Als ze

Elena nu Heelden, zou hij daar voorlopig niet meer toe in staat zijn.

Haar blik vond die van Lorcan.

'Ik weet het,' zei hij. Zijn ogen waren donker en moeilijk leesbaar door de schaduwen in de kamer. 'Ik zal een andere manier moeten vinden om hem te overtuigen Teles eruit te gooien. Of jij en ik moeten hem buiten strijd stellen zodat we het Helen later kunnen proberen.'

Ze knikte, de onuitgesproken belofte tussen hen in: *We halen Colin terug.*

Rafael glimlachte scheef naar haar. De donkere moedervlek bij zijn slaap leek op een ster, die de weg wees. 'Ik weet dat je er een hekel aan hebt om Sint-Lorcan te knuffelen, maar mij vind je toch niet eng? Vooruit, we doen dit gewoon.'

Haar mondhoeken gingen onwillekeurig omhoog toen ze terugdacht aan het moment dat hij Versterken zo omschreven had: dat haar Lied dat van een ander moest knuffelen. Een andere herinnering probeerde zich erdoor te wurmen. Lorcans armen om haar heen, zijn lippen op de hare, iets warms en zoets als honing tussen hen in.

Nee, niet nu. Ze concentreerde zich op de *Libertango* die om hen heen galmde.

Rafael had het een houvast genoemd en dat was het. Ze zou deze muziek nooit meer met iemand anders kunnen associëren dan met hem. Het was de eerste keer geweest dat ze zijn Lied echt had gehoord. Ze had hem Versterkt en daarna waren ze ontkomen aan Parthenope. Maar dat had ze onbewust gedaan.

'Toe maar.' Rafael hield zijn hoofd een beetje scheef. 'Of moet je per se eerst iemand...'

Zoenen, hij wilde zoenen zeggen, ze wist het gewoon. Ze wierp hem een woeste blik toe en begon te zingen.

Instinctief koos ze het Zevende Strijdlied, liet de repetitieve, bijna plechtige melodie tussen het getokkel van Rafaels Lied glijden, vloeibaar worden, een worden met de galmende, vinnige *Libertango*. Haar stem en zijn gitaar vulden de kille, vochtige kamer waarin ze stonden met de hitte van een zomerdag, met een dans die net zo goed voor de danser zelf was als voor zijn partner, versnellend en wervelend, vluchtend en wenkend.

De vorige keren was ze te geschokt geweest om echt aandacht te schenken aan wat er gebeurde, maar nu had ze op de een of andere manier tijd om alles tot zich door te laten dringen: het trage, zorgvuldige van het Helen.

Het was heel anders dan Fluisteren of Luisteren.

De Liederen van Harmonie en Waarneming waren allebei intuïtief als emoties, maar het Lied van Heling was als een wezen dat je moest temmen. Het vergde een onwankelbaar zelfvertrouwen en een groot incasseringsvermogen.

Gek genoeg herinnerde ze zich ineens het moment dat ze de vloer in *Les Oreilles* had schoongeschrobd op de maat van de muziek. Ze voelde hoe de vibrerende kracht van hun Liederen doordrong in de ontelbare cellen die samen Elena's lichaam vormden. Hoe ze elk daarvan zorgvuldig, volhardend, reinigden van het Echogif, dat zich eraan had vastgehecht als een afschuwelijke, plakkerige besmetting.

Plotseling ging er een huivering door Elena, en Rafael liet haar los. Arianes hand gleed van zijn arm en toen zijn Lied wegviel, hield ze op met zingen. Een plotselinge stilte vulde de ruimte.

Ze staarde Rafael aan. Niemand had haar dit verteld: dat wat hij wegnam eerst door hem heen ging. De pijn, het wringende gevoel van verkeerdheid, de ziekte, het gif. Hij moest het eerst binnenlaten, voor zijn Lied het kon afbreken.

'Jij voelde dat,' zei ze. 'Altijd?'

Rafael haalde zijn schouders op, zijn ogen glanzende donkere spleetjes. 'Natuurlijk. Heb je dat de vorige keer niet gemerkt?'

Ze trok een gezicht. 'Wel... Het was je eigen arm waarin je sneed, weet je nog wel? Het leek me logisch dat het pijn deed.'

'Oh ja.' Hij grijnsde snel naar haar, en keerde zich toen naar Elena. 'Wat denk je ervan? Een stuk uit het plafond Schreeuwen om te kijken of het weer lukt?'

'Nee!' riep Ariane instinctief.

'Wil je twintig meter aarde op je hoofd krijgen?' vroeg Elena ongeveer tegelijk.

Rafael grinnikte. 'Wat zijn jullie makkelijk. Maar serieus... Elena, het gif is weg. Voel je je Lied weer?'

Elena ademde diep in en uit en ze wachtten allemaal gespannen. Toen rees een gestaag ritme op. Het Vierde dreunde door de kamer, uitdagend en triomfantelijk, klaar voor de strijd. Elena leek tegelijk te ontspannen en rechter te gaan staan, langer te worden, aanweziger. Een felle glimlach gleed om haar lippen, voor ze haar Lied weer snel naar binnen trok.

'In elk geval genoeg voor een paar flinke klappen,' zei ze. 'Jij?'

'Ik heb nog wel iets.' Rafael maakte een bedenkelijk geluidje. 'Laat ik het zo stellen. Probeer geen slagaders te laten raken. Wat klappen betreft...' Hij duwde zijn duim in de binnenkant van zijn hand, zodat zijn orfiniumring bewoog. 'Misschien een of twee. Veel soeps zal het niet zijn.'

'Oké.' Elena knikte. 'We kunnen het ons niet veroorloven om strategieën voor alle eventualiteiten te verzinnen. Dus het wordt gedeeltelijk improvisatie. Maar we hebben wel een paar vaste punten.' Haar blik ging naar Lorcan.

'Colin,' zei hij. Zijn linkerhand bewoog afgemeten en langzaam in de grepen van een onhoorbaar muziekstuk. 'Je wilt dat ik hem afleid. Dat moet lukken, hij vroeg me zelf om met hem mee te gaan.'

'Ja.' Elena beet op haar lip. 'Je moet een ding goed beseffen: Colin is er, maar zelfs wanneer hij op de voorgrond is, beïnvloedt Teles' aanwezigheid hem.'

Lorcan knikte, zijn gezicht donker. 'Ik heb hem zonet gehoord en gezien. Geloof me, ik ben me ervan bewust.'

Elena knikte, maar er was iets onrustigs in haar. Er was iets wat ze niet zei…

Ariane stelde de vraag impulsief. 'En omgekeerd? Wordt Teles beïnvloed door Colin?'

Het puntje van Elena's voet tikte een snel ritme. 'Ja. Ze wisselen informatie uit en… er is een soort vertrouwen tussen hen.'

Lorcan maakte een afwerend gebaar, als een strijkstok die op snaren weerkaatste. 'Colin zou nooit een Sirene vertrouwen.'

Elena gooide haar handen in de lucht. 'Denk je dat ik dat *wíl* geloven? Ik vertel je alleen wat ik zelf heb gehoord en gezien. Teles heeft geen enkele poging gedaan om me met geweld in bezit te laten nemen, maar hij probeerde wel om me daar vrijwillig voor te laten kiezen. Hij suggereerde dat ik maar naar Colins argumenten moest luisteren. En toen gaf hij Colin de controle, en deed Colin er alles aan om me te overtuigen van hoe geweldig bezetenheid is.'

Het leek alsof ze Lorcan geslagen had. Ariane voelde zijn schok als duizenden naaldenprikken op haar armen.

'Dus ze beïnvloeden elkaar,' zei ze. 'Dat is niet alleen maar slecht.' Lorcan keek haar aan en ze zag het begrip op zijn gezicht verschijnen. 'Het betekent dat jij zowel Teles als Colin kunt raken.'

Elena knikte. 'Precies. En Teles stuurt de orgándras aan, of beter gezegd, die ene die over is. Ik weet nog steeds niet precies hoe hun gif werkt, maar we moeten ervoor uitkijken, het is – '

Ze werd onderbroken door een zangerige, warme vrouwenstem.

'Elena… Ben je daar? Eleeena?'

Ariane draaide haar hoofd zo snel dat iets in haar nek protesteerde. Een golf van ongemak raasde over haar armen. Ze liet haar Lied impulsief naar buiten.

Lorcans gezicht was bleek en hij zette een stap in de richting van de stem. 'Moeder.'

'Nee!' zei ze waarschuwend. De aanwezigheid van de Sirene was onmiskenbaar. 'Dat is Leucosia.'

Uit de gang kwam een plotse windgolf, en toen weer die stem, wreed en verleidelijk tegelijk: 'Elenaaa…' Het weerkaatste met een *Elena, Elena, Elena.* 'Wil je niet hebben wat ik je vader heb ontnomen?'

Elena's gezicht vertrok van woede.

'Shit,' zei Rafael. 'Hou haar tegen voor ze…'

Maar Elena schoot Isabella en Lorcan al voorbij en rende de gang in, een werveling van blauwe zijde en goud, Leucosia's stem achterna.

HOOFDSTUK 26

Gebruikers van het Lied van Afweer staan niet voor niets bekend als Schreeuwers. De Schreeuw is het meest indrukwekkende wapen dat we hebben: een lang volgehouden Schreeuw kan een ophion neerhalen of een Sirene uitschakelen. Timing is daarbij van het grootste belang – een Schreeuw vergt veel van het Lied van de Schreeuwer.

Uit: 'Liederen van leven en dood. Strategieën door de eeuwen heen.'

HOE DURFDE ZE. HOE WAAGDE ZE HET. ELENA'S VOETEN STAMPTEN het ritme dat haar Lied niet mocht laten horen. Het zoemde in haar keel, tintelde in haar vingertoppen, voelde als een zwerm bijen die de zon begroette, een indringer verjoeg. Woede en vreugde vermengden zich en dreven haar razendsnel vooruit, zelfs terwijl ze haar Lied binnenhield.

Ze moest slim zijn, het gebruiken op het goede moment. De Sirene in de waan laten dat ze hulpeloos was. Eén Schreeuw die ze niet verwachtte zou genoeg zijn om Leucosia uit te schakelen. Ze had genoeg voor één Schreeuw, dat wist ze zeker. Bijna zeker.

Ergens achter haar hoorde ze de voetstappen van de rest van haar strijdgroep. Een rationeel stemmetje in haar achterhoofd fluisterde dat ze had moeten nadenken voor ze in actie kwam, dat ze haar strijdgroep moest leiden.

Maar ergens voor haar galmde haar naam. *Elenaaaa…* Het geluid boog naar rechts.

Bij de volgende splitsing schoot ze zonder aarzelen de rechtergang in. De grond helde naar beneden en gaf haar nog meer vaart, tot er ineens water opspatte onder haar voeten. De zoom van haar jurk werd zwaar en ijskoud. Ze klemde haar tanden op elkaar, rukte met een hand haar jurk omhoog en rende verder, door het enkeldiepe water.

De gang kwam uit in een brede, hoge kamer. Leeg. Een gang aan de overkant. Droog, gelukkig. Ze dwong zichzelf om de tijd te nemen achterom te kijken en besefte dat ze de anderen ver achter zich had gelaten. Waarom waren ze zo traag?

'Elena…'

Ze draaide zich razendsnel weer om, deinsde achteruit.

Colins moeder had van zichzelf al een soort net niet helemaal menselijke schoonheid, ze leek op een elf of een dryade, een wezen dat eigenlijk in een woud zou moeten leven. De aanwezigheid van de Sirene had de randen scherper gemaakt, de kleine zorgrimpeltjes bij haar ooghoeken uitgewist. Leucosia's zwarte ogen veranderden haar van een wezen dat niet thuishoorde in de mensenwereld in een wezen dat mensen met plezier in stukken scheurde. Haar handen waren leeg, maar haar klauwen waren nog rood, besmeurd met bloed.

Leucosia's vleugels sleepten als ongelukkige zeilen achter haar aan in de gang, ontvouwden zich met een klap zodra ze de kamer in kwam. Haar opluchting was duidelijk.

Een handicap, analyseerde Elena's strategische brein meteen. Nauwe gangen of kamers met lage plafonds maakten de fascinatiezang sterker, maar ze waren voor een Sirene slecht terrein om in te manoeuvreren.

'Je krijgt alles wat je wilt.' Fiona's stem, maar zonder Fiona's fragiliteit – dit was een belofte van Leucosia.

'Waar is de lier?' vroeg ze tussen opeengeklemde tanden. 'Waar is mijn vaders…'

De lippen van de Sirene gingen uit elkaar en ze begon te zingen. De muziek, zo anders dan het neuriën van de orgándras, spoelde over Elena heen, afschuwelijk maar prachtig, wurmde zich een weg in haar naar binnen, op zoek naar leegte. Onbekende woorden, onverstaanbare lettergrepen regen zich aaneen tot ze haar naam waren geworden. *Elena, Elena, Elena…*

Ze moest zich verzetten, maar het was alsof Leucosia trefzeker de plekken in haar verdediging vond die Teles al had verzwakt.

In haar herinnering zag ze Colin vallen, en haar hart viel met hem mee. Zijn ogen werden donker en leeg terwijl hij naar haar keek, haar naam op zijn lippen als een hulpkreet: *Elena.* En ze wist dat ze had gefaald, ze wist dat ze hem beter had moeten beschermen. Dat ze niet zo goed op hem had gelet als had gemoeten, omdat ze hem op afstand had gehouden, omdat…

Een hand greep haar bij haar schouder, schudde haar door elkaar. 'Elena!'

Ze knipperde, keek in Lorcans ogen. De weergalm van zijn Lied hing nog om haar heen, de Fluistering die de fascinatiezang had afgewend.

'Leucosia,' hijgde ze.

Maar er was geen Sirene meer in de kamer, geen enorme zwarte vleugels, geen melodieuze stem.

Arianes Lied klonk op. 'Ze verplaatst zich. Daar… daar ergens.' Ze wees naar een blinde muur rechts van hen.

Daarachter moest een gang lopen. Als ze nu haar Lied maar

op volle kracht had, dan kon ze desnoods een gat door de wand slaan. Nee, niet janken over wat ze niet had, dat was precies wat de Sirene wilde. Haar gedachten maalden. Waarom had Leucosia haar zomaar achtergelaten? Omdat ze de rest hoorde aankomen. Ze had Elena alleen gewild.

'Elenaaa…' De stem zong haar naam, en ze voelde hoe haar gedachten vager werden, wilden wegglijden.

Het was alsof ze weer terug in dat appartement was met Teles, die haar peinzend bekeek alsof hij haar waarde probeerde in te schatten.

Lorcans Lied stroomde meteen als een waterval over haar heen. Een deel van haar haatte hem een moment, omdat hij haar iets gaf wat ze zelf had moeten hebben. Toen dronk ze de zelfverzekerdheid in die zijn viool in het Vierde Strijdlied legde.

'Genoeg,' zei ze. 'Ik ben er weer.'

Eén seconde te laat om te beseffen dat Ariane met gesloten ogen langzaam om haar as aan het draaien was, haar hoofd schuin alsof ze naar iets Luisterde. Ze bleef ineens stilstaan, haar gezicht naar de tunnelopening gekeerd waar ze uit gekomen waren… en waar Isabella vlak bij stond.

Het drong in een flits tot Elena door wat er gaande was: Leucosia moest een omtrekkende beweging gemaakt hebben, om hen in de rug aan te vallen.

Ze sprong naar voren om Isabella weg te trekken, maar Leucosia was haar voor. De Sirene schoot het duister uit, haar ogen pikzwart in haar bleke gezicht. Haar vleugels waren een werveling van duisternis die Isabella opslokten en achteruit trokken.

Nee. Een brul van woede rees op in haar keel terwijl ze rende, veranderde in een nijdig zoemen. Ze rende de tunnel in, vocht met de behoefte om haar Lied naar haar voeten te laten stromen, sneller te zijn. Het juiste moment afwachten, het juiste moment…

Ze sloeg een hoek om, kwam in een brede, lange gang, die bijna een zaal leek, het plafond hoog, rechts een rij zuilen. Voor haar hoorde ze Isabella gedempt schreeuwen, worstelen. Isabella's Lied steeg op, viel weg. De doffe klap van orfinium, het krassen van klauwen. Een harde klap.

Haar hart sloeg over. Een kwellend visioen van Anouks levenloze lichaam rukte op in haar achterhoofd, veranderde in een beeld van Isabella, te pletter gegooid tegen een wand. Ze drukte het weg. Nee, ze was nog niet te laat, als ze maar hard genoeg rende, als ze maar… Wind sloeg in haar gezicht, alsof ze elk moment een grot uit kon rennen die op de zee uitkwam.

'Elena, stop!' gilde Ariane achter haar.

Het volgende moment voelde ze de leegte, waar grond had moeten zijn. Oh, shit, dat was geen wind geweest. Leucosia had haar vleugels ontvouwen, om over een gapend gat te kunnen springen.

Elena had die luxe niet.

Terwijl ze maaide met haar armen om haar evenwicht te hervinden, scheen de zaklamp van haar telefoon naar beneden. Het licht bereikte de bodem van de put niet eens. Ze probeerde haar lichaam weer naar achteren te gooien, maar ze had te veel vaart. Haar Lied zoemde als een razende in haar keel, tintelde in haar vingers, haar tenen, haar ellebogen, maar haar voet stapte in de leegte en de rest van haar lichaam volgde.

HOOFDSTUK 27

ARIANE WIST DAT HAAR WAARSCHUWING TE LAAT WAS GEKOMEN.

Voor haar dook Rafael naar voren, zijn arm uitgestrekt. Hij kwam meer dan een meter tekort, zijn vingers grepen in het niets. Een onmogelijk moment leek Elena te zweven, haar armen zoekend naar evenwicht, toen dook ze plotseling in elkaar, alsof ze zich oprolde voor de val.

Arianes hart sloeg over terwijl ze naar voren rende, zo snel ze kon, haar lichtbundel trillend. De put was te smal om op de bodem te kunnen doorrollen, dat had ze kunnen horen. Wanhoop klauwde rond in haar borst, zette zijn tanden in haar hart. Zelfs als Elena het overleefde, hoe moesten ze haar boven krijgen? Helen? Rafaels Lied was bijna uitgeput. Hoe konden ze het zonder Elena winnen van Leucosia, laat staan drie Sirenen?

Toen hoorde ze Elena's Lied, het uitdagende dreunen van het Vierde, gevolgd door twee klappen die schijnbaar tegelijk insloegen naar twee verschillende kanten.

'Achteruit!' riep ze instinctief. Ze trok Rafael naar achteren.

Elena vloog als een kanonskogel de put uit, een flits van blauwe zijde en donker haar, en landde met een harde dreun gehurkt vlak voor hen. Haar Lied viel weg.

Een ademloze tel was het doodstil. Toen ontvouwde Elena zich en ging met een pijnlijk gezicht staan.

Oké,' zei Rafael. 'Ik zeg het wel gewoon. Als we een superheld in ons team moeten aanwijzen, dan ben jij het. Hoe in vredesnaam...'

'Bij deze: ik kan mijn Lied splitsen als het echt moet. Ik dacht niet dat het zou lukken.' Elena draaide zich hijgend op haar hiel om. 'Waar is Isabella? Ariane, hoor je haar?'

Leucosia was een baken dat de hele catacomben leek te verlichten, de felle vlam van een Sirene. Maar daar doorheen klonk af en toe een harde klap: het bewegen van haar vleugels die verwarrende luchtwervelingen veroorzaakten. Het maakte het moeilijk om een precieze richting te bepalen.

'Ergens voor ons...' Haar ogen verwijdden zich. 'Vlak voor ons, Elena, ze is...'

'Vlakbij,' beloofde een melodieuze stem. 'Net als alles wat je wilt.'

Duisternis ontvouwde zich op amper twee meter afstand en Leucosia verscheen, haar armen om het middel van Isabella, die er versuft uitzag. De immense vleugels sloegen een keer en een krachtige wind joeg door de gang. Ze werden allemaal naar achteren geduwd, wisten amper overeind te blijven.

Leucosia schoot naar voren en gooide Isabella naar het gat.

Arianes hart leek stil te staan, maar Elena sprong al, haar Lied om haar heen dreunend als een strijdkreet. Ze klapte tegen Isabella aan en ze landden samen in een rommelige hoop aan de andere kant van het gat.

Reusachtige vleugels sloegen boven hun hoofden. Lorcan schoot naar voren, zijn orfiniummes een groene, scherpe flits in zijn hand, maar Leucosia was al over hen heen gescheerd als een reusachtige vogel.

Lorcan vloekte, maar verspilde verder geen tijd. Zijn Lied vulde de gang en hij rende naar voren, sprong over het gat.

Samen met Elena trok hij Isabella overeind en Ariane kon horen hoe zijn Lied de invloed van de Sirene van Isabella af leek te spoelen.

Isabella zag er bleek uit, met rode sporen op haar polsen en haar lange haar een warrige werveling van zwart en één streep wit.

'Genoeg, genoeg, spaar je Lied,' zei Isabella na een paar seconden. 'Ze had amper tijd om me te beïnvloeden. We mogen haar niet kwijtraken. Waar is ze?'

Ariane wilde haar Lied weer achter de Sirene aan sturen, maar het focuste zich vanzelf op het opwekkende van Lorcans Fluistering, op Isabella's veranderende emoties. Ze trok het bij hen weg, dwong het achter Leucosia aan en vond haar sneller dan verwacht. Ze knipperde verrast.

Onwillekeurig had ze zich op de emoties van de Sirene geconcentreerd in plaats van alleen op haar aanwezigheid. Hoe vreemd en onmenselijk die ook waren in al hun kille, roofdierachtige doelgerichtheid, één ding was heel duidelijk.

'Ze doet dit bewust,' zei ze.

'Ja, natuurlijk,' zei Elena ongeduldig. Ze sprong weer over het gat, Isabella en Lorcan volgden. 'Ze wil ons van elkaar scheiden, verzwakken, zodat we makkelijkere prooien zijn.'

Ariane kon voelen hoe Elena achter Leucosia aan wilde, hoe de anderen haar zouden volgen.

'Ik ben de enige Luisteraar die je hebt, verdorie! Ga je mij gewoon negeren? Dit is belangrijk.'

Elena keerde zich weer naar haar, haar gezicht strak. 'Snel.'

'Ze is niet aan het jagen. Ze houdt ons weg bij de anderen. Daarstraks had ze Isabella zo kunnen doden, maar dat deed ze niet. En ze heeft jou gelokt met iets waarvan ze zeker wist dat je het wilde. Maar ze heeft je vaders hand niet, dat heb je gezien. Waarom zouden we haar nog volgen? We hadden een strategie, een zinnige.'

Rafael vloekte. 'Daarom richtte ze haar fascinatiezang op jou, Elena. Ze weet dat wij jou volgen.'

Elena's gezicht was een moment een woedend masker, toen fronste ze. 'Je hebt gelijk, verdomme. Ze houdt ons weg van de *Salle des Oiseaux*.'

De stem van Leucosia sloop ineens weer door de gangen, ergens in de verte. 'Elenaaa... Waar wacht je op?'

Elena balde haar handen tot vuisten. 'Lorcan, zorg ervoor dat we haar kunnen negeren. Ariane heeft gelijk, ze lokt ons zo ver mogelijk weg van de plek waar we moeten zijn. We moeten die kant op.' Ze knikte in de tegenovergestelde richting.

Lorcans viool steeg om hen heen op, het forse, strijdlustige Vierde was de volmaakte melodie voor de *doelgerichtheid* en *verbondenheid* die hij Fluisterde om de zang van de Sirene op afstand te houden.

Ze renden door de catacomben, omhuld door de viool. Het was alsof ze Lorcans hand in de hare voelde, zijn armen om haar heen. Ze concentreerde zich op haar voeten, ze mocht niet struikelen over de ongelijke grond. De gangen werden een opeenvolging van onbekende schaduwen, muffe geur, donker water, hoge pilaren.

'Stop,' zei Elena uiteindelijk zacht, een hand geheven.

Een paar meter verder leek de gang naar rechts te buigen, maar toen Ariane goed keek, zag ze dat er links ook iets zat, een dichtgemaakte boog waar ooit een andere tunnelopening had gezeten... of de doorgang naar een zaal.

Lorcans Lied viel weg. Ze hielden allemaal hun adem in, maar Leucosia was niet te horen.

'Snel nu,' zei Elena. 'We hebben een hele kleine voorsprong. Ariane, Luisteren, voorzichtig.'

Ze liet haar Lied heel even naar buiten glippen en schudde toen haar hoofd. 'Ik hoor Leucosia, ver achter ons. Verder niets.'

'Dan is de kans groot dat Teles en de rest echt daarbinnen zitten.' Elena maakte een hoofdgebaar naar de boog. 'We hebben ooit overwogen die zaal in cellen op te delen. Zover is het nooit gekomen, maar hij is bekleed met botten en er is een deur gemaakt.'

'Geluidsdicht,' zei Ariane.

Elena knikte. 'We zullen pas echt weten wat op ons wacht als we de deur opendoen. De strategie...'

'Teles is voor mij,' zei Lorcan. Ze stonden dicht bij elkaar in de tunnel en zijn arm drukte tegen de hare. Spanning en hoop prikten over haar huid.

Elena knikte. 'Ariane, help Lorcan. Isabella, Rafael... wij pakken Thelxiope.'

'Hij gaat eraan,' zei Rafael grimmig. 'Je krijgt die lier, Ariane.'

Elena wierp een blik op hem. 'Spaar je Lied tot het echt niet anders kan. We hebben het misschien nog nodig.' Daarna vatte ze hen allemaal in haar blik. 'Deze missie heeft één hoofddoel: voorkomen dat er drie Sirenen bij komen. Verder rekken we alleen tijd tot de versterking hier is. Laat je niet bijten of aan stukken scheuren om heldhaftig te doen, begrepen?'

Arianes vingers voelden koud, haar maag trok samen en haar hart bonkte. Maar ze knikte, net als de anderen.

'Oké.' Elena's stem was vastberaden. 'Dan gaan we.'

Ze draaide zich om, beende naar de muur achter haar, greep zelfverzekerd naar weer zo'n bijna onzichtbaar slot en ontgrendelde het met een snelle draai van haar hand.

De deur vloog open en Ariane snakte naar adem. Alle alarmbellen in haar hoofd, nee, haar hele wezen, leken tegelijk af te gaan. *Sirene, Sirene. Echo,* nee, niet-Echo, *orgándra.* Golven van wanhoop en verdriet en verlangen. Teles' zang, verlokkelijk en vol beloftes.

Dwars door alles heen klonk de warme, sussende klank van een altviool die zichzelf verdubbelde: het instrument zelf en Elgars Lied van Harmonie, die samen door een enorme zaal galmden.

Een waarschuwing vloog omhoog in haar keel, maar stokte daar. Iedereen wist al waar ze op af gingen.

Sirene, Sirene, Sirene. Het was zo overweldigend dat haar voeten aan de grond leken vast te groeien, haar handen beefden.

Geen tijd voor twijfels. De strijdgroep rende de zaal in, en zij was er onderdeel van.

Hoofdstuk 28

Het was alsof Ariane een kathedraal was binnengelopen. De zaal was enorm en werd verlicht door kaarsen en lantaarns, nog een teken dat Teles goed voorbereid was geweest. De muziek van de onderwereld klonk overal om haar heen, de klank van leegte en verleidelijke wanhoop.

Teles zat op de rand van een perfect vierkant waterbassin te zingen, een hand in het water, zijn hoofd een beetje gebogen, zijn nachtzwarte vleugels achter hem gevouwen. De zachte gloed van de kaarsen omfloerste de harde schoonheid van zijn profiel, liet vonken schieten van de diamant in zijn oor, deed de gouden ringen glanzen aan de hand die op zijn knie lag. Zijn stem vulde de hele ruimte met de belofte van een wereld waarin geen tekorten of pijn bestonden.

Ze hoorde meer: Elgars Lied, de worstelende emoties van strijders, ergens rechts van haar.

Maar Teles' aanwezigheid was zo sterk. Haar Lied werd door hem aangetrokken, stroomde naar hem toe. In plaats van zich ertegen te verzetten liet ze haar Lied zoeken, tasten naar kieren… oh – daar. Diep in Teles' aanwezigheid, die klonk als een machtige kerkklok, was iets anders. Een verborgen melodie, die met die van de Sirene meebewoog. Colin…?

Onrust kroop over haar armen. Gevaar, vlakbij. Ze rukte haar Lied weg bij Teles. Daar, half verborgen achter het waterbassin, zat de roodharige orgándra. En verderop, tegen de achterkant van de zaal, was ook iets verborgen, een –

Maar haar paar tellen respijt waren voorbij.

Teles draaide zijn hoofd in een flits hun kant op en meteen veranderde de fascinatiezang van richting, focuste zich op hen. Zijn vleugels ontvouwden zich achter hem terwijl hij overeind schoot. Hij maakte een bevelend handgebaar dat een regen van druppeltjes verspreidde.

Achter hem kwam de orgándra overeind, soepel en snel als een getrainde jachthond, haar rode vlechtjes wapperend. Een dreigend neuriën steeg uit haar keel op, terwijl ze op de rand van het waterbassin sprong en gehurkt naar voren sloop. Ze bewoog alsof ze geen enkele verwonding had, alsof haar schouder nooit ontwricht was geweest.

Rechts van haar zwol Elgars Lied aan, de warme, sterke klank van de altviool leek zich te concentreren, als een vloedgolf die een nauwe baai bereikte en zich erdoor perste, tot hij verwoestend tegen de havenmuur beukte.

Ze was zich vaag bewust van de Liederen van Isabella, Rafael en Elena, die tegen het getij in gingen. Maar alles viel in het niet bij de fascinatiezang die over haar heen spoelde.

Elena analyseerde wat ze zag zodra ze binnen was, terwijl ze opzij dook en richting Elgar rende.

Hij zat aan de rechterkant van de zaal, de drie overlevende leden van de Zelas-groep in een halve cirkel rondom hem. Hij was aan het spelen, zijn lange, slanke gestalte gebogen over zijn altviool, terwijl zijn Lied om hem heen galmde. De gezichten van de strijders waren open, dromerig, verlangend. De klootzak. Hij was de groep aan het Fluisteren, zodat ze geen verweer hadden tegen Teles' zang.

Haar Lied zoemde in haar keel terwijl ze rende, het ritme van het Vierde dreunde om haar heen.

De grootte van de zaal speelde in haar voordeel. Zolang ze niet naast elkaar gingen staan, kon de zang van één Sirene hen niet allemaal tegelijk in de greep krijgen. Tenminste, zolang Elgar de lier niet gebruikte. Maar dan moest hij eerst Thelxiope de controle over zijn lichaam geven. Dat zou tijd kosten, al was het maar een beetje. En Teles werd momenteel afgeleid door Ariane en Lorcan.

Het voordeel van de verrassing was ook aan hun kant: niemand hier wist dat zij haar Lied terug had.

Dit kon wel eens veel beter aflopen dan ze gehoopt had. Als ze de Zelas-strijdgroep onder Elgars invloed uit kon krijgen, dan wonnen ze in het beste geval drie extra strijders. Maar zelfs als ze te gedesoriënteerd waren om te vechten, zou het risico op drie nieuwe Sirenen in elk geval afgewend zijn.

Ze focuste op Elgar, stuwde haar Lied naar haar voeten en zette zich af.

De orgándra kwam vanuit het niets. Ze knalde tegen Elena aan en ze vielen op de grond. Harde, magere knieën klemden zich om haar heen, een mes glansde donker. Ze wist het mes op het nippertje te ontwijken, greep het wezen bij de polsen en trok haar opzij. Terwijl ze om en om rolden zag ze flitsen van het plafond dat de zaal zijn naam had gegeven: tientallen geschilderde vogels, hun vleugels wijd gespreid.

De orgándra was onmenselijk sterk en ze vocht als een wild beest. Het neuriën vrat aan Elena, zaaide angst. Nieuw gif? Straks was ze weer nutteloos.

Ze kon geen halve maatregelen nemen.

Iets in haar gilde het uit van afgrijzen, maar een groter deel in haar wist dat Rafael en Isabella vlakbij waren, dat geen van hen tegen dit wezen opgewassen was, en bovenal: dat ze Elgar geen tijd mocht geven.

Ze liet haar Lied naar haar armen stromen, voelde het Vierde in haar hele lichaam dreunen. *Orpheus, bescherm mijn ziel. Ik zie geen andere oplossing.* Ze sloeg haar armen om de orgándra heen en trok haar gezicht in haar hals alsof ze haar wilde troosten. Het mes beet in haar zij, maar ze negeerde de pijn. Ze liet haar linkerhand naar de linkerwang van de orgándra glijden, greep haar hoofd stevig tussen twee handen, en draaide het toen met een afschuwelijke, harde, abrupte knak opzij.

De orgándra, die ooit een meisje vol muziek was geweest, vóór een Sirene haar had gevonden en iets afschuwelijks van haar had gemaakt, viel levenloos van haar af, haar nek gebroken, haar ogen nog net zo leeg, maar nu met hemelsblauwe irissen in stralend wit.

Fel verdriet kneep Elena's keel dicht. Ze had haar leven gewijd aan het vernietigen van onderwereldwezens om mensen te beschérmen. *Ik eer je leven.*

Ze voelde handen, liet zich overeind trekken. Rafael greep naar de plek in haar zij waar het bloed gutste. Pijn stak ineens als een speer met weerhaken die heen en weer werd gewrikt. Ze zoog haar adem sissend naar binnen. Maar zijn Lied streek al over haar heen, een razendsnel tokkelen dat de ruwe opeenvolgingen van het Vierde warm en troostend maakte, een haven, respijt.

Het drong tot haar door dat ze Elgar niet meer hoorde spelen. Ze duwde Rafaels hand weg.

'Wil je flauwvallen door bloedverlies?' vroeg Rafael geërgerd.

'Voel je dat niet?'

Haar Lied bonkte door haar aders, riep haar op tot de strijd. Een allesdoordringende kou, de diepe leegte van een peilloze afgrond leek gestaag naderbij te komen.

'Oh nee,' zei Isabella, die met haar rug naar hen toe stond.

Ze volgde haar blik.

Elgar glimlachte. Zwart slokte zijn irissen op en om zijn hals glansde het goud van de lier.

Shit.

Arianes hoofd was meteen weer helder toen Lorcans Lied zich als een beschermende cocon om hen heen wikkelde. Ze voelde zijn verrassing toen de orgándra niet op hen maar op Elena afschoot, maar hij haalde zijn ogen geen moment van Teles af.

De Sirene hief zijn handen. Zijn houding was kalm, koninklijk, alsof dit zijn troonzaal was en zij twee smekelingen.

'Lorcan. Als je hier bent om te praten, praat dan en houd op met Fluisteren.' Teles' zwarte ogen bewogen naar Ariane. 'Is dat juweel een geschenk?'

Deze keer was de emotie die door Lorcan heen trok feller, een woeste vlaag die haar rechter deed staan, ervoor zorgde dat haar handen zich tot vuisten balden. *Beschermingsdrang.*

'Mm.' Teles' lippen plooiden zich tot een glimlach. Ze

onderdrukte een huivering toen zijn duistere blik over haar haren gleed. 'Dat goud is aantrekkelijk. Begerenswaardiger dan je broer?'

'Jij bent Colin niet.' Woede ziedde onder Lorcans kalmte. 'Ik zou alles doen om hem terug te krijgen.'

Teles draaide zijn handen met de palmen omhoog, elegant, zelfverzekerd. 'Vind je het niet hypocriet om verontwaardigd te zijn dat ik hem wel naar waarde weet te schatten? Jij hebt ervoor gezorgd dat ik hem kon vinden.'

'Als Elgar er niet in is geslaagd om me met dat argument op mijn knieën te brengen, denk je dan dat jij dat kunt?' Lorcan klonk kalm, bijna dwingend. 'Laat me met mijn broer praten.'

De Sirene lachte zacht. 'Waarom?'

'Waarom niet?'

Ze hoorde hoe subtiel de emotie veranderde die Lorcan Fluisterde. Met een schokje vroeg ze zich af hoe echt alles daarvoor was geweest. Want dit was even helder, even duidelijk als de woede, terwijl het alleen maar manipulatie kon zijn. *Oprechtheid. Eerlijkheid.*

'Je weet dat hij het wil,' zei Lorcan. 'Of maakt dat niet uit? Is het jouw wil die telt, zolang je zijn lichaam maar kunt gebruiken?'

Dit ging niet om Teles. Hij had het tegen Colin. Hij lokte hem omhoog.

Teles vernauwde zijn ogen. 'Ah. Wil je met me spelen? Laten we dan spelen, Fluisteraar.'

Hij maakte met beide handen een soepel gebaar, alsof hij iets uit elkaar trok, en bracht ze omhoog terwijl hij drie tonen zong. Haar Lied herkende ze: een oproep. Kon hij hier beneden…? Ze liet haar Lied verder reiken, zoeken en hoorde het antwoord. Twee stromen kilte reageerden, gewillig en gretig.

'Echo's!' waarschuwde ze. Maar nu ze haar Lied van Teles had weggetrokken, voelde ze ineens ook iets veel groters, aan de andere kant van de zaal, dreigend en dodelijk. 'En een doorbraak.' Ze haalde adem en schreeuwde de waarschuwing door de zaal. 'Ophion!'

Kilte stroomde de zaal in, alsof iemand de deur van een immense vriezer had opengetrokken, en toen kwam Arianes noodkreet.

Elena woog razendsnel haar opties af. De ophion was het onmiddellijke gevaar. Maar hij was nog niet boven, en Elgar was snel aan het transformeren. De lier in handen van Thelxiope was een veel grotere dreiging.

Ze liet haar Lied naar haar voeten stromen en sprong richting Elgar. Maar haar moment van aarzeling had te lang geduurd.

Elgars gezicht had de gladde schoonheid van de Sirene gekregen. De hand waarin hij zijn viool had gehouden, hing langs zijn zij, nutteloos – Thelxiope had nog steeds moeite met het besturen van de linkerarm van zijn gastlichaam. Achter hem ontvouwden zich zwarte vleugels die meteen heftig sloegen en hem omhoogstuwden, ver buiten haar bereik.

Achter haar werd de ijzige kilte bijna tastbaar. Ze wervelde om haar as.

De ophion brak razendsnel door, alsof hij Thelxiope voelde en naar de Sirene toe werd getrokken. Zijn reusachtige slangenkop schoot gretig omhoog, wiegend als een cobra die danste voor een slangenbezweerder. Bliksemschichten knetterden over het meterslange lijf, dat kou en wanhoop uitwasemde.

Thelxiope keek met zwarte ogen op haar neer, zijn vleugels

langzaam klapwiekend. 'Ben je van gedachten veranderd, Elena Drakos? Wil je ingaan op Teles' aanbod? Eén beet is genoeg.'

'Elena!' riep Isabella, ergens achter de ophion.

'Breng ze naar buiten!' antwoordde ze.

Iemand van de Zelas-strijdgroep moest zijn gebroken onder de invloed van de Sirenen en Elgar, en de lier had de daaropvolgende doorbraak versneld. Ze moesten hier wég.

'Geen sprake van.' Thelxiopes vleugels sloegen en hij schoot richting de ingang, een wezen van duisternis en zilveren manen, gezag en kille overtuiging. 'Tenzij jullie hun plaatsen willen innemen?'

Orfiniumklappen klonken op, het ruisen van vleugels. Ze konden hem niet alleen aan, ze moest hen helpen. Maar de ophion was er ook nog.

Als hij elk ander beest was geweest, dan had ze hem nu kunnen pakken, nu hij nog niet helemaal boven was en dus nog vrij immobiel. Maar je kon een ophion niet terug naar de onderwereld Schreeuwen voor hij helemaal hier was.

Ze rende om het beest heen, verzette zich tegen de zuigende kracht van leegte die hij uitstraalde, negeerde de kilte die in haar botten wilde kruipen, probeerde in te schatten welke kant hij zich op zou laten vallen.

Snel, snel… Ze moest de witte plek vinden waar zijn gif verzameld was – de plaats waar een ophion kwetsbaar was. Als ze meteen toesloeg zodra hij helemaal boven was, dan zou ze met hem kunnen afrekenen, zelfs zonder strijdgroep die hem stilhield. Het zou haar Lied bijna compleet uitputten, maar dat was een zorg voor daarna.

Plotseling leek vuur in haar schouders te bijten. Ze schreeuwde het uit toen Thelxiopes klauwen haar omhoog trokken tot haar voeten de grond verlieten. Haar handen graaiden wild naar de klauwen, die haar meters de hoogte in tilden.

Thelxiope schoot ineens vooruit en zijn klauwen lieten haar los. Ze viel voorover, recht naar de kilte van de ophion. Op het laatste moment wist ze haar voeten onder zich te krijgen. Ze landde met een harde klap op het ijskoude, geschubde lijf.

De ophion liet zich meteen vallen, eindeloos ver naar beneden. Haar verdomde jurk wapperde als een vaandel achter haar terwijl ze instinctief door haar knieën boog, overeind wist te blijven tot de ophion de grond raakte. De reusachtige kop draaide zich haar kant op en haar hart sloeg over.

Het witte gifreservoir. De zwakke plek van de ophion, daar, pal voor haar. Hoe was het mogelijk?

Ze verzamelde haar Lied en Schreeuwde, zo hard ze kon. De ophion verstarde heel even, maar schudde zich toen, als een vis aan een haak. Ze hoorde Isabella's en Rafaels Liederen opklinken en wegvallen, het dreunen van orfiniumklappen die insloegen op de ophion. Ze Schreeuwde door, uit alle macht.

Maar twee was te weinig om hem vast te houden. Een strijdgroep was er om vele redenen, maar uiteindelijk hierom: ervoor zorgen dat de ophion zich niet kon wegtrekken voor de Schreeuw.

Het beest dook opzij, naar de Zelas-groep.

Haar hart sloeg over, een afschuwelijk ritme dat *Sirene, Sirene, Sirene* herhaalde. Ze liet haar Lied naar haar voeten stromen, haar benen, en sprong van de ophion af, voor ze kon worden afgeworpen.

Hij moest nog cirkelen voor hij zou bijten, ze had nog heel even tijd.

Maar zodra ze neerkwam, zag ze dat ze een inschattingsfout had gemaakt. Thelxiope zweefde boven de ophion, de lier om zijn hals een gouden lichtpunt. Zijn hand maakte een bevelend gebaar.

De ophion had nog maar één lus rond de Zelas-groep geslagen, maar zijn kop schoot al naar beneden en het beest zette zijn tanden in de schouder van hun Luisteraar.

De melodieuze stem van Thelxiope schalde door de zaal. 'Teles, nu!'

Twee nieuwe Echo's doken op vanuit het niets, schoten naar de ophion, gleden tussen zijn kronkels, vleiden zich erop neer en hieven hun koppen.

Ze liet haar Lied naar haar keel stromen en sprong naar voren. Allebei zou ze ze niet te pakken kunnen krijgen, maar als ze er één kon uitschakelen…

Thelxiopes bevelende stem klonk nog een keer. 'Ligeia!'

En toen hoorde ze een hoog gezang, trillend als een nachtegaal en zo mooi dat ze wel moest luisteren. De toon van kristal dat aan het zingen werd gebracht, een kostbare bokaal gevuld met zuiver bronwater.

Thelxiopes tweede kreet drong nu pas tot haar door. *Ligeia.* Nog een Sirene.

Haar bewegingen vertraagden, ze kwam half versuft neer. Wat kwam ze hier doen?

Vanachter een pilaar kwam een vrouw naar voren met zwarte ogen en vleugels, een vracht krullend bruin haar en een gezicht dat gegroefd was door verdriet. Een gezicht dat ze kende: Céline, de Heler.

Elena's hand ging naar haar gezicht. Dat verklaarde hoe de meswond zo snel was genezen terwijl ze bewusteloos was. En Céline moest ook degene zijn die de orgándras had geheeld.

Maar… Céline, Anouks moeder. Hoe had uitgerekend Teles haar aan zijn kant gekregen? Hij was degene die Anouk had gedood. Anouk, haar nuchtere en betrouwbare Demper. Teles had haar als een pop stukgemaakt en opzij geslingerd, alsof ze niets was.

Elena had zichzelf toegestaan om Anouks dood… niet te vergeten, maar naar de achtergrond te laten verdwijnen. Omdat er zoveel meer mis was geweest. Omdat Anouk niet meer te redden was en Colin misschien wel. Maar Anouks moeder had het verdriet niet naar de achtergrond kunnen laten verdwijnen. Ze zong een hartverscheurende melodie, die vroeg: waarom?

Elena, Elena, Elena… Waarom?

Waarom had ze niet doorgehad wat er met Colin aan de hand was? Waarom had ze Lorcan niet in Parijs kunnen houden? Waarom had ze Colin niet kunnen beschermen tegen Elgars invloed? Waarom had ze haar vader zijn hand en de lier gekost? Waarom had ze Anouks leven niet kunnen beschermen?

Waarom?

HOOFDSTUK 29

ARIANE HAD HET GEVOEL DAT DE TIJD ZICH UITREKTE, ER GEBEURDE onmogelijk veel in een paar seconden.

Lorcan rekende af met de Echo's aan hun kant van de zaal, zijn Lied en zijn orfinium een vloeiende waas van dodelijke trefzekerheid. Aan de andere kant van de zaal bevochten Elena, Rafael en Isabella de ophion en Elgar, die transformeerde in Thelxiope.

Ze kon alleen maar toekijken hoe de ophion toesloeg, hoe de Zelas-strijder viel. En toen kwam Thelxiopes bevel en zag ze Teles een nonchalant handgebaar maken, hoorde ze hem opnieuw die oproep zingen.

Twee nieuwe Echo's voegden zich bij de ophion, kronkelden zich om de Zelas-strijdgroep.

Ariane hoorde Lorcans instinctieve impuls om de strategie overboord te gooien, daarheen te rennen, Elena te helpen. Ze voelde het *doe iets, doe iets* in haar eigen bloed. Maar de dirigent van de Echo's stond hier vlak voor hen.

'Teles, doe het niet.' Ze keek hem aan, zocht naar iets in die zwarte, onleesbare ogen. 'Colin? Laat ze niet toeslaan. Elena zei dat je wilde dat ze er vrijwillig voor zou kiezen om een Sirene in haar ziel toe te laten. Die mensen krijgen geen keuze!'

Teles stond roerloos. 'Die mensen zijn Elena niet.'

En toen klonk Elgars tweede bevel en begon de onbekende Sirene – Ligeia – te zingen.

'Céline,' zei Lorcan vol afgrijzen. 'Anouks moeder. Oh, in Orpheus' naam, waarom wist niemand…'

Lorcans Lied steeg omhoog, de viool een afwerende, krachtige melodie die veiligheid bood, maar zij waren niet in gevaar. De fascinatiezang van de nieuwe Sirene greep Elena, Rafael, Isabella… en de leden van de Zelas-strijdgroep.

De Echo's beten toe, de twee Zelas-strijders die nog overeind hadden gestaan vielen neer. Het was alsof ze het gif kon voelen dat zich in hen verspreidde, de ijzige aanwezigheid van de onderwereld die zich een weg baande, een brug probeerde te slaan.

Haar Lied ging instinctief naar hen uit, voelde hun verzet. Hun Liederen hadden alle andere lichaamsfuncties uitgeschakeld om alle energie te richten op het gevecht tegen het gif. Maar ze waren versuft, hun verzet zwak. Het was alsof hun gave van heel ver moest komen, een berg op moest rennen, om het gif tegemoet te gaan. In plaats van te vechten, reikten hun Liederen ernaar, aarzelend.

'En nu, Lorcan?' Teles keek hem afwachtend aan, zijn zwarte ogen bijna nieuwsgierig.

Ze hoorde niets anders in Lorcan dan de concentratie op de emotie die hij Fluisterde. *Alles is goed.* En toen voelde ze hoe hij zijn Lied langzaam verder uitstrekte, een cirkel die straks ook Teles zou bevatten.

Hij had gelijk, dit was het moment. Haar hand bewoog

voorzichtig, zo onopvallend mogelijk naar Lorcan. Als ze Teles in slaap konden sussen…

'Oh nee.' Ergernis kleurde Teles' stem en het Ierse accent van Colin sloop erin. 'Dat gaat niet door.'

Teles' vleugels ontvouwden zich, razendsnel en krachtig als zwaarden die uit schedes werden getrokken. Hij sprong omhoog en vloog richting Thelxiope.

Ze renden hem achterna, maar ze voelde al hoe de zang van Ligeia de Zelas-strijders ertoe verleidde om te accepteren wat er aan de deur van hun ziel klopte.

Haar ogen schoten naar Thelxiope, die boven het geheel zweefde. Hij moest eerder voor hen gezongen hebben, met de lier hun verdediging verzwakt hebben. En daarna had Teles de zang in stand gehouden, terwijl Elgar hen murw Gefluisterd had, net zolang tot een van hen gebroken was, waarschijnlijk degene die door de ophion gebeten was.

Misschien waren de andere twee nog te redden? Echo-gif was niet zo krachtig…

Maar het was als dominosteentjes zien vallen. De Luisteraar kwam als eerste overeind, haar ogen verkleurend, terwijl klauwen haar broekspijpen verscheurden. Aan weerskanten van haar volgden de Heler en toen de Demper.

De aanwezigheid van de Sirenen leek niet te verdubbelen, maar te vertienvoudigen.

Sirene, Sirene, Sirene… Sirene, Sirene, Sirene…

Het was als een naderend onweer, loodzwaar en drukkend. Lorcans Lied was vlakbij, zijn viool galmde het Vierde beschermend om haar heen, maar het was niet genoeg. Haar trommelvliezen deden pijn, haar bewegingen leken te vertragen, haar huid prikte, ze kon nauwelijks ademhalen.

'Lorcan, ik kan niet… ik…'

'Focus op iets anders. Ariane, je moét.'

Maar er was geen ontkomen aan, ze waren overal. De drie nieuwe Sirenen voor haar, Thelxiope en Teles in de lucht, Ligeia aan haar linkerkant en…

'Leucosia, bij de deur,' zei ze, bijna robotachtig. Haar voeten vertraagden. 'Ze is hier.'

'Ariane!' Lorcans stem was zo kalm als zijn viool, de dreigende kalmte van het oog van de storm. 'Ze zijn met zéven.'

Het punt waarop de strijd niet meer gewonnen kon worden. Haar hart stokte. Geen wonder dat ze Leucosia hadden gestuurd om hen te vertragen: de drie nieuwe Sirenen gaven hen in één klap de overwinning.

Leucosia. Waarom had het eigenlijk zo lang geduurd voor ze hen inhaalde?

Toen drong eindelijk hoop door de drukkende aanwezigheid van de Sirenen: uit de verte kwam het Zesde Strijdlied. Leucosia schoot de zaal in, haar koperrode haar een wirwar, een van haar vleugels half geknakt. En achter haar aan kwamen een tiental strijders. Klappen van Schreeuwers deden de bodem dreunen. De Echo's verdwenen abrupt.

Ligeia's kristallen zang aarzelde.

Misschien maakten ze dan toch nog een kans.

Elena voelde de melodie van het Zesde in haar doordringen, in elke cel van haar lichaam zinderen. De strijdgroepen stortten zich in een *sonate*-formatie op de Sirenen, waarbij ze afwisselend kleinere groepjes vormden die met verschillende tactieken aanvielen.

Een onbekende Fluisteraar hulde haar in *strijdlust* en *zelfverzekerdheid* en ze werd achteruit getrokken, weg bij de Sirenen.

De zeven Sirenen.

'Achteruit,' snauwde een stem. Ze keek om en herkende Demios, een Schreeuwer met wie ze wel eens getraind had. 'Maak dat je wegkomt.'

'Dit kunnen jullie niet halen,' zei ze vol afgrijzen. 'Ze zijn met zéven!'

'Er komt nog een groep achter ons aan. Maar als het niet anders kan...' Hij knikte naar de pilaren, die het plafond ondersteunden. 'Dan weten we wat ons te doen staat.'

Hij keek niet eens meer naar haar en sprong naar voren.

Ze wankelde achteruit, vond Rafael en Isabella. In haar ooghoek zag ze Lorcan en Ariane, die kwamen aangerend.

'Wat nu?' Isabella's gezicht was wit. 'Zeven... Elena, we...'

'Ik weet het.' Haar ogen zogen zich vast aan de strijd die zich voor haar ontspon.

De pilaren die het plafond boven de strijders ondersteunden leken ineens fragiel. Als de Schreeuwers die neerhaalden, dan zou de hele zaal vernietigd worden, misschien wel meer dan dat.

'Ze willen de zaal doen instorten als het nodig is.'

'Wat?' Arianes gezicht was bleek. Ze stond te trillen op haar benen.

'Ze zijn bereid om zichzelf op te offeren om de Sirenen niet de kans te geven deze zaal te verlaten. Het is beter dan ze loslaten op de wereld. Tien doden is niets in vergelijking.'

Ze wist dat ze de rest van haar strijdgroep moest meenemen – het gevecht in, of de zaal uit. Haar ogen schoten heen en weer.

Ligeia zong weer en Leucosia had haar stem erbij gevoegd, wat betekende dat de Fluisteraars in de groep hun handen er vol aan zouden hebben dat tegen te gaan. Ze vloekte binnensmonds toen haar ogen over de strijders gingen, ze herkenden. Eén Fluisteraar maar. Gelukkig vlogen de andere Sirenen, dat zorgde ervoor dat ze niet zongen.

De strijdgroepen probeerden de Sirenen samen te drijven, maar het was duidelijk een verloren zaak.

Voor er vijf hartslagen gepasseerd waren, zag ze al een strijder neergaan, bloed over haar borst gutsend. Een tweede – ze herkende de Heler – knielde naast haar neer. Hij moest wel, om haar leven te redden, maar liet zo de flank van een ander open, die haastig een aanval moest ontwijken en een bloederige wond over zijn arm opliep.

De drie nieuwe Sirenen bewogen eerst onzeker, maar hun bewegingen werden al snel vloeiender. Ze doken op de strijdgroepen af, hun klauwen verscheurende wapens, en trokken dan weer terug, keer op keer.

Orfiniumklappen sloegen in, de Schreeuwers sprongen om overal tegelijk te zijn, maar dat was onmogelijk. Het was duidelijk dat de Sirenen gericht op één strijder joegen: de Fluisteraar, wiens Lied galmde om iedereen te beschermen tegen de fascinatiezang.

Twee andere strijders leken door een brij te moeten waden bij elke beweging die ze maakten. Een gevoel van dreiging beving Elena toen ze ze herkende als twee Luisteraars.

Ze wierp een blik opzij. Ariane zag er niet veel beter uit.

'Wat hoor je?' vroeg ze gehaast. 'Wat is er mis?'

'Er is iets…' Ariane greep naar haar hoofd. 'Iets dat zich door de zaal verspreidt.'

'Ophion? Nog een Sirene?'

In Orpheus' naam, geen achtste Sirene.

Ariane probeerde te bepalen wat ze hoorde, wat het was dat door de zaal zinderde als een loden deken vol statische elektriciteit.

In het strijdgewoel ging een strijder neer. De schok ging door de hele zaal. Waarom was hij zo belangrijk?

'De Fluisteraar,' mompelde Rafael. 'Oh-oh. Elena, vooruit of achteruit?'

Voor Elena iets kon zeggen onttrok Thelxiope zich ineens aan het gevecht. Schreeuwers en orfiniumklappen achtervolgden hem, maar de andere Sirenen dekten zijn aftocht, richting de uitgang.

Thelxiope landde en begon te zingen, en zonder de Fluisteraar trof de kracht van de lier de zaal als een moker.

Het was huiveringwekkend prachtig. Ariane hoorde een jammergeluidje uit haar mond komen. Geen enkele andere Sirene die vandaag had gezongen had zo geklonken, alsof de hele wereld zichzelf kon herscheppen, alsof zijzelf iemand anders kon worden, iemand die uniek was en sterk, die niet vergeten kon worden.

Alle strijders vertraagden. Ze worstelden vergeefs tegen de zang die in hen groef naar elk pijnlijk gemis dat ze ooit in de wereld, in zichzelf hadden gezien. De prachtige melodie zocht zich een weg naar de lege plekken in hun harten, hun zielen...

En tegelijk was er nog steeds dat ondefinieerbare iets dat zich door de hele zaal verspreidde, zwaar en dreigend en vol verwachting.

Ariane wankelde opzij, tegen iets aan. Iemand. Lorcan, wiens arm zich in een reflex rond haar middel sloot. Ze keek hem aan en zag in zijn wijd opengesperde grijze ogen hoe hard hij moest vechten om zijn Lied in stand te houden, om alleen al zichzelf te beschermen, hoe de wanhoop klauwde aan zijn zekerheid.

'Zing.' Zijn Lied was zwak als een briesje. 'Ariane...'

Zijn viool Fluisterde *alles is goed* en *strijdlust,* een kleine, strakke cocon om hen heen. Maar de lier zorgde ervoor dat Thelxiopes stem dwars door alles heen klonk, een onrustige wind van tekortschieten en eenzaamheid.

Ze draaide zich naar Lorcan toe, voelde zijn hart tegen het hare bonken, voelde de onmacht, het gemis, die steeds sterker werden. En toen ineens ging er een zware deur open en veranderde zijn Lied.

Lorcan boog zijn hoofd, legde zijn wang tegen de hare. Zijn armen sloten zich om haar heen en trokken haar tegen zich aan, zodat ze over de hele lengte van haar lichaam tegen hem aangedrukt stond.

Verlangen trok in een werveling door haar heen. *Schuldgevoel* mengde zich erdoor, maar dat stookte het verlangen alleen maar op, en Lorcan gaf het de vrije teugel, liet het feller worden, wilder.

Zijn handen gleden om haar middel, omhoog naar haar ribben, haar hart. Zijn stem, diep en warm, glipte in haar oor. 'Ariane. Mijn honingzoete liefste. Zing.'

Haar mond ging open in een zucht en haar Lied stroomde naar buiten. Ze kon niet denken, secondelang wist ze niet eens wat ze zong, wat de melodie van zijn Lied was. Toen herkende ze het *Dies Irae,* woedend en sterk tegelijk, wraak en hoop aaneengesmeed. Ze voelde het Eerste Strijdlied in haar borst, voegde het erbij, maakte er een razende, woeste storm van.

Lorcans handen lieten haar los en ze zong door, harder, krachtiger, hoorde haar Lied om hen heen galmen, het zijne Versterken. Ze zag Elena knipperen, Isabella en Rafael rechter gaan staan.

'De anderen.' Lorcans stem was geconcentreerd.

Ze liet haar Lied vrij, liet het de zaal vullen, gaf het alle ruimte, liet het *Dies Irae* razen en de zang van de Sirenen wegvagen, de beloftes van valse schoonheid doorbreken.

Ze knipperde verrast toen ze haar aandacht weer op de zaal richtte. In de paar tellen dat Thelxiope de overhand had gehad, waren de gevechten doorgegaan, maar niet zo vernietigend als ze had vermoed.

In plaats van de gelegenheid te baat te nemen om zoveel mogelijk strijders te doden hadden Leucosia en Ligeia zich bij Thelxiope gevoegd. De drie nieuwe Sirenen en Teles bewogen ook richting de deur, ze vielen niet meer aan, sloegen alleen nog aanvallen af van de strijders die weer tot zichzelf waren gekomen.

Ze zocht naar Thelxiope, vond zijn blik brandend op haar gericht. Hij gaf haar een bijna onmerkbaar knikje, iets van tevredenheid op zijn gezicht, en hij zong door. Ze voelde de fascinatiezang in kracht toenemen, tegen het Lied botsen dat zij en Lorcan in stand hielden.

Koortsachtig dacht ze na wat ze moesten doen. Lorcan zou dit niet volhouden. Zij kon doorzingen, maar ze wist dat dit hem snel zou uitputten. Ze moesten iets doén, voor het zover was.

'De lier,' zei Lorcan, alsof hij haar gedachten las. 'Elena? We moeten de lier te pakken krijgen.'

Elena keek de zaal nog een keer rond, maar ze zag geen andere oplossing. Te veel mensen, te ver uit elkaar. Lorcan zou binnen de kortste keren leeglopen als een defecte batterij en het zou niet genoeg zijn.

Ze keek hem aan en knikte verbeten. 'Concentreer je Lied op onze groep. We pakken hem.'

Lorcan trok zijn Lied naar hen terug en Elena zette het op een rennen. Deze keer wist ze dat ze niet zo stom moest zijn om hen achter zich te laten. Zonder Lorcans bescherming was ze weerloos tegenover de fascinatiezang.

Ergens links van haar was ze zich ervan bewust dat strijders in elkaar stortten onder de klauwen van Sirenen. Ze kon niet kijken, mocht niet aarzelen. Dit was haar besluit, ze moest het doorzetten of alles was sowieso verloren.

Ze had het ritme van het gevecht gezien. De Sirenen zouden de zaal al uit zijn voor de Schreeuwers die konden doen instorten. De strijdgroepen zouden verliezen, zonder zelfs maar tijd te hebben voor hun wanhoopsactie.

Wanhoopsactie. Dat kon ook gezegd worden van wat zij nu deed. Ze rende op drie Sirenen af, en er konden er elk moment nog vier arriveren.

Ze zou op de een of andere manier Thelxiope moeten bereiken, uitschakelen. Had ze nog genoeg voor een Schreeuw? Maar misschien was een andere aanval beter. Thelxiope doden was niet zo belangrijk als de lier te pakken krijgen. Een sprong. Recht op hem af, recht op de lier af, één ruk. Als ze zijn nek er tegelijk mee brak, des te beter.

Woede verkleinde haar gezichtsveld, beperkte het tot hem. Thelxiope. Elgar. Hij was degene die haar vader een mes in de rug had gestoken, Colin had vergiftigd, het hele Kefálion had vergiftigd.

Toen zag ze Thelxiope zijn rechterhand tot een vuist ballen. De fascinatiezang viel weg, maar zijn lippen bleven bewegen. Kilte waaide door de zaal.

Een dreigend besef doemde in haar op: de ophion was daarnet verdwenen, maar ze had nooit de galmende dissonant gehoord die signaleerde dat hij gedesintegreerd was.

Het beest rees op uit de grond aan Thelxiopes voeten en schoot de zaal in. Ze zag Thelxiope zijn hoofd bewegen en de ophion reageerde met een plotselinge uitval in dezelfde richting. Ophionen waren reusachtig, maar meestal ook vloeiend. Ze ontweken barrières met gemak terwijl ze achter hun prooi aanjoegen. Maar ze konden keiharde klappen uitdelen als ze zich verdedigden.

De ophion gooide zijn lijf tegen een rij pilaren, zodat de hele zaal ervan trilde. Barsten verschenen krakend in het plafond en ze voelde de grond onder haar voeten beven. Strijders vlak bij de ophion, die nog half onder invloed van de fascinatiezang waren, verloren hun evenwicht. Ze krabbelden overeind en renden richting de uitgang.

De ophion raasde langs hen heen, massief en hoog, bliksemschichten knetterend over zijn lijf, cirkelde om hen heen, sloot de weg af.

Thelxiope balde zijn hand tot een vuist en maakte een beweging die op een halve cirkel leek. De meterslange staart van de ophion sloeg als een immense zweep en knalde vier pilaren aan stukken. Nog een keer, nog drie pilaren. Een oorverdovend gekraak ging door de hele zaal. Brokken steen met geschilderde vogels vielen naar beneden, verpulverden op de vloer.

De strijders verzamelden hun gewonde kameraden, probeerden ze te beschermen tegen het vallende puin en de ophion.

De resterende Sirenen verhieven zich in de lucht en hun vleugels droegen hen naar de uitgang. Een voor een glipten ze naar buiten.

Thelxiopes ogen gleden over het gewoel heen en vonden trefzeker haar kleine groepje dat op hem afrende. Zijn stem schalde door de zaal.

'Elena!'

Hij hield iets omhoog, een vage vorm in een doek die roodbevlekt was. Een vorm die haar deed denken aan de wandschildering in de grote zaal, waar haar vader voor had gestaan tijdens Colins wake. Geschilderde figuren die zich bogen over de stukken van Orpheus' lichaam. Dat was...

Haar vaders hand.

Thelxiope glimlachte wreed. En toen slingerde hij het pakketje recht in de baan van de ophion, die het snel als een haai opslokte. Zijn vleugels klapwiekten en hij schoot de zaal uit.

Haar ogen vonden Teles, die als enige nog bij de deur stond. Eén ademloos moment bleef hij staan, zijn zwarte ogen spiegels waarin ze de gouden kam in haar haren leek te zien weerkaatsen. Toen verdween ook hij naar buiten.

Afgrijzen balde zich samen tot een woord in haar keel. Nee.

Nee. Ze mochten niet ontkomen, niet met zeven. Niet met de lier. Niet nadat haar vader zijn hand voorgoed was verloren.

Achter haar grauwde Lorcan hetzelfde. 'Nee! Elena...'

Hij hoefde het niet te vragen. Ze rende al. Haar Lied, tot het uiterste getergd, weigerde het ritme van het Vierde. Het zocht en vond iets anders: het woeste ritme van *Fight Fire with Fire*. Ze liet het haar hele lichaam doorschieten, naar haar benen, haar kuiten, haar voeten, haar knieën.

Achter haar hoorde ze stemmen, geschreeuw, rennende voeten. Ze zouden allemaal onherroepelijk trager zijn dan zij, zelfs de Schreeuwers. Ze waren half versuft door de fascinatiezang en moesten ook nog afrekenen met de ophion. Zij was de enige die dichtbij genoeg was, woedend genoeg, haar hoofd helder genoeg.

Ze hoopte dat de strijdgroepen veilig uit de zaal zouden wegkomen voor die instortte, dat haar eigen strijdgroep haar zou volgen, maar ze kon niet vertragen.

Zwarte vleugels, vlak voor haar. Te laat voor de lier, dat wist ze nu al. Thelxiope had een voorsprong. Maar voor haar zag ze Colins… Teles' zwarte haren.

Eén Sirene minder zou het tij weer doen keren. Zou het genoeg zijn, nu Thelxiope de lier had? Misschien niet. Maar haar Lied zoemde in haar keel en ze wist een ding zeker: ze zou na alles niet ook nog Colin opnieuw kwijtraken.

Haar spieren spanden zich, haar Lied balde zich samen. Ze sprong.

HOOFDSTUK 30

Houd Sirenen op afstand. Alles aan hen is gevaarlijker van dichtbij. Afstand is het enige wat een gevecht met een Sirene winbaar maakt. Als Schreeuwer ben je verantwoordelijk voor het bewaken van die afstand. Je Lied kan je niet afschermen zoals het Lied van een Fluisteraar, maar als je snel bent, is het net zo goed een schild. Gebruik het om de Sirene in beweging te houden, om terug te trekken indien nodig, tot je van een veilige afstand opnieuw kunt aanvallen.

Uit: 'De zang van de Sirene', Lucinda Borghia
(16de eeuw, toenmalig hoofd van de Schreeuwers)

ELENA HAD HEM IN ZIJN RUG WILLEN RAMMEN. MAAR HET WAS ALSOF het gedeelte van Colins Luisteraarsgave dat er altijd was, zelfs wanneer zijn Lied niet actief was, ook voor Teles werkte. Op het laatste moment draaide hij zich om.

Zijn vleugels sloegen, fluwelen duisternis die hem naar haar toe stuwde. Ze botsten op elkaar met een klap die de adem uit haar longen sloeg. Zijn armen sloten zich om haar heen en hij draaide hen in een razendsnelle werveling een kwartslag, drukte haar rug met een smak tegen de muur van de tunnel.

‘Elena Drakos.’ Teles’ stem was spottend, zijn zwarte ogen glansden. ‘Ben je toch van gedachten veranderd?’

Het was alsof ze terug waren in het penthouse waar hij haar had gevangengehouden, waar ze machteloos was geweest. Haar handen vlogen omhoog, maar hij greep haar polsen, pinde haar armen vast. Zijn vleugels bewogen achter hem, creëerden een druk die haar tegen de muur hield, gevangen.

Eén afschuwelijk ogenblik bevroor de angst haar. Hij was sterker dan zij. Ze kon niets tegen hem beginnen.

‘Verander van gedachten, Elena.’ Zijn stem daalde, werd een verleidelijke fluistering. ‘Zo moeilijk is het niet. Je menselijke leven is zo klein en leeg, en er is zoveel meer.’

Hij haalde diep adem, ze voelde zijn borst tegen de hare uitzetten. Toen gingen zijn lippen weer van elkaar en ze wist wat er zou volgen: de fascinatiezang, waar ze geen enkel verweer tegen zou hebben.

Maar achter haar hoorde ze het scheuren van steen, het geschreeuw van strijders en de Liederen van haar strijdgroep. In haar keel zoemde haar Lied wild. Deze keer was ze niet machteloos, deze keer was ze niet alleen.

Ze liet haar Lied haar lichaam in stromen, eerst naar haar armen, daarna naar haar bovenbenen en haar voeten. Ze duwde en sprong, gooide hem naar achteren.

Zijn vleugels spreidden zich en zijn klauwen krasten afschuwelijk luid over de vloer, zodat hij een halve meter verder al schrap stond. Hij sprong naar voren en zijn schouder bonkte tegen haar aan, zodat ze weer tegen de muur klapte.

Maar deze keer wist ze net op tijd haar heupen half te draaien. Ze verzette zich niet tegen de greep waarmee hij haar bovenlichaam tegen de muur drukte, maar gebruikte die als ankerpunt om zich tegen af te zetten. Ze liet haar Lied naar haar benen stromen, trok ze zijdelings op, haakte ze achter hem, en gooide haar gewicht opzij. Het had simpel moeten zijn, als een vis aan de haak slaan, maar haar voeten raakten verstrikt in iets fluweligs en veerkrachtigs. De vleugels – hoe had ze die kunnen vergeten?

Maar het maakte niet uit. Hij maakte een geluid van verrassing, raakte uit zijn evenwicht en viel opzij. Ze gingen tegen de grond.

Elk strategieboek, elk trainingsmoment dat ze ooit had gehad schreeuwde in haar achterhoofd dat ze meteen weer overeind moest springen, weg bij hem.

Maar als ze dat nu deed, dan ging hij achter Thelxiope aan en raakte ze hem kwijt. Nee, ze moest hem vasthouden, lang genoeg om haar strijdgroep een kans te geven.

Ze worstelde om overwicht terwijl ze heen en weer rolden. Met haar Lied was ze sterk genoeg om zich niet weer te laten vastpinnen, maar hij vocht fel en zonder zich in te houden, zijn klauwen krassend, zijn vleugels slaand.

Ze had haar Lied in haar handen, haar armen, haar bovenlijf nodig om te voorkomen dat hij de kracht van zijn vleugels gebruikte om haar te immobiliseren, maar ze moest het snel weer naar haar knieën, haar dijen sturen om te voorkomen dat zijn klauwen genoeg grip kregen om haar af te gooien.

Hij rolde haar onverwacht op haar rug en wist een arm over haar keel te krijgen. Zijn blik gleed over haar heen, taxerend, en hij glimlachte.

'Elena Drakos, je bent nog mooier dan ik dacht. Jij wordt mijn aanwinst.'

Een klauw kraste naast haar terwijl hij een stukje omhoogkwam. Zijn donkere vleugels waren een triomfantelijke banier van overwinning boven hem, terwijl hij naar voren leunde en meer gewicht op zijn arm zette.

Ze snakte naar adem. Als ze niet snel iets deed… Haar ogen vlogen over hem heen, over de duisternis achter hem. Ze herinnerde zich wat ze gedacht had over Leucosia's vleugels in de smalle gang: een handicap. In een impuls liet ze haar handen achter zijn rug glijden. Haar Lied dreunde om haar heen, woest en dreigend. Ze liet het in haar handen stromen en greep.

Ze had altijd gedacht dat Sirenenvleugels leken op de schaduwachtige duisternis van Echo's, maar haar voeten hadden daarnet iets geraakt dat net zo werkelijk was als een bovengrondse ophion. Haar handen vonden iets zachts en stevigs tegelijk, iets dat noch veren noch huid was, met daaronder botten… gewrichten. Ze zette haar vingers erin en trok.

Teles' reactie kwam onmiddellijk. Zijn schouders spanden, zijn arm verdween van haar hals, en hij greep naar haar armen. Ze voelde zijn klauwen door haar jurk snijden.

Maar met haar Lied in haar armen maakte hij geen kans. Ze verstevigde haar greep, rukte zo hard dat ze iets voelde knappen en snauwde: 'Hou die klauwen bij me vandaan of ik trek je vleugels aan flarden.'

Teles verstarde. Zijn zwarte ogen versmalden terwijl ze in de hare keken alsof hij gehypnotiseerd was.

Ze kon het doen. Nu. Haar Lied uit haar handen laten glijden, naar haar keel laten stromen. Schreeuwen. Als hij stilhield, als ze nog genoeg overhad, dan kon het snel voorbij zijn. Ze wist wanneer ze moest stoppen om hem niet te doden.

Maar als hij bewoog… De Schreeuw kon iets in Colins lichaam beschadigen, en Rafaels Lied was uitgeput.

Ze moest het doen. Eén Sirene minder. Niet langer de onmiddellijke dreiging van de zeven.

Het was alsof hij wist wat ze dacht. Hij leunde naar haar toe. 'Zou je vernietigen waar je naar verlangt, Elena Drakos?'

Hij zong niet, maar zijn nabijheid was even verwarrend. Zijn gezicht, zijn haar, de vorm van zijn schouders en zijn lippen, alles wat zo bekend was… het groef in haar hart en ziel, herinnerde haar aan elk moment dat Colin voor haar kracht was teruggeschrokken. Zelfs de fascinatie op het mooie, harde gezicht van de Sirene deed haar denken aan Colin, opgeslorpt door iets wat hij wilde begrijpen.

'Elena Drakos, de zekerheid.' Teles' glimlach was als een wrede liefkozing. 'Aarzel je nu?'

Ariane had haar Lied van Versterking weer naar binnen getrokken en was in plaats daarvan gaan Luisteren, zodat ze de Sirenen en Elena konden volgen.

Om hen heen kreunde en kraakte de hele *Salle des Oiseaux*. Terwijl ze de deur uit renden, hoorde ze eindelijk de bevrijdende, galmende dissonant: de strijdgroepen hadden met de ophion afgerekend.

Maar tegelijk verkruimelden er nog twee pilaren, zonder dat er een ophion aan te pas was gekomen. Een diep gerommel klonk overal om hen heen.

'Het hele plafond komt straks naar beneden,' riep Isabella.

En dat zou niet het enige zijn. De zalen en tunnels waren allemaal met elkaar verbonden.

Ze probeerde het kraken en kreunen achter haar te negeren, de kreten van de strijders die de zaal uit vluchtten in een regen van verpulverde steen. Hun voetstappen gingen de andere kant op, richting de ingang waardoor ze de catacomben waren binnengekomen.

De ingang die zij steeds verder achter zich lieten.

Ariane wierp een blik over haar schouder, liet haar blik snel van Isabella naar Rafael schieten. 'Jullie moeten naar buiten.'

'Niet zonder Elena.' Rafaels stem was grimmig maar vastberaden en Isabella knikte.

Ze renden door.

'Ik heb bijna niets over.' Lorcans stem was zacht, alleen voor haar bedoeld.

Hij klonk als de kalmte die na wanhoop kwam, wanneer angst alles al had weggebrand.

'Ik weet het.' Ze had het kunnen voelen, vlak voor zijn Lied wegviel.

Ze hoorde luid en duidelijk wat hij niet had gezegd: dat hij niet dacht dat hij genoeg overhad om Teles buiten westen te krijgen.

Maar er was geen tijd om iets anders te verzinnen. Ze sloegen een hoek om en daar waren ze: Elena en Teles.

Van de andere Sirenen geen spoor. Dat verbaasde haar niet echt. Thelxiope was sluw en hetzelfde gold voor Elgar. Eén Sirene kon hij vervangen als het echt moest. Zeker nu hij de lier in handen had.

Haar adem stokte in haar keel toen ze besefte hoe precair Elena's situatie was. Ze had Teles op de een of andere manier in haar greep, haar Lied om haar heen dreunend, haar kracht een vastberaden baken. Maar een van Teles' klauwen rustte vlak bij haar onderbuik, een plek waar hij met een beweging een verschrikkelijke vernieling kon aanrichten.

De lier. Haar hart sloeg over. Hoe moest ze dit doen zonder de lier? Hoe moest ze dit doen terwijl Lorcan op het randje van uitputting was? Het was onmogelijk.

Haar Lied joeg om haar heen als een wervelwind en bracht Rafaels aanwezigheid met zich mee, met de herinnering aan de standvastigheid van het Helen, ze hoorde Isabella's buigzame onbreekbaarheid die niet terugschrok voor de grens van de dood, en Lorcans onwrikbare hoop.

Teles' stem dreef naar hen toe: 'Elena Drakos, de zekerheid. Aarzel je nu?'

Hij begon te zingen, een lied dat bijna zo meedogenloos was als dat van Thelxiope met de lier, een hartverscheurend mooie melodie, soepel als een dans, onweerstaanbaar als een uitnodiging.

Ze zag Elena verstillen, haar handen begraven in Teles' vleugels.

Ergens achter hen hoorde ze een enorme klap. De trillingen zinderden door de vloer, terwijl brokken steen vielen en bleven vallen. Te dichtbij om de *Salle des Oiseaux* te zijn. De instabiliteit was zich aan het verspreidden.

Hoeveel tijd hadden ze nog tot de onvermijdelijke instorting? Minuten? Seconden?

Lorcans Lied schoot omhoog om hen te beschermen tegen de fascinatiezang, hij legde alles wat hij had in de woede van het *Dies Irae*.

Ze greep zijn hand en liep met hem naar voren, liet haar Lied van Versterking naar buiten stromen met de moed der wanhoop, in het besef dat dit hun enige kans was. De enige kans om de wereld te beschermen tegen zeven Sirenen, om Lorcan zijn broer terug te geven.

Ze zong met alles wat ze had, en haar hart sprong op in haar borst toen ze zag hoe roerloos Teles zat, alsof hij tegelijk kon zingen en Elena vasthouden, maar meer ook niet. Hij kon zich niet verzetten tegen Lorcans Lied. Het werkte, het…

Het werkte niet snel genoeg. De fascinatiezang vocht tegen hun gecombineerde Liederen. De twee hielden elkaar in evenwicht. De Sirene kon hen niet beïnvloeden, zij konden hem niet bereiken.

Ze had meer nodig. Ze had iets nodig dat…

Haar ogen schoten van Teles naar Elena. Naar Elena's handen die zelfs nu, nu haar ogen wazig waren geworden, Teles op de een of andere manier op zijn plaats hielden. Wat had hij gezegd?

Elena Drakos, de zekerheid.

Elena. Standvastig en doelgericht en ja: zéker. De volmaakte soldaat, had Rafael meer dan eens spottend gezegd.

Ze herinnerde zich wat er in het boek had gestaan dat ze had gelezen over de gaven: dat Schreeuwers iets primitiefs en ongecompliceerds waren. Maar intussen leunde iedereen op Schreeuwers, vertrouwde Elena's strijdgroep haar blindelings. Ze herinnerde zich hoe anders ze waren geweest zonder de kracht van Elena.

Vanuit het niets kwam een andere herinnering boven: Julie in de psychiatrische instelling, waanzinnig geworden nadat ze bezeten was geweest. Haar geschreeuw: *Nee, nee, neeee…* Die 'ee' was eindeloos doorgegaan, afgewisseld met zware ademhalingen.

Of dat had Ariane toen gedacht. Maar ze snapte ineens wat ze had willen zeggen, nu ze Teles en Elena als twee puzzelstukken in elkaar zag, hun leven in elkaars handen.

Net als Colin en Teles twee puzzelstukken waren, die elkaar op een andere manier in evenwicht hielden. Weer kon ze het horen, daar ergens, diep in de zware, roofdierachtige aanwezigheid van

Teles, een andere aanwezigheid: krachtig maar gebroken, een instrument dat aan stukken was geslagen.

Geef... dát had Julie geschreeuwd. Ze wilde iets om de leegte te vullen die de Sirene in haar had achtergelaten.

Colin hield zich vast aan de Sirene omdat hij nu eenmaal ruimte voor Teles had gemaakt in zijn ziel. Als Teles ineens zou verdwijnen, dan zou hij achterblijven net als Julie: gebroken, niet-heel, waanzinnig door het gat in zijn ziel.

Misschien dat Lorcan het had kunnen vullen, maar de broers waren op dit moment te gelijk, te veel een spiegel van elkaar in hun pijn. Maar er was iemand anders die het wel zou kunnen.

Ze keek op naar Lorcan, die zwaar ademde, nu zijn Lied zich aan zijn leven voedde. 'Je zei dat je me vertrouwde.'

Zijn grijze ogen waren pijn en verlangen, schuld en angst, maar hij knikte. 'Ja.'

'Ik weet wat ik moet doen.' Ze zag het glashelder voor zich, nee, ze *hoorde* het, in alle Liederen en emoties om haar heen. 'Kom mee, bescherm Isabella.'

Ze liet hem los, voelde zijn mengeling van opluchting en schrik, en draaide zich naar Isabella. Ze stak een hand naar haar uit.

'Je moet Elena Stemmen, zodra ik het zeg.'

Isabella's gezicht was een en al verbijstering, maar haar fluit steeg om hen heen op, hoog en zuiver, zacht maar doordringend, en ze pakte Arianes hand aan.

Geen ruimte voor aarzeling.

Ariane trok Isabella mee naar het dodelijke standbeeld van Elena en Teles. Ze voelde hoe de fascinatiezang sterker werd naarmate ze dichterbij kwamen, zelfs onder de bescherming van Lorcans Fluistering, maar ze zette door, vocht zich een weg naar hen toe.

Ze drukte Isabella's hand op Elena's pols, voelde Teles' vleugels als levend geworden nacht hun armen verzwelgen.

Elena keek abrupt op, haar donkere ogen verwijdden zich toen ze Ariane zag.

Ariane zorgde ervoor dat haar stem vast klonk. Ze stelde een vraag en maakte er een bevel van.

'Elena… wie is Colin?'

Ergens in de verte hoorde ze het zware dreunen van steen, dat rommelde als een immens, verwoestend onweer. Hun tijd tikte weg. Als ze het fout had… Als ze het fout had, dan was het afgelopen.

HOOFDSTUK 31

Er is geloven. En er is weten: de waarheid horen met elke vezel van je zijn.

Uit: 'Ik luister,' Pedro Valdez

ARIANES WOORDEN LEKEN ELENA TE TREFFEN ALS EEN bliksemschicht. Wie was Colin?

Colin leek vlakbij, zijn gezicht zo dichtbij dat ze het kon aanraken. Maar tegelijkertijd leek hij op een andere wereld te zijn, van haar verwijderd door Teles' onmenselijke schoonheid.

Colin.

Isabella's fluit vloeide om haar heen en haar gedachten gleden terug door een mengeling aan herinneringen, elk ervan schokkend in zijn helderheid.

Colins zwarte haar dat scherp afstak tegen het blauw van de Kretenzische zee, de bijen zoemend op de achtergrond, de geur van wilde tijm, de klank van zijn stem: 'Ik zou jou uit duizenden herkennen.'

Zijn zekere handen op haar rug en om haar vingers, die met de minste druk aangaven dat hij haar om haar as wilde laten draaien. Haar hart dat zong, omdat het was alsof ze samen een gevecht leverden dat ze bij elke pas wonnen, de dansvloer veroverend.

Colin, die met waanzinnige precisie een Echo uitschakelde, zo vloeiend en soepel dat haar bloed bruiste van opwinding. Colin, die grijnsde en zijn jazzhoedje op zijn hoofd achteruit duwde, niet in het minst uit het lood geslagen door hun plagerijen. Colin, waterdruppels glanzend op zijn brede schouders.

Ariane had onmogelijk kunnen uitleggen hoe ze had geweten wat ze moest doen, behalve dan dat ze ineens de fontein in de Jardin du Luxembourg voor zich had gezien, met de waternimf wiens geliefde in een rivier was veranderd.

Ze Luisterde met alles wat ze was naar Elena, dompelde zich onder in haar zekerheid, doordrenkte zichzelf ermee. Toen reikte ze met haar andere hand blindelings naar Lorcan en Fluisterde alles wat Elena haar had gegeven naar hem toe.

'Geef het hem,' zei ze. 'Neem dit en geef het aan Colin. Hij is er.'

Ze waren er allebei. Er was een kans dat ze Teles sterker zouden maken, door hem te laten baden in Elena's kracht, haar zekerheid, maar dat geloofde ze niet. Elena betekende veel meer voor Colin.

Ze begon te zingen.

Lorcans hand sloot zich om de hare en ze hoorde hoe zijn Lied opsteeg, hoe het overnam wat zij had Gefluisterd, maar ze hoorde ook hoe zijn hart versnelde, bonkend en jagend om zijn lichaam van bloed te blijven voorzien en zijn Lied van energie, hoe zijn ademhaling veranderde in hijgen.

Hij zou dit niet lang volhouden.

Ze zag hem steeds bleker worden, maar zijn viool bleef sterk, een wilde, aanhoudende melodie die dwars door alles heen ging, aanklagend en overredend, belovend en gevend. Zijn vingers trilden in de hare, maar hij ging door met Fluisteren en zij zong, met heel haar hart, met alles wat ze Lorcan had beloofd: *we krijgen Colin terug.*

Lorcans ogen versmalden tot streepjes zilver en ze hoorde zijn adem haperen, zijn hartslag stijgen tot een gehamer dat te snel was, te onregelmatig.

Maar ze voelde het. Ergens onder haar hand, diep in Teles. Beweging. Een aanwezigheid die zich gesterkt voelde door de *zekerheid* die door de gang galmde, die reikte naar wat voor altijd verloren had geleken.

Elena voelde de Liederen over haar heen spoelen, een verwarrende wirwar die haar eerst deed duizelen, maar toen veranderde in een oeroud, gestaag ritme. Het Vierde begon om haar heen te dreunen, mengde zich naadloos in Arianes zang.

Iets in Elena, dat zich had opgekruld en verborgen, stond op en rekte zich uit. Iets wat haar tegen haar vader had doen zeggen dat zij een strijdgroep zoú leiden. Dat hij raadshoofd zoú worden. Iets wat ervoor had gezorgd dat ze Colin haar hand had toegestoken, die dag toen ze tegenover elkaar stonden, de bijen op de achtergrond, zoemend als haar Lied.

'Alsof ze kleine Schreeuwers zijn,' had Colin gezegd, gefascineerd.

Haar handen verstrakten, grepen in Teles' vleugels, en ze voelde hoe het laatste restje van wat Teles haar had aangedaan, door haar haar Lied af te nemen en haar hulpeloos te maken, weggespoeld werd. Hoe de onzekerheid die ze hem had laten aanboren verdween.

Zij was Elena Drakos. Ze wist waar ze vandaan kwam, ze wist wie ze was.

En ze wist wie hij was.

'Colin,' zei ze. 'Kom terug naar ons.' *Kom terug naar míj.*

Haar handen voelden het verdwijnen van de vreemde, stevige zachtheid van de vleugels en landden ineens op Colins schouders. In zijn ogen verdween langzaam het zwart, alsof het werd uitgewist door Arianes zang, Lorcans viool, haar eigen bonkende hart.

Donkerblauwe ogen keken haar aan, en deze keer was het Cólin, zijn warmte, zijn gulheid. Het waren zijn armen die haar overeind trokken, betrouwbaar en sterk, zonder haar gevangen te houden.

Zijn hoofd dat hij schuin hield, zijn Lied dat de gang in schoot.

'Colin...'

'We moeten hier weg,' zei hij gehaast. 'Elena...' Hij keek achterom. 'Lorcan.' Zijn stem stokte, maar hij ging door. 'Alles om ons heen jammert. Dit kan elk moment – '

Niet elk moment – nu. Ze zag het aan het afgrijzen op zijn gezicht, vlak voor een enorme scheur het plafond achter hen openspleet. Nog een paar seconden en er zou twintig meter steen boven op hen vallen.

Colin trok haar mee. 'Allemaal, snel. Verderop is een andere uitgang.'

Ze verzette zich. 'De strijdgroepen!'

'De andere kant op gegaan!' riep Rafael. 'Hopelijk al boven.'

Hoop. Het was alles wat ze hadden, wat hen voortdreef. Hoop, omdat ze achter *Colin* aan rende.

Het voelde als een nachtmerrie om te rennen met het gerommel achter hen aan. Haar Lied tintelde, zoemde, spoorde haar aan om harder te gaan, wilde naar haar voeten stromen, maar wilde hen ook allemaal redden.

Ze wierp een bezorgde blik over haar schouder. Haar strijdgroep. Ze waren er nog allemaal. *In Orpheus' naam, laat ons het halen.*

Trappen doemden voor haar op. Achter haar hoorde ze Ariane

een kreet van ellende slaken: de onderkant was afgebrokkeld, tot een meter boven haar hoofd waren geen trappen meer.

Een nieuwe schok ging door de grond en de hele gang golfde.

Geen tijd om te treuzelen.

Ze liet haar Lied in haar armen, haar rug stromen, greep de eerste die ze te pakken kreeg – Isabella – en gooide haar omhoog. De anderen volgden, een voor een, tot ze besefte dat alleen Colin er nog stond. Zijn blik was onzeker.

'Nu waren die vleugels wel van pas gekomen,' zei ze. Ze liet haar Lied naar haar benen stromen en sprong omhoog, de afbrokkelende onderste trede op, vlak onder Lorcan.

Lorcan keek haar geschokt aan. 'Elena, Colin is...'

Ze negeerde hem, hurkte neer en stak Colin haar hand toe. Hij greep hem en ze trok hem de trappen op. Samen renden ze verder, omhoog.

Ariane voelde haar longen branden terwijl ze rende. Onder haar voeten leken de trappen stabiel, maar haar Lied waarschuwde haar hoeveel er onder hen bewoog, verschoof, kreunde, scheurde. Ze vloog over een kleine overloop, schuurde haar schouder langs een muur, en rende een volgende, smallere trap op.

'Bijna!' Colins stem kwam van achter haar. 'Nog een klein stukje!'

Ze perste alles wat ze had uit haar benen, tot ze aan de bovenkant van de trap was. Toen bleef ze staan en haar hart zonk in haar schoenen. Voor haar was een stuk van het plafond naar beneden gekomen, een puinhoop die de uitgang versperde.

'Wat is er...' Rafael drong zich voorbij haar. 'Oh. Oh, verdomme.'

Krachtige, galmende pianoklanken verspreidden zich om hen heen. Colins Lied.

Ze voegde het hare erbij en hield haar adem in toen ze hoorde hoe erg het was. Zalen en tunnels waren aan het instorten, in een lange cascade hun kant op.

'We hebben misschien nog tien seconden.' Colins stem klonk dof.

En de berg steen voor hen was enorm. Lorcan en Rafael waren begonnen met puinbrokken wegruimen, maar het had geen zin, ze zouden het nooit op tijd halen.

Ariane haalde diep adem en keek Elena aan.

'Weet je nog…' verdomme, ze hijgde van het rennen, 'wat je zei over ontploffingen? Dat het interessant zou zijn om erachter te komen of het kon?'

Elena's ogen sperden zich open. Toen steeg haar Lied om hen heen op, een dreunen dat het gedonder van steen onder hun voeten naar de kroon stak.

Elena strekte haar hand uit. 'Nu of nooit lijkt me.'

Ze dwong zichzelf nog een keer diep adem te halen. Het zou snel lukken of niet. Ze greep Elena's hand.

Eigenlijk had ze niet genoeg adem om te zingen. En ze had geen idee of dit zou lukken, ze had Elena nog nooit Versterkt. Maar daarnet had ze Geluisterd naar de kern van wie Elena was en het voelde alsof ze haar kende. Alsof ze iets van haar kracht had ingeademd.

Ze liet die naar buiten en zong, zong om Elena's Lied sterker te maken, om hen allemaal te redden: Elena's strijdgroep, waarvoor ze alles zou doen.

Elena liet zich door Arianes Lied dragen, liet het doordringen in het ritme dat om haar heen dreunde, liet het de instortingen in de verte overstemmen. En toen Schreeuwde ze alles wat ze had naar de hoop steen die hen de weg versperde.

Met een immense klap vloog alles voor haar – de barrière, de muur, de deur, de rest van het plafond – naar voren en verpulverde.

Even stonden ze allemaal roerloos, verbijsterd. Toen schreeuwde ze: 'Rennen!'

Ze vlogen vooruit, omhoog door een sneeuwstorm aan steenstof, baanden zich een weg naar boven en vluchtten voor de instorting achter hen.

Elena wist dat ze meer vernieling had gestapeld boven op degene die Elgar en Thelxiope al hadden aangericht, maar pas toen ze minuten later eindelijk durfden te blijven stilstaan en achterom kijken, zag ze hoe erg het was.

Het oude huis waaruit ze waren gekomen was half verdwenen, alsof er een explosie was geweest. In een kring daaromheen zag ze scheve daken, muren die verzakt waren, gevels die gescheurd waren, gebouwen die in elkaar stortten.

'En te bedenken dat dit onbetekenend is in vergelijking met wat je niet ziet.' Isabella's stem klonk somber. 'Zes Sirenen in Parijs, met de lier.'

'Het hadden er zeven kunnen zijn.' Rafaels stem was licht, maar zijn blik peinzend.

Ze volgde zijn blik en ondanks alles ging een schok van verraste vreugde door haar heen, toen haar ogen Colins blik vingen.

Ze hadden hem terug.

Coda

'Eurydice, die voor de tweede keer stierf,
uitte geen klacht tegenover haar geliefde Orpheus –
waarover had ze kunnen klagen, dan dat ze bemind was?'

(Ovidius, Metamorfosen X)

HOOFDSTUK 32

Eerst: ademen. Eén ademhaling kan het verschil betekenen tussen leven en dood.

Uit: 'Liederen van leven en dood. Strategieën door de eeuwen heen.'

ELENA WAS NOOIT EEN DROMER GEWEEST. ZE WIST DAT NIET ALLEEN de grond onder Parijs gebeefd had, maar de fundamenten van de hele wereld. De strijd was nog lang niet voorbij. Maar er waren lichtpuntjes.

Heler Crovetti had Rafael, naast een reeks berichten die getuigden van de stijgende woede van het Kefálion, gelukkig ook gemeld dat haar vader buiten gevaar was. Zijn hand was verloren, maar in haar hart klopte de zekerheid: hij leeft, hij is veilig.

En dan was er nog Colin. Het was overweldigend om hem weer te zien zitten in de gemeenschappelijke ruimte van hun flat, waar ze zoveel tijd met zijn allen doorgebracht hadden. Alsof er niets was veranderd.

Maar natuurlijk was alles anders.

Ariane was er nu bij, in Isabella's zwarte haar stak de witte lok scherp af, Rafaels handen en onderarmen waren bedekt met donkerrode bloedvlekken, en Lorcan zei geen woord, hij bleef maar stil naar Colin staren, alsof de afstand tussen hen groter was dan ooit.

Ze had hen zo snel mogelijk weggeleid van de uitgang van de catacomben. Van overal had ze brandweerwagens horen naderen, was hulp toegesneld voor de mensen in de verzakkende gebouwen.

Zij konden niets doen, ze waren uitgeput. Gelukkig was het donker geweest en waren ze onopgemerkt thuisgekomen. Ze wist niet of iemand van hen nog zijn Lied had kunnen gebruiken om zelfs maar een nieuwsgierige passant af te wimpelen.

Nu ze veilig hier waren, keken ze haar allemaal vragend aan. Heel even was ze bang dat ze niet wist wat hierna moest gebeuren. Toen, voor ze het goed en wel besefte, rolden de aanwijzingen haar mond uit.

'Isabella, ga je omkleden. Raf, ga dat bloed van je afwassen. Vroeg of laat denkt iemand eraan om ons hier te zoeken en dan helpt het niet als we eruitzien alsof we een ramp hebben veroorzaakt.'

'Vermeden, bedoel je,' mompelde Rafael. 'Maar oké, het is niet alsof dit lekker ruikt of zo. Zelfs met stof in mijn neus.' Hij blies demonstratief lucht door zijn neus naar buiten en liep richting de badkamer.

'Isabella?' Ze keek haar Stemmer onderzoekend aan. Isabella was stiller dan ooit, zelfs haar bewegingen miniem. 'Ga doen wat je moet doen. Ik zorg ervoor dat iedereen je met rust laat, al moet ik het Kefálion persoonlijk bij je deur weghouden. Heb je iets nodig?'

Een Stemmer kon herinneringen van anderen wel weer van zich afschudden maar dat ging niet vanzelf. En Isabella moest zo snel mogelijk kwijt wat ze uit de herinneringen van de dode Vera had gehaald.

Isabella knipperde een keer. 'Ik ben in orde.' Haar ogen gingen van Colin naar Lorcan en kwamen toen terug bij Elena. Ze glimlachte vermoeid. 'Ik heb nog wat over. Misschien heb je me nog nodig.'

'Later,' zei Elena vastberaden. 'Ga wierook branden of zo.'

Ze had er vaak wat lacherig om gedaan, maar ze snakte ineens naar de geur van een van Isabella's ritueeltjes. Misschien had ze nooit zo beseft hoe bepalend Isabella's rustige, stabiele grondtoon in hun geheel was.

Isabella knikte. 'Oké, roep me als je me nodig hebt.' Ze liep zachtjes weg.

Minder mensen in de kamer betekende dat Colin ineens weer aanweziger leek. Daarbeneden was hij zo dichtbij geweest, maar dat moment leek ver weg. Ze kon zichzelf er niet toe brengen om hem aan te kijken.

'Ariane...' Verdorie, wat moest ze met haar? 'Wil je dat ik je naar huis breng?'

'Dat heeft geen haast.' Ariane keek haar aandachtig aan. 'Kom liever eerst op adem.'

Geen tijd, was haar eerste gedachte. De adrenaline in haar lijf was nog niet uitgewerkt, en haar Lied was rusteloos. Toen herinnerde ze zich de beginzin van haar favoriete boek over strategie.

Ze dwong zichzelf om haar schouders te ontspannen, haar longen langzaam te vullen met lucht.

'Oké,' zei ze. 'Ik ga deze jurk uittrekken, zodat ik me weer mezelf voel. Zo terug.'

In haar kamer bevrijdde ze zich met snelle, rukkerige bewegingen van de zijde die nat en bestoft tegen haar aanplakte. Ze hoorde de douche nog lopen, dus waste ze zo goed en zo kwaad als het ging het stof van zich af aan haar wastafel. Het was een opluchting om een van haar vertrouwde cargobroeken aan te trekken, en een simpel, zacht wit hemdje.

Ze schrok op van het geluid van de deur naar Colins kamer die opengging. Ze liep naar buiten en zag Colin in het midden van zijn kamer staan, met zijn rug naar haar toe.

Ze bleef op de drempel staan. 'Colin?'

Hij draaide zich naar haar toe, zijn ogen behoedzaam. 'Ik moest ook even op adem komen.'

Nu ze weer naar hem keek, kon ze er niet mee ophouden. Haar ogen bleven over hem heen schieten.

'Ik dacht dat je met Lorcan zou willen praten.'

Hij schudde zijn hoofd. 'Lorcan wil niet met mij praten.'

'Hij heeft de voorbije tijd geleefd om jou terug te krijgen,' zei ze. 'Het was nooit zijn bedoeling om je in de steek te laten. Hij is… Je kent hem toch.'

'Ja.' Hij liep naar zijn piano, opende de klep en liet een vinger over de toetsen glijden. Daarna ging zijn hand omhoog, naar zijn houtsnijwerkjes die boven op de klankkast stonden. 'Hij klinkt alsof hij elk moment kan exploderen of imploderen. En alles is al zo luid op dit moment.'

Dan had hij al helemaal geen behoefte aan haar.

Ze slikte en zette een stap achteruit. 'Ik kan niet beloven dat ik het Kefálion eindeloos bij jou weg kan houden, maar ik zal je zoveel mogelijk tijd geven.'

'Nee, ik had het niet over jou. Kom binnen, alsjeblieft.' Hij draaide zich naar haar toe, zijn ogen recht in de hare.

Ze verstijfde. Achter hem wierp de brandende lamp schaduwen en heel even was het alsof ze Teles' vleugels weer zag, zijn zelfzekere stem hoorde.

Colin zoog zijn adem naar binnen, verraste schrik op zijn

gezicht. Zijn Lied sloop de kamer in, een kat die niet wist of hij welkom was. Zijn gezicht betrok.

Hij balde zijn ene hand tot een vuist en zijn ogen gingen naar de ringen die daar glansden. Met methodische, snelle gebaren begon hij ze een voor een van zijn vingers te trekken en legde ze met kleine tikjes boven op de piano. De pauwenspeld volgde.

Hij bleef met gebogen hoofd staan, zijn hand om de speld geklemd. 'Ik weet niet hoe ik moet bewijzen dat ik hem niet langer ben.' De lijn van zijn schouders en nek was een scherpe boog van spanning.

Alles in haar wilde naar hem toe, maar ze was bang om het alleen maar erger te maken. Haar hand tikte een nerveus ritme tegen haar been.

'Dat hoef je mij niet te bewijzen.'

Hij ademde huiverend in en uit. 'Ik bedoelde aan mezelf.'

Zijn blik ging weer naar de rij figuurtjes, door hem bevrijd uit het hout waarin hij ze had gezien voor ze er waren. De vingers van zijn linkerhand gleden er overheen, alsof hij zo kon terugvinden wie hij was geweest. Zijn andere hand sloot zich zo strak om de pauwenspeld dat die in zijn handpalm moest snijden.

'Colin,' zei ze dringend. 'Jij bent Teles niet, nooit geweest.'

Hij reageerde niet, staarde voor zich uit.

Haar Lied zoemde vragend, onrustig in haar keel en haar voeten weigerden nog langer te blijven stilstaan. Ze liep naar hem toe.

Zijn blik schoot naar haar, zocht haar gezicht af, gleed toen hoger en bleef hangen.

Haar hand ging omhoog en ze voelde het zware goud van de kam die nog steeds in haar haren zat.

Met een kort tikje legde Colin eindelijk de speld bij het stapeltje ringen dat daar al lag te glanzen. Haar ogen gingen er automatisch naartoe en ze zag dat hij alles had neergelegd voor een glanzend houten figuurtje, zwart en goud gestreept.

Een stapel schatten als een offergave, aan de voeten van een bij.

Colins ogen waren intens, fel blauw, de vergeten diamant in zijn oor schoot vonken.

'Hij vond je prachtig. Teles. Elk uur meer. Ik wist dat ik die ruil van jou voor Elgar moest doorzetten, voor hij zich bedacht. Maar het spijt me zo, Elena. Dat het je zoveel gekost heeft. Jou, je vader. Dat ik jullie allemaal zoveel gekost heb doordat ik zo makkelijk voor Elgar door de knieën ging, doordat ik te zwak was om…'

'Hou op,' zei ze fel.

Ze zag zijn ogen een beetje samentrekken, zoals wel vaker als haar emoties heftig, agressief waren. Maar op hetzelfde moment deed hij een stap naar haar toe, zijn hoofd schuin, zijn blik vragend.

'Denk je dat ik niet weet wat je bewogen heeft om Teles toe te laten?' vroeg ze.

'Ik weet het zelf niet eens meer.' Zijn stem was een diepe, wanhopige bekentenis.

Maar zij wel, besefte ze. Nu hij voor haar stond was het zo duidelijk.

'Je wist dat er iets niet goed was. Je had Elgar nog niet ontmaskerd, maar je was hem op het spoor.' De puzzelstukjes leken vanzelf in elkaar te passen. 'Jij was de enige die wist dat Thelxiope zich in Elgar verborg. Dus toen Teles je geest aan stukken dreigde te scheuren, maakte je de enige keuze die je een kans gaf.' De keuze die hij in de baarmoeder ook onbewust had gemaakt. 'Je maakte plaats voor hem. Als je Teles verwelkomde, hem liet onderduiken, dan zou hij je niet vernietigen. Dan kon jij ook blijven… om ons te waarschuwen.'

Ze zag de schok van besef op zijn gezicht, de erkenning dat ze raak had geschoten, maar de opluchting die ze had verwacht bleef uit.

Hij kneep zijn ogen gepijnigd dicht. 'Het is me niet gelukt.'

Ze liet haar Lied los, een woedend dreunen dat zich laafde aan haar adem, en stampte haar hiel op de grond zodat de piano ervan trilde en boze wanklanken voortbracht.

Colins ogen vlogen open, protest in zijn blik.

'Jou in je eentje niet, nee.' Ze keek hem verbeten aan. 'Maar samen zijn we er wel in geslaagd. Er hadden op dit moment zeven Sirenen kunnen zijn, maar jij bent naar ons teruggekomen.'

'Zeven…' Zijn ogen staarden voor zich uit en verwijdden zich.

'Ik weet het. Ze zijn nog steeds dicht bij hun doel, maar nu hebben we tijd om – '

Zijn blik was fel, vastberaden. 'We moeten het Kefálion op de hoogte stellen, nu meteen. Ze hebben geen idee wat het betekent als er zeven Sirenen zijn.'

'Dat we niet tegen hen op kunnen, dat weten we al – '

'Nee, dat is een misvatting, daar gaat het niet om.' Het ernstige blauw van zijn ogen liet er geen twijfel over bestaan dat hij wist waar hij het over had. Een kille rilling liep over haar rug bij zijn volgende woorden. 'Zeven Sirenen hebben de kracht om het gevaarlijkste wezen van de onderwereld hierheen te halen: Eurydice.'

Dankwoord

Eerst en vooral dank aan het team van Hamley Books: voor het vertrouwen in *Kinderen van Orpheus* en mij, en jullie enthousiasme voor mooie Nederlandstalige boeken. Natuurlijk ook aan de redacteurs die er mee voor hebben gezorgd dat dit boek een gladgeschaafd geheel is geworden.

Zonder de niet-aflatende steun van mijn echtgenoot Jelmer Panman zou het schrijven een heel ander verhaal zijn… Bedankt voor je geduld met mijn afwezige schrijvershoofd! En niet te vergeten om de beste alfalezer ooit te zijn. Bedankt voor het meedenken over ragfijne plotlijntjes en grote onthullingen, voor je oog voor de kleinste details, en voor de manier waarop je je standvastige kracht met mij deelt wanneer ik zelf twijfel.

Daarnaast kon ik rekenen op een aantal proeflezers, die bereid waren om door de schoonheidsfoutjes van een eerste versie heen te kijken, het verhaal te vinden, en mij te laten weten waar ik het in de weg was gaan zitten. Met name… Nicole de Wit, bedankt voor je bereidwilligheid om je door de sneltrein te laten meevoeren, zelfs al wordt het bijna-maar-net-niet-te-eng. Dankjewel Emmelie Arents, voor je aandacht voor onduidelijkheden en Parijse flair. Annemie Bockstaele, jij laat een schrijvershart zingen met je inlevende, liefdevolle commentaar. Nieke Van Zeghbroeck, bedankt voor je unieke kijk en reacties.

En dan is er nog de Schrijverscollectief-clan, verbonden door inkt. Bedankt voor alle avonturen die we het afgelopen jaar weer samen hebben beleefd, voor het delen in stormen en zonnige dagen, in de festivaltent en daarbuiten. Wat ben ik blij dat onze wegen elkaar hebben gekruist!

Niet te vergeten: dankjewel, lieve lezer, dat je *Het Lied van Ariane* hebt opgepakt, en je erdoor hebt laten meevoeren naar dit vervolg. Mogen je dagen altijd gevuld zijn met prachtige verhalen en de muziek waar je ziel om vraagt.

En tenslotte: bedankt aan elke componist, elke zanger, elke musicus, die de wereld een beetje mooier heeft gemaakt met de magie van muziek.